新中国 70 年 70 部
长篇小说典藏

郭澄清

(1929—1989)

当代作家,山东宁津人。

新中国70年70部
长篇小说典藏

大刀记

第一部

郭澄清————著

学习出版社
人民文学出版社

图书在版编目（CIP）数据

大刀记：全3册/郭澄清著. —北京：人民文学出版社：学习出版社，2019

（新中国70年70部长篇小说典藏）
ISBN 978-7-02-015453-1

Ⅰ.①大… Ⅱ.①郭… Ⅲ.①长篇小说—中国—当代 Ⅳ.①I247.5

中国版本图书馆CIP数据核字（2019）第155798号

责任编辑　付如初
装帧设计　刘　静
责任印制　王重艺

出版发行　人民文学出版社　学习出版社
社　　址　北京市朝内大街166号
邮政编码　100705
网　　址　http：//www.rw-cn.com

印　　刷　河北鹏润印刷有限公司
经　　销　全国新华书店等

字　　数　1142千字
开　　本　680毫米×960毫米　1/16
印　　张　94.75　插页6
印　　数　1—5000
版　　次　1975年7月北京第1版
印　　次　2019年9月第1次印刷

书　　号　978-7-02-015453-1
定　　价　278.00元（全三册）

如有印装质量问题，请与本社图书销售中心调换。电话：010-65233595

出 版 说 明

为庆祝中华人民共和国成立70周年,全面展现中华民族的文化创造能力和文学发展水平,深入揭示新中国70年来的伟大历程、辉煌成就和宝贵经验,激励人们为实现"两个一百年"奋斗目标、中华民族伟大复兴的中国梦而不懈奋斗,我们策划出版了这套"新中国70年70部长篇小说典藏"丛书。为将该丛书打造成思想精深、艺术精湛、制作精良的精品丛书,我们成立了丛书评审专家委员会,成员均为密切关注和深刻了解我国长篇小说创作动态的资深评论家。委员会从历史评价、专家意见和读者喜好等方面对新中国成立70年来众多优秀长篇小说进行综合评定,从中选出70部描写我国人民生活图景、展现我国社会全方位变革、反映社会现实和人民主体地位、弘扬社会主义核心价值观和讴歌中华民族伟大复兴中国梦的精品力作。这些作品,大多为曾获中宣部"五个一工程"奖、"茅盾文学奖"等重大国家级奖项的长篇小说,政治性、思想性和艺术性高度统一,代表了中国文坛70年间长篇小说创作发展的最高成就。

我们致力于"把提高作品的精神高度、文化内涵、艺术价值作为追求"的使命任务,通过这套丛书的出版,在讲好中国故事、传播中国声音、阐释中国精神、展现中国风貌的同时,倡导精品阅读,引领和推动未来的中国文学原创出版。

"新中国70年70部长篇小说典藏"
评审专家委员会名单

评审专家委员会主任： 李敬泽

评审专家委员会委员（按姓氏笔画排序）：

丁　帆　　白　烨　　朱向前　　吴义勤　　何向阳
应　红　　张　柠　　张清华　　陆文虎　　陈思和
孟繁华　　胡　平　　南　帆　　贺绍俊　　梁鸿鹰
董保生　　董俊山　　谢有顺　　臧永清　　潘凯雄

项目统筹： 吴保平　　宋　强

山不在高,有"仙"则名;

潭不在深,有"龙"则灵。

——题记

目　录

第 一 章	闹元宵	1
第 二 章	灵堂栽赃	14
第 三 章	闯衙喊冤	26
第 四 章	龙潭桥别妻	37
第 五 章	德州内外	49
第 六 章	苦上加苦	63
第 七 章	难中遇难	72
第 八 章	授刀传艺	82
第 九 章	大闹黄家镇	98
第 十 章	夜袭龙潭街	106
第十一章	古庙许亲	115
第十二章	新婚喜日	127
第十三章	姓"穷"的人们	136
第十四章	"公审"闹剧	147
第十五章	三条船	156
第十六章	杨柳青投亲	168
第十七章	卖子救夫	179
第十八章	天津街头	191
第十九章	怒打日本兵	202
第二十章	风雪关东路	212
第二十一章	逼进兴安岭	224

第二十二章	打虎遇险	237
第二十三章	下山找党	247
第二十四章	重返宁安寨	258
第二十五章	杨家遭劫	272
第二十六章	龙潭卖艺	285
第二十七章	月下磨刀	294
第二十八章	坟前叙旧	299
第二十九章	血染龙潭	310
第 三 十 章	夜奔	323
第三十一章	村野小店	336
第三十二章	三岔路口	349
第三十三章	走延安	363

第一章　闹元宵

元宵节来到了。

听说,过元宵节的风俗,地面很广。在别的地方,元宵节也不知是怎么过法;在这龙潭街一带,元宵节是个灯节。

天刚擦黑儿,家家户户就吃了晚饭,男的,女的,老的,少的,大闺女,小媳妇,全跑到街上来了。满街筒子里,人山人海,熙熙攘攘。过节心盛的娃子们,在人空子里挤来串去,东奔西喊,蹦蹦跶跶,跳跳趔趔,尽情戏耍,拼命撒欢儿。

这是一条南北街道。

贫与富,在街心筑起一堵无形的高墙,把街东街西,分成了两个世界:街东,净些土房茅屋,大都破破烂烂;街西,一片清堂瓦舍,全是深宅大院。

每年元宵夜晚,街道两边,都顺街拴上麻绳,绳上挂满灯笼。往年,街西的灯景,年年胜过街东。灯笼不光多,而且很讲究。日头刚落窝儿,就有专人把那些奇形怪状的灯笼挂好,点着,大显其荣华富贵。因此,在街东穷人中,传开一首民谣:

　　元宵逛灯朝西看,
　　灯笼要把绳压断。
　　一烛灯火一汪血,
　　财主过节咱过关!

街西的灯景胜过街东,这并不难理解。因为街东净是穷人,家家缺吃少穿,人人千愁百虑,谁有闲钱去买灯笼?谁有闲心来逛灯景?

可是,今年的灯景,却很反常——街西远不如街东。

莫非说,街东穷人的光景,今年好于往年?不!

今年运河决口,土地减收;加之房捐地税,兵抢匪劫,直逼得黎民百姓,上天无梯,入地无门。大家富户,乘荒年暴月,投机取利,大发横财;穷家小户,倾家荡产,舍儿卖女,离乡背井。

这年头,卖汗水的找不着买主,要饭吃的谁肯打发?

有的人,含着一口谷糠咽了气;

有的人,攥着一把苇根死在闯关东的路上。

近日来,这龙潭街头,竟设上"人市"——三岁的娃娃只换一斗高粱!

怪哉!穷人的疾苦已到这般地步,他们为啥反倒大过灯节?按说,这事儿是有点费解。可这龙潭街上的人们,却没人感到奇怪。看他们那心照不宣的表情,好像谁也不说谁也明白。特别是那些一根肠子闲半截的穷人,过灯节的心气儿更高得出尖儿。今年领头闹社火的,几乎全是他们。

龙潭街的尽北头,有座关帝庙。

这关帝庙,是见年闹社火化装、排练的场所。

今天傍晚,头一个走进关帝庙的,是外号白眼狼的大财主贾永贵的长工梁宝成。梁宝成,这条一戳四直溜的汉子,长得敦敦实实,五大三粗,坐下好像蹲门石狮,站着犹如半截铁塔;两只大手宛如一对小蒲扇儿,据说一巴掌能扇倒毛驴;说起话来嗓似铜钟,生上气来喊声如雷。而今,他哼着大口梆子腔,晃着膀臂,跨着大步,咚咚咚,径直地朝向关帝庙走着,踩得大地在他的脚下发抖,身后带起一股小风。

庙堂的庭院里,骑门夹道有两棵参天古松。松树上,挂着一对围灯,把暮色昏沉的庙庭照得通明。一位穿着补丁山棉袄的老汉,正哈着腰扫天井。

这位老汉,是白眼狼的佃户,名叫常明义。

十年前,也是一个元宵节的夜晚,白眼狼的"大哥爹"贾永富上门逼租,硬把明义的妻子逼上屋梁,并霸占了他的宅子。打那,常明义就抱着他的老生儿子常秋生,住进这关帝庙的一间耳屋。十年来,每到元宵夜晚,常明义就闭门不出,歪倒炕上落泪。每到这时,白眼狼就领着"腚后跟"来到庙上,在院中敲锣打鼓,鸣鞭放炮,又扭又唱,成心要把明义气死!每到这时,梁宝成也来到明义的屋里,和他谈天说地,帮他消愁解闷儿。

今儿个,梁宝成跨进庙门后,见常明义打破了闭门不出的十年常规,点上围灯又扫天井,他初而惊,继而喜,就凑过去逗了个闷子:

"嘻嘻,明义哥,今儿个这是太阳从哪出哩?"

明义一见宝成来了,立刻喜上眉梢,也就劲儿打哈哈说:

"嘿嘿,你来得这么早班,是叫哪阵风刮来的喃?"

说着,两人的视线碰了个头儿,都会意地笑了。

宝成爹在世时,欠下了白眼狼的阎王债。这还不清的阎王债,不光把梁家的亩半坟地滚进去,还把宝成逼进贾家当了长工。梁宝成这条只有间半草房的穷汉子,是个"宁饿死,不愁死"的乐天派。有时候,家中的锅盖张不开口,他照样唱他的梆子腔。因为这个,村里元宵闹社火,见年少不了他。今年,他闹社火的兴头子,更是高得出眼——不光来得早班,而且当了"总管"。这时常明义嬉笑着说:

"大总管呀,派我个差吧?"

"再拾起你那老行当来呗!"

"打鼓?"

"是呀。"

"不！"

"咋？"

"你这徒弟已经出师了，我这当老师的能夺徒弟的饭碗？"明义哈哈地笑了两声说，"我来个'散灯老人'吧？"

"中！"宝成点点头说，"正缺这么个脚儿哪。"

这对同命相连、心心相印的老朋友，嘻嘻哈哈地说着、笑着，走进明义的屋去。

这个小耳屋间量不大，又是锅台又是炕，再加上破坛烂罐儿，几件子旧家具，把屋里摆得挺满挺满，简直快下不去脚儿了。炕根底下放着个火盆。火盆边上炙着两块红薯。他俩进了屋，坐在炕沿上，唠起闲嗑来：

"咦，秋生呢？"

"撂下饭碗就让永生拽走了——谁知那俩野小子钻到哪里玩去啦！"明义就手拿过烟笸箩儿，递给宝成又说：

"哎，听说白眼狼要买你那块宅基，真的假的？"

梁宝成一边装烟一边说：

"嗯，是有这么个风声儿。"

常明义把红薯翻了个过儿，又说：

"他要买，也就是给你仨瓜俩枣儿，落个'买'名就是了……"

梁宝成往前就一就身子，在火炭上抽着烟，愤然说道：

"可我姓梁的没有那么好说话！"

常明义从笊篱里又拿过一块红薯，炙在火边，叹了口气说：

"我那宅基，当初不也是不卖？后来怎么样？不是白白地叫那孬种霸去了？"

"你忒软和儿。我不能济着他拤揉！"

梁宝成从席篓子里拿过一根木头样子，放在膝盖上一撅两截扔进火盆，然后伸开他那洪亮的嗓门儿，铜声响气地又接着说：

"准要有那一天,我跟他上大堂……"

"归官司?"

"嗯喃!"

"趁早甭搭那瞎仗工夫!"

"咋的?"

"像咱这样的脑袋瓜儿,能扳倒人家?"常明义掏出一把鱼刀子,把炙熟了的红薯一劂两开,一半递给宝成,又说:"俗话是实话——县令县令,听钱调用!"

宝成拔出嘴里的烟袋,在炕帮上狠狠地磕了两下儿,把脖子一横,不以为然地说:

"哼! 县里打不赢,我跟他上州!"

"州里再打不赢呢?"

"上府嘛!"

"唉! 叫我看呀,你就算打到宣统皇上那里,还是脱不了输的! 古语道:穷人告状,白跑一趟!"

"衙门口儿是有砖有瓦的地界儿,只要有理,还怕讲不倒人?"宝成越说嗓门儿越高,"要是官家真的不给我做主,我就跟白眼狼那个狗日的……"

常明义一腆下巴颏子:

"嘘——!"

梁宝成知道这是一向多虑的明义哥嗔他的嗓门儿太大了。可他并不在乎,依然高声大嗓地说:

"咱除了这罐子血还称啥?穷到这步田地了还怕个屁? 大不了把这罐子血也倒给他到头儿了!"

"唉——!"常明义又长长地叹了口气,思忖了一阵子,然后绵言细语地说:"宝成啊,我知道你是条直肠汉子,也喜欢你这个耿直脾气儿。不过,如今你是撂下三十往四十上数的人了,肚子里也得学着长点穿花儿呀！眼下没你爹了，一家妻儿老小的全指着你扛大梁哩，要是心里没个小九九儿，来不来的就耍恁脾气，万一有个闪腰岔气，你这一家巴子不就瞎锅了？"

梁宝成轻轻地点着头。

那盏闪闪灼灼的豆油灯，火光越来越小，眼看就要灭了。常明义掐了一根笤帚苗，挑了挑灯草，又语重心长地说下去：

"宝成啊，你成天价在白眼狼的身边转，可得长点眼力呀！白眼狼那个为富不仁的孬种，心眼子长到肋条骨上了，除了人事儿，他啥事儿干不出来？你要一时提防不到，兴许会叫他谋算了。"

梁宝成一边吃着红薯，一边忽闪着长眼睫毛沉思了片刻，最后心悦诚服地说：

"嗯，老哥说得对。"

"往后儿，遇事别发急。要前思思后想想，从长计议。"明义说，"古人说得好：'留得青山在，不怕无柴烧。'……"

"中，听老哥的。"

屋里沉静了一霎儿。

梁宝成又说：

"白眼狼那个狗杂种，是把笑里藏刀赶尽杀绝的老手儿。他那挂黑心肺，比蝎子尾巴还毒哩！我揣摸着，他跟你那盘棋还没走到头儿呢，大哥也得加点小心。"

他俩在屋里说着话儿，院中人声鼓噪，笑语訇訇。

忽然，杨大虎从门口探进半截身子，朝屋里头望了望，向梁宝成说：

"宝成叔，人到得差不离了。"

"好。"宝成站起身，一边往外走一边向明义说，"咱别瞎叨叨了——去看看吧！"

明义吹煞灯，掩上门，随在宝成身后走出屋子。

屋外,夜风萧萧,星宿满空。

闹社火的人们,正就着灯光搽胭抹粉,描眉打鬓。梁宝成忽而东,忽而西,指点指点这个,拨弄拨弄那个,张张罗罗忙了一阵,直到各种脚色都扮好了,这才消停下来。

社火出动了。

梁宝成把那关得严严的庙门一敞,社火队摆成一溜长蛇阵,锣鼓喧天地开进街来。前头用一对狮子开路,各种脚色都踩着锣鼓点儿,走着俏步儿,浩浩荡荡,鱼贯而行。引得看热闹儿的观众,可街满道,摩肩接踵,挤挤擦擦,水泄不通。

饰扮"散灯老人"的常明义,走在社火队的最前头。

他左手提溜着浅筐,筐里盛着用碎棉籽拌成的油火;右手拿着一把铁铲,每走两步就把一铲油火放在路心。一条火龙紧随其后,慢慢腾腾向前爬行。

明义老汉手在除火散灯,嘴里还念念有词儿:

"除一铲,又一铲,老天爷爷睁开眼……天有神,地有灵,恶人总有恶报应……"

元宵散灯,每年一次,相沿成风,比比如是,没啥新花样儿。因为这个,大人们都习以为常了,没有多少人去注意它。只有那些好奇的娃子们,时而追着灯光又跑又喊,时而围着灯筐打转转。

突然间,哇的一声,常秋生哭开了。

秋生是让白眼狼的大儿子贾立仁打哭的。贾立仁这只狼羔子,又肥又矬,两只嘟噜腮活像肿疖腮。也不知他找了个什么碴儿,上来就给秋生一杵子。常秋生虽打不过他,可并不示弱。他一面跟狼羔子拼命厮打,一面连哭带骂:

"白眼狼,狼羔子!狼羔子,白眼狼!"

秋生一骂,刚被大人们拉到一边去的狼羔子,又揎拳捋臂扑过来。

正在这时,从人空子里霍地闪出一位少年。

这少年,细腰杆儿,扎膀头儿,既魁梧,又英俊;一张上宽下窄的漫长四方脸上,两道又黑又浓的眉梢向上翘着,再配上那对豁豁亮亮、水水汪汪的大眼睛,显得愣愣的精神。

他,就是秋生的好朋友、宝成的独生子——梁永生。

梁永生,今年十岁。可要看个头儿,你得估他十二三。这时候,他见贾立仁正走在火堆边,就把一个爆仗悄悄扔进火里。

咣的一声,爆仗响了。

油火腾空而起向四外飞溅,迸了狼羔子一身火星。

孩子堆里又蹦又笑又拍呱儿,大人群里也腾起一阵笑浪。人们都在边笑边瞅自己的衣裳。

狼羔子更加火儿了。他手忙脚乱地拍打一阵身上的火星,接着咋咋唬唬地扑向梁永生。

梁永生望着狼羔子捋胳膊挽袖子、扬风扎毛的劲头儿,紧握双拳,昂首而站,摆出一副不容轻薄、切莫冒犯的气概。迨那狼羔子凑近时,他只轻蔑地一笑,尔后又以嘲笑的口吻说道:

"嘀!想打架吗?是身上刺挠了?还是活腻味啦?"

大狼羔子贾立仁是个疭包。他虽比梁永生大两岁,可他自知抵不住永生。现在他一见梁永生这膘膘楞楞的威势,又见常秋生凑过来准备助战,吓得浑身酥了骨,活像个着了霜的麻叶,蔫地蔫蔫了。

正在这个节骨眼儿,白眼狼过来了。

这个家伙,三十来往岁数,身穿长袍马褂,头戴白孝帽子。他虽穿得挺阔气,长得可不争气。看其身形,就像条长虫投的胎——尖头顶,细脖颈,溜肩膀,水蛇腰,两根蛐细精长的罗圈腿儿,约占身长的三分之二;一条干豆角儿般的小辫儿,在后脑勺上蜷蜷着,至多不过一拃长。再观其面目,更是三分像人,七分像鬼。那张瘦驴般的长弧脸上,七个黑窟窿本来就摆得不正当,现在一生气,又全挪了窑儿。这副脸谱儿,叫那黄表纸般的面皮一衬,简直像具刚从棺材里爬出来的尸壳。

白眼狼来到近前,扯开公鸭嗓子冲着狼羔子结结巴巴地吼叫起来:

"混、混蛋!净、净跟人家打仗,给我滚、滚蛋!"

他一面吆喝,一面用那对白色多黑色少的三棱子母狗眼儿从深坑里朝外乜斜着人群,好像在对人们说:

"瞧,我贾永贵多'仁义'呀!"

可是,周遭儿的人,没谁理睬他。

一对龇牙咧嘴的大狮子,摆头甩尾地扑过来了,差一丁点儿把白眼狼撞倒。他趔趔趄趄向后倒退着,吭哧一声倚在猪窝上。

挤在路心的人疙瘩,也一哄而散靠向路边。

引狮子的人,是年方十七岁的杨大虎。他头上罩着块白毛巾,脚下穿了双踢死牛的老铲鞋,从头到脚一身短打扮儿;左手举着红绣球,右手舞着一口刀,忽而拉个把式架儿,忽而打个旋风脚,引得一对大狮子围着他扑扑棱棱闹故事。

这位"引狮猎郎"杨大虎,是铁匠杨万春的骨肉。

十三年前,杨万春在村里领头闹过义和团。后来白眼狼勾通县衙把他掐入大狱折腾死了。杨万春在世时,闹社火引狮子这个脚色,年年都是他的活儿。杨大虎这个后生,人穷气不馁,如今接过了爹爹的红绣球,又引上狮子了。

狮子过去了。

高跷上了场。

这个高跷队,阵容真不小,净些壮汉子。其中有:长工的儿子黄大海,月工的儿子王长江,佃户的儿子房治国,店员的儿子庞安邦,石匠的儿子唐峻岭,瓦匠的儿子汪岐山,摊贩的儿子乔士英,羊倌的儿子李月金……前前后后要有二十几号人。

高跷后头是秧歌；

秧歌后头是鼓乐；

鼓乐后头，还有龙灯，旱船，太平车……扯扯拉拉一大溜，满满当当半截街。

社火沿街而行，由北向南进发。

他们每到一个胡同口儿，那里就响起鞭炮，放出焰火，旁边还摆上茶水桌子，糖果碟子。这一切的一切，都是为了向社火"总指挥"表示：赏个脸，撂个场儿，在这里表演一番。

"总指挥"是谁？就是那位打鼓的梁宝成。

社火队这么多人，不论干啥的，他们的一招一式，一板一眼，全听鼓点儿指挥。他们这一手儿，是常明义从戏班儿里学来的，后来又传给了梁宝成。

说话间，鼓点儿变了。鼓点一变，人变动作队变形，社火立刻进入高潮。狮子跃凳、扑火；高跷劈叉、折腰；秧歌翩翩起舞；太平车险渡断桥；龙灯，旱船，也都耍得更欢了。就连瞧热闹儿的观众，叫鼓点一催，也都昂首挺胸提起精神。

这是为啥？

哦！"贾家大院"来到了。

贾家大院，是一片坐西朝东的砖瓦建筑——垂柱门楼子配上那一丈多高的垣墙，给人一种阴森的感觉；墙头上那狼牙锯齿般的垛口，又增加上一层恐怖的气氛。如今，门楼的溜口上，横搭着一匹白布；"积善堂"三字大匾上，蒙了一层黑纱；已张落半边的"门神"，把那"忠厚传家远，仁义处世长"的门对遮住了一半；高高的门阶下边，紧靠石狮又竖上一帧门簾；一些乱纸碎片，夹杂着浅黄色的纸钱，在门里门外随风飞旋。此类装点，更把那阴森、恐怖的气氛加浓了。这种景象和社火的欢乐景象搅在一起，显得极不协调。

原来是，贾家大院死人了。

10

说具体一点,就是大年三十那天,白眼狼的"大哥爹"贾永富,在去县城赶花花街的路上,也不知叫谁给宰了。如今停灵在家,尚未发丧。

"大哥爹",这是个啥称呼?就是说,贾永富和贾永贵这对异母兄弟,实质上是父子关系。也不知是谁这么能耐,用"大哥爹"这个称呼,把他俩之间的复杂关系准确地表达出来了。

咱先甭管贾永富是贾永贵的哥还是爹,反正贾永贵对贾永富的死,是异常"悲痛"的。可是,这只老狐狸的死,对阎庄的穷人来说,却是大快人心。可能就是由于这个原因,穷人们才喜迎灯节,大闹社火。大概也是因为这个,白眼狼的门前,一没张灯,二没结彩,对社火队来到他的门口,也面挂愠色。

往年里,社火路经贾家大院门前时,白眼狼都是用"千子头"的鞭炮迎接,另外还有起火、雷子、两响、灯光炮、二起脚……他那番"盛情",是妄想挽留社火在他门前多闹一会儿,为他装装门面,抖抖威风。但是,由此路过的社火队,见年在这里只是轻描淡写地走个过场。而今年,尽管这里一没鞭二没炮,就连灯光也很弱,社火队的情绪却丝毫没受这种冷待的干扰。他们按照鼓点的指挥,打开场子,格外卖力地大闹开了。

他们之中最卖力的,当然还得要算"总指挥"梁宝成。你看,他袖子挽过肘,上牙咬着下唇,用上了全身力气,泼命地擂着大鼓。你听,随着鼓点的节奏,整个乐队奏起高亢的喜调。不知道的人,准以为这里正在举行什么庆典呢!

继而,鼓点一变,社火又表演起各种戏出儿——

高跷队先唱了一段《逼上梁山》;

秧歌队又演了一出《打渔杀家》;

龙灯耍的是祈雨用的《谢天恩》;

太平车耍的是办喜事用的《喜临门》;

狮子耍的是《善恶报》；

旱船耍的是《皆大欢喜》。

社火闹得正火爆，突然有人在戳宝成的脊梁。宝成扭头一瞅，原来是白眼狼。宝成还没说话，白眼狼先开了腔：

"老梁，你、你过来。"

过来？在这个时刻，梁宝成怎能离开？要是鼓点一住，锣声便息，整个社火的活动，就得停下来！可是，"端着谁的碗，就得服谁管"——梁宝成身为白眼狼的长工，他要硬不听使唤，难免要出祸端。对这一点，精明的梁宝成，当然明白。但他并不在乎。他瞪了白眼狼一眼，啥也没说，又转过头去，习惯地用鼓槌子把破了边儿的毡帽头往后推了一下，将那面牛皮大鼓擂得更响了。看样子，他要把那一肚子的火，一肚子的气，一肚子的话，通过这沉雷般的鼓声全发泄出来。

对这件事，周围人们的看法是：白眼狼这个孬种，是成心要把社火搅散。同时，人们又都捏了一把冷汗：照这样僵下去，怕是梁宝成没有光沾！

咋办呢？人们正愁着没辙，常明义拨开人丛挤上来了。他用肘子捣了宝成一下儿，夺过鼓槌子，愤愤不平地说：

"老梁！让我来！"

明义说罢，冲着拳眼吃劲吐了口气，紧紧地握住鼓槌子，把那砰砰砰的鼓声擂得震天响。明义擂罢三通鼓，社火队益发火爆了。

白眼狼打了个唿哨，又凑到宝成近前：

"老梁，扛、扛鞭炮箱去！"

蹊跷？在这个节骨眼儿，白眼狼会真的要用鞭炮来为社火助兴？这个念头，在梁宝成的心里翻了几个过儿，也没想出个名堂。但是，有一点梁宝成是认准了的——狼心狗肺的白眼狼，不会干出人事来。于是，他从鼻孔里哼了一声，将一口唾沫吐在地上，两手一背,脖子一横,扭过头去。

白眼狼赶前一步,又补充说:

"在、在灵堂里搁着呐!"

梁宝成不吭声,只是心里生气地说:"真是有钱的王八大三辈儿——放了工啦还来指使这爷们!"这当儿,永生和他娘也正巧赶在近前。永生娘知道自己的男人不是那种低三下四让财主随便指使的人,又见他要开了怄脾气,怕是临年傍节的惹来心不净,就凑过来戳了丈夫一把,把他叫到旁边,温声细气儿地劝他说:

"孩子他爹呀,别怄气!值当的吗?去吧,又没隔着山和海,就是这么几步道儿,待会儿就回来了……"

这时宝成仍在琢磨:"白眼狼这是要耍啥鬼花狐?"机灵的小永生,见爹面有难色,娘又脸挂忧容,他那两颗眼珠子骨骨碌碌地转了一阵,也不知想了些啥,只见他把脸一腆向爹说:

"爹!我替你去!"

他说着,就要拔腿撒丫子。

梁宝成一把拽住永生,轻抚着他那虎虎势势毛毛茸茸的头顶,亲昵地说道:

"孩子,你小哇!"

"我拿得动!"

"财主那狗咬人哪!"

"踢那个龟孙!"

"不,还是我自家去吧——"

"生儿,你爹不放心——听话!啊?"

"哎。"

湛湛蓝空,在这欢乐的元宵夜晚悄悄地布下阴云;灰蒙蒙的雾气,也正乘人们不注意的当儿偷偷地洒向人间……

第二章　灵堂栽赃

梁宝成望着阴沉沉的夜空,喃喃自语道:

"怪不得我这寒腿有点沉哩,看来那'八月十五云遮月,正月十五雪打灯'的谚语要应点了!"

他自言自语地说着,迈进了贾家大院。

院内黑魆魆的。宝成仗凭路熟,摸着黑儿绕过影壁跨进第一层院落。贾家大院一连三层院落。这第一层院落叫前院。这里,除了羊栏、猪圈、牛棚、马桩,便是碾屋、磨坊、草垛、粮仓。扛活的,倒月的,全都住在这里。

平日里,天到这时,白眼狼还不许长工、月工们歇下。那嘎啦嘎啦的碾米声,呼噜呼噜的推磨声,沙啦沙啦的铡草声,淅沥哗啦的垫圈声……一直响到过半夜。

可是今天,这里没有一点声响。因为那些扛活倒月的全放工了。元宵节晚上放工,是长工们经过一场斗争立下的章程。那场斗争的领头人,就是现在正在院中走着的这位彪形大汉梁宝成。

梁宝成穿过前院又来到中院。中院里,一拉溜三道横厅。前厅是所谓"礼宾厅"。白眼狼迎宾会客,摆席设宴,就在这里。前厅后头是中厅。贾家叫"堂屋",人们叫"狼窝"——因为这是白眼狼的住所。中厅后头是后厅。门上的招牌是"佛堂",宝成叫它"缺德堂"。"佛堂"咋成了"缺德堂"?要知其来由,得啰嗦几句——

这个"佛堂"里,住着个看"佛堂"的。此人獐头鼠目,秃顶黄胡,名叫马铁德。照宝成的说法:这个为虎作伥的缺德鬼,浑身是贱肉，一肚子净坏水儿；他见了穿绸裹缎的"上等人"，满脸的贱肉乱哆嗦，舌头耷拉到下巴颏；他见了赤脚光背的"下等人"，则是满脸的横肉冒青气，嘴角子撇到耳朵梢。

马铁德者，何许人也？谁也闹不清。听口音，仿佛是河北大名府一带人氏。宝成曾听人讲，他本是个富商大贾，不知做出了什么伤天害理的事，犯下了"弥天大罪"，这才改名换姓，潜逃在外，以"阴阳先生"为名，坑蒙拐骗，害人谋生。物以类聚，白眼狼和马铁德这一丘之貉，臭味相投，一见钟情，便换了帖子，拜了把子，成了"盟兄弟"。从那，马铁德就住进"佛堂"里。

据白眼狼说，他供养这么个"贤人"，是因为他有"爱才之癖"。村里人说，白眼狼豢养这个"闲人"，一是为了装潢其"积善堂"的门面，二是来标榜其"仁义之士"的"美德"。梁宝成的看法是：马靠贾，是想"靠上大树好乘凉"；贾养马，是相中了他那一肚子坏水儿。

梁宝成还真看对了。几年来，这对狐朋狗友，狼狈为奸，就在这"佛堂"里，一面数着佛珠，一面策划谋财害命的鬼点子，干着不可告人的勾当。因此，"佛堂"成了"缺德堂"。

马铁德坑害穷人卖了力气，在贾家的发家史上立下了"汗马功劳"，因而有人说马比贾还坏。宝成说不对——狗，从来都是看着主人的眼色行事的，白眼狼不是"阿斗"。尽管马向贾表示"鞠躬尽瘁，死而后已"，可是贾只把马看作一只"高级走狗"，并没当作"诸葛亮"。

事情也确是这样。

马进贾宅后，曾披心沥胆表"忠诚"：

"往后，贤弟指到哪里，鄙人就打到哪里。"

"不！大哥太、太客气了。"白眼狼摇头晃脑地说，"我、我指到哪里，他、他打到哪里，那、那只是个奴才——我、我想到哪里，他就打在哪里，那、那才称得上个'人才'哩……"

从那,马铁德这个奴才为了当个"人才",就想着法儿地往白眼狼的心里做事,因此也越来越得宠。后来,他又发现:白眼狼对佃户常明义那一亩地直流口水,对长工梁宝成那二分宅基更垂涎三尺。于是,便向主子说:

"贤弟这'阴阳宅','风水'虽好,但有点美中不足哇!"

"愿、愿听高见。"

"那'阴宅',正而不方;这'阳宅',门前只有'停轿坪',少个'拴马场',都犯点病……"

"有、有法子补救吗?"

"把常明义那一亩地靠到'阴宅'上,'阴宅'就方正了;将梁宝成那二分宅基改成'拴马场','阳宅'就文武并茂了。要那么一整治,就阴阳相合,完美无缺了。"

"大、大哥之言,正、正是我的心病一桩啊!"

"不是鄙人妄夸海口,愚兄手到病除。"马铁德兴致勃勃、自吹自诩地说:"要让这两块'宝地'改个姓儿,那还不是易如反掌、囊中取物耳!"

"说、说下去。"

"今年,大旱成灾,粮价飞涨,地价暴跌,咱打开谷仓,卖点囤粮,花不了几个钱,那梁家的宅基常家的地,不就都姓贾了吗?"

"使、使不得!"

"怎见得?"

"梁、梁宝成和常明义都是个刺儿头!"白眼狼摘下那顶刚花钱买来的红缨帽放在桌子上,"我、我已经吹出风儿去了,看、看来梁宝成的头最难剃呀!"

"这好办!有钱买得鬼上树,还怕那些穷巴子见财不动心?"马铁德说到这里,见白眼狼那尖脑瓜儿摇成了货郎鼓,便又加重语气劝说道:"贤弟,大歉之年,粜粮买地,可是发家捷径,一本万利呀!"

白眼狼听后,嘿嘿儿地冷笑两声,不凉不热地说:

"你、你不愧是个买卖人,张、张口就是生意经!"

马铁德以为主子很赏识他的"卓见",沾沾自喜、洋洋得意地吹开了牛皮:

"我马某,干过钱庄,开过当铺,在那买卖行里泡了半辈子,总算把这发财的砝码摸准了……"

"不过,咱、咱俩的砝码不一样,"白眼狼打断马铁德的话说,"我、我贾某的发家之道,不、不是一本万利,而、而是无本取利!"

从前,马铁德从自己的经历中,曾得出这样的结论:世界上,顶数着买卖人尖刻了。今天他才明白:过去没瞧得起的庄稼财主,比我这富商大贾还要歹毒!

怎么用"无本取利"的砝码,让那梁家的宅基常家的地全姓"贾"呢?马铁德就围着这个题目作开了文章。一月之中,他交过两回"卷儿",可惜都没"及格"。头一回,白眼狼说太露骨,有损他的"声誉";二一回,白眼狼又嫌狠而不毒,后患太大。因为这件事,可把个马铁德愁住了。那些日子,他总觉着饭碗不牢靠,笑容也少了。

这两天,不知为什么,马铁德的笑容骤然多起来。特别是今天,他脸上的每一个麻子窝儿里,好像都充满了笑意。晚饭前,白眼狼还把他请进屋,两人鬼鬼祟祟嘀咕一阵,最后狂笑而散,也不知搞了些什么鬼名堂。

而今梁宝成走在院中回想着这些往事,又跨入发碹门进了后院。在这黑洞洞的后院中,有座大厅。贾家死了人,在发丧之前,棺材都停在这里。

这里,就是白眼狼所说的那个"灵堂"。

灵堂,像只张着血盆大口的怪兽卧在那里。从窗口渗出的灯光,又如怪兽的两只眼睛,虎视眈眈地盯着宝成。

这座孤孤伶伶的灵堂,处在空空荡荡的后院里,叫灰暗的夜色一衬,愈显得阴森,恐怖。

梁宝成并没留意这些,他踏着用方砖墁成的甬路,直奔灵堂而去。

灵堂的门扇,紧紧地关着。

梁宝成走到门口,收住脚步,向里喊道:

"谁在屋?"

屋里没人答腔。

宝成提高了嗓门儿,又喊一遍:

"喂!有人吗?"

依然没有动静。

宝成走到门下,轻轻一推,吱扭一声,门开了。

屋里,冲门搪着一口棺材。棺材前头,放着一张单桌儿。桌面上,摆着香炉、蜡扦,还有一叠烧纸,两股香。山墙上,挂着一些祭帐和挽联。这些玩意儿,全是拍马屁、溜沟子的人送来的。屋里的陈设,几乎全是白的:白茶壶,白茶碗,白桌布,白门帘,白甩子,白撺子,白椅搭,白洋蜡……

宝成跨入这白色的世界,就着昏黄的烛光犄里旮旯儿撒打一阵,也没瞅着鞭炮箱的影子。他正转身要走,突然门帘一动,从暗间走出一个女人。

这人三十来岁,从头到脚一身白,打扮得妖奇百怪。她,姓冯,外号"醋骷髅",是死鬼贾永富从窑子里拐来的姨太太,也是白眼狼的姘头。这个婊子,像刮旋风儿般的佻佻佽佽走过来,酸溜溜、娇滴滴地向宝成说:

"老梁啊,屋里坐呀!"

"东家叫我来扛鞭炮箱。"

"屋里坐吧,我给你……"

醋骷髅说着,眉飞色动,不出好相。梁宝成一看这块腥油没安好心,转身就走。可是,那臊娘们儿抢步来到桌前,噗地一口,吹灭了蜡烛,接着,她又一手挠乱了头发,一手捋开了棉袄扣鼻儿,没羞没臊地哭骂起来。

梁宝成赌气骂了一声:"啐!不嫌寒碜的骚货!"

随后,他一步闯到门口,正巧和马铁德撞了个满怀。马铁德嗷的一声惨叫,仰面朝天摔倒地上,急命地吆呼开了:

"不好了! 来人哪!"

宝成被几个喽啰绑架进了"佛堂"。

这"佛堂"是五间大厅,三明两暗。画栋雕梁的明间里,除了"神",便是"佛",还有"狐仙"、"长仙"、"刺猬仙"……杂七杂八贴了一墙。香碗子、香炉子摆了个椅子圈儿,七大八小无其数,怕是三粪筐也背不了。宝成望着这些玩意儿,心中暗道:"这缺德堂里净办缺德事儿,今儿个自然不会例外!"

梁宝成又被推进西里间——马铁德的狗窝。

他含着不白之冤,挺身站在屋中,气得面色铁青。

醉醺醺的马铁德,把那黑黢黢的麻脸一沉,充猫变狗、装腔作势地说:

"唉唉,老梁呀老梁! 深更半夜,黑灯瞎火,你跑进灵堂去干什么?"

梁宝成两手卡腰,堂堂而立,强压住愤懑的心潮,理直气壮地亮开嗓子:

"东家叫我去扛鞭炮箱!"

梁宝成话没落地,白眼狼手托水烟袋走进屋来。马铁德当着白眼狼的面,指着旁边的鞭炮箱说:

"老梁,别瞎咧咧了! 你看——鞭炮箱在这里放着!"

梁宝成定睛稳神,瞅了瞅鞭炮箱,又掉过头来,睥睨着白眼狼那副心怀鬼胎的奸相,不由得心中想道:"嗄?鞭炮箱明明在这里放着,他为啥叫我到灵堂去拿?"接着,他的脑海里又浮起一连串的问号:"醋骷髅明明在屋,我连喊两遍她为啥不答腔?马铁德去灵堂干啥?咋又偏偏跟我碰得这么巧?抓我的喽啰净是白眼狼的心腹,他们咋又来得那么急爽?"宝成想着想着,忽然心里一闪,眼前这噩梦似的场景,他全明白过来了:"唷!闹了半天,是他们插了个圈儿来栽赃陷害我呀!"

梁宝成是个拾得起放得下的人。他想到这里,心情反倒轻松了。方才,他被这场平地风波弄得懵懵懂懂,总觉着心里压着一块坯。现在,压在心中的那块坯消失了,一团怒火又在心头燃烧起来。他的主意是:怕狼怕虎别在山上住,怕死别活着——既然走到这步棋上了,就得一个鼻儿的罐子豁着抢了;他成心要我一死,我临死也咬他两口!

宝成正然想着,醋骷髅蓬头垢面又撞进屋来,指着梁宝成又哭又叫:"你这个坏了良心的,俺死了丈夫还没过'三七',你可不该……"她哭着叫着,吵着闹着,还碰头打脸,说她再也"没脸见人",活不成了!

梁宝成一口唾沫吐在地上,把那顶磨破了边儿的毡帽头子往后一推,先从鼻孔里哼了一声,然后用轻蔑夹带着嘲笑的口吻说:

"胡嗳!你也没点儿臊肉?演得可真像啊!"

白眼狼把水烟袋呱的一声摔到地上,又装模作样地捋一把胳膊,煞有介事地逼向宝成:

"老梁!你、你吃着我的湿的,拿、拿着我的干的,竟干出这、这伤天害理的事来……"

梁宝成火攻头皮,气撞顶梁,敞开那铜钟般的嗓子厉声吼道:

"喔!净放你妈的狗臭屁!"

宝成这一声吼,像个落地霹雳,再加上他那一跺脚,直震得墙壁上的浮土,唰啦唰啦地滚落下来,就连明间里那些贴在墙上的"神"们,也吓得哗啦哗啦地发抖,白眼狼更吓酥了。他一闭眼,一咧嘴,打了个冷战,踉踉跄跄地倒退了两三步。至于那醋骷髅,早就哆哆嗦嗦地夹着尾巴溜走了。

这时,梁宝成瞋目而视,可笑那吃不住劲儿的马铁德抓了瞎。因为这出"戏"他是"导演",要是演砸了锅,他的饭碗可就打了。大概是因为这个,他急得抓耳挠腮又挖头皮,豆粒大的臊汗顺着鬓角淌下来,又渗进那又深又大的麻子窝儿里去了。正在这时,他望着那摔瘪了的水烟袋,想起了"敝帚千金"的成语,就弯下身子拾起来,又擦去泥土,嬉笑着向主子递过去:

"贤弟,抽烟,抽烟——"

白眼狼接过水烟袋,又强振作起精神向宝成说:

"姓梁的!你、你可要明白——灵、灵堂行奸,掉、掉头之罪!"

马铁德也顺着杆儿爬上来:"二爷说的是啊!老梁,要把你绑起来,送到衙门去,你这脑袋呀,可就安不住喽……"

梁宝成听了这些屁话,憋在肚子里的那股窝囊气,一个劲儿地往上泛。他真想豁出一条命来,演上一出《梁宝成大闹"缺德堂"》,让这灵堂里再摚上几口棺材。就在这时,常明义的声音响在他的耳边:"眼下没你爹了,一家妻儿老小的全指着你扛大梁哩,要是心里没个小九九儿,来不来的就要怄脾气,万一有个闪腰岔气,你这一家巴子不就瞎锅了……留得青山在,不怕无柴烧。"继而,又是老婆孩子的声音……

宝成一想到那可怜的老婆孩子,鼻子一酸,眼圈儿红了。他在心里自己解劝自己道:"先忍住,别要怄,让他们把花招儿全掏出来,看看他们到底要搞个啥名堂,然后再想法儿对付。"

马铁德见梁宝成眼里揾着泪花,不说话,就以为是宝成害了怕。他挤眉弄眼地向白眼狼递了个眼色,然后又说:

"贤弟,老梁已经是错了,覆水难收;我替他求个情,你看在愚兄我的面上……"

"这、这是看面子的事吗?"

"贤弟,他的孩子还不成人,妻子正在年轻,你要把他送了官,这一家子就失散了……"

"他、他太叫我过不去了!"

"可也是呀!"马铁德一面说着瞟了宝成一眼,只见他满脸正气,凛然无畏,两条闪闪灼灼的视线,一直逼视着白眼狼。又见白眼狼不敢和宝成对视,只是歪着脖子咕噜水烟袋,以掩盖其空虚、怯懦的狼狈相。马铁德见此情景,也打心里怵了头。可是,他更怕露了馅子、裂了瓢,便打了个唿哨,抹一下眼眵,强打起精神,又硬着头皮说下去:"贤弟,你也真不走运——大年三十,常明义行凶杀了永富哥,仇还没报,谁承望元宵夜晚又出了这一锅。唉,倒霉呀!归官吧?这事儿一声张,名声不好听,面子搁不住,门风也就败坏了!叫我说,最好叫老梁替你报了杀兄之仇,你饶了他'灵堂行奸'之罪……"

"净、净说梦话!"白眼狼掉过脸来,满嘴迸着唾沫星子,冲着马铁德吼叫起来,"杀、杀人要偿命,这、这仇他能报?"

"贤弟放心,我有办法……"

这俩孬种一唱一和正演滑稽戏,又一个粉墨登场的狗腿子惊慌失措地撞进屋来,大声小气地嚎叫道:

"二爷!大事不好!冯太太跳井了!"

马铁德也佯装惊慌:"哎呀!贤弟快去看看吧!"

白眼狼作了个大骇失色之状,滚蛋了。

马铁德拍一下巴掌,两手一摊,向梁宝成说:

"老梁,你看!这祸可大了!"

这一阵也不知梁宝成想了些什么,这时他只是长长地叹了口

气,啥也没说,抽起烟来。马铁德说:

"老梁,我向你不向你,看明白了吧?"

"我不瞎——"

"要不是我,你不得家破人亡?"

"我也不糊涂——"

马铁德从褥子底下抽出一口单刀,放在梁宝成的面前,佯叹一声,坐在一边,不吭气了。宝成灵机一转,琢磨出了他的意思——是让梁宝成用这口单刀,去替白眼狼报那所谓的"仇"。宝成心里这样想着,可他嘴里却问:

"这是啥意思?"

"你认得这口刀不?"

"认得。"

"谁的?"

"常明义的。"

"它怎么来到这里的?"

梁宝成知道,这是十三年前,白眼狼勾结官府剿义和团时,从常明义家搜出来的。可他故意说:

"闹不清。"

"常明义杀贾永富,就是用的这口刀。真没想到,它倒救了你的命!"

"救了我的命?"

"唉唉,老梁啊老梁,你怎么聪明一世糊涂一时呀!这话还用我明说吗?就是请你去把这口刀还给原主!"

"杀人?"

马铁德诡秘地笑了。

梁宝成摇摇头:

"我这个人向来是'有毒的不吃,犯法的不做',杀人害命这号事儿,咱干不出来!"

"我也知道你干不出来!可是,事到如今,有啥办法呀?老梁啊,你掘坟可别埋了送殡的呀!你知道,我是信佛教的。杀生害命之事,从来没敢想过。今天,为了救你,我这才磨破了嘴唇死说活说,给你求下'将功折罪'的人情——"马铁德打了个唉声又说,"老梁,这事儿是你贾、梁两家的事,盐里酱里都与我马某没有任何相干!无论如何,你可别曲解了我这一片好意呀!"

至此,马铁德杀机毕露,已将白眼狼的阴谋和盘端出。但不知梁宝成对此是怎么想的,他只是说:

"我心里都明白——"

"明白就好!"

照马铁德的理解,他对宝成的回答是满意的。于是,他讲了下曹操杀吕伯奢的事,又说:

"老梁啊,我也知道你跟常明义的关系。可是,古人道:'人不为己,天诛地灭。'已经挤到这条绝路上,我看你就来个'君子量'、'丈夫心',死里求生吧!别的,什么也不要顾及了!"

梁宝成叹了口气,没吭声。

"不要怕。你干完后,把这口刀扔在常明义手边,明天咱就去报案——说他是畏罪自杀。"马铁德一边交代,一边观察宝成的面部表情。他按"人不为己,天诛地灭"的逻辑分析判断,得出这样的结论:姓梁的终于上套了!为了给宝成再加把劲儿,他又说:"我这个人,一向是救人救到底,送人送到家。老梁啊,等你大功告成之后,我再跟二爷说说,让他赏给你十亩好地,你也甭扛活了,回家过日子去。那么一来,你可真算是'因祸得福'喽!"

梁宝成苦笑一下,仍没吱声。

马铁德又说:"老梁,到那时,可别忘了我呀!"

梁宝成说:

"忘不了你！我还要告诉我的子孙记住你哩！"

子夜时分。

梁宝成手提单刀跨出贾家的大门。

社火早已闹罢。村中灯火尽熄，人皆入梦。鞭炮的硝烟，飞扬的尘土，已被雾濛濛的潮气杀下去。街道上满是碎纸、灯灰。

夜，黑乎乎，静悄悄。

天空中，节日的游兴还未散尽，仿佛灯节的光和热还在飘荡、回旋，还在发红、放亮。潮湿的空气，压迫得更沉了。曛黑的夜空里，不时撕下片片白絮，飘飘摇摇飞落下来……

梁宝成怀抱单刀，站在贾家门下，呆了约半个时辰。直到院内没有动静了，他才骂了一声，匆匆离去。

雪，愈下愈大。纷纷扬扬，扑头打面。

天地之间，万物皆白。世间的一切，都失去了本来的面目。

雪地上，一行长长的脚印，从贾家一直通向常家。可是，又很快被大雪盖住了。这无声无息的大雪呀，掩没了世上的一切，却掩没不了人间的不平！天亮以后，将会使多少人感到惊讶、意外？

第三章　闯衙喊冤

县衙的差役们,头戴篾顶尖帽,手持竹板绳索,如同牛头马面,在公案桌前分站两旁,一齐放开嗓子大声嚎叫:

"大老爷升堂——!"

最后这个"堂"字,喊得长而且响。

衙役三班,照这样的喊法,喊完一遍又喊二遍,喊完二遍又喊三遍。直到三遍喊完后,那个身穿长袍马褂、头戴顶子的"县令大老爷",这才堂哉皇哉、一步一喘地走出上房。他腆着肚子,拿着架子,踱着方步,穿过二堂来到大堂,气咻咻地坐在公案桌边的太师椅上。

这个"七品县令",长得鹰鼻鹞眼,肉头肉脑;那怕有二百斤重的块头儿,压得椅子咕吱嘎吱乱叫唤。他吭哧吭哧地喘着粗气,一阵阵的酒腥臭味儿从探着两小撮黑毛的鼻孔里冒出来,在屋中扩散着;两眼半睁半闭,眼角上挂着黄乎乎的眵目糊;伸手拿过案角上的"惊堂木",往桌面上一拍,浊声浊气地说:

"带上来!"

两个差役拖着遍体鳞伤的梁宝成进了大堂。

进门后,差役往前一推,松开手滚蛋了。

刚受过重刑的梁宝成,疼痛难忍,站立不住,一跤摔倒地上,一阵头晕目眩昏迷过去。

梁宝成是怎么来到大堂上的呢?

这得先从白眼狼那里说起——

白眼狼硬说常明义杀了他的"大哥爹",并没半点根据,只不过是想借口杀害常明义罢了。白眼狼所以要杀常明义,这有两个原因:

第一,这些年来,在白眼狼的眼里,有两颗钉子,一个是他的长工梁宝成,另一个就是他的佃户常明义。在长工中,梁宝成人缘儿好,孚众望,断不了领着长工们抻牛筋儿、闹乱子。常明义有点韬略,是佃户当中的"军师",经常琢磨些对付白眼狼的点子。因为这个,他俩便成了白眼狼的心腹大患。

第二,就是白眼狼一心要霸占梁家的宅基、常家的地。

白眼狼的如意算盘儿是:通过灵堂栽赃,逼着梁宝成杀了常明义,尔后,再把宝成当作"杀人凶手",绑送县衙把他除掉。以后再想个别的花招儿,来个斩草除根。这样,既拔了他眼中的两个钉子,又用"无本取利"的砝码让梁家的宅基、常家的地全姓了贾。

照白眼狼的估计,他设的这个圈套儿,准能套住梁宝成。他这个结论,是从这样的逻辑里推出来的:我灵堂栽赃,以命相逼,人,哪有不怕死的?我许地收买,以财相诱,人,哪有不爱财的?再让口若悬河的马铁德用他那三寸不烂之舌一网花儿,还怕他个梁宝成不上我的钩?

白眼狼哪里知道,他的估计完全错了!梁宝成并没有让白眼狼牵着鼻子走,他的阴谋诡计成了泡影。

当时,梁宝成见白眼狼杀机毕露,他心中想道:"我要宁死不应,他一定会把埋伏好的刀斧手喝出来,先杀了我,再去杀害那毫无提防的常明义。此后,还不知要给我们二人加上个啥'罪名',说不定家里人还得跟着吃官司……"梁宝成想到这里,这才来了个顺水推舟的脱身之计。

宝成出了贾家,先给常明义送了个信儿,要他领上秋生赶紧逃走,而后又回到家领上老婆孩子连夜逃出了虎口。

次日,梁宝成一家,来到河西的坊子镇投亲。这家亲戚,是宝成妻子的表姑父。他虽不算大财主,可在镇上得算个上流户儿。他怕受牵连,不敢收留宝成一家。这类话儿虽然抹不开直说,可宝成已经看出人家的意思。于是,耿直的宝成领上老婆孩子,一甩袖子愤然离去。

坊子镇上,有个穷人,叫高荣芳。他听说此事,气不平,就向梁宝成说:"穷哥们儿,跟我来!"旋间,高荣芳把梁宝成一家,领进一间破草棚子。这座破草棚子,周遭儿围了一圈儿篱笆障子,算是"垣墙"。

梁宝成问:"这是你的?"

高荣芳说:"不!是我堂弟高荣馨的住宅。年底下,他一家被穷逼得下关东了。"

过一霎儿,高荣芳又拿来几件破烂炊具,帮着梁家立起锅灶。邻近的几家穷街坊,还凑集了一点吃的烧的送过来。

梁宝成安下脚儿以后,就千方百计地打听龙潭街上的情况。听黄大海说,在宝成逃走的那天夜里,常明义被贾家的狗腿子追上活活打死了。因为他的财产全被白眼狼霸占,没有葬身之地,穷街坊们把他的遗体收殓起来,卷在一张秫秸箔里,埋在龙潭桥边的运河滩上。常明义的儿子常秋生,多亏乡亲们的掩护逃了活命,如今下落不明。

梁宝成听了这个消息,又悲痛又气愤。他想:"常明义是个一咬嘎嘣嘣响的好人,如今却落了这么个下场;他的冤枉我梁宝成最知根底儿,我应当替他报仇!"

于是,宝成托人写了张呈子,递到县衙告了状。

七八天过去了。呈子如石沉大海,音讯全无。宝成又递上一张,还是没有回声。有一天,宝成听人说,"闯衙喊冤",可以立刻见到县官。于是,他又求人写下了第三张呈子,大声喊着"冤枉",闯进了衙门口儿。

按照当时的规矩,"闯堂喊冤",要先打四十大板。这四十大板,一般人是经受不住的。何况,白眼狼又事先花上了银钱,竟把个梁宝成打得皮开肉绽,死去活来……

梁宝成被冷水浇醒了。

他咬紧牙关,忍住疼痛,挣扎着坐起来,瞪大眼睛,环视着身边这陌生的环境。这有生以来从未见过的场面,给他一种阴森恐怖、杀气腾腾的感觉。可是,宝成觉得"大堂"是说理的地方,就理直气壮地昂起头来,等待"过堂"。

站堂的差役向宝成喝道:"跪!"

梁宝成说:"腿叫你们打坏了!"

县令从头到脚把梁宝成打量一遍,撇了撇嘴角子,耸了耸膀头儿,又装五作六地干咳了两声,"过堂"便开始了:

"你叫什么名字?"

"梁宝成。"

"唔,梁宝成就是你呀?"

"不错。"

"年庚几何?"

"三十五岁。"

"何处人士?"

"龙潭街。"

"多少田亩?"

"没有地。"

"以何为业?"

"扛活的。"

"状告何人?"

"白眼狼。"

县令将那"惊堂木"一拍,喝唬道:

"哇!放肆!"

我一说"白眼狼",他为啥就大动肝火?梁宝成心里这样想着,一股怒气涌上胸来。于是,他又加重语气,质问道:

"怎么?白眼狼那狗日的就不兴告吗?"

"惊堂木"又响了一声:

"这是大堂!不许骂人!懂吗?没有见过世面的穷巴子!"

梁宝成听了这些牙碜话儿,火撞脑门儿,怒气难忍,又质问道:

"'穷巴子'是个啥称呼?不许别人骂人,你咋骂人?"县令脸如猴腚:

"我,我是父母官!"

梁宝成的两只眼里要喷出火来:

"照你这么说,不是'只兴官家放火,不许民家点灯'吗?"

"哇!斗胆!"

宝成忍气吞声,规劝自己:"咱是来打官司的,犯不上跟他怄气,算了吧!"县令喘了几口臭气,又问:

"你和被告是什么关系?"

"我是他的扛活的。"

"我一看你就不是守法百姓!你吃着东家,喝着东家,又跑到大堂上来告东家……"

梁宝成胸有成竹,依法争理:

"东家做坏事不犯王法?东家杀人没有罪吗?"

"胡诌!凡是东家,都是财主;财主是有识之士,哪能干出杀人害命的事来?"县令打了个饱嗝儿又说,"你定是诬告!"

梁宝成怒火燃胸,严词质问:

"你不问是非曲直,凭啥说我诬告?"

"我朱某,办案多年,断事如神;熟通相术,观面知心;区区小案,何需细问?"

梁宝成听了这吹五作六的胡云海唠,浑身起鸡皮疙瘩。他将一口唾沫吐在地上:

"呸!"

"嗐!该打!"

梁宝成顶腔而上,愤怒陈词:

"白眼狼恨穷人不死,为了谋财霸产,灵堂设计,栽赃陷害,又许我十亩好地,要我暗杀常明义。只因我没照办,他又派出狗腿子将明义大哥活活打死……"

"惊堂木"打断了宝成的话弦,县令拦腰插进来:

"他常明义姓常,你梁宝成姓梁,他怎么成了你的大哥?"

"这是按庄乡的辈分儿!"

"你们沾亲?"

"不沾亲!"

"带故?"

"不带故!"

"你们一不沾亲,二不带故,为何替他'闯衙喊冤'?"

梁宝成据理力争,井井有条:

"我替他告状申冤,原因有八:第一,他的儿子还不成人,并且死活无信,下落不明,除此而外,他再无亲属。没有亲属的人,就该打死没祸吗?第二,这个案子,我知情摸根儿。知情人为苦主起诉难道有罪吗?第三,他是佃户,我是长工,我们是一根蔓上的苦瓜。凭啥只兴官家为富家争理,不许穷人为穷人申冤?第四,我连递两张呈子,都如石沉大海,不来'闯衙喊冤',又有啥办法?第五……"

县令见宝成既不怯官,又不畏刑,持之有故,言之有理,并且,理越说越多,气越说越大,心里惊慌起来,头上直出虚汗。他想:"我图了贾家的贿赂,不把梁宝成置于死地怎么交代?"于是,他用

"惊堂木"打掉宝成的话头,节外生枝地问道:

"你不知道'闯衙喊冤'要先挨四十大板?"

"知道!"

"知道为啥还来?"

"只要为穷爷们儿报了仇,我死而无怨!"

"一派胡言!"县令说,"'人不为己,天诛地灭。'替别人告状申冤,必是借故渔利之徒……"

县令这一阵狗臭屁,把梁宝成气了个眼蓝。"衙门口朝南开,有理没钱别进来"这句民间俗语,过去宝成是半信半疑,今天他才知道,这话半点不假。他想:"不管怎样,既然来了,就要把理全说出来!"可是县令再也不容他张口了,把那"惊堂木"一拍:

"上刑!"

这也不知叫什么刑具——一根木杠,很长,两头儿钻进桩橛上的铁环里,离地约三尺高。木杠上,血迹斑斑,令人见而发指。刑役把梁宝成拉上去,两手绑在胸前,双腿弯在木杠上。木杠前边,还有一排小铁桩。用铁桩上的绳索,又系上了梁宝成的大脚趾和大拇指。

梁宝成这条倔强汉子,他怎能咽得下这口窝囊气?于是,他敞开那铜钟般的嗓门儿,破口大骂赃官。

刑役们,用皮鞭在梁宝成的身上抽打。

梁宝成,面不改色,骂不绝口。

正在这时,白眼狼手提皮鞭,走出二堂……

万里长空,乌云翻滚;天地之间,一片昏沉。

夜深了。

梁宝成被春雨激醒。这时候,他觉着天旋地转,浑身不能动弹,也闹不清眼时下自己躺在什么地方。少顷,他用了很大的力气,睁开眼睛一瞧,才知自己正躺在"乱尸坑"里。

这"乱尸坑",离城里把路。监狱里监毙的"犯人",重刑下屈死的告状人,都被拖进这"乱尸坑"。多少年来,从这里飞起的鹰眼是绿的,从这里跑出的狗眼是红的。

从昏迷中醒来的梁宝成,心里很明白,可是身子就像被钉在板子上,怎么也动不得。因此,他只好躺在湿乎乎的土地上,瞪着失神的大眼,仰望着无边的深空。

夜空里,绽开的云层,已分成了无数个花花搭搭的云块子;它们南一块,北一块,大一块,小一块,黑一块,白一块,在夜空中游动着,变幻着;那纯净而广阔的天幕,变成了七零八落的碎片儿。

一轮勾月,从云块的后面钻出来,悄悄地爬上了枯树的梢头。一会儿,它又钻进了另一块云彩的背后,藏起来了。

一个女人的哭声,隐隐约约传来:

"我那天哟,我那地哟,我那发了狠心的人哟!不叫你告状你偏告状哟,状没告成你送上命了!你撇得老的老来小的小哟,叫我个寡妇人家可怎么过哟……"

梁宝成挣扎着支起身子,爬出"乱尸坑"朝西一望,只见那灰暗的月光下,有一个疯疯癫癫的女人向着县衙门的方向跑去。她一边跑一边哭喊:

"狗财主,贼贪官,你们得还我的丈夫!你们得还我的丈夫呀……"

哭声消逝后,梁宝成的耳边,又响起了妻子那熟悉的语音:

"孩子他爹,你从未告过状,可要处处小心哪!完了事儿,不论官司输赢,千万早点回来,免得俺娘儿俩放心不下……"

这是梁宝成早起进城时,妻子领着儿子把他送出村外,分手时含着热泪嘱咐的最后两句话。

当时,宝成走出很远很远了,回头张望时,还能影影绰绰看到他的妻子和儿子,直挺挺地站在村头的沙丘上。

此情此景,在梁宝成的头脑中浮现上来,翻腾着,变幻着,蓦地,又化成了这样一幅惨景:

昏黄的月光下,村头的沙丘上,站着妻子和儿子;这对无依无靠的母子,向着县城的方向,正然张望着,哭泣着,呼喊着……

这种情景,使梁宝成的身上,产生了一种力量。这种力量,使他抵住了刑伤的剧烈疼痛,站起身来,吃力地,向前,向前,向前走去。

梁宝成,有骨气的梁宝成,咬着牙,忍着疼,走呀走,走呀走,一直向前走着。实在走不动了,就爬着前进。在他的身后,留下了一溜长长的血印。

这血印,是梁宝成一生生活道路的写照。

这血印,是普天之下的穷人苦难境遇的缩影。

穷人的血呀,不会白流;它必将渐渐地汇合起来,流成无底的长河。

梁宝成虽然刑伤很重,可是,他的头脑还是清醒的。他知道,自己的生命,已到了最后的时刻。这当儿,他怎能不想念自己的老婆孩子?怎能不想念那些情同骨肉、息息相关的穷哥们儿?

他想起了惨死牛棚的长工黄福印,又像看见黄福印那骨瘦如柴的儿子,穿着亡父撇下的耷拉到膝盖的大破棉袄,光着冻裂了的脚丫子,站在爹爹坟前的雪地里哭泣……

他想起了被地租逼下运河的佃户房春江,春江那痰喘的老爹的憔悴面容,又在宝成的脑海里浮上来……

他想起了死在财主磨坊里的石匠唐老五,唐老五的妻子——一个疯癫女人又哭又笑的声音,响在他的耳旁……

那些死者的血仇,得靠咱这穷哥们儿给他报呀!这些活着的孤儿、老人和寡妇,又是多么需要咱这同命相连的穷人帮助他们活下去。梁宝成想到这里,心里揪揪成一个大疙瘩,感到又惭愧又难过,不由得自己责备起自己来:"梁宝成呀梁宝成,穷哥们儿待你恩深义厚,你作为一个男子大汉,没能为穷哥们儿报了仇,你对不起死的也对不起活的呀!"

梁宝成想着想着,突然间,他那血泪斑斑的家史,从脑海深处又忽地翻上来了——

梁宝成的祖籍,在大江以南的杭州府一带。那时节,宝成爹梁恨道,在杭州城里推脚儿为业。他的一家老小,住在离杭州不远的虎穴镇上。镇上有个恶霸地主,名叫苏振坡,欺穷凌弱,无恶不为。有一年,稻子因旱减收,他硬说是宝成爷爷的名字犯碍,就立逼着宝成爷爷改名字。显然,他这是借故敲穷人的竹杠。可宝成爷爷梁喜汉,是条宁折不弯的倔犟汉子。他坚持不改,并据理相争:

"你连穷人起名字也管着,未免太霸道了吧!"

苏振坡恼羞成怒,就喝令狗腿子将宝成爷爷装进麻袋扔下运河。性体儿刚强的宝成爹,咽不下这口冤枉气。可又有什么办法呢?他赌气架起那辆推脚车子,这边推着年迈的母亲,那边推着生病的妻子,身后背上不满三岁的儿子梁宝成,一跺脚离开了那吃人不吐骨头的虎穴镇。

梁家三代人,在那"是岁江南旱,衢州人食人"的年头儿,怀着满腔的仇恨,顺着运粮河,向北奔逃。他们一家四口,沿途讨要,跋涉千里,餐风饮露,昼夜兼程。在一个隆冬数九、扬风搅雪的夜晚,来到了这冀鲁平原、运河岸边的龙潭街头。

宝成一家,被风雪困在了街北头的关帝庙里,多亏街上的穷人们周济襄助,梁家老小才没冻饿死去。后来,还是在穷街坊的帮凑下,又把这间半草房盖了起来。打那以后,这七十二姓的龙潭街上,又增加了一户姓梁的。

中国只有百姓,龙潭竟占了七十多姓!其姓氏之杂,何其甚乎？相传，我国在有公路、铁路之前，纵贯"神州"南北的交通干线，只有这条驰名天下的大运河。那时节，进京告状的苦主，去闯关东的穷人，常因天灾人祸，被困在这运河岸边的"龙潭"一带。

运河，在这一带，兜了个大弯，滋润着一片沃壤，还形成一个深潭。人称"龙潭"。随着这"龙潭"附近的难民越来越多，逐渐在这片沃壤上形成一个村庄。

它，初名"龙潭村"，后改"龙潭街"。

"龙潭街"，不到一里方圆；这村里的几百号人，都同庄相居，近在咫尺；但追祖籍，却隔山跨水，相距千里。

三十多年来，这龙潭街虽不是梁宝成的本乡本土，可街上的穷爷们儿从来没拿梁家当过外乡人。尽管姓氏的差异把他们分成了东家西户，可是，一个"穷"字又把他们的心紧紧地联在一起。

在那暴雪屯门的早晨，是佃户常明义背着烧柴推开了梁家的房门；在那风嘶雨啸的夜晚，是铁匠杨万春端着薯干迈进宝成的门槛；当除夕之夜白眼狼堵门逼债的时候，长工黄福印用自己的活价替宝成打上了利钱；当白眼狼的黄狗将永生扑倒地上的时候，石匠唐老五撵跑了黄狗，含着热泪把血淋淋的梁永生送回家中……

梁宝成在这更深人静的夜晚，想着，走着，走着，想着。一幕又一幕的往事，从他的脑海里闪过去；一层又一层的阶级情谊，在他的心头上聚起来。

屈死者的仇恨，苦难中的活人，促使宝成增添了力量，横下了决心：我要走回去，走不动也要爬回去，爬到穷哥们儿的面前，爬到我的妻子和儿子的面前，告诉他们……

第四章 龙潭桥别妻

坊子镇。

黄昏时分。

无边无际的愁云惨雾,布满天空,扣住大地,压得人们喘不过气来。天地之间,像扯起一道灰纱,使这冀鲁平原,失去了它那辽阔的气派。

一位英俊少年,登上村头沙丘的顶巅,亭亭而立,凭高四望。

早春的原野,腾腾地冒着热气,就像有人在地宫里烧火加温似的。一条弯弯曲曲的乡村大道,将这暮色沉沉浑然一体的田野切成两半,一直向那苍苍茫茫的天边伸延而去。大道的尽头,有个灰蒙蒙的小黑点,正在微微地蠕动着。

那少年面挂喜色,翘首远眺,两眼死盯着黑点,心里充满了希望。他等呀盼,盼呀等,等了好大一阵,结果,失望了。

这少年,就是宝成的儿子——梁永生。

自从宝成清早离家进了城,永生娘就凄惶不安地绷紧了心弦。她走里磨外坐立不安地盼到天黑,仍不见丈夫回来,心里更沉不住气了。梁永生见娘脸上的愁容越来越多,心里像压上了一块坯。穷家孩子成熟早。永生虽然才十岁,可他已经开始懂得大人的事儿了。他知道爹是为了给穷爷们儿报仇进城的。他也知道娘现在正揣着惴惴不安的心情在惦记着爹。因此,他曾几次偷偷地跑出家,登上这座沙丘,向着县城的方向焦急地瞭望。他是多么盼望爹平安无事地回到家来呀!

暮色越来越浓了。

袅袅炊烟,从家家户户的房顶上升腾起来。黑色的,白色的,灰色的,黄色的,东一缕,西一缕,大一缕,小一缕,渐渐汇在一起,形成一个庞然怪物,拖着长长的尾巴,在半天空中蠕动着,游荡着,变幻着。可是,天到这般时间,惟独梁永生家的房顶上,还迟迟不见冒烟。

这一天之中,梁永生总是恍恍惚惚,心神不定。他一进家门就想爹,出了家门又想娘。如今他站在村头的沙丘上,望着自己的屋顶,心中不安地想道:"娘准又在家发愁呢……"他想到这里,扎撒开胳膊跑下沙丘,沿着洼洼坑坑的街道,拐弯儿抹角地向家奔去。

梁永生在街上走着,忽听背后有人喊他的名字:

"永生!"

永生回头一望,只见高荣芳端着半簸箕高粱面子走过来。高荣芳说:

"永生啊,把这个送到家去,叫你娘快烧火做饭。"

梁永生难为情地说:

"高大叔,俺不要。"

"永生啊,别见外;咱们虽然非亲非故,可是一个'穷'字掰不开呀——"荣芳硬把簸箕塞到永生的怀里,又问:"你爹回来了吗?"

永生忽闪着一双泪汪汪的大眼,轻轻地摇着头。

高大叔抚摩着永生的头顶,宽慰他说:

"放心吧,你爹一会儿就会回来的,快回家吧。"

"哎。"

梁永生端着簸箕,怀着忧虑、感激交织在一起的心情,继续向家走去。他一边走,一边喃喃自语:"一个'穷'字掰不开,一个'穷'字掰不开……"

家门口到了。

梁永生赶紧把汪在眼眶里的泪花抹去,强装出一副笑脸走进那篱笆障子的栅栏门儿。这一天来的生活告诉永生:他自己的泪花,会把娘更多的泪水引出来;他那天真的笑面,有时能把娘脸上的愁云驱散。

他走到窗下,听到屋里有人说话。

"我跑了几十个村子,找你们已经找了一天多了!"这个气呼呼的声音,很像龙潭街上的杨大虎。娘问:

"有事儿?"

"嗯喃。"

"啥事儿?"

"你们赶紧走!"

"哪里走?"

"哪里都行,越远越好!"

"为啥?"

"白眼狼派出狗腿子,正在到处扫听你们的下落。"杨大虎说,"听说那个狗杂种发了狠心,一定要把你梁家斩草除根,免去后患!"

"好歹毒的狗杂种!"永生娘骂道。

梁永生听到这里,气得两眼冒火星,嘴不由主地骂出声来:

"他妈的!"

随后,他把簸箕放在窗台上,回手操起一根棍子,跨开脚步就往外走。杨大虎闻声蹿出屋,紧赶几步拽住永生,问道:

"干啥去?"

"上龙潭!"

"去干啥?"

"我要砸死白眼狼那个狗日的!"

杨大虎望着梁永生那股彪彪愣愣、虎虎势势的劲头儿,打心眼里高兴。他劝永生道:

"永生,你还小哇!君子报仇,十年不晚。攒着这股劲儿吧!"

杨大虎拉着永生进了屋。气傻了的永生娘,压了压气,端起半簸箕高粱面子也跟进屋来。她问永生:"这是谁给的?"永生说:"高大叔。"娘说:"你高大叔也是过着拿不成个儿的穷日子,哪架得住咱这么拆扒呢!"永生说:"高大叔说来,咱和他是一个'穷'字掰不开。"杨大虎听到这里,插言道:

"就是嘛!一个'穷'字掰不开,穷不帮穷谁帮穷?"

他说着,从腰里解下一个小布包儿,哗啦一声扔到炕上。永生娘听出是铜钱的响声儿,问道:

"大虎,这是哪来的钱?"

"穷庄乡爷们儿给你凑集的盘缠。"

永生娘知道穷街坊们的日子都皮包着骨头,谁家的手里也不活便。现在她眼盯着钱包儿,心里好像有千言万语,可是又啥也说不出来。过一阵,她向大虎说:

"大虎啊,快回去吧,你娘还病在炕上。"

"大婶,你们……"

"我们不吃紧,你只管放心。"永生娘说,"你大叔一会儿就回来了;等他回来后,我们今儿个夜里就走。孩子啊,听婶子的话!咹?"

大虎走了。

屋里静下来。

在这寂静的当儿,永生又偷偷地瞅起娘的面容。他只见,娘站在屋门口,望着茫苍苍的天空,脸上的愁云又多起来,接着,眼角上也渗出了泪珠。永生见娘发愁,心里像油煎一样难受。他拍打着两只长睫毛的火爆眼睛,想了一阵儿,就说:

"娘,咱去接接俺爹吧?"

"啊。"

娘应了一声,迈出门槛,又回手掩上门扇,拉上永生的手说:

"走。"

"哎。"

永生跟在娘的身旁,出了院门儿。刚走了几步,娘又突然收住步子,问永生:

"哎,你饿不?"

"不饿。"永生把肚子一鼓,拍着肚子向娘说,"娘,你看,肚子还圆鼓鼓的呢!"

娘苦笑了一下。

他们娘儿俩出了村口,顺着通向县城的大道照直走去。永生为了给娘解闷儿,他一边走一边跟娘说闲话儿:

"娘,从坊子到县城有多远?"

"通常说十八。十八一苹拉,得有二十五!"

"你去过?"

"没价。"

"你认路吗?"

"这一半路能摸上。过了龙潭桥,路就摸不准了。"

"那就在龙潭桥上等俺爹呗?"

"对。"

"也许走不到龙潭桥就会碰上俺爹哩!"

"那敢是好!"

娘儿两个且说且走。天,黑下来了。几只晚归的老鸦,从天外飞来,忽闪着翅膀,哇哇地叫着,从头顶上掠空而过,匆匆忙忙地向前飞去。

永生和娘继续朝前走着。他们穿过云烟缥缈的荒洼,苍苍茫茫的夜色,正从四面八方向他们母子合拢过来;他们穿过炊烟缭绕的村庄,村中的窗户一个接一个地亮起来了……

刚开春儿的夜晚,天是凉的。春寒乍暖,突然下开了毛毛细雨,雨中还时而夹带着雪花。可是,雪花一沾地,眨眼就不见了。走在路上的梁永生和他的母亲,这时节谁也不觉冷。他们的心里有一团仇恨的火焰,正在熊熊燃烧。

凄风苦雨,将他们的头发撕得一缕儿一缕儿,把他们的衣裳打得精湿精湿。他们顶风冒雨,全不在意,还是一步不停地走着,不顾一切地走着。

泛浆的黄土大道,暄暄腾腾,脚板踩下去,就像走在棉絮上似的,现在被雨一淋,烂泥满道,又软又滑,更难走了。永生娘因为脚小,尽管永生搀扶着她,走起来还是跌跌撞撞,滑滑擦擦。她的两只脚上,粘了个大泥坨子,沉甸甸的,每迈出一步,都要付出很大的力气。永生见娘汗流不息,浑身像座蒸笼般地冒着热气,怪心疼的。就说:

"娘,咱歇歇再走吧?"

"甭价!龙潭桥这就到了。"

又走了一阵子,龙潭桥终于来到了。

累得筋疲力尽的永生娘,一屁股坐在桥边那湿漉漉的黄土地上,呼哧呼哧地喘息着。梁永生到底是火力旺,他好像一点也不觉累,这儿跑跑,那儿瞅瞅,简直站不住脚儿。娘不放心地说:

"别瞎跑,掉下河去!"

"不碍事,我会水!"

一霎儿,南边来了一只大船。那船,扬风张帆,顺流而下,迅速地向这桥头接近着。永生定睛一瞅,原来是白眼狼那只大船。这时,他肚子里的怒气,一下子满了腔。于是,他找了块砖头,紧紧攥在手中,想等那船来到近前,投那狗日的。娘见他攥着砖头站在桥头上,就问:

"你要干啥?"

"船!"

"船?"

"白眼狼的船!"

娘挣扎起身子,来到桥上一望,果然不假。便急忙把永生拉下桥,在堤下藏起来。娘悄声说:

"咱躲事儿还躲不迭呢,可不能惹祸招灾的!生儿啊,咱惹不起他呀,先忍着点吧!"

"忍,忍!忍到多咱算个头儿?"

娘叹了口气,没再说啥。等船过去了,她才松开手。娘一松手,永生又跑上桥头。他把一直攥在手里的那块砖头,朝着渐渐远去的木船投去。砖头落在河水中,河水砰的一声响,蹿起了二三尺高的水柱。

清风徐来,云层绽开。雨,停住了。

从云缝里透出的月光,把大地上的一切全染成黄色。

梁永生翘首四望,觉得天地开阔多了。他指着河东一片黑乎乎的地方,问娘道:

"那是啥村子?"

娘手打亮棚望了望,说:

"不是村子。"

"啥个?"

"松林。"

"真大呀!快赶上白眼狼……"

"那就是白眼狼的坟茔地!"

贾家松坟的景象,随着娘的话音,在永生的头脑中闪现出来——一片密密匝匝的松树林,阴森森的,方圆上百亩。松林中,有许许多多的坟堆。有的坟上,净些黑窟窿,里边藏着狐狸、地猴儿、大眼贼……坟堆之间,除了那些石碑、石坊、石门、石人、石猪、

石羊而外,还有蜷曲着身子的大蛇蠢蠢蠕动。永生正望着松林出神,听娘在一旁自言自语说:

"也不知他走哪股道儿——"

"干啥?"永生插嘴道。

"这两股道儿,说是都通县城——"娘指着桥东的岔路口儿说,"这北股道儿,跟白眼狼的坟茔隔得很近,他要一时疏忽大意,图近便走了这股道儿……"

"娘,你在这儿等着,我到前边看看。"

永生娘为了难:让孩子去?她不放心;不让去?又挂着丈夫。永生理解娘的心,就说:

"娘,让我去吧,眨眼就回来!"

他说着下了桥头。

"生儿!可快点回来呀!"

娘的喊声追上来。永生大步流星走着,爽朗地答道:

"哎!"

梁永生过了岔路口儿,顺着北股道儿走下去。走出半里多路,又出现了一个岔路口儿。再走哪一股?他闹不清了——收住脚步犹豫起来。

这里,离贾家的松坟,只有两箭地了。

松林中的一切,凭着月光都能看出个轮廓。坟地尽南头儿,有棵白杨树。那白杨树,挺拔屹立,高出树群,分外惹眼。白杨树上,许许多多的老鸹窝,高高低低,密密疏疏,大大小小,形形状状。每天清早,群群帮帮的老鸹,在树上起起落落,从窝中进进出出,时而登枝啼叫,时而绕树盘旋。如今,天色已晚,老鸹全钻窝了,树上静悄悄的。坟地尽北头儿,有个小屋。看坟的狗腿子独眼龙,就住在那里头。

梁永生望着松林,想起了他和爹的一段对话:

"爹,独眼龙为啥住在坟茔里?"

"看坟呗!"

"坟有啥好看的?"

"怕偷哇!"

"还有偷坟的?"

"坟里埋着东西呐!"

"不就是死人?"

"不!还有珠宝哩!"

"珠宝是些啥?"

"喔!很值钱很值钱的东西哟!"

"这么值钱为啥埋在坟里?"

"说是保养风水呢!"

"风水是啥个?"

"你没看到白杨树上那些老鸹窝吗?"

"老鸹窝有啥用项?"

"据说是凭着它升官发财哪!"

"白眼狼这么撑劲,就仗凭那些老鸹窝?"

"阴阳先生马铁德是这么说的。"

"捅那个龟孙!"

"唔!叫白眼狼知道了,比挖他的祖坟还急眼哪!"

梁永生回想着这些往事,胸中怒气翻滚。他想:"爹为了替穷爷们儿报仇,敢去'闯堂喊冤',我就不敢去捅他的老鸹窝?去!"他一跺脚,奔向松林。

风,越刮越大了,嗷嗷地吼叫着,压下了天地间一切的杂音。梁永生在风中走着。寒风透过褴褛的衣着,锥筋刺骨,直入腑脏,迫使倔强的永生加快了步伐。

松林到了。

永生站在树下,翘首仰望,只见那高入云霄的树梢,在昏昏沉沉的漫天空中摇摇晃晃,扫得残云忽忽飞跑,发着呜呜的响声。

勇敢的永生抱住树干,嗖呀嗖地向上爬去,眨眼间便登上了丫杈,又攀上股梢。尔后,他手也搲,脚也踹,把满树的老鸹窝,全捅掉了。他一边捅着,还一边带气地说:

"捅你个白眼狼!"

"捅你个风水!"

"我再叫你发财!"

"我再叫你撑劲!"

"再叫你个狗日的欺负穷人!"

无数的细枝儿、草棍儿、叶片儿,飘飘摇摇,洒落一地。黑白掺杂的羽毛,一团团,一串串,随风翻滚,横空而去。受惊的老鸹,一只只,一对对,扑棱扑棱地蹿出窝巢,惊慌失措地拍打着翅膀,忽呀闪地飞向远方。长空中,留下一片"哇——哇"的哀鸣。

"咕噔——!"

洋炮的响声,从看坟的小屋里打过来。数不清的铁沙子,碰得枯枝唰啦唰啦地响。一股火药的硝烟气味儿,呛得永生咳嗽了两声。永生怒视着响枪的方向,狠狠地骂道:

"独眼龙,狗日的!"

随后,他四肢合抱上树干,唰的一声,溜下树来,炕开蹶子,朝着龙潭桥的方向飞跑而去。在他跑过的土地上,留下了一溜深深的脚印。

梁永生来到桥上,见娘不在,吃了一惊。他各处一撒打,原来娘已经上了桥东,正顺着南股路朝前跑着。在娘的对面,有个人也正向这里走来。

"爹?"永生一阵惊喜,转身又跑下桥头,跟在娘的背后追过去了。

那位迎面而来的人,正是死而复生的永生爹梁宝成。

永生和娘见亲人浑身血迹,满腿泥浆,心疼欲裂,一头扑上去。梁宝成望着顶风冒雨半路来接的老婆孩子,心里又高兴又难过。永生问:

"爹,你怎么啦?"

梁宝成把"闯堂喊冤"的过程掐头去尾概述一遍,最后叹了口气说:

"俗话真是实话呀——衙门口朝南开,有理没钱别进来!"

永生宽慰爹说:"往后咱就快要好了!"

爹问:"好啥?"

永生说:"我把白眼狼的老鸹窝捅了——他的'风水'一坏,就快穷了!"

宝成眼望着刚刚懂事而又不大懂事的儿子,苦笑着摇了摇头。他急促地喘息了几口,把他用血泪换来的教训传给了儿子:

"生儿,你这一辈子,要记住:穷煞别扛活,屈煞别告状。"

永生脸上浮现着宽慰人心的笑容,眼里汪着不能自禁的泪花,轻轻地点着头:

"爹,我记住啦!"

永生娘搀扶着丈夫坐在路旁的树墩上,又从自己的衣襟上撕下一溜布条,一边含着泪花给丈夫包扎伤口,一边带着怒气向丈夫学说杨大虎送来的信息。梁宝成听说白眼狼还要"斩草除根",加害于他的老婆孩子,气得喷出一口鲜血,又一次昏迷过去。永生和他娘急忙上前扶住。

宝成从昏迷中苏醒过来了。他强打起精神,怀着遗憾、惭愧的心情抓住了妻子的手:

"孩子他娘啊,你跟我过了十多年,没吃过一顿饱饭,没穿过一件囫囵衣裳,没喘过一口舒坦气,没过过一天松心日子——"他缓了一霎儿又说,"我,不行了!撇得你们孤儿寡母……我,我对不起你——"他吐出一口血水,又语重心长地说,"孩子他娘,你看在咱夫妻一场的情分上,想尽千方百计,把咱的儿子永生拉扯大……"

"孩子他爹呀,你只管放心,"永生娘紧紧攥住丈夫那冰凉冰凉的手,颤抖着身子,抽抽噎噎地说,"我管许对得起你……"

人越到垂危的时刻,那种遗憾、惭愧、留恋交织在一起的心情,往往是越加浓重。这时,梁宝成用上最后的力气,又朝他那尚未成人的儿子抱歉地说:

"生儿呀,爹没给你撇下一文钱的财产,撇给你的是灾难和仇恨。我这一辈子,没给你爷爷、奶奶报了仇,没给穷哥们儿报了仇,我对不起生我养我的爹娘,对不起帮咱救咱的穷爷们儿!"他攒了攒力气,捯出了最后一口气又嘱咐道:"往后儿,听娘的话,听穷爷们儿的话;你远走高飞,长大成人,要记住财主的仇和根,莫忘了穷人的情和恩,将来要给穷爷们儿报仇,给你爷爷、奶奶报仇,给我报,报,报仇!"

梁永生握紧拳头压住气,咬紧牙关忍住泪,斩钉截铁地说道:

"爹,我全记下了!"

梁宝成满意地微笑了。接着,一挺脖子咽了气。

永生和娘趴在亲人的身上哭得死去活来。

后来,他母子把亲人的遗体抬到运河滩的那个土坪上,在常明义的坟旁用手挖了个土坑,放进了亲人的尸首。永生脱下身上的破棉袄,盖在爹的脸上。

永生和娘一边流泪一边扒土,掩埋屈死的亲人。手指被土磨破了,血水和着泪水一起渗进泥土里;一把把饱含着血泪的泥土哇,撒在含恨死去的长工梁宝成的身上……

就在这时,梁永生那幼小的心灵里,也深深地埋下了一颗仇恨的种子。这颗仇恨的种子,正在膨胀、扎根,并且必将迎着春风发芽、出土……

第五章　德州内外

德州,是个水旱码头。城墙,全是砖的,又高又厚,十里开外就能看见。城上的垛口,像条锯齿儿朝天的大锯,蓝汪汪,青徐徐,一眼望不到尽头。

傍黑时分。一位光背少年,出现在南关街上。

这里,是全城的繁华之区。各种各样的铺面,一家挨着一家。许多木制或布制的招牌,涂着刺眼的色彩,挂在业号门口。厦檐下边的明柱上,满是招徕顾客的大字,除了庸俗的吉利话和佞妄的狂大语,还添了些时髦的新名词。

街道上,人来车往,市井营营。

讨饭的过来了。他肩上背着破褡裢,手中拿着牛胯骨,走着,敲着,唱着:

"改了朝,换了代,当铺掌柜好买卖;掌柜还穿绸和缎,穷人光脚当棉鞋……掌柜的,休发火,如今世道是'民国';前清时候我来过,如今来的还是我……"

光背少年,缓步街头,四下撒打。这眼前的情景,使他愤愤不平,而又迷惑不解:"怎么乡下城里都有穷的富的?不是说已经推倒了满清皇上建立了'民国'了吗?怎么穷的还是照样穷,富的还是照样富呢?这叫个啥'民国'呀!"他走着想着,进了南门,又来到城隍庙前。

这里商号少了。道边上净些小摊子。葱篓靠着盐箱,肉案连着鱼筐,五金兼营木器,杂货带卖鲜姜。卖馃子的孩子,穿着油衣

裳,携着竹篮子,在摊案空间,跑来串去,高声叫卖:

"香油馃子,又酥又脆,好吃不贵……"

卖糖葫芦的老人,扛着杆子,抱着签子,也是边走边嚷:

"冰糖葫芦仨子儿俩,抽签赢了俩子儿仨……"

那少年走进城隍庙,又是一番景象——

东边是卖艺的。周遭儿的观众,围了个人圈儿。

卖艺人将四块新砖摞起来,用手掌猛力一劈,把四块砖全切成了两截,他的手上只硌了一道白印儿。然后又把刀柄扎在地上,他用肚子对准朝天的刀尖压上去,压得刀片撅了个弓弯儿,他的肚皮上只扎了个白点儿。

看热闹儿的观众,有的往场子里扔铜钱,有的一面拍呱儿一面喝彩:"嘿,真不糠!""嚄,好功夫!"

西边是说书的。说的段子是《三打祝家庄》。说书人嗓音挺豁亮,吐出字来嘎崩儿脆,发出音来煞口儿甜。

说书人前面的听众,一堆堆,一排排,高高低低,密密层层,围着他摆了个扇子面儿。这里边,有白须满胸的老爷爷,有梳着灰白髽髻的老奶奶,有网着大盘头的小媳妇,有留着长辫子的大姑娘,也有刚刚剃了光头的小伙子,还有穿着开裆裤的娃子们……所有这些人的眼珠子,仿佛都被说书人用一根看不见的细线系住了——他那里轻轻一扽,全场的眼珠子都跟着他的手指头骨碌碌地转。整个儿说书场,静得鸦雀无声。说书人的桌子上,摆着一壶酽茶。直到他端起茶杯喝水润嗓子的时候,人们才抓紧这个空隙议论几句:

"梁山将真是好样儿的!"

"脚下这个世道儿就该有这么一伙儿人!"

"唔!还说这个?脚下是'民国'啦!"

"'民国'?狗屁!挂羊头卖狗肉,换汤不换药……"

那边鼓子一响,这七嘴八舌头的议论声立刻停下来。

光背少年站在边儿上听上了瘾,他找来一块半头砖坐在腚下,也正经八道地听起来了。方才,他的肚子里还肠子碰得肝花响,可一听入了迷,连饿也忘了。

这位光背少年你猜是谁?就是死里逃生的梁永生。

那天晚上,梁永生刚埋完了爹的尸体,独眼龙就领着几个狗腿子追来了。永生娘因为脚小跑不动,让永生快跑永生又坚决不干。她为了让儿子逃活命,喊了一声"永生快跑",跳了运河。永生为了救娘也跳下河去,可是娘已经被大浪卷走了。这时,狗腿子们已来到河边。机灵的永生一个猛子扎进河里,又在桥底下慢慢地钻出头来,用手抠住砖缝,倾听着河岸上的动静。直到狗腿子们全滚了蛋,他才爬上岸,坐在桥头上望着河水想起了娘,不由得呜呜地哭起来。他哭着哭着,娘的声音在耳边响起来:"永生快跑!"永生心里说:"是啊!娘是为了让我逃活命才跳河的,我得赶快离开这里!到哪里去呢?"这当儿,爹的声音又响在耳旁:"你远走高飞,长大成人……报仇!"永生望了望埋在河滩上的爹,想了想死在河水中的娘,然后冲着运河说:

"爹,娘,你们放心吧,我一定给你们报仇!"

他说罢,一跺脚,走了。从那,他只身一人,走呀走,走呀走,一直向前走。渴了,就捧起河水,饱喝一顿;冷了,就找个避风处,晒晒太阳;饿了,就拣起残存在坷垃缝里的干树叶,放在嘴里嚼嚼咽下去。赶上村子,就向人家要口吃的。这样的生活,他过了一年多。

有些人的生活,从一个时期到另一个时期的转变,就像蓓蕾变成花朵那样坦然自如,轻快而又从容。可是,对梁永生来说,生活转变的日子,是一道活像运河般的深沟。现在,他回想起过去的一切,恍如隔世;看看眼前的环境,又像正做噩梦。

这一年多的时间,永生仿佛长了十几岁。他见到了许多未见过的景物,经历了许多未经历的事情。在他那幼稚的头脑里,还出现了一些新生的念头。

在他捧饮河水时,曾天真地想过:"天底下这么多的东西,就只剩下河水不属于哪一个人!要是吃的、穿的,都不分你我的,那该多好哩!"在他身寒腹冷的时候,又对太阳产生了特殊的感情。他觉得,人世之间,只有太阳才是自己的亲人。他冷了,太阳伸出温暖的手,轻抚着他的背胸,使他感到暖烘烘的。他哭了,太阳用那慈母般的笑脸看着他,仿佛在说:"孩子啊,别哭,你的苦处我全知道。"在那漫长的、难熬的、一个又一个的冬夜里,每当永生被那飕飕的凉风冻醒的时候,他总是一次又一次地瞅着东方。是啊!对于一个饥寒交迫的孤儿来说,他不盼那光照人间、热洒全球的太阳还盼什么?

梁永生夜宿晓行,沿着运河一直向南。他要到一个没有又雇活又租地的大财主的地方去。后来,他听人说,德州城里没有那样的坏蛋,于是,就且问且走来到德州。谁知,德州的有钱人,跟乡间的大财主一样歹毒——他从进了德州,还从没饱过肚子。

黑重的大地,吞去了西方淡红色的天角。天,渐渐地黑下来了。说书的,卖艺的,全都散了场。耍手艺的煞了作。城隍庙前那些出案子的小买卖儿也收了摊子。嘈杂的市区已路静人稀,拥挤的街巷显得宽绰多了。

梁永生紧紧腰带,在城隍庙前的墙根下四脚拉叉地平躺下来。他的头下,枕着一块硬邦邦的半头砖。清风徐来,轻抚着他那黑红闪亮的胸膛。他伸伸胳膊蹬蹬腿儿,浑身的骨头节子嘎叭嘎叭地乱响。他忽闪着一双水汪汪的大眼,瞭望着广阔无际的深空,心如脱缰之马,一阵阵地遐想起来。他盼着,有朝一日,自己能练出一身像卖艺人那样的好功夫,为爹娘报仇,为所有的穷苦人报仇。他还盼着,自己能上梁山,当个"梁山将",来个《三打龙潭街》,把白眼狼、马铁德、独眼龙,还有贾立仁那只狼羔子,统统剁成肉酱!

梁永生想着想着,进入了梦乡。他梦见,自己长了翅膀,飞呀,飞呀,一下子飞到漫天云里去了。他在漫天空中,美滋滋地想道:"哎,该飞到贾家大院去报仇哇!"于是,他就腾云驾雾,遨游长空,向那贾家大院飞去了……

"喂!天黑啦,快起来回家吧!"

一个女人的喊声,惊跑了永生的美梦。他睁眼一看,一位老奶奶站在他的身边,便朝老奶奶发起火儿来:

"全叫你闹坏了!要不价,我已经飞到贾家大院报仇了!"

老奶奶乍一听迷惑不解。她想了一霎儿,又苦笑了。说:

"傻小子!还没醒过来哪?"

梁永生揉了揉眼睛,瞅瞅四周,扑哧笑了。接着,他又打量起这位陌生的老奶奶来。只见她穿了一身破破烂烂的衣裳,一手挎着个破红荆筐子,一手拉着根干枣条,头发全都白了,脸上的皱纹横三竖四,很深很深。她那慈善的面容,呈现着怜悯的神色,向永生说:

"孩子,天黑啦,大人不惦记你吗?"

"俺没家!"

"你娘呐?"

"叫财主那狗日的逼得跳河了!"

"你爹哩?"

"叫县衙门那王八蛋给打死啦!"

老奶奶紧锁双眉望着这个孤苦伶仃的穷孩子,沉默了一会儿,又说:

"孩子,跟我去吧!"

她说着,没容永生表示同意不同意,就拽上永生的胳臂走开了。

梁永生跟着这位讨饭的老奶奶朝前走着,他的肚子又叫唤开了。老奶奶从筐子里拿出两块干粮,递给永生:"孩子,吃吧。"永生觉得老奶奶这大年纪了,要口干粮不容易,不忍心吃。老奶奶着起急来:"看你这孩子!挺嫩的个身子骨儿,饿出伤来是一辈子的事哩!"永生无奈,只好吃起来。老奶奶见他大口小口狼吞虎咽吃得那么带劲,高兴地笑了。永生一边走一边瞅着这位善良的老奶奶。

走了一阵,永生问:

"你家几口人儿?"

"一口儿。"

"没有儿子吗?"

"没有价。"

"也没孙子?"

"傻小子!没儿子哪来的孙子呢?"

老奶奶说着,那爬满皱纹的脸上滚开了一串串的泪珠子。她一边走,一边用手擦着,抹着。可是,擦也擦不干,抹也抹不净。永生吃惊地问:

"你哭啥?"

"我是个风泪眼。"老奶奶转了话题说,"孩子,多大啦?"

"十一。"

"好。长得这发实个子挺出息。叫啥呀?"

"叫梁永生。你哩?"

"唉,我哪有个名字啊!"老奶奶说,"永生啊,你就叫我赵奶奶吧。"

"哎。"

梁永生跟随赵奶奶,穿大街,越小巷,钻道洞,过木桥,上崖下坡,拐弯抹角,走呀走,走呀走,出了德州城,进了漫洼地,还是往前

走。梁永生越走越纳闷儿,就问:

"奶奶,怎么还没到家呀?"

"这就到啦。"

越走离德州城越远了。一片盐碱荒洼展现在眼前。正在返碱的土地,黑一片,白一片,花花搭搭,好像刚下过霜雪似的。含着大量碱分的泥土,踩在脚下,软软和和,沙沙作响。

天,已经黑透了。

隐藏在罗纱薄云后面的眉月有形无光。荒凉的郊野好像漂浮着一层水。天地之间的一切景物,都像若有若无,渺渺茫茫。

梁永生和赵奶奶踏着曲曲弯弯的羊肠小道,穿过了一片杨树行子,赵奶奶向永生说:"孩子啊,到家啦!"她见永生四下张望,又用手一指说:

"你看,咱的家就在这里。"

梁永生看见了。这是个啥"家"呀?原来是个地窨子。这地窨子很简单——就着崖坡,挖了个土洞。这土洞,一半在地上,一半在地下,上边用树枝和茅草搭了个顶子。那个刚能钻进人去的洞口儿,既算"窗户"也算"门"了。梁永生哈下腰,对着那洞口儿朝里一瞅,黑咕隆咚,啥也看不见。他惊奇地向赵奶奶说:

"奶奶,这就是'屋'吗?"

赵奶奶苦笑一下儿,无可奈何地说:

"唉!啥法儿呀?这虽说不算屋,可总算有个安身落脚的地方呗!不比你睡在墙根底下强吗?"

寒来暑往,秋风凉了。

半年多来,他们祖孙二人,在白天,要饭的要饭,拔草的拔草;到夜晚,异途同归,又都回到地窨子安宿过夜。一老一小,同舟共济,相依为命。日子长了,梁永生把他一家的不幸遭遇,全告诉给了赵奶奶;赵奶奶,也向梁永生倾述了她那灾难的生涯。

赵奶奶是河北省大名县人。

十多年前,她那当长工的儿子不知怎么惹着了财主,被活活打死在牲口棚里。她的孙子年少志刚,一气之下烧了财主的牲口棚,连夜逃走了。众乡亲掩护赵奶奶逃出虎口。她要饭讨食来到这冀鲁平原的运河岸边。

梁永生和赵奶奶这对萍水相逢的祖孙,相互了解了彼此的身世以后,更是情同骨肉,亲如眷属了。赵奶奶要着口好吃的干粮,自己舍不得吃,留给小永生;梁永生拔草卖几个钱,自己舍不得花,交给老奶奶。赶上风雨天,他们出不去,就捋把树叶儿来充饥;夜风凉,身上冷,他们就紧紧地抱在一起。

这天晚上,夜幕像一张广大无边的巨网,从天宫撒向人间,覆盖在黄沙滚滚的原野上。梁永生背着一背草,踏着月光,绕过地瓜地,向这地窨子走来了。他来到洞口,放下青草,喊道:

"奶奶!"

"哎。"

奶奶这声"哎",使永生毛了脚。因为,奶奶的语音不像往日那样——声腔中流露出焦急,音韵里又饱含着笑意;而是非常低沉、微弱,间而有些颤抖。永生赶紧钻进洞去,就着从洞口射进的月光一瞅,只见赵奶奶正一阵阵地打哆嗦。梁永生凑到奶奶的脸上,急切地问道:

"奶奶,你病啦?"

"不病。"

"你冷?"

"不冷。"

"你饿了吧?"

"不,不……"

赵奶奶嘴里说着"不",肚子却咕噜咕噜叫起来。奶奶知道没有吃的,若把饿告诉永生,不是净让孩子为难吗?小永生回想着几天来的生活情景,心想奶奶准是饿的;要能有点儿东西吃下去,就会好了。可是,这地窨子里连一口吃的东西也没有,怎么办呢?

永生正翻来覆去苦思冥想,蓦地,那块地瓜地的景象,在他的头脑里闪出来。他心中一喜,钻出了地窨子。

永生要干啥去?他要去扒两块地瓜,好救下赵奶奶的命。可是,他一出洞口,又愣住了。他想:"半夜三更去扒人家的地瓜,这不叫偷吗?偷人家的东西多丢人呀!"当他正要转身回洞,耳边又响起奶奶那微弱而颤抖的声音,眼前也晃动着奶奶那令人焦心的面容。这当儿,可把个永生难住了!他在洞口上犹豫了好一阵,最后还是把心一横,迈开步子向那地瓜地奔去。

这块片张儿不大的地瓜地,青徐徐,绿茵茵,被月光一照,荡漾着水一样的光泽。

梁永生风风火火地来到地瓜地边上,心里怦怦地敲起小鼓儿。他硬着头皮蹲下身子,毛手撒脚地扒了两块地瓜,出了一身冷汗,然后撒开丫子一溜风烟跑回地窨子。

永生真没想到,当他把地瓜递到奶奶的手中时,奶奶却吃惊地问道:

"孩子,哪来的地瓜?"

"扒的。"

永生说着,低下头去,脸上腾腾地冒起火来。

奶奶一听,挣扎着坐起来,用教训的口吻说:

"孩子,咱穷,要穷个志气。无论如何也不能拿人家的东西!"奶奶缓了口气又说,"要是这地瓜地是财主的,两块地瓜就得惹场大祸;要是这地瓜地是穷人的,人家血一把汗一把种点地瓜不容易,还不知有多少个饿肚子等着它呢!"

梁永生听了奶奶的话,觉得句句在理,感到又惭愧,又后悔,心里责怪自己没想这么多。他正想向奶奶认错,又听奶奶说:

"永生啊,我这个穷老婆子,一辈子没拿过人家的一个线头儿;你,也是咱穷人的骨血,也应当有咱穷人的志气。孩子,记住:你这一辈子,以后不论到哪步田地,认可丢命,也不能丢了咱穷人的志气呀!永生,奶奶说得对不?"

"奶奶说得对。"梁永生果断地说,"奶奶,我再给人家送回去!"

"好孩子。"

梁永生拿上两块地瓜,出了洞口,又向那地瓜地走去了。奶奶的话响在他的耳边:"……你,也是咱穷人的骨血,也应当有咱穷人的志气。……以后不论到哪步田地,认可丢命,也不能丢了咱穷人的志气呀!"梁永生走着想着,心中暗自叮咛着:"要记住奶奶的话!"接着,他又想:"要是地瓜地的主人在这里就好了,也好向人家认个错儿呀!"

这块地瓜地的主人叫雒金坡,是雒家庄人,离这儿一里多路。他老两口子过日子,只有这一亩命根子地。因为地土少,占不住手儿,雒金坡三六九儿地给人家干点零工、月工。他把仅有的这块地全种成地瓜,一是因为地瓜用本小,产量高,并且叶子、蔓子都能吃;要不,一亩地的收成,怎么能够两个人嚼用的?二是年前节后挑起八股绳子卖点熟地瓜,赚几个钱儿,也好作为一年到头称盐打油的零花销。一到地瓜长成个儿的节令,雒金坡格外留心照看,怕有人扒瓜,又怕野物儿糟蹋。

今天晚上,他正要来地瓜地里看看,老远就望见梁永生进了他的地瓜地,便大步流星地追过来。当他赶到半路时,永生已经跑回地窨子。金坡正要去和他们讲理,忽见永生从地窨子里钻出来,又向他的地瓜地走去了。金坡想:"好家伙呀!偷一趟还嫌不够……捉贼要捉赃,我等他扒了地瓜回来,再去抓他。"于是,他一闪身,藏在了一棵杨树后边。

梁永生来到地瓜地里,找到原来扒地瓜的那个地方,踞踞下身子,扒开土,把两块地瓜又埋上,然后站起身,还在松蓬蓬的土上踩了两脚,这才转身又朝地窖子走回来。这时候,永生的心里,就像一块石头落了地,踏实多了,觉得浑身轻松。

这一阵,永生的一举一动,雒金坡在树后看了个清清楚楚,他心里想:"这孩子岁数不大,胆儿还真不小哩!你看他那不慌不忙的劲儿,准是个老手。"金坡正想着,永生回来了。金坡忽地站出来抓住永生大声说:

"哪里走?"

"干啥呀?"

雒金坡啥也不说,在永生的身上搜翻起来。他将梁永生浑身上下翻了个遍,连块手指肚儿大的地瓜也没搜出来。于是,又逼问道:

"你偷的地瓜放在哪里啦?"

"又埋在地里了。"

金坡听了,当然不信。

"你甭诳我!"

梁永生理直气壮,爽朗地说:

"大爷,你不信去看嘛!"

"好!跑了和尚跑不了寺!"雒金坡想到这里松了手,直往地瓜地去了。他来到地里,找到刚才永生蹲过的地方,一看,果然有一片新土。他蹲下一扒,又果见有两块离了桩的地瓜在土里埋着。这事儿可真蹊跷?他为了解开这个谜,就干脆把那棵地瓜全扒下来,和上边的断根一对,正好儿,除这两块被扒落离桩以外,半块不少。他又在地瓜地里转转悠悠瞅了一遍,那刚下过雨的地皮上,再也没有一点新土。这到底是咋的回事儿哩?雒金坡拿着扒下来的

一墩地瓜,来到地窨子的洞口上,朝里边说道:

"你们扒了我的地瓜,为啥……"

赵奶奶一听人家找上门来了,心里不安,就强打起精神,抢过人家的话头儿,赶紧赔礼说:

"你这位大叔,别生气;孩子小,不懂事儿,扒了你两块地瓜,我已经责备了他,他又给你送回去了……"

赵奶奶这简简单单的几句话,却深深地打动了雒金坡的心。原先,雒金坡对住在地窨子里的这一老一小,虽不大放心,可也有一些同情,只是从未向他们表示过。今儿夜晚,永生扒地瓜、送地瓜这件事儿,在金坡看来,只有那种一咬嘎崩崩响的穷人,才能做到这个地步。于是,他把方才扒下来的那墩地瓜放进洞口,说:

"这些,你们都留下吃吧!"

这一来,梁永生和赵奶奶全蒙了点。世界上哪有这号事儿——扒了人家的地瓜,人家一不打,二不罚,还给送上门来?赵奶奶以为人家是赌气了,又急忙说:

"我求求你,饶了俺这苦命的孩子吧!俺这孩子从来不偷人家的东西,这一回,他是为了我……"

雒金坡一听,梁永生不是因为嘴馋偷扒地瓜,而是为了奶奶,他更爱上了这个穷孩子。临走时,他向赵奶奶说:

"往后儿,你们要是能填饱肚子,那就啥话甭说了;实在弄不着东西吃的时候,就到地里扒几块地瓜接接短儿。"

他说着又转向永生:

"小伙计儿,可得记住一条哇——要在一个地角上扒,别扒得满地里乱糟糟的!听了不?咹?"

梁永生和赵奶奶都说了不少感激的话。

"你们别说那些个。咱们都是穷人,不用客气。"雒金坡说,"今后我也不来看了。你们费点心给我照看一下儿吧。"

果然,金坡一去十几天,没有再来。

这天一早,雒金坡两口子来刨地瓜了。动手之前,雒金坡先围着地转了一个圈儿,见一棵没动,半块不少。这时,金坡心里甚是感动,就跟妻子说:

"嘿,这两个要饭的,真耿直!"

雒金坡的妻子,是个善良的女人。她把被风刮散的一缕头发撩上去,以商量的口吻向丈夫说:

"咱刨完地瓜,该给他们送两篮子去——人家给咱看了一阵子……"

"对。"金坡说,"我先去瞧瞧,他们还在不。"

金坡朝地窨子走着,仿佛听到有一种隐隐约约的哭泣声,心里一愣,大步加小步,三步并两步,一阵疾走便来到了地窨子近前。他从洞口朝里一瞅,只见赵奶奶躺在草上,永生趴在奶奶的身边正欷歔欷歔地哭泣。蓦地,一股同情的、怜悯的感情笼罩住金坡的心头。他一猫腰,钻进地窨子,凑到赵奶奶身边,一摸,浑身都凉了,脉也停止了,心也不跳了。他揩着泪花问永生道:

"孩子,你奶奶是怎么死的?"

梁永生抽噎着说:

"我奶奶没有病。是饿,饿死的……"

金坡一听,一股热泪涌出。他怀着敬慕的心情暗自想道:"她宁可饿死,也没扒我一块地瓜,多么要强的老人,多么志气的孩子啊!"雒金坡想着,一下子把梁永生抱过来,紧紧地搂在怀里。

过了片刻,雒金坡把梁永生领出地窨子,对他说:

"孩子,咱就把你奶奶埋在这个地窨子里吧?"

梁永生忽闪着两只泪眼,感激地点点头。

金坡回到地瓜地里,扛来大镐,叫来妻子,他们这三个既不同姓又不同宗的穷苦人,一齐动手掩埋着素不相识的赵奶奶。

金坡一边刨土,一边向妻子叙述着赵奶奶临死前后的情景。善良的金坡妻子,一遇上这样的事情,她满肚子的好心肠乱翻腾,可就是嘴里说不出来。这时,她一面长吁短叹,珠泪横流,一面怀着感慨、怜悯的心情问永生道:

"你叫啥?"

"梁永生。"

"你不是姓赵吗?"

"不!奶奶姓赵。"

"这不是你亲奶奶?"

"不是。"

梁永生讲述了他和赵奶奶相识的过程,又在金坡夫妇的询问下,概述了自己那多灾多难的家史。金坡的妻子淌着热泪听完了永生的血泪倾诉,深有感触地向丈夫说:

"白眼狼跟咱村的疤瘌四一样坏!"

雒金坡叹了口气说:

"是狼就吃人,是狗就吃屎,是财主就没有人心肠!"

坟埋完了。

梁永生恭恭敬敬地站在雒金坡夫妇面前,以感激的口吻说:

"大爷,大娘,谢谢你们。我,走啦!"

"哪里去?"

"走到哪里算哪里呗!"

"不!孩子,你这么小,各处乱跑,大娘我不放心呀!"雒大娘拉住永生搂在怀里,亲昵地说,"孩子,你就到俺家去吧!啊?⋯⋯"

第六章　苦上加苦

第二年。雒金坡那一亩地,又种上了大西瓜。

三伏天,西瓜快要熟了。一根根的瓜蔓上,都结着圆滚滚的大西瓜。有疙疙瘩瘩的"黑老虎",有花花道道的"大花翎",也有白皮、白瓤、白籽的"三白脆",还有那白皮、红瓤、黑子的"三结义"。所有这些品种,都是全国有名的"德州西瓜"。它们长得那么招人喜爱!

瓜地中间,搭了个窝棚,名叫"瓜屋"。

这"瓜屋",是看瓜人住的地方。瓜屋的构造,既讲究又简单——在地上埋了四根立柱,柱顶端绑上两根横杆,横杆之间用苇席搭了个顶子。顶子呈半圆形。这为的是雨天便于雨水滴流,不易漏;晴天可防日光直射,能减温。顶棚两边,还各探出一尺来宽的檐子。檐子是管壮观的。在这德州一带,看搭瓜棚人的手艺高低,门道主要在这檐子上。

瓜棚的半腰里,又绑上了两条横棍子。横棍子上搭着两扇门板,这就是"床铺"。夜晚躺在上边,清风徐来,穿堂而过,蚊子站不住脚,不会挨咬。中午在这里睡个响觉,日光晒不着,四面可来风,好像沐浴在温凉的池水中一样,舒坦极了!在这一带,瓜农中曾流传着这样的歌谣:

　　一亩园,十亩田,
　　地少种瓜最合算;
　　庄稼人,不高盼,

瓜铺赛过金銮殿。

今年是个旱年头。打一开春就雨水稀少。近月来竟滴雨未落。直旱得满地的庄稼都干了叶子。地皮张着大嘴,人们心似油煎。种瓜,本来就是个辛苦活儿,从开畦下种搭上风帐,这套活儿就紧攻手地忙起来了。瓜秧一出土,就定苗儿,追肥,锄了一遍锄二遍,锄了三遍锄四遍。有句农谚说得好:"谷锄七遍饿死狗,瓜锄九遍不住手。"瓜秧长大了点,又得紧忙着掰叉子,压蔓子,掐顶心,光怕它长疯了。赶上像今年这旱年头儿,瓜农们受的累就更大了。雒金坡两口子,再加上梁永生打补丁,从整地开始,就风来雨去,泥里滚,土里爬,成天价没黑没白地长到这西瓜地里。如今,西瓜用水的时候总算过去了,他们一家三口才算稍微清闲些。

土地不负勤劳人。眼时下,秧旺瓜肥,丰收已经把里攥了。这些天来,雒金坡望着菁菁榛榛的满地西瓜,乐得一天到晚合不上嘴。他悄悄地盘算着:"再过一个集日,早熟的西瓜就可上市了。"金坡的妻子,瞅着这长势喜人的大西瓜,心里也是乐滋滋的。她今年四十五岁了,曾经生过两个孩子,都因为日子穷,手下紧巴,孩子有病没钱治,耽搁死了。"人到中年忆子孙"。如今有了梁永生这个孩子和她老两口子一起过日子,又碰上了个西瓜大丰收的好年景,她的心里就像糖里拌蜜,蜜里调油,又香又甜。

这天下午,天朗气爽,日丽风清。雒大娘坐在瓜棚的门板上,一面看瓜,一面穿针引线缭扣鼻儿。她钉完最后一个扣鼻儿,用剪子铰断线头儿,又拿过笤帚扫净粘在大襟上的棉花毛儿,正想再纳袜底儿,一抬头望见了梁永生。梁永生扒了光脊梁,正在西瓜档子里栽白菜。雒大娘放开嗓子,满含喜韵地高声喊道:

"永生噢!"

"哎!"

"快来哟!"

"啊!"

永生顺着瓜地里的羊肠小道儿一溜飞跑,活像只刚出飞的小燕似的一翅子扑到雏大娘的身边,笑眯眯地问道:

"大娘,叫我做啥?"

雏大娘用双手撑起那件刚做好的棉袄,披在永生的身上。永生扎撒起胳膊伸上袖子。雏大娘抿着嘴儿瞟着永生那如花似朵的笑面,一个又一个地给他扣着扣子。已经失去母爱的梁永生,觉着有一股暖流立刻串遍全身,渗入肺腑。在这同时,他的肺腑里,也渗入了穷人家庭特有的温暖。

永生摸着这厚墩墩软绵绵的黑棉袄,不解地问道:

"大娘,刚立秋就穿棉袄吗?"

"看俺这傻小子!脚下哪是穿棉袄的时候呀?"雏大娘说,"我是先让你穿穿试试,看看合身不合身——这是用你大爷的一件旧夹袄改做的。"

"那,俺大爷穿啥?"

"管他哩!"雏大娘似笑非笑地说,"他那老骨头老肉的,经得住砸打,怕啥的呀!"

从前,永生在爹娘面前的时候,打也好,骂也好,疼也好,爱也好,他都没有什么动心的感觉,也没留下过多深的印象。可是,自从他进了雏家门儿,一年来,雏大爷和雏大娘处处那么知冷知热知轻知重地体贴他,爱抚他,使他打心窝儿里觉着温暖,感到幸福。一宗宗一件件的往事,都在他的头脑里留下了难以磨灭的印象。眼时下,伏梢未尽,雏大娘这不又早早地给他做上了过冬的衣裳。他现在望着这从小也没穿过的厚棉袄,再看看雏大娘身上那件补丁摞补丁、线锯挨线锯的破褂子,感动得简直要哭出来。这时,他暗自下了决心:"到将来,我长大了,无论走到哪里,一定要像赵奶奶那样,像雏大爷、雏大娘这样,把阖天下受穷受苦的人,都当作自己的亲人。"

梁永生把棉袄穿好,雏大娘又给他把各处抻了抻,拽了拽,上上下下打量一阵,前后左右端详一番,然后说:

"腰胯里肥点儿。脱下来吧,大娘再拾掇拾掇。"

"大娘,甭捣鼓啦,肥点碍啥事?"

在他们娘儿俩说话的当儿,雏大爷的穷朋友沈万泉大叔溜溜达达来到瓜地里。这时正巧走到瓜棚旁边,就着梁永生的话尾儿逗趣说:

"唔!可不能这么说。往后儿,你眼看着就腾呀腾地蹿成大小伙子了,得穿得板板生生的,好有人给个媳妇呀!要不,谁家的闺女肯跟着?"他又转向雏大娘,"我说得对不,老嫂子?"

永生涨红着脸,憨笑着,跑开了。

雏大娘咯咯地笑起来,满脸的笑纹像是一朵花。

傍黑时分。村边龙王庙上,突然响起"当当"的钟声。雏家庄的大财主疤癞四,要领头祈雨了。

雏大爷竖起耳朵听了一阵,愤然骂道:

"疤癞四这个孬种,又要琢磨穷人!"

梁永生不解其意,就问大爷:

"祈雨怎么是琢磨穷人?"

雏大爷抽了一口烟说:

"又要摊敛呗!"

雏大娘说:

"今年咱有这片瓜,不怕他!大不了豁上两车子瓜,够他的了!"

"唉,看吧,"雏大爷说,"还不知出啥么蛾子哩!"

晚饭后。香烟缭绕的龙王庙里,梁头上吊起一盏围灯,阴惨惨地把庙堂照亮了。疤癞四领着头跪倒,焚香,烧纸,磕头。

祈雨完毕,疤癞四站在那边开了腔:

"祈雨,这是阖庄阖院的事,户户有责,人人有份。祈雨的香钱,我先垫出了。若是别的事,我垫上也就算了。我刘某,一不是垫不起,二也不是垫不着……"

这时候,讲者滔滔,听者很少。人们悄悄私语,议论不休:

"啐!说人话拉驴粪的东西!"

"像他这号算破天的巧利鬼,搂不着是不下范子的!"

"万话归一,又要耍'黄鼬给鸡拜年'的花招儿呗!"

疤癞四见人群中唧唧哝哝,乱嘈嘈的,他那肉囊囊的脸上,流露出莫测的奸笑。然后干咳了几声,把疤癞眼儿挤鼓了几挤鼓,又油腔滑调、甜嘴呱嗒舌地说下去:

"祈雨嘛,这不同于别的事。它需要每个村民的诚心。诚心,就是踊跃地拿香钱。当然,香钱拿的越多,心就越诚喽!只有倾家荡产也在所不惜,才能惊动龙王开恩赐雨。"

"胡说八道!"

"扯淡!"

这些悄悄的骂声,也不知疤癞四听见没听见,他网花着那两片子薄嘴唇儿,又唇不沾齿地说下去了:

"因此说,在祈雨这件事上,我刘其朝对乡亲们是爱莫能助哇!这香钱怎么办呢?如今是'民国',就得实行'民主'了!所谓'民主'嘛,也不外乎两种法子:一是抓阄儿,谁抓着就由谁包圆;那就是让天意来决定了……"

"那除了你家谁包得起?"

"我砸巴砸巴骨头卖上也拿不出这么多钱!"

"第二个法子嘛,就是朝廷吃煎饼——君(均)摊了!眼下钱色不稳,所以得以粮计算——每户先拿二斗麦子。"疤癞四说,"再要不够,我抱葫芦头儿!有啥法子?谁叫我是经办人来呐!诚然,有欲多拿者,我刘某……"

疤痢四一再提高嗓门儿,哑声破锣地强说到这里,人群中吵吵嚷嚷乱了营,他再也没法儿说下去了。这时狗腿子罗烓子出来了。他为了维护其主子的"尊严",狗仗人势地跳到凳子上,扬风扎毛地咋唬道:

"四爷话没讲完,你们起什么哄?四爷不辞辛苦,为全村谋利造福,你们咋半点不知好歹?真是愚民!"

这时,人群中响起一声炸雷般的怒吼:

"罗烓子!你说的是人话吗?"

全屋的眼光,一齐向说话的地方射去。一看,说话人是雒金坡。顿时,人群炸了:

"他要再损人,揳那个小舅子!"

"把他填回去!这小子说话太牙碜了!"

"罗烓子!你仗什么腰子?"

比泥鳅还滑的疤痢四,懂得"众怒难犯"的道理,怕引起公愤,不敢公开与众对垒,便叱责起罗烓子来:

"不会说话,咧咧个屁?废物!饭桶!"

凡是狗腿子,他的脸蛋子跟屁股蛋子没有多少区别——这大概是狗腿子们的共性吧。你看,罗烓子想舔个热乎腚,反挨了狗屁崩,他却脸不挂火,目不惊神,把那黄牙板儿一龇,低贱地笑了。接着,又连连点头,如鸡啄食;唯唯诺诺,狼狈退后。

疤痢四趁人们笑看罗烓子那丑态的当儿,又说道:

"我的话说结了。谁要抗缴香钱,误了祈雨大事,那可别怪我刘其朝不讲情面。"

人群又一次骚动起来。

有的说:"连往嘴里拿的都没有,哪里去摸二斗麦子?这不是卡着脖子要人命吗?"

有的说:"咱连鞋底大的一块地也没有,祈雨凭啥叫咱摊钱?这不是净琢磨穷人吗?"

也有的说:"荒唐! 如今都立秋啦,还祈雨干啥用? 这哪是摊香钱? 简直是敲竹杠!"

还有的说:"龙王? 屁! 龙王爷还不是人捏的!"

初生的犊子不怕虎。正当人们纷纷议论,梁永生忽地跳上凳子,指着疤癞四怒冲冲地说:

"祈雨,你跟谁商量过? 不商量就出这么蛾子,这叫啥'民主'? 要祈雨你自己祈,穷人没钱祈不起!"

人群中齐声喝彩:

"好样的,说得对!"

"是理!"

梁永生这几句话,把个疤癞四问了个张口结舌,气了个眼蓝。沈大叔怕永生不知深浅把祸闯大,赶忙把他从凳子上拉下来,领着他出门而去。

次日一早。罗矬子领着另外几个狗腿子,歪戴着帽儿,趿拉着鞋儿,抻着鸡脖子,瞪着牛蛋眼,来到雏金坡的瓜地里。罗矬子话中带刺儿地向雏金坡说:

"姓雏的,香钱还得拿呀!"

雏金坡早就预料到有这一场。他认为硬抗也顶不了事,就早早借来二斗麦子,准备下了。这时,他正站在土井子边上的水池子里涮脚丫子。一听罗矬子的话口连烧带烫,就压了压气儿,蹬上鞋,来到瓜屋里,搬起那麦子口袋,吭噔一声拽到他们的车子上。罗矬子问:

"多少?"

"二斗。不信,要过斗就过斗,要过秤就过秤,上戥子戥也行!"

"姓雏的呀,气粗顶不了麦子——这些不够!"

"多少够?"

"四斗。"

"我凭啥拿四斗?"

"你得算两户儿。"

"从哪说起?"

"从他说起!"罗锉子指着站在一旁的永生说,"这棵野秧子,得单独算一户儿……"

"胡诌!他来到我家,就是我的孩子!"

"他算你的孩子?为啥你姓雒他姓梁?"

梁永生一听气得肺都要炸了。他质问罗锉子:

"罗锉子,你娘姓啥?你家算几户儿?你们这帮狗腿子,都住在刘家大院里,莫非说都跟他姓刘吗?"

梁永生几句话,把狗腿子们的脖子全顶直了。雒大爷觉得说磴了没好处,就想打个圆场揭过这一张去,可一时又想不出合适的话儿来。罗锉子让个孩子挖苦了几句,羞怒难忍,又无理可说,就祈灵于拳头,想要动武。梁永生也不让个儿,顺手操起棍子,要跟他们拼命。狗腿子们张牙舞爪,直扑永生。雒大爷把两条胳臂一扎撒,就像横上了一根杠子,拦住了狗腿子,然后不软不硬地说:

"你们跟个孩子耍什么威风?得,我就拿四斗!完了吧?"

"不完!"罗锉子说,"你还记得不?七年前祈雨时你抗缴香钱,是四爷给你垫上的……不过,那时是两块大洋,到今天,本滚利,利翻本,可就不是两块了!"他向另一个托着算盘子的家伙一挥手,"算算,该多少——"

算盘珠儿噼哩啪啦响了一阵儿:

"一百四十八块半!"

罗锉子狞笑着,向雒金坡伸过那被大烟熏黄了的手掌:

"姓雒的,一笔清了吧——怎么样?"

到这时,雒金坡已气得浑身颤抖,说不出话来。其实,他的肚子里,有的是理,有的是话,可是,那股被仇恨凝固了的怒气,塞满了胸膛,堵住了嗓子,使得他啥也说不出来了。

"姓雒的,何必犯这么大的愁肠?把心眼儿放活一点嘛!"罗锉子凑到雒金坡的近前,腆着黑脸龇着黄牙奸笑着,又指了指西瓜地说,"它,不就是钱吗?"

"地?"

"对!"

这一亩地,是雒金坡家省吃俭用、挨饿受冻积攒了三辈子,才置下的命根子。活着靠它吃,死了靠它埋,没了它再靠啥?再说,也对不起死去的爹娘啊!金坡想到这里,堵在胸口上的怒气冲上来,一口唾沫吐在罗锉子的脸上,气话冲口而出:

"你妄想!"

罗锉子一边抹着脸上的唾沫,一边向那两个狗腿子喝道:"这地,已经是咱们四爷的了!把这穷鬼们赶出去!"

接着,唧咚咕咚交了手。雒金坡和梁永生由于寡不敌众,经过一阵厮打之后,终于被赶出地来。

雒大爷带着遍体鳞伤回到家,一头扎在炕上,三天三夜滴水未进。正当疤瘌四大摆宴席,广请宾朋,为"财神爷"大做生日的时候,雒大爷大骂三声,吐血而亡⋯⋯

梁永生趴在雒大爷的身上哭了两声,也不知他突然想到什么,立刻止住哭声,忽地站起身来,拿起切菜刀冲出门去。

雒大娘追出门外,泼命地拽住永生。永生怒气难消,极力挣脱。雒大娘死死抓住不放,并边哭边说:

"永生!你不能⋯⋯"

梁永生挣扎一阵未能脱身,直急得他抱住雒大娘大哭起来⋯⋯

第七章　难中遇难

又是一个灾难的冬日。

飅飅的北风,阵阵吹来;细细的雪粉,漫天飞舞;千里平原,茫茫一片。

彤云笼罩的一望无垠的雪原上,趔趔趄趄走着一大二小三个人。那个大人,长着一对黄溜溜的恶眼,两道卧眉,尖尖的鼻尖儿朝下勾着。他叫苏秋元,是柴胡店街上杂货铺里的大老板,还是个人贩子。走在他前边的那一男一女两位少年,是被他当作商品贩卖的穷孩子。可怜这两个落入魔掌的苦命孩子,被人贩子驱赶着在冰天雪地里走了两天,已经累得精疲力竭了。

那个短发覆额的小姑娘,长得挺秀气,两个红嫩的脸蛋儿已经冻皱了。她叫杨翠花,今年十三岁,是个穷店员的闺女。翠花爹在世时,曾和苏秋元有过一面之识。如今,苏见杨家母女沦为乞丐,就声称他和翠花爹是老相好,以"盟叔"的身份,用"替挚友抚养遗孤"的名义,甜言蜜语糊弄住了翠花娘,将翠花诓到他家。今天,他要把翠花和那个男孩子一起带到外地,当作商品卖掉。他这套鬼花狐,现在翠花已经全知道了。一个十多岁的女孩子家,离开了母亲,落入了魔掌,就像被关进笼子的鸟儿一样,知道了又能有什么办法?她只能气往心里咽,泪往肚里流,顶着霭霭暮云,踏着皑皑白雪,不顾腰酸腿疼,忍气吞声地走着。

那个男孩子,岁数比翠花小一点,可是性格比她倔强。现在,男孩子的脚上,磨起了许多血泡。硌破的血泡,淌着血水。鲜红的血浆,渗过千孔百洞的破鞋底,印在洁白的雪地上。渗进鞋中的雪水,又和血浆混在一起,把孩子的脚掌子和破烂鞋底粘连起来,疼得他就像走在刀山上。后来,他实在走不动了,就噘着个大嘴赌气往雪地里一坐,不走了。人贩子从大皮袄的深领子里,抻出脖子没好气地喝唬道:

"别耍熊,快走!"

"走不动了!"

"走不动也得走!"

"走不动咋走?"

这个倔强的少年,就是逃出龙潭又入虎穴的梁永生。梁永生和杨翠花素不相识,可是,相同的命运,把这两个穷孩子的心拧在了一起。他们相处才只有几天,彼此的心里已经成了姐弟关系。这时候,翠花见永生又要发犟怄气,怕他再吃苦头,就劝他说:

"永生啊,走吧,这就快到了。来,姐姐扶着你!"

志气刚强的梁永生,怎么好意思让姐姐扶着走呢?他一横心,一咬牙,忽地站起来,说道:

"姐姐,甭价,我能走!"

"好弟弟!"

他们顶着风,踏着雪,又走开了。走了一段路,天要黑下来了。可怕的夜幕,像个灰色的巨网,从漫天空中撒下来。远方那正在消逝着的村庄的轮廓越来越模糊了。

人贩子把永生和翠花带进了边临镇。

也许是因为天黑了的缘故,忽高忽低七出八进的街道上,几乎没有一个人影儿,只有依依炊烟,在那平秃秃的房顶上飘浮着,流逝着。也不知人贩子是怕花钱还是怕别的什么,他领着永生和翠花从那挂着笊篱的店门口走过去,进了镇边上的一座药王庙。这庙坐东朝西,周遭儿有一圈儿高高的垣墙。庙院内,有几棵枝叶茂密的松树。庙里没人居住,门扇大敞四开。人贩子走进庭院,四下撒打一阵,然后指着一棵靠墙的树向永生说:"你上树去折点树枝,生着火暖和暖和。"

梁永生眨巴着眼皮摇摇头说:"俺不会上树。"

"那你们就到庙堂里去。药王爷会保佑你们不冷的!"人贩子恶狠狠地说着,向院门走去。他到了门口,一脚门里一脚门外又扭过头来说:"你们可得老实儿地等着。谁要不老实,我回来剥他的皮!我去给你们弄点吃的。"他说罢,从衣袋里掏出一把锁,跨出门槛,拉上门扇,喀吧一声,把门锁上了。

黑魆魆的夜色,越来越浓了。庙堂内外,没有一点声息,只有刺骨的夜风一阵一阵地刮着。直刮得院中的大树呜呜嚎晦,直刮得墙头上的枯草吱吱怪叫。院中的积雪被风旋卷起来,向墙上磕碰,在半空飞舞。昏昏沉沉的月亮,把它那淡黄的光芒从窗棂空间洒进庙堂,洒在永生和翠花这俩可怜的穷孩子身上。

杨翠花轻摸着梁永生那肿得像木鱼儿般的脚,就像有人把一些碎干草屑塞进她的心窝。过一阵,她汪着泪花亲昵地问道:

"疼吗?永生。"

"不疼!姐姐。"

"脱下鞋来,让姐姐看看。"

"哎。"

翠花帮着永生脱下湿漉漉的鞋子,只见他那冻肿了的脚丫子在月光下闪着紫光光的亮色,有的地方已经裂了口,簌簌地淌着血水。摸摸哪里都冰凉棒硬,活像两块冰凌。他的脚都冻成这个样子了,还说"不疼",多么争气要强的永生呀!翠花扑闪着两只大眼这样想着,撩起衣襟,把永生那两只冰凉的脚丫子拉进自己的衣襟下。永生不安地想道:"翠花姐不是和我一样冷吗?我怎么能让她给我暖脚呢?"于是,他硬是把脚抽了回来,并向翠花说:

"姐姐,不碍事,我不冷。"

才只有十二岁的梁永生,在风雪中挣揣了一天,不光没打尖,连歇也没歇,现在实在是累乏了。他蜷曲着身子,依偎在翠花的身上,一闭眼就睡了过去。一会儿,做了个噩梦。他梦见,人贩子把他从雏大娘的怀里硬扯出来,拖拖拉拉地把他拽走了。雏大娘哭着喊着在背后追上来:"永生啊,我那苦命的孩子,大娘再看看你呀……"永生一听心如刀绞,拼命地挣脱出胳膊,回过头来向雏大娘飞跑过去。他扑到雏大娘面前,一头扎在大娘的怀里,叫了声"大娘",又哇哇地哭开了……他这突如其来的哭声,把梦吓跑了,还把翠花吓了一跳。翠花问他哭啥,他说做了个梦,并把梦的大体情景跟翠花说了一遍。翠花又问:

"哎,永生,你到底是怎么落到人贩子手里的?"

永生这个噩梦,就是他落入魔掌时的一个场景。接着,永生把他落入魔掌前前后后的经过,一来二去地告诉给翠花。

自从雏大爷被疤瘌四气死以后,梁永生和雏大娘的日子更难混了。秋季,他们靠拾柴剜菜或者给人做点零活糊口。入了冬,地净场光了,再到哪里去拾柴剜菜?再到哪里去找活干?过着个穷日子,既没存项,又没进项,只好把几件子破家具折卖掉,买点糠糠菜菜哄弄哄弄肚子。穷人的家具能卖几卖?一个月后,就全靠前邻后舍合适对劲儿的穷爷们儿帮衬活命了。他娘儿俩觉得这样下去,会把那些穷爷们儿也拖累坏,便悄悄离开了雏家村,过上了要饭讨食的生活。

有一天,他们要饭要到了柴胡店,赶上连日风雪,被困在土地庙里。他娘儿俩正蜷缩在庙旮旯里,来了个"好心人",就是这个人贩子。他弄来一些地瓜,一捆柴火,向雏大娘说:"看把孩子饿成啥样子了!快起来,点着火,烧地瓜吃吧!"雏大娘和梁永生,都觉得好像在做梦,闹不清是怎么一回事儿。永生用一双警惕的眼光打量着这个"好心人"。首先刺进永生眼睛的是他那身长袍大褂和肥大的块头儿。雒大娘犹豫一阵,缓了口气说:"俺吃不起呀!"人贩子把手一摆,慷慨地说:"吃吧。没关系,不用还。我是个吃斋念佛积德行善的人哪!"人贩子走了。永生问大娘:"天底下真有这么好心的财主吗?"雒大娘说:"谁知道哩!我活到四五老十,还是头一回碰上这样的事儿!"

风息了。雪止了。梁永生和雒大娘正要出庙,人贩子又来了。他用臃肿肥胖的身子堵住庙门,阴阳怪气儿地说:"你们的钱捎来了吗?"这没头没脑劈面而来的一句,把雒大娘和梁永生全问蒙了。他娘儿俩呆在那里愣了老大晌,雒大娘的嘴里才吐出一个字:"钱?"

"是啊!"

"啥钱?"

"你装啥蒜?"人贩子把笑脸一变,"你们吃了我的地瓜,烧了我的柴火,不是许给我托人回家捎钱来还账的吗?怎么?想赖账?"

"你不是说不用还吗?"

"不用还?想的怪好!我又不开养济院,凭啥不用还?穷婆子!你放明白点儿——还不上账,休想出村!"

这时,跟在人贩子背后的那个豁嘴子说:"我看这样吧——你反正是怎么也还不起,就把这个孩子送给苏六爷吧;苏六爷有的是钱,心又善净,脾气又好,你的孩子保险受不了屈……"

至此,雒大娘像大梦初醒,才恍然大悟,她唰地变了脸色,连声喊道:"怪不得你装得像个人似的呢!闹了半天是骗人的鬼把戏呀……"

"欠账还钱,别没说的!"人贩子说,"有钱拿钱还,没钱拿人顶,说别的全没用!"

"你硬欺负穷人不行!咱得找个地方说理去!"

"哈哈！我正等着你这句话哩——好,走吧！"

这一阵,梁永生怒气冲冲站在一边,一言未发。人,往往在流了血以后,才知道教训的可贵。自从雒大爷死后,永生曾几次灰心地想:"要不是我说了几句愣话,祈雨那场祸也许闯不这么大,雒大爷也许搭不上命……往后不能再耍'愣葱'了！"这时,他见雒大娘要跟人贩子归官司,又想起爹为打官司搭上命的事来,觉得无论如何——就算我自己死了也罢,再也不能让大娘去打官司。于是,他把脖子一挺,向大娘说:

"大娘,让我跟他去吧！"

"孩子,那是个火坑呀！"

"大娘,我知道！"

"要去了,孩子你……"

"要不去,大娘你……"

娘儿俩说到这里,紧紧抱在一起。就在这时,人贩子硬把永生拽走了。他最后听到的,是雒大娘那又哭又骂的声音。

梁永生胸中揣着怒火,眼里揿着泪花,向翠花述说着这段悲惨的往事。杨翠花同情地安慰他说:

"永生啊,别难过。盼着以后能找个好人家儿……"

"找人家儿？"

"是啊,人贩子要卖咱呀！"

梁永生听了这个"卖"字,十分刺耳。他问翠花姐:

"还兴卖人？"

"兴！"

"他妈的！我不兴卖！"

"傻兄弟！咱到了这步田地,交上厄运了,不兴卖也由不得咱呀！"翠花见永生忽闪着两只豁亮的大眼不吭声,又宽慰他说:"永生啊,盼着吧,也许能碰到个好人家儿……"

其实,梁永生这时并没去想究竟会被卖到一个啥人家儿。他想的是:"豁上一死也不能让他卖掉!要是让他把我卖了,谁去给爹娘报仇?谁去给雒大爷报仇……"最后,他向翠花说:

"跑!"

"门锁上了,跑不了呀!"

翠花倒是比永生大一岁,说起话来总是像个大人似的。她见永生还在想什么,又以俨然是个大姐的语气嘱咐永生说:"永生啊,等这个孬种把咱卖了以后,再长点眼神儿瞅个空子,也许能跑了喽……"

"不!"

"咋?"

"这就跑!"

"怎么跑?"

"上树!"

"你不是说不会上树吗?"

"会!"永生说,"方才,我看出人贩子没安好心,故意糊弄他!"

"上到树上能跑得了?"

"能!"永生拉着翠花的手,来到庙堂门口,指着靠墙的那棵松树说,"姐姐,你看——从那棵树能爬上墙头,再从墙上溜下去,不就跑了吗?"

"太好啦!"翠花一听高兴极了,"你快跑吧!"

"你呐?"

"别管我了!"

"我不!"

"我不会爬树哇!"翠花着急地说,"傻兄弟!你不跑也救不了我,何必跟我赔罪受呢?永生啊,快跑吧;你跑出去,有朝一日万一能见到我娘,你告诉她,别让她惦记我;我总有一天,要逃出虎口去找娘的……"

"你有娘?"

"嗯。"

"那你怎么……"

"三言两语说不完——今后咱万一能见着面儿,我再仔细儿地对你讲。"翠花捋一下袖子,指着自己的手腕子说,"永生啊,你记住我这块伤疤……对,我已经记住你印堂上那颗黑痦子了——就这样,你快跑吧!"

翠花急促地催着。永生站着不动。这时候,他正在忽闪着长睫毛想事儿呢!翠花问他想啥,他不吱声。过了一阵儿,他又突然喜出望外,向翠花说:

"姐姐,有了!"

"有了啥?"

"我先爬上墙头,再把你提上去……"

"用啥提?"

"绳子呗!"

"哪有绳子呀?"

"可也是呀!到哪里去弄绳子哩?"永生正为难地想着,娘撕衣襟给爹包扎伤口的情景,在他的头脑中浮上来,就高兴地说:"有了!"他说着脱下雒大娘给他做的那件新棉袄,哧啦一声,把里子拽了下来。随后,又哧啦哧啦地往下扯布条儿。到这时,翠花已经看明白——他是想用这布条儿搓绳子。于是,也插上手,和永生一起忙活起来。干这类活儿,翠花比永生强多了。她一动手,大大加快了速度。不大一霎儿,一根布条绳子便搓好了。两人又用力扽了扽,挺结实。杨翠花高兴地说:

"快!"

"哎。"

事儿就有这么巧——人贩子早不来晚不来,梁永生刚刚爬上树去,他来了。细心的翠花听到门锁一响,估量着就是人贩子回来了。为了掩护永生安全走脱,她急中生智,离开树下,来到庙堂前的台阶上。机灵的梁永生,也随着门锁的响声藏在密枝丛中不动了。吱扭吱扭的门声响了一阵,贼眉鼠眼的人贩子进了庙院。他一边顺着甬道急急促促地朝庙堂走来,一边向站在庙堂前半动不动的杨翠花吆喝道:

"不在里边老实儿地呆着,出来干啥?"

"想找点柴火烤烤火。"翠花见人贩子在院中各处乱撒打,又挥臂向庙堂一指说,"梁永生偎缩在庙旮旯里,都快冻死了!"

人贩子进了庙堂,犄角旮旯儿找了一遍,横鼻子竖眼地责问翠花道:

"他哪去啦?"

"在旮旯儿里。"

"旮旯儿里有个屁!"

"那么可能是到神像后头避风去了呗。"

人贩子又一边喊一边找,把各个神像的背后都瞅了一遍,连梁永生的个影子也没找到。这下子,他可急了,一把揪住杨翠花的辫子,恶狠狠地逼问道:

"他到底藏在哪里了?说!"

"不知道!"

"你不说实话,我活活砸死你!"

"不知道!"

人贩子逼问了一顿,只问出"不知道"这三个字来。杨翠花这三个字的回答,使人贩子明确地感觉到:看来你就是真的砸死她,她也是不会说的! 于是,他向外走去,还咬牙切齿地说:"你等着我,回来熟你的皮!"

人贩子要去干啥？必定是要到庙院的里里外外去找梁永生。这时，永生跳下垣墙没有？在那么高的墙头上硬往下跳，会不会摔坏腿或者崴了脚脖子？要万一腿脚受了伤，跑不快了，会不会叫人贩子追上呢？心细、多虑的杨翠花越想越怕永生跑不脱，便不顾一切地扑上去，死死地抱住了人贩子的腿。

手毒心狠的人贩子，他又是威胁又是骂，还用上吃奶的劲硬折翠花的手指头。人贩子想："她痛得撑不住劲儿就松手了！"可是，他把翠花的手指头折得喀吧喀吧直响，翠花还是不肯松手，闹得个人贩子又气又急出了一身躁汗。杨翠花疼痛难忍的时候，破口大骂起来。她嘴里骂着心里想："现在梁永生要万一还在树上，他一定能听到我的骂声；他一听到骂声，知道了我正在拼命地纠缠着人贩子不放，就会抓紧这个空间赶紧逃走的……我就算一死，只要能把一个穷兄弟救出火坑，也是值得的……"

这时，梁永生已经离开了药王庙。

方才，永生趁人贩子被翠花支进庙堂的当儿，就把绳子拴在树股子上，顺着绳子溜下墙去。下墙后，他呆呆地站在墙外，心里想着墙里把自己救出虎口的翠花姐，鼻子一酸，饱含着同情、感激、气愤的热泪，像断了线的串珠似的滚落下来。最后，他终于下了决心："我得逃出去，一定得逃出去！将来好给翠花姐，还有爹娘、雒大爷、常大爷……报仇哇！"便怀着沉重的心情离开古庙，向远方跑去。

第八章　授刀传艺

苍苍茫茫的暮色，笼罩着宁安寨。

刚下过雨的地皮，被日光晒了一天，正在散发着一种令人胸闷的气息。村边的大场院里，有条黄犃牛，懒洋洋地站在桩橛旁，伸着长舌舔它的小犊子。它舔一阵，还抻开脖子哞哞地叫几声。场院边上，还有只老母鸡，领着一群杂色的鸡雏，正在咯咯地叫着寻觅吃的东西。

就在这样一个时刻，梁永生走进村来。

梁永生自从逃出人贩子的魔掌，就各处寻找雏大娘。今天，他在宁安寨街上走着，见有一位背粪筐的老汉正向那村边的场院走去。

老汉来到拴牛的桩橛旁，先把牛粪拾进筐，然后解开缰绳，牵着黄犃牛走回家来。梁永生迎面凑上来谦恭地问道：

"借光大爷，我打听个人——"

"谁？"

"要饭的——"

"要饭的多着呐！"

"是个女的。五十多岁。嘴门上少一颗牙。眼角上有个黑痣。头发有黑的有白的……"

梁永生滔滔不绝地说了一阵，那老汉紧锁双眉摇了摇头，走进那个古槐下的院门去了。这时候，一个白发苍苍的老奶奶，又出现在西边的门口上。她一手扶着门框，一手打着亮棚，眼往四下撒打,嘴里还"咕咕"地叫着。在场院边上觅食的鸡群,都晃荡着身子迎着主人的召唤声跑去了。

"咕——咕!咕——咕……"

另一个叫鸡声,又从东边传来。咦!这声音怎么这么耳熟哇?这是谁呢?梁永生一面竖起耳朵全神贯注地听着,一面在头脑中翻腾着记忆,捕捉着叫鸡人的形象。同时,他那两只脚,也不觉不由地朝这声音传来的方向迈开了。他走着想着,想着走着,猛地,雏大娘的面容出现在他的眼前,永生心里一阵高兴,蹽起双腿飞奔而去。

永生拐过一个墙角儿,远远望见水湾崖上的水簸箕旁边,站着一位正然东张西望的老大娘。他虽看不见老大娘的面目,可一搭眼就觉得大娘的身形很眼熟。就在这时,那大娘一闪身拐过墙角不见了。当梁永生急眉火眼地跑过来时,再也没有找到老大娘的影子。梁永生站在水簸箕上,呆呆地出起神来。忽然,他见一只老母鸡进了一家角门儿,便想道:"哎,这只鸡兴许就是雏大娘的哩!"于是,他来到这家门口,扶着门框探进半截身子,悄悄地朝里撒打起来。只见这个户虽还算不上很阔气,但也可以说满够排场。瓦插花子大北房,砖碰脚足有半人高。月台两侧,一边一墩石榴树,树旁边坛坛罐罐摆了一大溜。那宽宽绰绰的院子里,静悄悄的。永生正观望着院中的情景,从屋里走出一个人来。这人脸上生了一层雀斑。他用一副警惕的目光打量着衣着褴褛的梁永生,来到近前问道:

"你要干啥?"

"找雏大娘。"

"没姓雏的!"

那雀斑脸一把把他搡出门外,哐当一声把门关上了,并随手插上了门闩。永生憋着一肚子气,又窝回来朝水簸箕走去。这时,他又见一只公鸡向西走去,就紧走几步跟在公鸡后边,他要再跟着这只鸡去寻找雒大娘。梁永生紧随鸡后走了一阵,前面出现了一座黄松大门。这显然是一家大财主。一会儿,从大门里钻出两个财主羔子,指着永生叫道:"小花子要抓鸡!"接着,又拾起一块瓦岔子投过来。永生不愿理他们,骂了一声便走开了。他回到水簸箕近前,又愣挣了一阵,也没见雒大娘再出来。这时天色已黑,只好失望地离去。从此后,每到黄昏时分,永生就跑到这里来,一连持续了十来天,再也没见雒大娘的影儿。

那位老大娘是不是雒大娘呢?是的——永生并没认错。雒大娘是怎么来到宁安寨的?原来是,她在被穷逼得走投无路的情况下,在宁安寨找了个晚伴儿,名叫门书海。门书海是个穷铁匠。因为没有铁匠工具,如今就靠着一条扁担、两个箱子、几件锔盆锔碗用的手艺家什,东张西奔紧跳跶,挣几个钱儿混日子。一年到头,总是早晨挣来晚上吃,住了辘轳就干畦。自从人们把他和雒大娘成全到一块儿,又添上一张嘴的嚼用,他这指地无有的日子更紧巴了。也真时气不济,近来门书海又病在炕上,雒大娘只好东一瓢子西一碗地借着吃。为给他治病,还拉下了一些饥荒。门书海是个要强爱好儿的耿直人,他觉着帮助他的那些穷乡亲都过着个拮据日子,成天价拆扒人家心里过不去,直愁得吃不下,睡不着,病情也更沉重了。

门书海一病,日子又难过,雒大娘的心,更蜷缩成一个蛋子。自从人贩子抢走了梁永生,雒大娘就像被摘去心肝一样,一天到晚,神志恍惚。几个月来,永生的影子经常在她的眼前晃动,永生的声音也时刻响在她的耳边。她望见有个孩子在风中走着,就想:"那是不是永生?"她看到有的孩子在娘怀里撒娇,又想:"俺永生准在想大娘哩!"偶尔街上传来孩子的哭声,她总要到靠街的小窗口去望一阵,一边望还一边想:"是不是永生来找大娘了?"当她失望地离开那跷着脚才能望到外边的窗口时,又不由得自言自语说:"唉,永生怎么会找到这里来呢!那个苦命的孩子,如今还不知落到了啥地步哩!"

这天傍黑。雏大娘从魏基珂家借来一碗高粱面子,进了屋还没放下,就听街上传来乔家那财主羔子们的尖叫声:"小花子!小花子!……"这"小花子"是谁呢?雏大娘心里这么想着,脚不由主地来到了靠街的小窗前。她手扳窗台跷起脚来朝外一望,街上没有人。就在这时,一个耳熟的孩子声从西边传来:

"小花子碍着你家啦?"

雏大娘又扭过头,歪着膀子向西一望,只见那湾崖边的水簸箕上,站着一位双手卡腰虎头虎脑的少年娃。他穿着一件黑棉袄,没有扣扣儿,大敞着怀,赤露着胸膛。棉袄上没有里子,露着白花花的棉絮。他的周围,站着一帮和他岁数班上班下的孩子们。乔家大院的两个财主羔子,正指手画脚讥笑这个"小花子"。那位在水簸箕上卡腰而站的少年娃,面对着财主羔子,摆出了一副时刻准备抓架的气势……雏大娘望着望着,乓的一声响,手里的碗摔落地上,红高粱面子迸撒一地。原来,那位少年娃,正是她日夜想念的梁永生。

躺在炕上的门书海,见此情景,大吃一惊,慌忙问道:

"你怎么啦?"

他这一问,雏大娘那两只扯满红丝的眼里,唰唰地淌开了泪水。门书海以为老伴儿是心疼这碗高粱面子,就又劝她说:

"你这妇道人家,就是心肠窄!不过就是一碗红高粱面子吗?等我的病好了,两只手忙活紧点就有了……"

门书海越劝,雏大娘的眼泪越多。门书海纳闷儿地又一次问她:

"你怎么啦?"

"没什么……糟蹋了东西我心疼!"

雒大娘说着,仍然泪流不止。她怕丈夫为她走心,就手拿过笤帚,又从笆斗上拿来簸箕,背过脸去扫收地上的面子。这时节,她的头脑里,正在激烈地斗争着:自己牵肠挂肚的梁永生如今已经来到门外,我是不是把他领到家来?她想:"我打从跟了门书海以后,因为家境穷,日子累,还从未跟他讲过梁永生的事。如今,他重病在身,为治病拉得七大窟窿八大债,天天又是一瓢子一碗地借着吃……为这事,他愁得病情越来越重了!在这个节骨眼上我再猛丁地领进个孩子,又多了一个要吃要喝的,那不得活活把个穷老头子愁死吗?"她想到这里,就暗自拿了这么个主意:等老伴儿把病养好,再把有个孩子的事儿说明白;凭门书海的为人,他也一定会同意的。到那时,再把梁永生领进家,也就三全齐美了。可是,她转念又想:"不行,不行!永生这个少爹无娘的苦命孩子,也不知遭了多么大的罪才逃出了人贩子的魔掌,现在又这一宿那一夜地各处乱跑,受多大的罪呀!要万一有个好歹,后悔不就晚了吗?再说,他现在既然来到了宁安寨,一定是来找我的,这时孩子的心里还不知怎么想大娘哩!"她想到这里,又确定和老伴儿商量商量,把孩子领到家来。可是,她回过头去,一瞅那位一辈子没有得好的穷老头子的愁眉苦脸,心又被一股怜悯的情感罩住了,舌头也发了挺,觉着怎么也不忍心再给他添愁肠。

这时,窗外传来狗的狂叫,还夹杂着孩子的狂笑。雒大娘又手扳窗台望起来。门书海和雒大娘虽然不是从小的结发夫妻,可是在一个锅里抡马勺已经是好几个月了。他对晚伴儿的为人,虽不能说吃透了膛,可也看出雒大娘并不是那种张八排李八排的好事儿人,今儿她怎么会有闲心去看孩子斗狗呢?门书海正迷惑不解,雒大娘在窗前泣不成声了。

"你倒是怎么啦?"

门书海一问,雏大娘再也压抑不住内心的感情,掉过脸来向老伴儿说:"我有个为难的事儿——"

门书海一听,忙说:

"咱俩虽说是半路的夫妻,可都是长在一个穷根上的苦瓜呀!你无论有什么为难的事,只管跟我说……"

"我还有个孩子……"

"在哪里?"

雏大娘指着小窗户说:

"在街上——"

门书海来到窗前,凭窗而站,向那人喊狗叫的方向一望,只见那水簸箕边上有个衣着破烂的孩子,正和乔家大院的黄狗搏斗。那孩子已被狗咬得浑身净血了,可他一不哭二不怯,还在拳打脚踢地与狗格斗着……

站在旁边的两个财主羔子,正狂笑着,尖叫着。

门书海望着这种惨景,又是气,又是疼,阶级仇恨和阶级情义凝聚在一起的泪珠,啪嗒一声滚落地上。他回过身来,气愤地责备道:

"你咋不早说?"

话没落地,他又一头冲出屋去。带得桌凳、门板丁丁当当一阵乱响。

门口上,留下了他两只深重的脚印,还有一汪刚刚呕吐出的黄水。

门书海凭着一股子急劲儿,似乎忘了大病在身,一气跑到水簸箕旁边,踢翻财主的黄狗,从血泊中抱起长工的儿子梁永生。

门书海抱着永生向家走去。他一边走一边含着同情的泪花向怀中的永生抱歉地说:"孩子啊,都怪大爷来晚了!"

梁永生扑闪着两只大眼,呆呆地望着这位陌生的大爷出神。

只见大爷五十多岁,他那两扇厚厚实实的嘴唇,给人一种忠厚的感觉;他那一双明亮闪光的眼睛,又给永生留下了能干的印象。

梁永生怀着感激的心情问道:"你是谁?"

门书海怎么回答呢?他愣沉了一下说:"我是个穷人!"

几年来的生活经历,在永生那白如纸、平如镜的脑海里,画出了一道深深的鸿沟;这道鸿沟,把世界上所有的人一分两下——一边是穷的,一边是富的。在永生的心目中,凡是穷人,就是好人,亲人;凡是富人,就是坏人,仇人。方才,他在财主羔子们那些坏人、仇人面前,尽管是恶狗扑身,疼痛难忍,他只有仇,只有恨,只有火,只有气,但没有一滴泪。现在,他偎在了这位素不相识的穷老头子的怀里,内心又充满受了委屈的孩子见到母亲时的感情,两眼的泪水止不住地涌出来了……

一条黄土铺地、绿草镶边的乡村大道上,两个披着晚霞的行人正一前一后地走着。在后边扛着一棵杨树栽子的那位少年娃,紧走了几步,赶上前边那位挑着锢漏挑子的老人,以祈求的口吻说:

"门大爷,我来挑几步?"

"永生啊,你还小哇!"门大爷倒了个肩说,"等你长大了,大爷肩上这副挑子是要交给你的……"

永生望着门大爷那虚弱的身躯正迈着艰辛的步子,心中一阵难过:"门大爷按说到了享受晚辈人供养的岁数了,可是,如今不光没人供养他,只因添上我这双筷子,反倒加重了老人的负担;现在他的病还没好利索,又为生活而挣扎了……"永生越想心情越沉重,自己叮嘱起自己来:"永生啊,你要好好跟着大爷学手艺,好早点把他肩上这副担子卸下来!"

梁永生和门大爷来到了黄家镇。

村头上有个老君庙,庙台上有伙下棋的。他们一见门大爷,老远就招呼:"老门!快来呀,这里眼看要将死了,等你这把高手来解围哩!"

门大爷是个棋迷。一提起下棋,他困也不困了,饿也不饿了,精神头儿就上来了。只要一蹲下,输了不服输,赢了还想赢,不到天黑起不来,有啥要紧事也全忘了。他和雏大娘结婚后,因为下棋耽搁瞎仗工夫,老两口子也打过唧唧拌过嘴。有时候,他觉得为下棋惹些气生,想起来也挺后悔;可是,以后再见到下棋的,还总是要哈下腰扒扒眼儿,扒着扒着就支招儿,三支两支又蹲到正座儿上了。

可是今天,人家这么招呼他,他却摇着头说:"不来了!不来了!"说着,一步没停走过去了。

这是什么原因呢?因为他的心里有了个梁永生。自从梁永生进了他的家,他打心眼儿里爱上了这个既聪明伶俐又老实巴交的穷孩子。永生这孩子,只要进了家门,放下笸子摸扫帚,又勤快,又颠实。他跟着门大爷学手艺,给大爷打下手儿,又着真儿,又守摊儿。眼时下,门大爷的心灵几乎全被永生这个可心的孩子占领了,他正在用上毕生的精力,像修盆花剪果树那样栽培着这个长工的后代。

他们出了黄家镇,沿着回家的道路走着。散散落落的纸灰和没有烧尽的纸钱儿,被风一吹,在道边上飘飘转转,渲染着清明节特有的气氛。门大爷望着这种情景,像想起了什么,他把挑子放在桥头上,喘了口大气,掏出别在腰带上的那根没安嘴子的烟袋来。梁永生见大爷要在这里打个腰站,就把杨树栽子靠在桃子上,踩着绿茵茵的幼草爬上河堤。被风吹皱的运河水,把层出不穷的波浪送到岸边。

河边的幼树,经历了冬日的风雪长得更清新,更茁壮,更可爱了。永生这棵扎根于苦水的幼苗儿,正像幼树一样在生活的风雨中成长着。过去,他在爹娘跟前的时候,很少考虑事儿。现在,相隔才两年,简直快变成大人了。一有点闲空,他就悄悄坐在一边想心事,一想就是老大晌。你看,今天他耷拉着腿坐在浅草茸茸的河堤上,凝视着一泻千里的运河水,心如脱缰之马,又想起报仇的事来了。

"报仇"这个念头,在永生的脑海里已经游荡了二年了。他一想起报仇,肚子里的气就满了腔。现在他心里想着,直气得又捶地皮又砸砖头,并边砸边说:

"砸你个白眼狼!砸你个疤痢四!……"

永生的血泪家史和不幸遭遇,早跟门大爷讲过。今天门大爷在运河边上歇脚,就是有意勾起永生那血泪的记忆,借以考察考察他报仇的决心。方才,他见永生望着运河水出神,就猜出他又想起血仇来,便悄悄地来到了永生的身边。永生见有个淡淡的身影在晃动,仰头一望,只见门大爷正端着烟袋笑眯眯地瞅他。这时,他又不好意思起来,涨红着脸憨厚地笑了。门大爷蹲下身子问永生:

"你在想啥?"

"想报仇的事!"

"唉!算了吧!"

"咋?"

"仇人全是财主,人家有钱有势,咱惹得起?"

"漫说他是财主,就算他是皇上他二大爷,我也要跟他见个高低!"永生话没落地,一拳把一块半头砖砸了个稀碎。门大爷再也压不住内心的高兴,他那粗糙的大手落到永生的肩上:"好小子!不愧是咱穷人的后代!"

门大爷一夸奖,永生那彪彪愣愣虎虎势势的劲头儿却唰地消逝了,他又涨红起脸低下头去。

门大爷用从《三国演义》上跟诸葛亮学来的这种"激将法",探清了永生决心报仇的实底儿,就暗自决定:我要把自己报仇的经验传给他。

门大爷本来姓"闫",原籍是山西太原一带。他的爹,是个铁匠,人穷志刚,好为人主持公道,常替穷人帮腔争理。有一回,大财主朱玉祥逼死一个佃户,还要霸占人家的妻子,门大爷的爹听说后,操起铁锤闯进朱家,指着朱玉祥愤愤不平地说:"你逼死人不偿命,还要霸人家的妻子,该当何罪?你干的这号伤天害理的缺德事儿,打谱儿怎么了结?你要不当面向我交代清楚,这铁锤就是你的对头!"那狡诈的朱玉祥见闫铁匠怒火千丈,又铁锤在手,便恨在心里,笑在面上,客客气气地说:"蒙君提醒,万分承恩;此等不幸之事,皆乃下人所为;我朱某既已知晓,定将从速查处;死者殡葬费用,由我朱家一概担承;死者眷属之衣食,当然亦应由我朱某贴补,否则,王法、人情焉在哉!"朱玉祥直到把闫铁匠送出门口还说:"苦口良药,逆耳忠言。从今而后,尚望多多赐教。"当夜三更,朱家的狗腿子拨开门闩闯进闫家,七手八脚把门大爷的爹架走了。次日一早,那位为人争理的闫铁匠死在了屈死的佃户的门口上。

那时候,门大爷才十多岁。村里的穷爷们儿怕朱玉祥灭子绝孙,就让门大爷领上弟弟逃出村子。后来,在别人的引荐下,门大爷磕头认师学上铁匠,弟弟找了个老师学木匠。可巧门大爷的师傅会武术,他就和弟弟一起,利用一早一晚时间,跟着师傅踢跶拳脚练功夫。又过了几年,他和弟弟都长大了,便每人拿上一口刀,来了个冷不防,闯进朱家杀了朱玉祥。尔后,他们兄弟二人,把"闫"字一分两下,兄姓"门",弟姓"王",兄东弟西分了手。后来门大爷听说他的弟弟向西逃过黄河,到西安一带去了。与此同时,门大爷就向东爬过太行山来到冀鲁平原,改名"门书海",在这运河岸边的宁安寨村落了户。铁匠活儿一个人没法儿干,只好把"大炉"改"小炉",车子换扁担,挑起锔碗挑子当上锔漏匠了。

因怕暴露身份,门大爷这段家史从没跟人讲过。今天,他见永生报仇的决心这么大,就想助他一膀之力。并决定:回家后,把自己"授刀传艺"的想法告诉永生。于是,他望了望天色,向永生说:

"天不早啦,走哇!"

"哎。"

他们爷儿俩,又忽呀颤地走了一阵,宁安寨来到了。

你看,雏大娘正站在村头的高岗儿上,手打着亮棚朝这边瞭望哩。

晚上,天高气爽,月明星稀,村庄异常安谧。

雏大娘拿了个蒲团坐在屋门口,就着月光纺棉花。门大爷沏了一壶酽茶,坐在院中的一棵糟烂木头上。梁永生放下水筲摸铁锨,正忙着栽那棵小杨树。雏大娘望着永生眯眯笑。门大爷瞅瞅永生心里喜。梁永生栽完树,笑盈盈地来到门大爷面前。门大爷抓下罩在头上的毛巾扔给他:"擦擦头上的汗,别闪着!"永生一边擦汗一边问:"大爷,咱不打镢子吗?"

"不打啦——今晚上歇工!"

永生以为大爷累了。就说:

"大爷,你看着,我打——也当练练。"

"永生啊,光练这个不行啊!"

永生猛丁地琢磨不出大爷的意思,扑闪着大眼注视着大爷,没有吭声。门大爷呷了口茶,又抿一下沾在胡子上的水珠儿,向踞踞在他面前的永生说:

"你不是要报仇吗——我教你两手儿!"

门大爷站起身,闪了上衣。他那筋条条的脊梁,叫明晃晃的月光一照,闪着黑油油的光亮。随后,又勒了勒腰带子,把那本来就不粗的腰胯扎得只剩了一拃粗。接着,又用两根箔经子绑上裤腿脚儿,就手儿拿起永生栽树用的铁锨,向永生一挥手:"闪开!"

永生向后退去。门大爷一拉架子,一弹腿,练起武来。门大爷的武艺可真好哇!他已经是五十多岁的人了,一个"旱地拔葱",还能跳起二三尺高。那张大铁锨,在他的四周飕飕横飞,带起阵阵小风,闪着道道白光。梁永生瞅着想着:"嘿!门大爷的武艺比那卖艺人强多了!"雒大娘原先也不知自己的晚伴儿会这么两下子,这时一看,先是吃了一惊,继而又停住纺车的歌声,嬉笑着数落起来:"你这是干啥?疯啦?还是吃饱了撑的?"门大爷一面耍着,一面笑呵呵地说:"哄孩子嘛。"雒大娘拍一下巴掌爆笑起来:"我那娘噢!永生都快长成大汉子了,还用你这个哄法儿?唉唉,叫我说,你简直是个老没正经!"雒大娘嘟囔她的,门大爷照样耍他的,直到耍完一个趟子,他才扔下铁锨,拿过袄来往身上一披,又坐在那棵糟烂木头上了。永生赶紧递过毛巾。门大爷接过去罩在头上,原来他一点也没出汗。永生又斟了浅浅的一杯茶,他端起来一饮而尽。

永生在德州看了卖艺人的武功后,就曾天真地想过:"我要会这么一套,报仇就不愁了!"现在他见门大爷的武功这么好,心里活乐煞了!

可门大爷收起笑脸一本正经地说:

"永生,武术吃功夫。要练武,可别怕苦哇!"

"行。"

永生借大爷喝水的当儿,插嘴问道:

"大爷,你卖过艺?"

"没价。"

"你咋会武术哩?"

门大爷从腰带上抽出那根一拃长的旱烟袋,装好,点着,一边抽着烟,一边和永生讲起他那血泪家史和习武报仇的经过。梁永生听完大爷的讲述,心里说:"要是有口刀就好了!"不知怎么闹的,这句话不由自主地说出了声来。这声音虽然很低很低，可门大爷耳朵不背，让他听见了。于是他问永生：

"你想要个刀？"

永生摸着脖颈，不好意思地笑了。

门大爷抬起屁股进了屋。一霎儿，他拿着一口银光闪闪的单刀，来到永生的面前。这口单刀，刃薄，锃亮，门大爷腕子一抖，颤颤巍巍，锃锃闪光。刀柄上还拴着一块红绸子，风吹绸抖，飘飘摇摇，使人一看愣愣地提精神。永生一见，恨不能一下子接过来，贴到脸上亲一亲。可是，门大爷却没有他这么心急，而是不慌不忙、意味深长地指着银光闪射的大刀说：

"永生，你可知道这单刀有什么本事？"

"能杀仇人！"

"它还会说话哩！"

"会说话？"

"对！"门大爷说，"永生啊，脚下这个世道儿，阔天底下没有咱穷人说话的地方，也没有替咱穷人说话的人！只有它——这口大刀，能替咱穷人说话，能把咱穷人那一肚子苦水控出来，能把那人情世理正过来！"门大爷把大刀郑重其事地递给永生，又语重心长地说，"永生啊，你是个长工的根苗，咱穷人的后代，你要有志气，有骨气，要无愧于这口有汗马功劳的大刀，无愧于传刀人的一片心，你要把这口大刀，还有大刀的骨气，接过来，传下去……"

门大爷的这番话，深深打动了永生的心，字字句句都刻在他的心坎上。永生想："我一定记住门大爷的这些话，一定要对得起门大爷的一片心。"可是，他对门大爷的话，并不完全明白。于是问道：

"大爷，你说这大刀有汗马功劳，是个啥意思？"

"来，你搬过那个木头墩子坐下。"门大爷磕去烟灰，又吱吱地吹了两口,把烟袋往腰带上一别,坐在木头上,慢条斯理、比手画脚地讲起了那神话般的"大刀史"——

京南卫北有座"皇龙桥"。桥附近出过一条好汉——高黑塔。这人身高膀扎,力大过人,还练了一身好武艺,大刀是他最应手的兵器。哪家财主欺负穷人,他就手持大刀找上门去。后来,"八国联军"打进中国,来到"皇龙桥"附近,见人就杀,见房就烧,见东西就抢。高黑塔听说后,仰天叹了口气,啥也没说,一跺脚回了家,拿过大刀霍霍地磨起来。直到把刀磨得飞快飞快的了,他这才喘口大气,愤愤不平地说:

"龙河是中国的地盘,凭啥叫洋鬼子胡闹腾?那些杂种要真敢来,我高黑塔就叫他们尝尝这口大刀的滋味儿!"

高黑塔正自言自语,忽听门外有人喊:"洋鬼子要过河了!"高黑塔一听,怒火三千丈,脸上挂了色。他把褂子一脱,提起大刀奔向"皇龙桥"。他来到桥头一看,逃难的穷百姓正一帮帮一伙伙跑过桥来。一窝洋鬼子,正在人群后边追赶。高黑塔站在桥头,把住桥口,掩护逃难人群过了河,洋鬼子也扑上来了。高黑塔一见,气就满了胸,牙齿咯咯响,两眼冒火星。他腾身而起,挡住桥口,大喝一声:

"站住!这是中国的地方,不准胡作非为!"

洋鬼子一打愣,高黑塔已蹿到近前,大刀一抡呼呼响,飕飕白光耀眼明,一阵砍,一阵杀,洋鬼子的脑袋就像断了线的蛤蟆珠,唧哩咕噜乱往河里栽跟头。高黑塔越杀越勇,直杀得敌人再也不敢上了。高黑塔甩去刀上的血珠,挥臂一指,厉声道:

"有种的上吧!中国的穷百姓不怕你们!"

他说罢,哈哈一阵大笑。这笑声,如同天崩地裂一样响。他笑着笑着,哇地吐出一口血,身子晃了几晃,倒在桥上——高黑塔活活累死了!当一些穷百姓上前抢救他时,他又猛地睁开大眼,向众人说：

"穷爷们儿，别管我！快拿起大刀来，向敌人的头上砍呀！"

说罢，合上眼睛。他的脸上，还挂着胜利的微笑。

门大爷绘声绘色说到这里，喘了口大气又说：

"高黑塔死后，这口刀落到一个长工的手里。后来，长工传给月工，月工传给佃户，佃户传给小摊贩，小摊贩传给穷店员，店员传给木匠，那位木匠传给我这个铁匠，我这不又把它传给了你这个长工的儿子。"

永生听完这段传奇式的故事，心中暗道："我一定要对得起这口大刀，我一定要有大刀的骨气！"接着，他又问大爷：

"大爷，你就是用义和团留下的这口大刀报的仇吧？"

"不！那是'太平天国'留下的另一口大刀！"

"那口大刀呢？"

"我弟弟闻世英带去了！"门大爷站起身说，"永生啊，来，我先教给你两手儿！"

"好！"

月光下，异姓同心的爷儿俩，一个手把手儿地教，一个手把手儿地学，一老一小、一师一徒练起武术来。

白天听不见的那运河涛声，如今就像响在耳边。夜静更深了。可是，梁永生和门大爷谁也没有倦意，还在兴致勃勃地练着。最后，还是雒大娘死乞白赖地给他们搅散了伙，硬逼着爷儿俩睡了觉。

梁永生临睡前，把这口心爱的大刀又瞅了好几遍，然后小心翼翼地放在枕头底下。年轻觉多。他跑蹚了一天，又折腾了半夜，躺下就睡着了——

这天，白眼狼听说梁永生得了一口大刀，是个"宝刀"，就派了两个狗腿子来抢这口刀。这时，梁永生的武艺已经练好了，叫他三下五除二就把那俩送死鬼给喀嚓了。永生杀了狗腿子,更把他埋藏在心灵深处的仇恨勾起来。他想:"一不做二不休,扳倒葫芦洒了油——我何不就着这个劲儿找上白眼狼的门去,把那些狗日的一股脑儿全杀了……"小子有心有胆,说干就干,他尥起蹶子奔向了龙潭。说来也怪,他越跑越快,越跑越快,跑着跑着竟然飞起来了……

"哏——哏——哏!"雄鸡的啼叫,把梁永生从梦中惊醒。他一醒来,又想起了枕头底下那口刀。便悄悄拿出来,这么摸,那么摸,越摸手越痒,越摸心越恣,越摸越不想睡了。他见两位老人正打着甜甜的鼾声熟睡着,便悄悄地穿好衣裳,拔开门闩,手提大刀走出房门。直到早霞映红了刀光,他还在起劲地练着。

第九章　大闹黄家镇

　　四月二十八,是黄家镇赶庙会的日子。
　　这个庙会,可不同于一般的庙会,它的名声格外远,规模特别大。正式会期,出进三天。而且,在正式赶会的前两天,街上就人如穿梭、车马辚辚了;还搭满了一个挨一个的席棚子,大勺碰小勺丁当直响。那些馃子铺,烧饼铺,窝头铺,煎饼铺,包子铺,馒头铺,也全开市了。不仅大栈小店家家客满,就连村里的碾棚、磨棚、车棚、草棚,以及村外的场屋、地屋、井屋、瓜屋,也都住满了人。这些提前来到的人,近者来自百里之外,远者是千里迢迢赶来的。他们当中,有滨州、蒲台的,有南宫、冀州的,有定州、望都的,有文安、霸州的,还有西安、兰州的,云南、贵州的,吉林、肇州的……总之,他们来自山南海北,关东口西,四面八方,全国各地。
　　黄家镇的庙会所以这么兴盛,是因为这一带是杂技之乡,是耍把戏的发源地。据传说,杂技的鼻祖,就是这一带的人。这黄家镇庙会,是个进行杂技交易的场所,也是杂技用具的产地。在这个庙会上,有卖猴的,卖马的,卖熊的,卖狗的,卖蛇的,卖虎的,也有卖杂技、魔术、洋片、马戏、木偶戏用的道具的,还有卖技术的——你要花上钱,认个"过门师",他就当场教给你几手儿。就连杂技行当请师傅,招徒弟,雇脚色,找事由儿,也都可以在这里成交订合同。因为黄家镇庙会具有这个特点,所以才引得许许多多的人从五湖四海云集而来。他们这些人,穿着各种各样的服装,操着南腔北调的口音,在街里街外挤挤蹭蹭,串来串去。

由于赶会的人多,那些卖吃食跑勤行的人们也全上来了。卖凉粉的,卖切糕的,支着大籴沏茶糖的,都在庙台下头撑起了圆鼓鼓的大伞棚;卖大碗茶的,一头挑着碗筐,一头挑着大沙壶,吱嘎着竹板子扁担漫街叫卖;卖烧鸡的,身后背着个箱子,油手敲着梆子,操着景州口音在吆呼"德州扒鸡";卖红薯的,一脚蹬着车子把,一手提着盘子秤,声嘶力竭地高声叫卖:"红薯热的!红薯热的!"

　　老君庙前的广场上,用席、箔、板、棍搭了个戏台。戏台上,紧锣密鼓,梆子腔唱得正欢。戏台下,你挤我,我拥你,人声鼓噪,杂音喧天。戏台两侧,拉洋片的,卖野药的,说大鼓的,讲评词的,变魔术的,跑马戏的,相面的,劝善的,东一帮,西一伙,大一圈儿,小一堆儿,都吸引得观众、听众里三层、外三层。

　　街筒子里要比街外规整多了。大小铺眼儿,都漆刷一新。除了固定的门市而外,又摆列上一些高几矮凳,长台短案。街口上,净些不成买卖的"买卖",什么缝破鞋的啦,卖鞋楦的啦,张箩底的啦,攒水筲的啦,绑笤帚的啦,粘破缸的啦,还有剃头的,修脚的,锔碗的,杂七杂八,密密麻麻一大片。街里街外这种热闹景象,猛孤丁地看上去,倒也像个"太平盛世"。

　　街口上,在那平地凸起的高台上,有个年轻的小炉匠。他的脸前头,破盆子烂罐子摆了一大堆。一个土里土气的老汉,提溜着一把铁壶来在他的面前:"掌柜的,这壶上有了沙眼儿,拾掇拾掇得多少钱?"锔漏匠看了看壶,又看了看老汉:"放下吧。拾掇完了你看着拿就是了。"过了片刻,一个穿袍戴帽的阔少儿又来到摊儿上,从衣袋里掏出一把洋锁扔给锔漏匠:"喂,给我撬开它!"锔漏匠瞟了阔少儿一眼,拿起洋锁看了看,然后在砧子上砸了个铁片儿,又锉了几下,只一捅,锁开了。随后他向阔少儿说:"一吊二!"阔少儿嫌贵,嘴里还不三不四。锔漏匠喀叭一声把锁又锁上了,向那阔少儿扔过去。阔少儿被窝了一下,着起急来:"这爷们有的是钱,再给我捅开!"锢漏匠一撇嘴说:"有钱旁处花去,这爷们不侍候你!"阔少儿见锢漏匠膀阔腰圆一身疙瘩肉,又是满脸怒气话语噎人,自量着惹不了,只好吃个哑巴亏儿滚蛋了。接着,又一位要饭的老太太端着个破碗凑过来:"少师傅!锔上这个碗多少钱?"锢漏匠放下手里的活儿,接过破碗忙起来。锔好后,朝那讨饭人递过去说:"大娘,拿去吧!"老太太拿在手里反反正正瞅了瞅,只见碴口儿对得严严实实,锔子摆得又密又匀,就说:"这活儿又好又实在——我拿多少钱?"锢漏匠说:"不要钱!"老太太觉着心里下不去,说了些感谢话,又把这个英俊的小炉匠仔细看了几眼,便走开了。

这位小炉匠,就是梁永生。

如今,梁永生这个少爹无娘的穷孩子,已经十七岁了。

今天,永生趁大爷去给邻居助工的机会,头一次接过大爷肩上这副担子。雒大娘为了打发永生来赶庙会,起早馇了一锅玉米稠粥。永生就着芥菜喝了两碗黏粥,大葱蘸酱又吃了一个窝头。他怕在外头打尖还得花钱,又揣上两个陈干粮、一块咸萝荚,拾起锢漏挑子上路了。雒大娘知道,门大爷那种"能吃糠能吃菜不能吃气,吃让人喝让人理不让人"的倔脾气,如今已经招上了永生,所以在永生临要出门上路的时候,她一而再再而三地千嘱咐万叮咛:"永生啊,俗话说:'儿行千里母担忧。'虽说我不是你亲娘,可是,那个'穷'字就像一把钩子,把你这个穷孩子挂在我穷老婆子的心坎上。孩子啊,脚下这个世道儿,没有咱穷人说话的地方,你出去赶会,可别惹祸招灾、多事生非呀!"直到永生走出门口了,雒大娘怀着惴惴不安的心情又追出来:"永生啊!要绕道走、躲气生,话到舌尖留半句,事到临头想三想……"正走在旁边的尤大哥逗哏说:"雒大婶,看你像那《三上轿》,干啥这么不放心?"雒大娘笑着说:"自个儿孩子的脾气我心里有数儿,一时嘱咐不到就许闯出祸来。"她说罢,眺望着永生那渐渐远去的背影高兴得又自语道:"才几年的孩子呀,中用了。"

梁永生迈着轻盈的步子,脚下发出似有非有的沙沙声,顺着曲曲弯弯的阡陌小路,穿过枝叶菁菁的杨树林,越过野花间杂的草甸子,登上了气势雄伟的运河大堤,一直奔向黄家镇去了。一路上,他观赏着印着白云蓝天的河水,眺望着运河两岸的春景,脸上渐渐露出自负的笑容,仿佛他要用这种神色向这辽阔壮丽的冀鲁平原庄严宣布:我梁永生已经正式投入生活了!

永生来到会上,所有的地基都已占严。他向一位缝鞋的说:"掌柜的,迁就一下吧。"又向左边张箩底的说:"买卖不错吧?我一夹楔子,打扰你了。"缝鞋的和张箩底的向两边靠了靠,撑出一块地方,让永生摆开了摊子。穷人相聚,话不截口。永生一边忙着活儿,一边和左右的"邻居"拉叨儿。当永生一个碗正锔得半半路路的时候,突然街上又挤又嚷乱了营。永生居高临下俯首一望,只见那边顺街来了个骑马的。还有几个嘴眼歪斜的腚后跟,架着一个大闺女,连拖带拉跟在马后头。那闺女,边挣边哭,边骂边喊。在闺女后头,约摸两三丈远的地方,还有一位又哭又跑的老太太。永生仔细一打量,她就是刚才来锔碗的那位要饭的老大娘。如今,那大娘蓬头散发,正在后边跌跌撞撞、磕磕绊绊地紧追急赶,并一面追赶一面哭着,骂着,喊着:

"你这些孬种们!凭啥抢人呀?"

这时,人群都激愤地站住脚,议论纷纷。

梁永生听到那姑娘的凄惨喊叫,如乱箭穿心,感同身受。老大娘的求援呼救,又使他火冒三丈,热血沸腾。他焦躁地自语道:"可惜那口大刀没带来!"正在这间,他一转睛望见了竹扁担,心里说:"好,就使它!"接着,他把袖子一挽,随手拿起竹扁担,向那缝鞋的说:

"老大爷,费点心,照管下我这套破烂儿。"

"你干啥去?"

"我去问问,是谁在抢人家的闺女!"

"唉,你问明白了又怎么样?"

"我要打这个抱不平!"

张箩底的听了插嘴道:

"小伙子,你长了几个脑袋?"

"一个就行!"

"真是初生的犊子不怕虎呀!"缝鞋匠感叹地自语着,又掉过头来问永生:"你可知道那抢人的是谁吗?"

"我不管他是谁!"永生说,"抢霸民女就不行!"

"小伙子,消消气儿吧。咱个穷手艺巴子,可惹不起他呀!"缝鞋匠说,"那个骑马的杂种,既是个财主,又是个霸道!前清时他中过'武举','民国'了也不知又弄了个什么'委员',反正人家还是撑劲!按说,他横行霸道确实是坏,可你个穷孩子怎么能惹得了他?"

"鞋匠师傅说得是啊!"张箩底的也说,"算了吧——别去惹祸招灾啦!"

"惹祸招灾"这个词儿,使梁永生想起了临来时雒大娘那些语重心长的嘱咐,心里为难起来。就在这时,人贩子抢他时的惨景,蓦地出现在他的眼前。门大爷的一句口头语儿,也在耳边响起来:"糠可吃菜可吃气不可吃,吃让人喝让人理不能让人!"接着,又是雒大爷的声音:"穷见穷心里疼,穷不帮穷谁帮穷?"这些往事,在梁永生的头脑中聚会起来,使他那嫉恶如仇、见义勇为的脾性轰地爆炸开了,他从爹的嘴里接过来的那句口头语儿便冲唇而出:

"漫说他有钱有势,就算他有三头六臂,我也要跟他见个高低!"

永生不顾别人的劝阻,拨拨拉拉挤进人流,向那"委员"径直奔去。永生已是十七岁的人了,显然早就会意识到干预此事会招来大祸。可是他,明知山有虎,偏向虎山行。他的看法是:怕狼怕虎别在山上住,怕死就别活着;见死不救,活着干啥?只要能救出穷姐妹,我梁永生死也值得!永生且想且走跟那"委员"碰了头。他扁担一横,指着"委员"的鼻子尖儿,怒冲冲、气愤愤地质问道:

"你凭啥抢人家的闺女?"

那老奸巨猾、恬不知耻的"委员",上眼一瞅拦马的是个穷孩子,当然没放在眼里,并想就这个场合抖抖威风,卖卖谝。因此,狗腿子们要去抓挠永生时,他使个眼色止住了,然后他扬扬不睬地向永生说:

"霍!你要管管这个事儿?"

"我要管管!"

"好!我彭保轩明人不做暗事,你既然愿意知道,我就告诉你,叫你瞧个稀罕——"那家伙洋洋得意地向永生也是向众人说,"我抢闺女,啥也不为,就是因为她的长相儿好……"

四外的群众,竦目而望,骂不绝口:

"霸道!"

"畜类!"

梁永生眼都气红了。他把手中的扁担一晃,厉声吼道:

"你再耍流氓,揳你个杂种!"

永生这一声怒吼,好像一声炸雷,吓得那"委员"打了个冷战:

"好一个不知天高地厚的穷小子!你大概忘了自己姓啥了吧?"

梁永生一拍胸脯儿,不瞒不掖地说:"我就是你穷爷爷——梁永生!"

"好一个穷小子梁永生!"狗"委员"露出狰狞面貌,向狗腿子们一挥手,"给我把这个活腻了的穷小子绑起来拴在马尾巴上!"

一犬吠影,百犬吠声。喽啰们都咋咋唬唬扑上来。可他们还没来到近前,永生早已抡起扁担打在狗"委员"的脚踝骨上。只听得嗷嚎一声惨叫,那堂堂"委员"一个倒栽葱栽下马来。

一场殴斗开始了。

周围的人,全为梁永生捏了把冷汗。其实,永生的武功已经不错了。他抡起扁担一阵横扫,把狗腿子们全扫草鸡了。他们是王八吃西瓜——滚的滚来爬的爬。有的挨了一扁担,哇哇地怪叫着,抱头鼠窜了;有的跑飞了帽子,跑掉了鞋,光头赤脚还是跑;有的绑腿带子开了扣儿,他既顾不得再缠上,也顾不得扯下来,就让它在两脚之间拖拉着;有的绊了一跤,胳膊摔错了环儿,脚脖子扭了筋儿,身上也不知在哪里蹭了一片油,他啥也不敢顾,只顾连滚带爬又瘸又拐地逃活命。到这时,他们平日那股狗仗人势的嚣张劲儿全没有了,怕死鬼的洋相丑态都现了原形。这些菜虎子们在街上一跑,蹚得倾筐倒篓,尘沙飞扬;讥笑声,嘲骂声,此起彼应:

"这个狗食欠该这么收拾!"

"这回那堂堂'委员'可现眼了!"

人们一面奚落狗"委员",还一面称赞梁永生:

"那小炉匠真不善!"

"人家这才叫汉子呢!"

正当那讨饭的母女刚来到永生近前,从四面八方呼啦啦围上一些人来,把永生圈在了当中。

一位大爷把翘起的拇指举在永生脸前:"好样儿的!有咱穷人的气派!"

一位携着金针菜的人泼命地往里挤着。金针菜都挤撒了,他也不管不顾,还是边挤边嚷:"闪闪,闪闪!让我看看这位顶呱呱的汉子!"

正在这时,栽了跟头的"委员"又纠合起一些打手来反扑了。

人群疏散开来。可是,那方才被挤在旁边贴不上前的讨饭母女却凑上来了。

　　这母女二人,你猜是谁?不是别人,她们,就是那位帮助永生逃出虎口的杨翠花和她的母亲。翠花不是让人贩子带走了吗,她是怎么来到这里的呢?等以后再作交代。且说这时杨翠花已认出了这位魁伟英俊的梁永生,可梁永生并没认出杨翠花。这是因为:一来女大十八变,再加他们已经五年多没见面了;二来梁永生一直把全部精力集中在那些坏蛋身上,根本没去留心那闺女是个啥模样儿。方才,人们围着永生赞扬他时,闹得他昏头涨脑很不自在,只是想及早摆脱这个场合儿,也没去想那讨饭母女的事情。现在,他正盯着那些张牙舞爪扑过来的狗腿子们,又见那讨饭母女凑过来,心里着急地想:"唉唉!她俩怎么还没逃走?"

　　"我……"

　　"你个啥?快跑!"

　　杨翠花一张口,就被梁永生噎了一下。可她还不死心,又说:

　　"我是……"

　　"别啰嗦!快,快跑!"

　　"你这位……"

　　翠花娘刚插进来说了个半截话儿,又被永生打断了:

　　"你们别管我!杀人不过头点地,穷汉子敢拿命换理——"他见那讨饭母女还愣着不走,挥臂一指扑来的群丑,向她母女发起火来,"你们怎么还不逃命!快走!"

　　杨氏母女望望那越来越近的高粱茬子般的刀枪再瞅瞅梁永生这个横握扁担亭亭而立的年轻汉子,敬佩的心情充满腹胸,潸潸的泪水挂满双颊。她们犹豫了一下,只好把心一横,逃跑了。她们一走,永生如释重担,心中高兴地说:

　　"我纵然一死,也要拦住这些狗日的!"

第十章　夜袭龙潭街

于庄庄头上有个学堂。

这天傍黑儿,刚放了学,下起雨来了。教书先生房兆祥怕起了风雨潲窗户,就顶着个锅盖,把苫子挡在窗户上。这个学堂的院子很浅。当房先生正要回屋时,见角门洞里放着一副锢漏挑子,旁边还蹲着一个小伙子。他一半好奇一半不放心,转身来到门洞里。那小炉匠虽然年轻,可挺有礼貌。他没等房先生开口,就先站起来说:"我在这里避避雨,糟扰你了。"

"没说的,没说的。"房先生见小炉匠很眼生,又问,"师傅,哪庄的?"

"宁安寨的。"

"不大盘这个乡吧?"

"对啦。"

"有二十吗?"

"十七岁。"

"叫啥名字?"

"梁永生。"

梁永生一说出名字,房先生大吃一惊。原来是,"梁永生大闹黄家镇"的消息,不翼而飞,早在这运河两岸的各个村庄传开了。这时房先生以敬慕的眼光把个梁永生打量一阵,然后又问:

"不消说大闹黄家镇的就是你了?"

梁永生不爱谝能,又不会撒谎,只好微笑不语。

房先生见他默认了,喜形于色,两手搭在永生的肩头上,摇晃着他那健壮的身躯,响亮地说:

"真是出类拔萃的人物呀!不含糊!"

房先生的称赞,把梁永生闹了个大红脸。房先生向外一望,雨正下在劲儿上,又说:

"你走不了啦,住下吧!"

"不,不!"

"客气啥?走,屋里去……"

梁永生从来不肯讨人嫌,可又觉得房先生的实在劲儿不好推辞,正在二二乎乎,房先生拿起扁担,就要帮他挑挑子。永生一看,忙夺扁担:"好,我自个儿来。"房先生回手插上门闩,领着永生进了屋。在永生放挑子的当儿,房先生闪了身上的破大褂子,掀开锅盖要做饭。永生觉得素不相识,不忍得糟扰人家,就说:

"甭做饭,我带着干粮呢,弄点开水一泡满好。"

"不光为你,我也得吃。"房先生见永生的衣裳淋得湿乎乎的,又说:"脱下来,铺在炕席上焐一焐,一会儿就干。"他说着,就手撩起褥子。永生见这位教书先生挺好脾气儿,也就没再客气。过一阵,他见桌子底下放着个破盆子,就哈腰拿过来,说:"闲着也是闲着,我给你锔上它。"房先生也没客气,欣然同意了。梁永生一摸挑子上的家什,房先生见工具柜里有口单刀,就问:

"你带着刀干啥?"

"我稀罕这玩意儿。"

永生随便支吾了一句。其实,他带刀盘乡,是有来历的。他那回大闹黄家镇以后,回到家如实地向门大爷说了。当时,门大爷尽管觉得这确是闯了一场大祸,那彭保轩可能伺机报复;可他认为孩子见义勇为、舍己救人做得对,因而没有责备永生,只是嘱咐说:"往后儿不要盘南乡了,躲开黄家镇,改盘北乡。外出盘乡时,要把那口刀带上……"打那,永生就天天带刀盘乡。现在教书先生问他带刀盘乡的原因,他怕再引起房兆祥提到大闹黄家镇的事,所以支吾了一句,想把这一章掀过去。但是,房先生一见单刀,还是想起他大闹黄家镇来了,又情不自禁地说:

"你在黄家镇敢于虎口拔牙,火中救人,真是……"

永生打断房先生的话,谦辞地说:

"唉,只不过是一气之下,耍了个'愣葱'罢了。"

"你这个'愣葱'耍得大快人心呐!"他叹了口气又说,"如今的潮流,看来是非要'愣葱'不行的!可我这个文弱书生,就缺乏你这种'愣葱精神'……"

他们说着话儿,饭做熟了。

他们一边吃饭一边家长里短地拉叨儿。他们越拉越投机,越拉越倾心,一会儿永生也就无拘无束了。他询问了房先生一些情况,也把自己的身世告诉房先生。经过一番推心置腹的促膝长谈,永生才知道这位房先生也是个穷人。

房先生家住边临镇。他的曾祖在世时,是个自劳自食、年吃年用的小康人家。当时他的曾祖念过几年诗书。后来,他家经过几次天灾人祸,日子穷了。可是,他那"学而时习之"的家风并没失传。他们因为再也上不起学,就用父传子、子传孙的办法,一辈一辈地传了下来。房先生由于肯用功,还巴巴结结闹了这么个"教书先生"。

房先生的父亲,常为穷人写呈子伸冤告状,得罪了有钱有势的土豪劣绅,被加上一个莫须有的罪名,掐入大狱。几个月后,就在狱中活活气死了。房先生仇恨难消,又写了呈子告了状。结果,州官、县令、阳状、阴状全告到了,官司也没打出个眉目来。房先生讲完自己的家史,望着对面的梁永生深有感触地说:"脚下这个潮流,一不能信官,二不能信神,要想报仇雪恨,看来只有靠'愣葱精神'!"又过一阵,他见永生面对着北墙上的"四扇屏儿"像在深思,就问:

"你识字?"

"不识字。"

房先生说:"像你这个武艺高强的小伙子,要是再能识文解字,可就文武双全了!"梁永生叹口气说:"咱顾嘴还顾不上呢,还有钱去上学?"房先生说:"你要愿意学字的话,我教给你。"永生高兴地说:"那太好了!"房先生说:"那你有空儿就来,哪时来我哪时教,怎么样?"梁永生说:"我一定呛劲学。就怕心太笨,叫你费点子劲,我还是不成器!"

打这以后,梁永生盘乡路过于庄时,总要到学堂里来串个门子,跟房先生学几个字。

这天侵晓,梁永生挑着锢漏挑儿又一次来到于庄学堂的门口上。他上眼一瞅,门锁着。一问别人,原来是房先生病在他家里了。房先生的家,在马厂村,距此二十里。梁永生自从在西边开辟了盘乡新路,已经有两个来月没跟房先生见面儿了,心里当然想他。现在又听说他病了,所以连个捎儿也没打,就拾起挑子向马厂奔去。因为半路上碰到一些老主顾,干了些推不出手去的零碎活儿,当他赶到马厂时,已是半过晌了。永生站在门口,只见门上贴着这样一副门对——上联是"二三四五",下联是"六七八九",横联是"南北"。这意思显然是:"缺'一'(衣)少'十'(食)无东西。"永生看罢,思索了一会儿,便推开柴门,走进庭院,喊了一声:"房老师在家吗?"房先生一听是梁永生,便赶紧让家眷把他迎进了屋。永生进屋一看,房间窄小,陈设简陋,确是一个贫寒之家。躺在炕上的房先生,面庞清瘦,气色很不好。他们唠了一阵话儿,永生才知房先生是叫白眼狼气病的。事情是这样:梁永生还活着的消息传进白眼狼的耳朵以后,他就在想法儿拔掉这个祸根。可是,尽管宁安寨和龙潭街相隔并不太远,但因不是一县管辖,所以他的阴谋尚未得逞。后来他听说房先生和梁永生成了好朋友,还尽义务教他识字,心中非常恼火。他想:"梁永生已经学会了武术,要再容他练好文笔,他文武两挡不成了猛虎添翼?"因为马厂村和龙潭街是一县管辖,他便勾通了他那当县官的叔伯舅子,硬给房先生加了个"勾结歹徒"的"罪名",把他扣进监狱押了十三天。多亏邻帮乡助凑了些钱,人托人脸托脸这才将房先生保释。永生听说此事,内疚于心,对白眼狼的新仇旧恨,一起涌上心头。于是,他将在路上挣的几个零钱儿偷塞在炕席底下,又说了一些宽慰房先生的话,就辞别了房先生。

　　永生出了马厂村,天近黄昏了。他拖着沉重的步子,怀着气愤的心情,顺大路而行,向宁安寨奔去。半路上,忽然碰见过去盘乡时结识的一位熟人。那人告诉他一个消息:三个月前,常明义的儿子常秋生曾夜进龙潭街,在白眼狼的大门上用土坷垃写下了两行大字:"常秋生夜进龙潭;白眼狼小心你的牛蛋。"然后,又在他爹和永生爹的坟前各栽上一棵树,远走高飞了。梁永生听到这个消息,心潮起伏,热浪滚翻。他惭愧地想道:"常秋生是好样儿的。他可能以为我忘了血仇,准在嗤笑我呐!"他转念又惋惜地想:"常秋生既然进了龙潭街,咋不给他闹个响动?"他想到这里,一个"夜袭龙潭"的念头,在他的头脑中油然而生。于是,他把锢漏挑子寄托给那位熟人,手持大刀,改路更辙,直取龙潭而去。秋风簌簌,月色皎皎,一切的一切都像在预祝永生大功告成。永生一边大步疾行,一边兴冲冲地自言自语:"白眼狼啊白眼狼!今天你梁爷爷要给你点辣的尝尝!"

　　梁永生哪里知道,狡猾的白眼狼已有准备了。

　　自从"梁永生大闹黄家镇"的消息传进贾家大院以后,白眼狼的心里就长了草。他想:"梁永生今天大闹黄家镇,会不会有朝一日还要大闹龙潭街呢?"他一想到这个,就骨头缝里直冒凉气。好几个月的工夫,一直愁得吃不香,睡不甜,夜半三更对灯独坐,往炕上一躺就做噩梦。他心里明白:我一旦被梁永生抓挠着,命就完了!正当他心中害怕而又愁于无法的情况下,又在大门上发现了"常秋生夜进龙潭……"那两行大字,更闹得个白眼狼草木皆兵,惶惶不安了。为了千方百计保住他的狗命,围子墙上增了打更的,大院里头添了坐夜的,还找来木匠、瓦匠加固了他那狼窝的门窗。就这样,他还是做贼心虚,总觉着小命儿悬乎。这天晚上,他咕噜了一阵水烟袋,又愁了一阵,还是没愁出办法来,就索性走出屋,想去找醋骷髅开开心。当他走到庭院当央时,账房先生田狗腚挟着个算盘子迎上来,把那两颗大龅牙一龇,奴颜婢膝地说:"我向二爷贺喜呀!"白眼狼问:"啥、啥喜?"田狗腚说:"从关了场园门儿,二爷的土地又增加了二十八亩七厘五,还有张家的场园,庞家的井园,王家的苇子湾,黄家的……"田狗腚舔嘴呱嗒舌地说到这里,只见白眼狼的脸上阴沉沉的,没有一丝笑意,心中纳起闷儿来:"不对呀!贾永贵过去每当听我向他说这类事时,总是乐得合不上嘴,今天怎么不是那股劲儿呢?"田狗腚正唯唯诺诺,白眼狼说话了:"知、知道啦,去、去吧!"田狗腚原想请功受赏,结果碰了一鼻子灰,闹了个没味儿,滚蛋了。白眼狼来到醋骷髅的门口上,一抬头就着月光望见了悬在门楣上的那块"冰清玉洁"的大横匾,心神又飞到马铁德的屋里去了。这块自欺欺人装点门面的"贞操"匾额,是马铁德纠合了一些善拍马屁的家伙给她挂的,匾上的字迹也是马铁德亲笔写的。白眼狼当然知道,马铁德所以要来这套鬼吹灯,意在取宠于他。今天白眼狼站在月下想着这些往事,当然也就很自然地想到了马铁德那一肚子坏水儿。于是,他不由得又朝马铁德的狗窝走去……

过了些日子,在一个晚上,白眼狼设了个小招儿——一瓶"白兰地",四盘子酒肴,将那"贾门二先生"马铁德和田狗腚请过来,主仆三人,饮酒作乐。酒过三巡,白眼狼又把他的心事端出来了:

"梁、梁永生这条祸根不除,我、我一直是放心不下呀!这、这桩事我跟二位谈过多次,二、二位为此对我也帮忙不小,不、不知近来办理的情况如何?"他说罢,将视线停在马铁德身上。马铁德咽下一口酒,晃了晃亮脑门儿说:"不好办呀!'隔县如隔山'。我转托了几次人都没办成……也怪我才疏学浅,不堪重任,实在抱歉!"田狗腚接言道:"谋事在人,成事在天;马兄竟然不能办成,此事恐难成矣!"他撩了一片木耳放在嘴里,呱嗒了一阵腮帮子又说:"文路不通,武路如何?"白眼狼说:"你、你是什么意思?"田狗腚说:"我是说,咱弄上几个人,到宁安寨把那颗钉子起掉……"马铁德说:"田弟之意,实在好心。不过,谈何容易!出县越境行凶动武,事可大了!若再引起两县纠葛,后果不堪设想!"白眼狼说:"马、马兄之言是也!此、此法我曾和内弟讲过,他、他也说使不得——"白眼狼端起酒盅一挺脖子灌下去,将盅子往桌上啪地一墩,"再、再说,咱手下这些人,净、净些菜货,就、就算去了,能、能抵得住那梁永生?还、还有那个姓门的,听、听说也不是省油的灯!"马铁德说:"贤弟说到这里,我倒想起一个主意……"他们正说着,窗外传来一声尖叫:"谁?"这仨家伙不约而同地打了个寒噤。白眼狼刚刚端起来的那盅酒,晃洒了一半子。接着,独眼龙丧魂落魄地闯进来,失声转韵地说:"一个拿大刀的人,正往这门口凑着,我一喊,那人一闪身,不见了……"独眼龙话没说完,白眼狼手中的酒盅子乓的一声落在地上。田狗腚失神地说:"要是万一那梁永生闯进来……"马铁德强抑制住颤抖着的心,佯装镇静说:"我们既有围墙又有垣墙,既有打更的又有坐夜的,他一个毛孩子还能飞檐走壁不成?"又转向独眼龙说:"准是你心惊胆虚看花眼儿了!去,各处查一查,查不准不要大惊小怪的!"独眼龙"是"了一声,收场滚蛋了。这三个家伙惊神未定,全成了落架的烟,你看我我看你冷坐了好大一晌,三个黑影就像钉在墙上。后来,还是田狗腚跑去插上了门闩,他们那绷得紧紧的心弦才慢慢地松弛下来。白眼狼喘了口大气说："马、马、马、马兄说下去。"马铁德喝下口酒稳了稳神，说道："河西黄家镇上，有个武士名叫彭良。此人是彭'武举'的后代，家传一身好武艺，在河西素负盛名，和黑白两道也有交情。就是吃、喝、嫖、赌无所不干，还专爱打官司。彭'武举'去世后，没出一年，叫他把个祖产就全踢蹬净了。我和他摆过香案，交情不错。如果贤弟有意聘他进宅，给咱保镖护院，教练家丁，鄙人甘愿跑腿塞脸……"马铁德云山雾罩说了一通，把个白眼狼吹乐了，他说："真、真是'天不灭曹'哇！如、如有此人在我身边，我、我就有了主心骨了！"田狗腚见马铁德献策得宠，他也不甘落后，就劲儿献上一计："二少爷贾立义，才华出众，可惜没有用武之地。如今省里要开捐助赈。他想从中渔利，咱可借机揩油。只要二爷不惜重金，少爷官职唾手可得。那样，内有彭君护院，外有少爷做官，那些梁永生、常秋生之流的穷鬼们，就更无奈我何了！"他怕白眼狼疼钱下不了决心，又补充说："有了钱才能做官，做了官就更有钱——以钱买官，如饵钓鱼，利大矣焉！"白眼狼听完了这些"高谈阔论"，赞道："二、二位高见，某、某均受益；事、事成之日，决、决不亏待……"

屋里群丑乱舞，前院喊声震天：

"失火了！失火了！"

白、马、田三块鳖种，闻声失魂，蹿出屋来。只见，前院里火光四射，黄烟冲天，粮仓、草垛都在像炒豆子似的毕毕剥剥响着。他们像死了爹抢孝帽子一样，一齐向前院跑去。

村中的男男女女，老老少少，听到这急促的喊声，也都跑出来了。有的担着水桶，有的扛着镐锨，还有的端着盆子，抬着梯子……从村子的每个角落，丢鞋落帽地朝这喊声发起处飞跑着。可是，当人们弄清是贾家大院失火时，又全都回去了。大街小巷，留下了一片嘻嘻哈哈的欢笑声。

贾家的狗腿子站在那高高的门楼子上喊了半天,门前只有几个穿袍戴帽专爱抱粗腿的人,在赤手空拳地喳喳呼呼,叹息不已。白眼狼站在门口上,见到这种情景咬牙切齿地说:"穷、穷棒子们,可、可恶极了!都、都该……"白眼狼的屁没放净,大狼羔子贾立仁突然惊叫道:"爹!你看——"白眼狼斜棱着母狗眼儿朝狼羔子指着的门板一瞅,只见上边又是土坷垃写的两行大字:

"梁永生夜进龙潭;血债定要你用血来还!"

梁永生夜袭龙潭放火留字的事,被门大爷知道后,他把永生叫到近前,又从工具箱里拿出一根钢条,向他说:

"永生啊,你身上还少这种东西!"

"钢?"

"钢的韧性。"门大爷说,"钢硬不硬?"

"当然硬了!"

门大爷把钢条搣了个弯儿,一松手,钢条又恢复了原来的样子。他接着说:"看了吧——你就是少这种弹性!"门大爷见永生扑闪着两只大眼出神,把钢条放回原处又继续说:"永生啊,你现在只是块生铁,宁折不曲。可是,我盼着你能成为一块好钢。这你知道,铁,是硬的;可是钢,比铁还硬,而且有一种韧性。"

门大爷抽着烟,沉默了一会儿,给永生留了个空隙,让他想一想,然后又说:"拿你来说,大闹黄家镇,那是火中救人,风险再大,也是对的;夜袭龙潭街,只能打草惊蛇,就有点冒失了。往后儿,无论碰上什么事,都要仔细想想,既要想到该不该,还要想到行不行;既要想到事起,还要想到事落。不论啥事,理儿,只有一个;可法儿哪,何止千万?因此说,对理儿,不要绕弯儿,理儿一绕弯儿就成了'歪理儿';对法儿,别光走直道儿,法儿不绕弯儿就叫'笨法儿'……"门大爷讲的这些道理,就像变成了许多小动物在永生的胸腹中蹦叭乱蹦,使得他的心久久地平静不下来。

第十一章　古庙许亲

六月的天,财主的脸,说变就变。

这天,骄阳当空,万里无云。掌灯时分,老天爷突然变了脸。黑压压的老云头,势如千山万岭,出现在西北天角。云端里,电在闪,雷在鸣。风,也越刮越大,越刮越猛。直刮得尘土漫天,柴草飞舞。云乘风势,掠空迅跑,扑头盖顶压将过来。

这时候,盘乡归来的梁永生,正走在漫洼荒郊。

这个漫洼,叫水泊洼,是个大荒场,方圆十几里没有人烟。荒洼的土地,春天一片碱,夏天一片水,三年两头涝,十年九不收。因此,显得格外空旷,荒凉。

梁永生每天外出盘乡,早上顶星去,晚上戴月归,来回都要穿洼而过。今天,他挑着锢漏挑儿,正忽呀颤地走着,猛然抬头一望,只见天空中,先浑浊,后苍黄,继而晦暗。紧接着,狂飙骤落,浓云蔽日,仿佛一口大锅扣在头顶上,压得人喘不过气来。

正在这时,梁永生面前不远处,出现了一座古庙。

这座荒洼古庙,坐落在一个平地凸起、像个孤岛似的高台上。相传在汉朝时候,有个侯爵在这儿建过都,名叫林城。如今那林城早已无影无踪了。也不知是哪个朝代,在林城的废墟上,修起了这座古庙,叫"泰山奶奶庙"。永生天天出外盘乡要从庙前走个来回,有时还在庙台上歇歇脚,凉快凉快;高兴时也曾到庙里头去转悠过。现在他一看暴雨将至,就晃开膀子,甩开胳臂,大步夹小步,三步并两步,一阵疾走紧颠,扑向古庙奔来。

梁永生刚刚赶到庙门口,雨就下上了。

先是一道立闪,跟着一声炸雷;炸雷那隆隆的余音还没消逝尽,稀稀拉拉的大雨点子就落开了。雨点落地,足有铜钱大,砸得地皮砰砰啪啪响成一片。雨点由稀而密,由缓渐急,瞬息之间,便成了倾盆而降的滂沱大雨。

梁永生把肩上的扁担一横,腾腾腾,攀上那七磴台阶;将挑子放在门楼下,屁股坐在高高的青石门墩上,抓下罩在头上的羊肚子手巾,擦起脸上的汗来。他一边擦着汗,还一边骂老天爷:

"偏跟我过不去——你要晚下吃顿饭的工夫,我就到家了。"

永生这话,一点不假。这座古庙的位置,在荒洼的正当央。从这里到宁安寨,还有不大不小八里路。到周遭儿的其他村庄,也都差不离的远。俗话说:"空身人儿撵不上推车汉,车轮子再快追不过扁担。"梁永生只要挑子上了肩,竹把子扁担吱扭咯扭一叫唤,他那两条腿越迈越快,这八里之遥,兴许用不了吃顿饭的工夫就能走下来。

天,已经入夜了。庙里庙外,一片漆黑。

梁永生是个勤快人。从来没有这么闲在过。如今他被风雨困在庙门里,要看书看不见,要走又走不了,闲得他两手发痒,急得他直流躁汗。于是,他习惯地摸起踩在脚下的一根草棍儿,一掐两截,双起来掐成四截,再双起来掐成八截……

急躁的永生正在消磨时间,电光闪处,一片荒凉景象映入他的眼帘:庙前庙侧,在这高高的台阶下边,满是凸凸凹凹的荒场。高坎上,红荆墩墩;低洼处,芦苇丛丛。在这荆墩、苇丛之间,有条时隐时现弯弯曲曲的蚰蜒小道,这便是永生盘乡的那条必由之路。路边上,有许许多多小水汪。它们大大小小,形形状状,被风吹皱的积水,宛如一块块的镜子,对着黑夜的风雨,顽强地闪着白光。

庙院正中,有座大殿。大殿前头,有棵古槐。这槐树,树干已经空了,吃劲一敲,发出砰砰的响声。树上的枝丫,十有八九已经死去,只有为数不多的几根枝儿,还在挣着命地活着。枯死的枝丫,连树皮也已脱落干净,白嗤嗤,亮堂堂,叫风一刮,嘎吱嘎吱乱响。大殿的门扇,大敞四开;风头卷扬着雨水,兜进殿去。阵阵狂风,摔打着破烂不堪的门板,发着哐当哐当的响声。这座孤孤零零的古庙,处在空空荡荡的荒洼之中,四邻不靠,寂无人声,再叫这半夜三更的风雨雷闪一衬,愈显得格外荒凉,冷落。

可是,梁永生并不胆儿小。他坐在这风雨飘摇的庙门槛上,冷望着被这粗风暴雨笼罩着的夜空,触景生情地自语道:

"脚下这个鬼世道儿,多么像这荒洼古庙的风雨夜呀!"

梁永生一把这风雨夜景和当时的社会联系起来,头脑中蓦地跳出一个"谋财害命"的传说。这一带的人,常说这座庙里"不干净"——就是说,爱闹鬼儿。有一个传奇式的故事,直到今天还广为流传。

二十年前,这庙中有个尼姑。那尼姑在龙潭街一带有四十亩庙产。那庙产地跟白眼狼家的地紧挨着。因此,这庙宇虽然和龙潭相隔很远,可尼姑和白眼狼家的人们早就因是地邻而成了熟人。据人们议论,在尼姑年轻的时候,和白眼狼的大哥爹还有过一腿。这事儿是真是假,谁也没考察过,咱也就不必细讲了。却说有一天夜里,也是风暴雨狂一宿没住点儿。天明发现,尼姑死在她的屋里。人命关天的大事,当然"地方"要报官。经过察看现场和验尸,县令终于作出了判决:"尼姑之死,乃是天意。"那四十亩庙产,县令遵奉"神旨",赐予白眼狼。理由乃是出于"爱民"之心——因为那四十亩庙产是块"宝地",尼姑"命薄",没有那么大福分,这才惨遭天劫。据县令说,这一带的黎民百姓,只有"贾永贵命大福宏",能担起那块"宝地"。要把"宝地"交给"穷命人",县令说其下场要比尼姑还坏。一个死到头了,再往哪坏?被人用白花银两买去灵魂的混蛋县令,没把这个道理讲清。天哉佛哉!多亏了这位县令"通晓天机","广施仁政",否则,又该有多少"薄命穷人"为这块土地丧生!大案至此,并未了结,因为那四十亩地的"钱粮"还没个着落。白眼狼为了"挽救薄命穷人"才要了"宝地",当然"不应"再封"钱粮"。怎么办呢?十里以内,按户均摊,这叫"破财免灾",此乃县令的又一"仁政"!至此,大案方结。案可结,人口岂可结?二十多年过去了,这个富家、官家勾结一起谋财害命、坑骗穷人的故事,还在民间广为流传着。

十八岁的梁永生,曾听人多次讲过这个传闻,并留下了深刻的印象。今天夜里,这些鬼呀神呀的传说,就像天空那曲曲折折的电闪一样,又一次穿过他的脑海。他思忖了一会儿,不由得愤愤地骂道:

"鬼呀,神呀,狗蛋!我才不信那一套呢!要说鬼,白眼狼的心里有鬼!要说神,白眼狼的洋钱有神!要是天上真有神的话,那神比县令还混蛋!要不,为啥不把地赐给几辈子没有一寸土的穷人,而偏偏赐给钱没数、地没边的白眼狼呢?有这样的混蛋县令倒是不假,难道还真有这么混蛋的神吗?"

夜,更深了。

倾盆暴雨变成了濛濛星星的毛毛细雨。雨丝被风一刮,再叫闪光一照,又成了金色的雨粉,好看极了。梁永生走出门洞子,站在庙院的水汪里涮了涮脚丫子,望着夜空估摸了一下时辰,心里说:"怕有二更天了。雨也小了。走吧!门大爷和雒大娘准在家里焦急地惦记我呢。"正在这时,忽然觉着这呜呜狂叫的风声中,似乎还夹杂着一个女人的哭声。

梁永生闻声吃了一惊。他竖起耳朵,屏住呼吸,仔细地听起来。开头,这哭声是隐隐约约,若有若无。过了一会儿,越听哭声越真,越听泣音越痛。这哭泣声,断而又续,续而又断,好像是顺着北风从大殿里传过来。

时已更深夜晚,又是在这前不挨村后不靠店渺无人烟的荒洼古庙之中,天上还下着雨,哪里来的女人哭声?是不是我的耳朵出了毛病?梁永生用手揉了揉耳朵,又仔细加仔细地听了一阵。呦!不错呀,明明就是个女人的哭声嘛!莫非说也是和我一样的避雨人?她又为啥哭呢?难道说真他妈的有鬼?永生想到这里,回到门下,从工具箱里抽出单刀,自言自语道:"我不管他妈的是鬼是神还是人,非去看个明白不可!"他说着,手持大刀走出门楼,踩着滑滑擦擦的泥水,径直向大殿奔去。

这时间,霏霏小雨还在飘洒。

庙院中,黑得举手不见掌,对面不见人。梁永生仗着往日曾在这庙院逛荡过,就凭那时留下的一点印象,摸着黑儿往前走。他来到大殿前头,收住步子,侧耳一听,那女人的哭声,并没在大殿中,而是从大殿后边传来的。

永生又绕过大殿,朝后院走去。

他刚走出几步,耳旁响起雒大娘的声音:"你出外盘乡,别多事生非……"永生一想起雒大娘的嘱咐,不由得收住脚步,话在心里说:"可也是啊!咱再管她是鬼是人干啥?挑起挑子走道子够多心静?何必去'多事生非'呢?"他想到这里,转身窝回来,又朝庙门迈开了步子。

梁永生在院中走着,电在闪,雷在鸣,那女人的哭声也在阵阵传来。突然,一道闪光,把庙院的荒凉景象又一次映入永生的眼帘,使他蓦地想起他和翠花姐被锁在庙院时的凄惨情景。他心里一翻,又忽然想道:"噫!是不是哪一位穷家女人又在遭难?"他想到这里,猛转身朝那后院继续走去。

后院来到了。梁永生就着闪光一看,只见半身多高的蒿子,密密匝匝长满庭院。西北角上,有三间破烂不堪的平房。这三间平房,就是那个尼姑生前住的地方。由于二十多年没人居住,再加风蚀雨冲,年久失修,如今已窗残门烂,顶塌墙裂,很不像个样子了。永生一听,那女人的哭声,就是从那座破屋里传出来的。他情不自禁地倒吸了一口凉气,心里说:"啊唷!真怪呀!"接着,他用刀尖拨着齐胸的蒿草,悄悄地,悄悄地,向那正在传出哭声的破屋凑过去。

梁永生摸到屋门口,收住步子。他要等闪光再亮,先看个清楚,然后决定怎么办。这间,外边的雨已经不下了,可那屋里的"雨"却下得正大——只听得各处都在滴滴答答响个不停。水濛濛湿漉漉的潮气,混合着霉草朽木的气息,和那女人的哭声一齐从门口冲出来。到这时,梁永生已经分辨清了——这哭声,不像中年妇女,更不像老婆子,而像是一个少女,或者是很年轻的媳妇。忽而又觉着这声音好像有点耳熟。谁呢?

梁永生正然搜罗着记忆,突然闪光一亮,屋内的一切都显现出来。一位白发苍苍的老太太,躺在一撮铺草上。一位青年姑娘,正伏在老太太的身边哭泣。她们身旁,还放着一个要饭吃的少边没沿的破柳条筐子,一根打狗用的疙疙瘩瘩的干枣条棍子。此情此景,使永生立刻想起赵奶奶临死时的惨状,一股强烈的同情感紧紧地扣住心头。

"你们是干啥的呀?"

永生这句话,虽然是经过考虑说出来的,很轻,很慢,很和善,可还是把那姑娘吓了一跳——只听得一声惊叫,哭声便打住了。屋里再也没有声息。永生想:"可也是啊!在这风雨交加的半夜三更,又在这渺无人烟的荒洼古庙,我突然一发话,不管这话是什么音调,一个女孩子家也是必然要害怕的。"梁永生为了把姑娘那极度紧张的心弦尽快松弛下来,他没有马上进屋,而是站在门口上慢言细语地自我介绍道:

"我是避雨的,不要害怕。"

屋里仍无回声。

又是一道立闪。

永生望见那姑娘正偎缩在屋角上,两只大眼睛闪射着恐怖、气愤交织在一起的光亮。她紧紧地闭着嘴,手中还好像拿着一块砖头。看表情,她既希望把事躲过去,又已经做好万不得已就拼命的准备。梁永生面对这种局面,那同情的心潮使他不能离去,只好再次解释说:

"你只管放心,我不是坏人。我是宁安寨的小炉匠,出来盘乡,被雨淋在庙门上,听到这边有人哭,才来看看是怎么回事儿⋯⋯"

在永生说话的当儿,一连打了几个亮闪。当永生说到这里时,那姑娘突然开了腔:

"你是不是梁永生?"

"是啊。你认识我⋯⋯"

永生话未落地,那姑娘惊喜地扑过来,眼里噙着泪,连哭带笑地说:

"我是杨翠花呀!"

永生一听,可喜坏了。他像不相信自己的耳朵似的,紧跟着反问了一句:

"你是翠花姐?"

"嗯喃!"

杨翠花顺口应了一声。这时,"翠花姐"三个字,在她的心里掀起一个巨大的波涛。梁永生从药王庙逃跑后,他那英俊的面容,刚强的性格⋯⋯一直留在翠花的心里。尤其是在黄家镇上见面后,永生那英武的形象,更是经常在她的眼前晃动。今天,正当她大难临头举目无亲的时刻,又一次见到了梁永生,她怎能不心潮翻滚?又怎能不喜泪横流?她真想把自己的苦衷一下子全控出来倒给永生,可觉得不知道从哪里说起。她又想把个梁永生紧紧抱住,可

蓦然意识到如今已经都不是小孩子了。正在这时,梁永生突然问她一句:

"翠花姐,你还能认出我来?"

"多亏了你印堂上这颗黑痦子。"翠花抹一把悲喜交加的泪水又说,"我在黄家镇庙会上就认出你来了……"

"黄家镇庙会上?"

"大闹黄家镇的不就是你吗?"

"你在场?"

"我不在场你救的谁?"

"哎呀!我哪想到是你呀?"

"我不是要你记住……"

"那时光顾打仗了,哪还顾得上啊!"永生又问:"哎,翠花姐,你是怎么来到这里的呢?"

"我被人贩子卖到钱家当了童养媳。有一天,他一家子都去看夜戏了,把我锁在家里,让就着月光给他纺线。我用了你那个办法——爬墙逃跑了。"翠花说,"跑了好些天,好容易找到我娘……"

翠花一提到她娘,永生又想到躺在屋里的那个老太太,便拦腰截断翠花的话弦,插嘴问道:

"躺着的这个老太太……"

"就是我娘!"

"她怎么啦?"

"病啦。"

"啥病?"

"一来是犯了老病根儿,二来也是饿的。"

梁永生凑过去一听,大娘已经奄奄一息了。他立刻站起身来,向翠花说:

"我拿干粮去。"

"上哪去拿?"

"在前边庙门口上的工具箱里。"

"可快回来呀!"

"哎。"

梁永生"哎"了一声,那影影绰绰的身形消失在夜幕中。杨翠花呆呆地站在屋门口,凝视着漆黑的夜色,喃喃自语道:

"这不是在做梦吧?"

杨翠花正焦急地等待着,梁永生回来了。他问翠花:

"姐姐,有水吗?"

"哪有哇!你渴啦?"

"不!没有水,这干粮怕大娘吃不下去。"

"我来试试。"

翠花接过干粮,咬一口,嚼了嚼,喂进娘的嘴里,可是娘已经不会咽了。这时,翠花又愁,又怕,又心疼。梁永生见干粮救不了大娘,心里也很难过。他问翠花:

"有碗吗?"

"干啥?"

"舀水。"

翠花递过一个碗来。永生接在手中,一摸碗上的锔子,原来是自己锔过的那个碗。他来到院中,找了个水汪,舀了半碗水,回到屋里,递给翠花,嘱咐说:

"别往嘴里倒,那会把气呛回去。"

"没有勺子呀!怎么办呢?"

"你先把水含在嘴里,再悠着劲儿慢慢地往老人的嘴里沁……"永生说,"会不?要不让我来——"

"我会。"

过一阵,翠花娘的气越喘越大。翠花高兴地喊着:"娘,娘,娘……"翠花娘"哼"了一声。永生凑过去,摸摸老人的头,又摸摸胸口,也挺高兴:"大娘快缓过来了!"

又过了片刻,老人果然缓过来了。

杨翠花忙告诉娘,她身边的这个小伙子,就是那位梁永生。翠花娘一手攥住永生的手,一手攥住翠花的手,颤抖着说:

"孩子们哪,我不行了……"

"娘,别想那个,不碍的!"

"大娘,放心吧,会养好的!"

"孩子啊,你们不要宽我的心了。我身上的病,我明白——"娘缓了口气又向翠花说:"闺女呀,你娘我,就只是挂着你,无依无靠……"

屋外,风雨凄凄,夜色沉沉。

翠花娘攒了攒力气,又向永生说:

"永生啊,你救了翠花的命,我……"

"大娘,还提那些干啥呀!"

"你大娘我,还要求求你……"

"大娘,你有话只管说;只要能办到,没有不行的!"

"我是想,如今翠花已经十九岁了;我要是把眼一闭,撇得她上不着天,下不着地;我就是到了九泉之下,也扯不断愁肠甘不了心哪……"

"大娘啊,放心吧。真要有那一天,我不会舍了俺翠花姐的……"

"永生啊,你没听明白大娘的意思——"

"啥意思?"

"我想把她交给你。"

"行啊!我一定把她看作亲姐姐。"

"不,不是……"

"是啥?"

"永生啊,你和翠花班上班下的岁数,我想把她许配给你——"杨大娘急促地喘了几口又说,"也不知你愿意不?"

杨翠花一听这话,觉得脸上热咕嘟的,好像腾腾地冒起火来。好在是黑灯瞎火的,谁也看不见谁,所以倒没感到特别为难。可是,她对娘的意思,打心眼儿里高兴。只是低着头儿不吭声,急切地期待着永生答话,恨不得盼着他一张口就吐出个"行"字来。

可杨翠花哪里知道,这时梁永生的心里十分为难。在杨大娘的"许配"二字出口之前,永生万没想到大娘会说出这种话来。这是因为,梁永生虽说已是十八岁的人了,可他对于说媳妇这桩事,还从来没有想过。这些年来,他天天在想的,只有两件事:一是,为爹娘、为穷爷们儿报仇;二是,跳跶紧点挣几个钱,好供养门大爷和雒大娘。总之,只"糊口""报仇"这两件事,就占满了梁永生那头脑中所有的空间,他哪里还有时间和精力去想说媳妇的事哩?并且,在永生看来,不管是谁家的姑娘,要嫁给他这个穷光蛋,等于是活受罪。现在他想:"杨大娘所以要把翠花许配我,可能是因为我救过翠花……我救翠花是应当做的事呀!咋能那么办呢?"他越想越觉得不能应许这件事,就向杨大娘说:

"大娘啊,你是不知道,我穷得一间屋里四个旮旯儿,两只肩膀扛着个嘴,吃了早上没晚上,怎么能养得起家眷呢?翠花姐要跟了我不是活受罪吗?大娘啊,这样吧——将来我一定帮着翠花姐找个好婆家,让她过几天松心日子……"

"不,不不!"杨大娘用上最后的力气,像钉子入木似的说,"永生啊,翠花只要跟了你,就算一天喝三顿凉水,我闭上眼也就放心了!"

这时节,闹得个心地善良的梁永生里外不安,左右为难。他总是怕翠花跟着他受委屈,打心眼儿里不忍心这么办。可是,他觉得

杨大娘的话说得是那样真挚,又一时想不出合适的话语来说服杨大娘。就在这么个节骨眼儿上,杨翠花借着夜幕遮住脸,轻轻地说:

"永生啊,我在别的方面儿,也许不能使你称心如意,可是,咱俩都是个穷孩子,在这一方面儿,咱准能想到一块儿去,也准能说到一块儿去……"

杨翠花好像还有多少话要说,可她张了几回嘴,始终没再说下去。只这短短的几句,却在永生的心里,产生了一种巨大的冲力,搅动着他的心潮……

正在这时,梁永生和杨翠花同时感到老人的手狠狠地攥了一下,然后身子一挺,去世了。

杨翠花抱住娘的尸首,抽抽搐搐……人到最悲痛的时候,往往难以哭下泪来,这就像五月的旱天难以下雨一样。梁永生肘子支在膝盖上,两手托腮蹲在一边,一对亮晶晶的泪珠停留在鼻梁两旁……

天,已有四更多了。

屋外。雨,正越下越大,越下越急。先是像瓢泼,继而如盆倾,后来就像天河脱了底,千万条雨线连起来,天地之间一片白。风,也愈刮愈烈,愈刮愈狂。庙院中的树木,有的被捋去枝丫,有的拦腰而断,有的连根拔起……这座千孔百洞、破烂不堪的古庙哇,就像一只糟糟烂烂的小船儿,漂荡在波浪滔天的大海中。

第十二章　新婚喜日

梁永生和杨翠花拜堂成亲了。

这天,雨过天晴,风和日丽。庄里庄乡,街坊邻居,七老八少,大男小女,都跑到梁永生家来看新娘子了。仨一伙,俩一帮,这个出来,那个进去,来来往往不断溜。在看热闹儿的人群中,妇女占多数。她们指手画脚,挤眉弄眼,品头论足;时而喊喊喳喳唧唧私语,时而咭咭呱呱哄堂大笑。有的笑得拍手打掌喜泪横流,有的笑得捧着肚子前仰后合,简直快把那屋顶掀起来了。俗话真是实话,"三个女人一台戏",半点不假。

杨翠花新来乍到,人生地疏,拘拘束束、端端正正坐在用花纸裱糊过的炕上,扑闪着她那双会说话的大眼睛,羞答答、怯生生地瞭着她身边那一张张陌生而热忱的面孔。可是,每当她的视线和对方的视线碰了头的时候,她又赶紧把眼睑一收回避开了。

手脚勤快的雏大娘,手里拿着尚未缉完口儿的鞋帮子,忙着送迎来道喜的街坊邻居,得空摸空地攮上两针。她刚把好说好笑的尤大嫂送出角门儿,絮絮叨叨的魏大婶又来了。尤大嫂一拍巴掌说:

"你看俺那老婶子哟!人家东头西头的都看罢了,你这隔一道墙的近邻,怎么才来呢?"

"唉唉,甭提啦!吃了饭,刷锅;刷了锅,又喂猪;喂完猪,正想走,那两只芦花鸡又跟在腚后头咕咕咕地直叫唤——这是叫我喂它呗。我拌上鸡食,刚要迈门槛子,又忽地想起来了,干粮筐子还没挂起来,我一走,鸡刨鼠咬,猫啃狗叼,还不得给我糟蹋个一塌糊涂呀!……唉,你怎么笑哇?里里外外一把手,一处不到也不行,想早早儿来,可出个门子活像那'三上轿',就是拔不出个腿来!"

魏大婶喋喋不休地说到这里,又问尤大嫂:

"哎,他嫂子,永生娶的那媳妇,人品怎么样啊?"

"嘿哟!好人儿哩!甭说咱这宁安寨,就连前后两庄也算着,要论人品呐,她也得算个尖儿了!"尤大嫂眉飞色舞,比手画脚地说,"身段是个细高挑儿,一行一动满洒俐;一张瓜子形的赤红脸儿,黑黢黢儿的,挺受端详;两只火火爆爆的大眼睛,一条又粗又黑的长辫子——我亲手给她梳成了像饼盘似的大盘头……"

"啥穿章儿呢?"

"上身儿,穿的是她婆婆那件压柜底的靛蓝色印花土布褂子;下身儿,穿上了我叫人家用小毛驴儿驮进这宁安寨时穿来的那条丹青裤,这么七拼八凑地一配搭,倒也挺雅致。"

"天生人家长得受扎挂呗!"

"就是嘛!"

魏大婶咯咯地笑着,走进了角门儿。她一进院子就朝又在往外送客的雒大娘嚷道:

"你可喜呀!我来给你道喜啦!"

"大家都喜!"雒大娘满面春风地说,"你大婶成天夸咱永生有出息,得给他承揽个好媳妇,如今办喜事了,你这当婶子的不也喜吗?"

"喜呀!喜呀!"

魏大婶说着笑着走进屋去。这屋间量儿不大,横着竖着都不过一庹多长。平素里,由于家三伙四的不多,再加雒大娘拾掇得挺板生,所以间量小倒不怎么显眼儿。如今,满满当当挤了一屋人,倒是看出窄绰来了。

雒大娘指着魏大婶向翠花作了介绍。翠花照例是些微一欠身儿,嫣然一笑,叫了声"婶子"。也许是翠花刚刚死了母亲的缘故吧,或是那苦难生活对翠花的心灵摧残得太厉害了,这时候,不管人们说得多么有哏,她那平平静静的脸上,过好大一阵,才渐渐泛起一层礼貌的笑意。就是这一闪即逝的笑意,也始终未能掩盖住她那潜伏着的忧郁的神色。

魏大婶从怀里掏出一把红枣儿,一把栗子,向正然盘腿坐在炕上的翠花递过去,笑盈盈地说:

"他新嫂子呀,一丁点儿厌气薄礼儿,算是你婶子的个心意,甭论多少啦,收下吧……"

杨翠花不懂这一带的风俗,高低不要。

抓紧这个空儿去和面的雒大娘可着了急,她扎撒着两只沾满白面的手,慌忙凑过来向翠花说:

"看你这孩子,这事儿哪有不要的?快收下……"

杨翠花表露出迷惑不解的神色,说道:

"俺不吃!"

"不是叫你吃的!"

"干啥哩?"

"甭问干啥——听大娘的没错儿!"

翠花无奈,只好接过去,微微一笑,轻声说:

"谢谢婶子。"

"揣在怀里!"

"干啥?"

"又问干啥——叫你揣你就揣呗!当婶子的还要笑你?"

杨翠花只好照办了。

阖屋的人都笑起来。

人们一笑,翠花以为是在耍她,就像被蜂螫了一下儿似的,把手帕包儿飕地拽出来,枣和栗子滚了一炕。这一来,人们笑得更厉害了。

原来,宁安寨一带,有个风俗:在新婚这天,做长辈的来看新娘子,都要送些枣儿和栗子,作为贺喜的礼物。这是啥意思?据说是借枣和栗子的字音,求其吉利——"早""立子"。究其实,这个风俗也许是这么形成的:街坊邻居男娶女嫁,总是应当送点礼的;送啥哩?山东省是栗子的产地,附近又是"乐陵金丝小枣"的故乡,在这远离城镇交通不便的穷乡僻壤,对那些少这无那的贫苦农民来说,送这两种礼物还比较方便些。

人们的笑声一稀,魏大婶拍着雏大娘插科打诨地逗哏说:

"俺那老嫂子呀,你就等着抱孙子吧!"

"托你婶子的福!俺就盼着那一天呢!"

雏大娘这一句,逗引得窗里窗外的人,又都笑起来。

窗外,净些好奇的娃娃们。他们把三块整砖摞起来,跐在上边,扒着窗台边儿,听着屋里的动静。那些大胆的调皮鬼,悄悄爬上窗台,把手指头放在嘴里蘸湿,然后再慢慢地、无声无息地把窗纸捅个小小的窟窿,又用手做一个望筒放在眼上,对着窗纸上的小孔洞往里瞅,瞅一阵,笑一阵,有时还要就着大人的话把儿插上个一言半句,招来大人的笑骂声:

"你们这些小毛桃儿!胡掺插个啥?"

一帮小丫头儿们,比这些小子蛋子要安稳多了。她们有的挤在门口上,静悄悄地朝里看着;有的在天井里踢毽子、跳绳儿,只有屋里爆炸开一阵哄堂大笑的时候,她们才竖起耳朵听一听。

在庭院的尽东南角上,有两个蛐蛐儿在墙根底下的一撮杂草中啾啾地叫着。一只不怕人的家雀儿,就在这人声鼓噪的气氛中,口衔横草从天外飞来,掠过人们的头顶,钻进角门洞子的墙洞里去了。那只仿佛是特意赶来的喜鹊,落在隔墙搭拉过来的魏大爷那柳树梢上,冲着这笑语喧哗的庭院喳喳地叫着;它还时而张开翅膀忽闪几下,为的是让身子在那颤颤巍巍的柳条上保持平衡,以免滑落下来。

从来闲不住的梁永生,独自一人蹲在院门口,正在给角门楼子砌碰脚。他干得是那么聚精会神,并且忙得汗流浃背,这院里院外熙熙攘攘非同寻常的热闹气氛,他像压根儿不知道,或者与他根本无关似的。魏大叔背着粪筐凑过来,他心里话:"永生真是个过家的好孩子。"可他嘴里却说:

"永生啊,日子不够你过的,活儿不够你干的,到了今天啦怎么还这么死乞白赖地干?人一辈子就只有一个新婚的日子啊!"

永生撂下瓦刀,礼貌地站起身来,两手抓住对襟褂子扇着风,龇着两排整齐的白牙笑咧咧地说:

"人闲生病,石闲生苔。干点营生儿心里痛快!"

他说罢,又蹲下身去忙起来。魏大叔把粪筐扣在地上,坐上去,掏出烟袋来。他一边抽着烟,一边向永生询问翠花的身世。当永生把翠花的血泪家史学说完后,魏大叔"嗯"了两声,深有感触地说:

"好哇!你这个被'穷'字攒在一块儿的家庭,总算把咱穷爷们儿的行当占全了——你门大爷,是个穷手艺巴子;你雏大娘,是个穷'庄户孙';你呢,是个长工的后代;这不,又娶了个吃劳金的穷店员的闺女为妻……"

在魏大叔和梁永生叙家常的当儿,尤大哥拿着个沙勺从树行子里穿过来,不声不响地站在了魏大叔的脊梁后头。当魏大叔说到这里时,他也诙谐地开了腔:

"魏大叔,你这话儿说得不圆!"

"咋不圆?"

"你这两家伙起来嘛,那可真算占全了!"

"哦,对了——永生家还少个佃户。"魏大叔又问尤大哥,"咦?你说话的声音不对呀!"

"咋的?"

"我听着鼻鼻囊囊的呐!"

"大叔的耳音还真灵哩!"尤大哥笑着说,"前天夜间行船,叫暴雨激着了。"

"你给乔福增当了十年的船工,光拉纤拉断的绳子怕比这棵柳树上的叶子还多,叫雨激着他不管?"

"管个屁!养几天病扣工钱还不算,借他的沙铫子熬药还不借给哩!"尤大哥把沙勺一举,"这不,才从田金玉家借来一个沙勺,就合着用吧——唉!"

永生抡起瓦刀把砖削去一个角子,带气地说道:

"我总有一天要看看财主的心是不是肉的!"

他爷儿仨正闲谈未论,雒大娘把魏大婶送出门来。魏大婶一边走一边说:

"这媳妇我一看就相中了!又精神,又实在,又泼辣,又能干,你瞧吧,准是把过家之道的好手儿……"

"走哩婶子?再坐一坐吧!"梁永生站起身,打断了魏大婶的话。魏大婶笑吟吟地向永生说:"永生啊,你算有造化,说了个好媳妇儿。"

梁永生憨笑不语。

雒大娘见魏大叔和尤大哥都在门口儿上,就责备永生说:

"永生你这孩子!成了家也算大人了,怎么就不知道把你大叔、大哥让到屋里坐……"

魏大婶拦腰打断雒大娘的话,笑哈哈地插了嘴:

"他们不进屋,是老生戴胡子——正扮(办)!这两块料,一个是叔公公,一个是大伯哥,那新娘子的屋里,是他们去的个地界儿吗？"

魏大婶这么一逗乐子,逗得那些正要来看新媳妇的人们,隔着老远就叽叽嘎嘎地笑开了。好说话的人一边笑一边向魏大婶喊道：

"魏大婶,别走哇！"

"干啥？"

"你走了就不热闹了！"

"别拿俺这老婆子开心了！"魏大婶边走边说,"俺可没那么多的闲工夫哄着你们玩儿,还得赶紧回家剁野菜去呐！"

魏大婶边说边走远去了。

又一伙道喜的来到门前。

还一直没站住脚的雏大娘,笑呵呵地把这些穷街坊们又领进家去。接着,刚刚消停一点的庭院,又传出一阵阵朗朗笑声。

这一天,你来我去没断溜,直到鸟儿归巢鸡钻窝的时候,才算安静下来。杨翠花揉了揉坐麻了的腿,下了炕。她见雏大娘正准备掀锅吃饭,就问：

"大娘,在哪里吃呀？"

雏大娘见翠花下了炕,忙说：

"哎呀！你怎么下炕啦？快回去！"

"咋的？"

"新人都是三天不下炕！"

翠花笑笑说：

"大娘,咱甭按那老规矩儿了。"

永生也帮腔道：

"那都是妈妈儿论,一点道理都没有！"

门大爷也同意他小两口儿的看法。但他并没直接表态,而是向翠花说：

"在天井里吃吧,屋里太热。"

"哎。"

翠花笑着,应着,就去拾掇饭桌了。

只见她,一手提溜着小饭桌儿,一手抓住三个小板凳子,胳肢窝里,还挟着一个雒大娘刚编上的蒲团,一阵风似的走出屋去。

她来到天井当央,放下饭桌,摆开座位,回屋时,又就手把晒着南瓜子的筳秆传盘端进屋,一举胳膊放在箱盖上。然后,一回身儿,把雒大娘刚抢下来的一笊篱高粱饼子端走了。临出门时,还从灶王板底下的筷笼子里捎上了一把筷子。

雒大娘见媳妇又勤快,又麻利,又有眼力,就向正在一旁抽烟的老头子笑眯眯地挤挤眼,又朝翠花的背影一腴嘴巴子,意思是说:"嘿! 你瞧——咱这媳妇多能干呀!"

门大爷依然架着一拃长的烟袋抽他的烟,没有任何表示。可是,他的心里,也是乐滋滋的,并且暗暗自语道:"翠花和永生算是对把了。"

一家四口,围桌而坐,吃起饭来。

门大爷见翠花有些局促,就用筷子点点菜碟子:

"吃呀,甭拘着。"

"是啊,又没外人,就是咱一家巴子,再拘着干啥!"

雒大娘说着,撩起一块鸡蛋,扔进翠花的饭碗。

翠花笑着说:"大娘,我这么大啦,你咋还拿我当孩子呀!"

"你在大娘手里,多么大也是个孩子!"

永生在一旁瞟着这种场景,心里偷偷地笑,不吭声儿。翠花偷捎了永生一眼,把那想要泛出来的笑颜又收回去了。这时,她见门大爷一碗饭快吃完了,就撂下筷子站起身来,等到大爷扒完最后一口饭,接过碗去。门大爷说:

"盛半碗就够了。"

"哎。"翠花答应着,去盛饭了。

一霎儿,她两手举着碗,递在门大爷的手里,又从腋下抽出一把雁翎扇子,朝门大爷递过来:

"大爷,扇扇吧,身上净是汗了。"

门大爷接过扇子,拿在手里一忽闪,一股清风直透背胸,觉得浑身舒贴。这时,他心中想道:"往后儿,卖卖老,给孩子们蹦一膀子,兴许能过出个好光景来哩!"

他们这拼凑起来的一家人,一边吃饭,一边拉呱儿,有说有笑,呈现着一团亲热、和睦的家庭气氛。饭食虽然不好,可是,他们全觉着吃到嘴里香,咽到肚里甜。这是因为,在他们的生活中,又爆发出了新的生命的火花。

西天上,展开一幅五色缤纷的画卷。

啊!多么美丽的晚霞呀!

可惜!这晚霞的美景,是短暂的。而且,晚霞不是黎明的预报。在这晚霞和黎明之间,还有一个漫长的、难熬的黑夜。

第十三章 姓"穷"的人们

北风呼啸,黄尘滚滚,天和地浑然一体。

衣着褴褛的逃难人,一帮帮,一群群,推车担担,拖儿带女,一齐拥进宁安寨的街道。东头的庙宇里,西头的祠堂里,以及村里的碾棚里,磨棚里,车棚里,草棚里,就连许多门楼下,全都塞满了操着外地口音的罹难人。

一个怒气满腮的逃难人,怀里抱着个孩子,胳肢窝里挟着根棍子,向人们诉说着他那贫寒的身世和苦难的境遇。他说着说着,大滴大滴的热泪,从浮着尘土的脸上滚下来。紧接着,他又向人们打听:"这村有收养小孩的户吗?"

梁永生每当见到这饥肠辘辘的人群,每当听到这绞心剜肚的话语,心里就像压上一块坯,吃不下饭,睡不着觉。

土鳖财主乔福增,在他的祠堂里,设上一张八仙桌子,专门收买逃难人的东西——一床被子,只换五斤生红薯;一件棉袄,只换三个窝窝头……

天,渐渐地黑下来了。寒冷的夜色笼罩着村庄。漆黑的天空落下片片雪花。黑暗的村庄被星星点点的黄色灯光一照,显得雾濛濛的。村庄的上空,仿佛还回旋着白日那嘈杂的余音。

飕飕的寒风,挟持着飞雪,在田野里、河岸上、坟冢间奔驰着,又刮进村落、街巷、庭院,搜刮着地皮,冲击着墙壁,形成一阵阵强大的、灰色的旋风,卷着冰雪的尘埃腾上高空。一霎儿,那凉飕飕的冰雪尘埃,又从漫空中洒下来,扑打着衣不蔽体的逃难人。

寄宿在乔福增那红漆大门外边的逃难人,刚刚打了个蒙眬,又被刺骨的寒风冻醒。这时候,饥饿,寒冷,困乏,残酷地折磨着他们。有的人,一骨碌爬起来,搓手、跺脚、捂耳朵、擤鼻涕、擦眼抹泪。继而,便是此起彼应的怒骂声。他们是骂财主?是骂官府?还是骂老天爷?从这少头无尾的骂声中,分不大清楚;反正是骂把灾难强加于穷人的那些孬种。那些依偎在母亲怀里的婴儿,时而发出阵阵哭声。哭声就像一把钢刀,插进母亲的心胸。面挂哭容的母亲,两眼早就成了干涸的泉眼,再也流不出一滴泪水。

就在这时,一股酒肉的香味儿,从门缝里钻出来。此情此景,恰似一首民歌描述过的惨状:"月儿弯弯照九州,几家欢乐几家愁,几家高楼摆酒宴,几家流散在街头。"

"富帮富,穷帮穷。"村中的穷爷们儿,都来帮衬这些处在水深火热中的逃难人。他们,有的用两节罐子提来了野菜汤,有的用莛秆儿传盘端来了糠团子,也有的抱来一些滑秸让他们当铺草,还有的送来几件旧鞋、烂褂子。

梁永生把一家人搏出来的高粱面儿馇成稠粥,用个大瓦盆子端进碾棚。一位老大爷感动得热泪纷纷,问道:"贵姓啊?"

梁永生说:"大爷,甭问啦,咱们都是姓'穷'的!"

梁永生出了碾棚,来到街上。他见有一对中年夫妇依偎着一位白发苍苍的老太太,蜷缩在路旁的墙根下,便走过去问道:"你们才来吧?"

那壮年汉子说:"不,来了老大晌了。"

梁永生说:"恰才我打这里过去,咋没见到你们?"

那中年女人说:"那时俺们在西头祠堂里。"

梁永生又问:"那里不比这里暖和?为啥跑到这里来?"

那老太太说:"叫狗财主撵出来了!"

"为啥?"

"唉——!"

老太太长长地叹了口气,摇摇头,没再说啥。好像是,在这一声悲愤交加的长叹中,把她应当说的话全包括了。稍一沉,那壮年汉子怒气冲冲地解释道:

"那财主是个老肥。肥得胳臂垂不下,像个牛鞅子挂在肩上……对,是姓乔。乔老财可真巧利!他派人弄来好几筐箩棒子,让在他祠堂里避风的人,都给他搓棒子,还说他是吃斋行善之人,为的是让这些逃难人赚暖和……"

"合适干!"梁永生气愤地说,"净捉弄穷人!"

"这位老大娘因为得了病,没有力气给他搓棒子,那个财主就硬把她轰出来了!"那中年女人说,"俺两口子不放心,也跟了出来……"永生问了一下,原来他们不是一家子,是在逃荒路上相识的。永生又关切地说:

"走!先到我家落落脚去吧?"

"那敢是好。"

梁永生领着这三位逃难人,一边拉着叨儿一边往家走。正要进门的时候,那中年女人突然问永生:"你几个娃子?……没有?……这不是孩子在家里哭吗?"

大嫂这么一说,永生才注意到,家里果然有个娃子的哭声。怨不得人们常说:生过孩子的女人,对孩子的哭声特别敏感。永生揣着纳闷儿的心情进了院子,朝屋里一望,见锅台角上坐着一位肩挎猎枪的男人。那人怀里抱着个孩子,身后背着个孩子,身边还站着个孩子。雏大娘正帮助他解背孩子的带子,显然是想把那孩子解下来,好让背孩子的人轻松轻松。正在用揍布擦桌子的门大爷,见永生又领进三个逃难人,忙迎上来:"快,屋里暖和暖和。"

雏大娘也满怀歉意地向这新来的客人打招呼:

"快里边坐。你看,俺这小房窄屋的,又这么邋遢,你们别笑话,迁就着点吧!"

雒大娘说着,拿过鸡毛掸子掸着板凳上的浮土,又亲切而热情地说:

"快坐下。都跑蹉了一天了,准累得够呛!"

这些逃难人,如今又冷又饿又渴又累,也都没有精神说什么客气话了,只说了句"打扰你了",便各自坐下来。

梁永生一进屋,就注意上了那位抱孩子的背枪人。经过一阵亲亲热热的攀谈,永生才知道这位大哥叫秦海城,是泰安人。那一带因为大旱不雨,又闹兵荒,所以才逼得这么多的穷苦百姓离乡背井去闯关东。在攀谈中,梁永生也把自己的苦难生涯告诉给秦大哥。这么一来,他俩谈得更亲热了。永生问:

"秦大哥,你谱着到关东去干啥营生?"

"行围打猎呗!旁的咱会干啥?"

"会这两下子就不含糊!"

"唉,一百下子咱九十八下子不会!要再不会这两下子,指着啥吃饭哩?"

梁永生忽然看见秦大哥脚上的棉鞋已经很破了,心里想:"闯关东这么远的路程,全仗凭两只脚呢!要是把脚冻坏了,怎么赶路呀?"他想到这里,就把翠花刚给他做上的那双新棉鞋从脚上脱下来,向秦大哥说:

"来,咱哥儿俩换一换!"

"那哪行?"

"能行!我看好了——咱俩的脚大小差不离。"

"不!我这鞋换不过……"

"咋换过换不过呀!"永生一边说一边硬脱秦大哥的破棉鞋,"我不走远路,咋着也好凑合;你要下关东,冻坏了脚了不得……"永生说到这里时,已经把秦大哥的鞋穿在自己的脚上,又说:"秦大哥,你看,跐面不高不低,正合适儿!"说罢,又帮助秦大哥往脚上穿他的新棉鞋。秦大哥那双冻肿了的脚,乍穿上这双新棉鞋,觉着连身上都暖煦煦的。他直瞪着两只汪满泪水的大眼,凝视着这双可脚的新鞋,意味深长地说:

"刚才用它换个窝头都换不来,想不到倒换了双新鞋!"

"换窝头?"

"是这么回事——"坐在小板床子上的门大爷,跷起脚尖磕着烟灰,"方才,我到西头去,正巧见他脱下棉鞋换窝头。乔福增举起文明棍儿一拨拉,把棉鞋拨拉出老远,恶狠狠地说:'这破烂儿,白给也不要!'……"

门大爷说到这里,梁永生又生气,又担心。他担心要出是非。因为永生知道门大爷的脾气——不论对啥事儿,也不管对方是啥人,他总是该着咋说就咋说,丁就是丁,卯就是卯,一口咬断铁钉子,话语从不留两手。因此,永生想:"这种场合叫门大爷赶上了,他准得要插话,要是一插话……"他想到这里,忙问道:"以后怎么样了?"

"门大叔一看急了。"秦大哥接过来说,"他老人家凑上来,半急半恼连讽带刺儿地说:'俺那乔大老爷!你敢跟一个逃难的外乡人耍脾气,可给咱宁安寨增光不小哇!'看来那个乔财主也怵大叔这耿直脾气儿,他假惺惺地笑着,佯装没听出来。然后,门大叔又刺了他一顿,就把我领到家来了。"

"这也怨你!"永生说,"怎么能脱下棉鞋来换窝头呢?"

"唉,有啥法子!"秦大哥说,"除了它,还有啥?"

"你用鞋换了窝头,穿啥?"

"唉,我又不傻不荼的,能为嘴不要脚吗?"秦大哥说,"咱这大人,渴点饿点,怎么也能忍能挨。何况咱还是挨着三分饿长大的呢?"秦大哥指着正趴在他的怀里吃饼子的孩子说,"可是他,啥也不知道,一饿了就知道哭,哭得我活像刀子剜心一样……"

秦大哥说着,两眼又汪满了泪水。梁永生望着正在吃饼子的孩子,心里猛地一动,便悄默无声地挟上一条口袋去借粮了。

梁永生跨出家门,在街上急急忙忙地走着。可是,当他快要走到要去借粮的那个古槐下的院门口时,心里又犹豫了。他想:"咱和人家素无来往,今天猛孤丁地去向人家借粮,怎么跟人家说呢?人家要是万一说出个'没有',那多没意思?"他越想越怵头,脚步慢下来。当他走到门口时,望着那只有半尺高的门槛儿就像一堵高墙,再也没有勇气迈过去了。永生正然踌躇,这家的主人出来了。这个人叫田金玉。他就是梁永生来宁安寨寻找雒大娘时认识的第一个人。现在他见梁永生挟着条口袋正在他门前徘徊,心里明白了八九分。于是,他没容永生张口,抢先开了腔:

"永生,是想借点吃的不?"

梁永生才刚说出个"是"字,还没说向他借,他又赶紧把话头抢过去:

"咱爷儿俩一样的'前程'。"

他怕光凭嘴说人家不信,会得罪人,又把胳肢窝里的口袋抽出来,拿在手里掂了两掂,摆出一副无可奈何的神态,以忧愁而兼有同情的口吻说:

"你看!我这不也是……唉!"

他一边说着,一边窥探梁永生那尴尬的表情,心里想:"永生这孩子是个好人,要论这个人,该借给他;可是,他的家境太穷了!要是借给他,万一还不起了怎么办?"他横思竖想,觉着还是东西要紧,于是又说:

"遇上这种年月儿,像咱们过的这号磕磕绊绊的穷日子,真难呀!"

他为了使这句话的意思表达得更准确,说罢又紧跟着话尾儿长长地叹了一口气。

你看,田金玉这个人,他既不像乔福增那样,总恨穷人死不净;他又不像门大爷那样,穷人遭罪他心痛。那么,他到底是个什么人呢?他家的光景是这样的:十来亩地一头牛儿,老婆孩子热炕头儿;他的为人是:上炕认得老婆孩儿,下炕认得一双鞋儿;外财不贪,吃亏不干。因为他的心里成天价揣着个"外财不贪,吃亏不干"的处世诀儿,所以见了比他富的他就谝富,老怕人家瞧不起;见了比他穷的他就哭穷,总怕人家借他的。一到冬春之交青黄不接,他的胳肢窝里三六九地挟着条口袋,为的是用这条口袋来堵住向他求借人的嘴,免得人家把话说出来,借给吧,他舍不得;不借吧,他又怕得罪人家。

"大事瞒不了庄乡,小事昧不住邻居。"谁家存粮缺粮,老街坊都摸个七成八脉的。田金玉弄这套假相儿,梁永生自然知道。那么,永生为啥还借到他的门上来呢?这是因为他一看来了这么多枵腹饥肠的人等着吃饭,心里一急,万般无奈,才来到田金玉这个中流户儿的门口上。要不,到谁家的门上去呢?到穷人家的门上去吗?永生知道,那些穷爷儿们都和自己是一个单子吃药,怎么忍心去叫人家为难呢?上财主家去借吗?那不等于鱼去吞饵上了钩?宁可饿死也不能求财主哇!这时,他见田金玉又向他搬出了那支吾搪塞的老一套,就拔腿走开了。

光走开完不了呀!下晚儿那顿饭怎么办?最后还是又走了那条走絮了的老道——在穷爷们儿之间,东家一碗面子,西家一瓢米,七凑八凑凑合了一点吃的。回到家,杨翠花掂对着搏到两下里,又掺上一些干菜,馇了满满的一大锅菜粥。梁永生怀着不安的心情,向那些素不相识的逃难人抱歉地说:

"将就着点吧!好在是穷人知道穷人的心。"

第二天一早,翠花把搏出来的面子一股脑儿全倒上,又煮了一锅稠菜粥,让那些逃难人吃饱喝足好上路。那些逃难的穷人,吃了两顿饱饭,精神、体力都得到了很大的恢复。他们知道:虽然只扰了永生两顿饭,可是一定会把他这个拿不成个儿的穷日子,又拽了个大窟窿。所以他们在临出门的时候,都紧紧抓住主人的手,感动得光流眼泪说不出话来。

在秦大哥要出门的时候,雒大娘拿着一块旧布递给他说:

"我见孩子没裤子,你把这块旧布带上吧……"

秦大哥把布接在手里,沉思了一阵,突然说道:

"你们救人救到底吧——"秦大哥指着怀里的孩子说,"我想把他留给你们。"

秦大哥这一说,永生全家闷了宫。先说门大爷——他从心眼儿里可怜这个穷孩子,可又觉得当公公的,不能以家长身份硬主着给侄媳妇收养个孩子;再说雒大娘——她早就担心:这孩子岁数太小,跟着个男人怕是活不成! 可又想到翠花已经身怀有孕,往前就要占房坐月子,我要再给她承揽一个,能顾得过来吗? 至于翠花——她的心里是想把这个羸弱的孩子收下的,可她知道自己的日子少吃无穿,又怕添人加口把丈夫愁坏,所以也没敢应声;说到永生——他原先是这样想的:像收养小孩儿这类事儿,应当先由老人做主,或者是翠花说话,我不应当乱插嘴胡掯插,因而也没言语……

秦大哥见他一家你看我、我看你都不答腔,知道他们作难,又解释说:

"我知道你们日子穷,添上个孩子担不得。可是,这孩子太小,又没个女人照顾他,我怕路上……"

秦大哥说到这里,梁永生再也抑制不住那同情的心潮,他拦腰打断秦大哥的话弦,插嘴说:

"秦大哥,你只要舍得,就把孩子留下吧!"

永生说着伸出手去,把那孩子接在怀里。

那孩子乍到一个生人的怀里,哇哇地哭起来。

杨翠花忙凑上来说:"你不行,给我吧!"

永生将孩子递给翠花,又问秦大哥:

"这孩子几岁?"

"两虚岁。"

"叫啥?"

"志刚。"

志刚到了翠花的怀里,还是哭。雒大娘说:

"你经管孩子还不得门儿。许是要撒尿,来,给我,我把把他……"

门大爷也凑过来,用那根没嘴子的烟袋逗引孩子。

孩子不哭了。永生对秦大哥说:

"把你老家的详细地点留下吧……"

秦大哥仿佛隐隐约约意识到了梁永生的意思,但又拿不准,只好问道:"你要干啥?"

"将来孩子大了,好去找他的老家呀!"

"这不是我的孩子!"

"谁的?"

"拾的!"

"在哪里拾的?"

"逃荒路上。"

"你一个男人,弄着俩孩子了,怎么还……"

"是这么回事儿,"秦大哥说,"一个逃难的女人,死在半路上。她在咽气前,我凑巧赶到近前。那女人向我苦苦哀求说:'你这位大哥,行行好吧,收下这个苦命的孩子……'我接过孩子,又问了几句话,那女人就死去了。"

梁永生听到这里,和秦大哥为孩子卖棉鞋的事一联系,觉得秦大哥更可敬了。接着,他又问道:

"这孩子是哪里人?"

"龙潭街。"

"怎么?龙潭街?"

"对啦。"

"他爹叫啥?"

"常秋生。"

"你说谁?"

"常秋生。"

此刻,梁永生的心里忽地一闪,一段童年的、元宵夜晚的生活情景,在他的脑海里浮上来;常秋生那俊秀的面容,晃动在他的眼前;常秋生那清脆的语音,也响在他的耳畔。这一切的一切,搅得他的心里就像开了锅一样,各处都在乱翻乱滚,连他自己也说不清,究竟是喜还是悲。于是,他又迫不及待地问道:

"如今那常秋生哪里去了?"

"闹不清。"

"那交给你孩子的人不是孩子的娘?"

"八成是。"

"她不知道她的丈夫?"

"我没问。"

"她一家是咋失散的?"

"也没问。"

看样子,梁永生要从秦大哥的嘴里,尽量多了解一些有关常秋生的情况。这时,他又问:

"她还说过啥?"

"她还说,孩子的爷爷,叫常明义,是让大财主白眼狼杀害的!

等孩子长大了,告诉他……"

秦大哥的话,就像一颗火星进到汽油上,把梁永生那满腔的仇恨火焰腾地点着了!只见他那两道浓眉拧成个"一"字,眼里要喷出火来,一对拳头也攥得咯巴咯巴响。他上牙咬住下唇沉思了片刻,然后意味深长地说:

"白眼狼啊,你等着吧!我一定要把志刚养大……"

"你认识这孩子的爹?"

梁永生先把和常秋生分离的情况说了一遍,然后又百感交集地说:

"从那到这九个年头啦!如果常秋生现在还活着的话,该是二十岁了。"

他说罢,从雒大娘的手里接过志刚,紧紧地抱在怀里,久久地凝视着志刚的面容,看了又看,瞧了又瞧,然后情义深长地说:

"志刚呀志刚!你这四四方方的大脸多么像你爹呀!"

秦大哥这时对孩子更放心了。他又说了些感谢话,便怀着感激的心情告辞了永生一家,登程上路奔关东去了。

梁永生抱着志刚把他送出村外。

村外,愁云惨雾笼罩着灰暗的荒野。团团黄尘夹杂着冰雪的微粒,追逐着、袭击着、吞噬着逃难的人群。梁永生像尊石像站在村口上,眺望着秦大哥渐渐远去的身影,两颗同情的泪珠,在他的眼眶里久久地闪动着:"天灾人祸,就像那张着血盆大口的饿狼一样,追赶着普天下的穷人,南跑北颠,东奔西逃……"这时候,永生的思绪如同一根扯不完的长线,财主的罪恶,穷人的苦难,就像一把把的尖刀子刺着他的心,使他感到一阵阵的难受。接着,他感慨不已地喃喃自语道:

"这条漫长的关东大道哇!官府和财主吞噬了多少穷人的生命?——你是历史的见证!"

第十四章 "公审"闹剧

夜,引退了。青烟般的浓雾,又徐徐降落下来,填满了县城的每一个角落和每一个空隙。街道,房屋,树木,一切的一切,全都失去了清晰的面貌。百步之外那片县府的建筑,被这罕有的大雾一罩,也沉沉不见了。来赶集的人们一边在雾中游动着,一边在谈论一件新奇的事儿:

"法庭要开庭了!"

"二叔,走,瞧瞧去!"

"四舅,咱也去扒扒眼儿吧?不去?为啥?噢!你说的那是老黄历了——脚下不是北洋军阀啦,换成国民党的政府啦……就是嘛!看看国民党的官儿审案子倒是怎么一锅!"

他们一边走,还一边议论不休:

"打安上国民党的县政府,这还是头一回开庭吧?"

"嗯,对啦——新鲜事儿嘛!"

"北洋军阀当值的时候叫'民国',国民党来了不还是叫'民国'吗?有啥新鲜的?"

"听说国民党和北洋军阀不是一个派头儿。"

"唉,叫我看呀,'北洋军阀'也罢,'南洋军阀'也罢,甭管它换啥字号儿,自古来都是富向富,贫向贫,当官的向那有钱人!"

人们七嘴八舌,边说边走进了法庭。

法庭的旁听席上,坐着些光背露肘破衣拉花的人。从这点看,仿佛是穷人们对这件事也有兴趣。你看,那不梁永生也来了。

往日里，就算有名生名旦的对台大戏，永生也舍不得搭点工夫去看上一出。那他今天为啥这么好事？莫非在他看来"开庭审判"比唱戏还热闹？倒不是那个。人家梁永生不是为看热闹儿来的。因为自从安上国民党的县政府以后，民间议论纷纷，说啥的都有。就连消息闭塞的穷乡僻壤宁安寨，也论调五花八门，心情人各不一。有的说："国民党是'民国'的正牌子，它跟北洋军阀不一样！"也有的说："'民国'的正牌子是孙中山。如今孙中山死了，国民党掌权的是蒋介石，那个老小子是'南洋军阀'，听说比他妈的'北洋军阀'还坏哩！"永生听了这种种说法，闹得迷迷糊糊，因则心里没根。今天他一进县城，就听说国民党的法官要"开庭审判"，又见雾气很大，赶集的人也不多，便将锔漏挑儿寄放在一个熟人家里，早班早儿地来到法庭上。他的主意是："我倒要亲眼看看国民党的法官怎么判案子，也好确定我那笔血债怎么个要法……"其实，今天揣着这类想法来到旁听席上的，恐怕不止永生一个。你瞧，那些破衣拉花的听众，谁家没有一本血泪账？哪个人没有一肚子苦水？

开庭了。由于窗外雾气正浓，这屋里稍离得远一点的人，面目就看不清楚。只见正面的审判桌边，坐下了一大溜穿洋服留洋头的阔人物。他们显然就是国民党的官儿了。

原告席上，坐下一位破衣拉花的穷人。

被告席上，坐下一个"先生"派头的"棺材瓢子"。据宣布，他是律师，是被人雇来代替被告出庭的。

他们双方的陈述告诉人们：这场官司，还是多年来农村中司空见惯的老纠葛——贫富间的土地之争。

案情大体是这样的：原告唐春山是十里铺人，他有半亩祖产地，像个鸡舌头，又窄又长，两边都靠着白眼狼的地。当初，白眼狼的大哥爹要"买"他的，他高低不卖。从那，白眼狼家就贴着他那一溜子鸡舌地一边栽上一行树。十年后，树长大了，春山那鸡舌地不用说长庄稼,就算长棵草也是黄的。到这时,唐春山还是宁死不卖这块地。事隔不久,白眼狼就让马铁德私造了一张假地契,硬是将春山这仅有的半亩地给霸去了。为这件事,早在清朝时候春山就告过状,到了北洋军阀当值的时候他又告过状,官司都没打赢。这不,如今安上了国民党的县政府,那场老官司又打上了。

梁永生十指交叉抱住膝盖,静静地倾听着原告的控诉。当春山提到白眼狼时,他的心里好像猛地叫狼刀了一爪,额角上的青筋也暴起来了,突突地跳着;埋藏在他心里的仇恨,好似已经平了槽的河水,像要一下子泄出来。他想:看来非得早点拔掉白眼狼这条祸根不可,你瞧,他一天要坑害多少穷人!

永生正然想着,思路被法官的话音打断了。说话的法官,穿着大氅,戴着墨镜,一脸抽抽摔摔的松肉皮,看来当年是个胖子。他听完原告的控告,又看了看状子,而后指着被告席上的出庭律师说:"你来回话。"那个三根干筋挑着脑瓢的律师,趾高气扬地说:"原告所诉,不值一驳——像贾永贵那几顷地的大财主,能霸占他那几分薄地?世理不明自白——显然是原告春山穷没脸了,硬要诬赖……"这时,旁听席上,人们悄声议论:

"越是财主,越爱霸人土地!"

"不会这一手儿,他能成财主?"

"穷人的土地霸不净,财主哪去雇长工?"

"贪得无厌是财主的本性嘛!"

"咱看看国民党的官儿怎么断这个案子吧——"

"……"

法官说话了。他问原告:"是啊!他霸占你的土地,何人作证?他假造地契,又证人何在?"话音未落,旁听席上站起一个人,高声应道:

"我作证!"

这时,人们的视线都集中在那证人身上。永生一看,大吃一惊——原来他是房先生。房先生咋知这个案情?永生正想着,又听房兆祥说:

"他霸占人家的土地,阖庄人等,有目共睹;要找证明,大有人在……"

接着房先生的话尾,又有几个人应声而起:

"我见证!"

"我证明!"

这一来,旁听席上,人皆愤懑,哄了起来,一致要求法官为民做主,严惩强霸财产欺压穷人的狗财主白眼狼。那官儿望着怒火难遏的人群,想起了"众怒难犯"的古语,搔了一阵头皮,又骨骨碌碌翻了一顿眼珠子,然后便开腔宣布道:"被告霸人土地,又假造地契,真是目无我'民国法律'……本院将马上把他扣押起来,待查清之后,定当严惩不贷!"那官儿扫了一眼旁听席,又说:"你们这些证人,没有事先经过本院同意,按说不合手续。不过,我们是'民国'嘛!就要为民办事,尊重民意……"

这出哗众取宠的"公审"闹剧,就这么潦潦草草收场了。

旁听席上的听众们,拥拥挤挤走出法庭,沉没在茫茫一片的雾海里。他们一边走,还一边议论着:

"听法官说的那些话,是以理公断的。看来我那场官司也许还能翻过来……"

"吃包子别光看褶儿,还不知里头包的啥馅儿哩!"

"是嘛!这只过了一堂,谁知以后怎么样?"

"等着瞧吧,怕不准有穷人的好香烧!"

审判一散场,梁永生就忙着找房先生。他东打听,西撒打,终于找上了。他们一见面儿,永生就问:

"你咋半路杀出当上证人啦?"

"这个案情我知根儿嘛!"

"你咋知根儿的?"

"我在十里铺教过书……"

"你这个证人当得好!"

两人笑一阵。房先生说:

"哎,永生,你那仇也该报啦!"

"你看能行?"

"我看行!"

"那你就给我写一张状子吧?"

"你自个儿也满能写得了!"

"反正学生不跟老师!"

"可不能那么说!冰出于水而寒于水,青出于蓝而胜于蓝哩。"房先生说,"这样吧——你回到家琢磨琢磨,先拟个草稿儿,我再给你改改,尽量捣鼓好点儿,咱来个就着榔头砸坷垃,把白眼狼一状撞死他……"

"好!就这么办!"

两人又说笑了一阵,便分手了。

永生自从那天从县城回到家,就成天价琢磨着写状子。门大爷比永生阅历多,他劝永生说:

"永生啊,还是等等看看再说吧。"

"为啥?"

"我总觉着二乎。"

"甭二乎,是我亲眼看见的嘛!"

门大爷拿过一个纸包儿,放在永生的面前,问:

"这是啥你看见了吧?"

"不是纸包儿吗?"

"里头呐?"

"隔着一层纸怎么能看得见呢?"

"是啊!我们的两只眼,不论看啥东西,先看到的是个表面儿。"门大爷说到此,抽起烟来。永生扑闪着两只眼,在琢磨门大爷的话。他想了一阵,好像明白了:"对呀!我在柴胡店所以落入人贩子的魔掌,不就是因为光看他表面装得善净才吃亏的吗?"可他又不明白:"那穷人用理驳倒了财主,官家已经当场宣布把白眼狼押起来,这是我亲眼看见的呀!还有啥二乎的呢?"梁永生正左思右想,门大爷又把那纸包儿戳了个窟窿,向永生说:

"你看,里边包的是啥?"

"锯子。"

"还有啥?"

"不就是锯子吗?"

门大爷又把另一边捅了个孔:

"你再看——"

"钉子!"

"永生啊,世界上的事,包罗万象,比这个小纸包儿复杂得多!"门大爷抽了口烟说,"无论啥事儿,可不能看到一点儿就下结论哪。"

永生向来听大爷的话。可是,如今他被"开庭审判"那场哗众取宠的"闹剧"一时迷住了心窍,再加报仇心切,所以又向大爷说:

"大爷,这样吧——咱先写好一张状子,不去告;等看出个眉目以后,再决定这状是告还是不告……"

门大爷同意了永生的主意。

永生费了好几天的劲,终于把一张状子的草稿儿弄完了。

这天,又是一个雾晨,永生挑着锢漏挑儿来到边临镇,本想去找房先生让他帮助修改修改那张状子,可他来到门口一看,门上上着锁。他想:"今天来得不凑巧,准是房先生一家人全去走亲了——到过响会回来的。"于是,他就挑上锔漏挑儿,在边临镇的大街小巷盘起乡来。梁永生因为经常来找房先生,所以渐渐地把这儿盘成了熟乡。他的铛子的响声儿,人们都能听出来。不大一会儿,各种各样的活儿就全堆上手来了。梁永生在药王庙前摆开摊子,两手不闲地忙起来。因为永生脾气儿好,人们都挺喜欢他,所以他一铺开摊子,就围上了一伙人。他们一边帮着永生打下手儿,一边和他唠闲嗑儿。他们谈着谈着,永生忽然想起那天在城里看到的"开庭审判"的事来,就想:"这里离十里铺不远,我何不就便扫听一下那场官司的结局呢?"他于是问道:

"哎,你们听说春山跟白眼狼打官司的事了吗?"

"你问的是白眼狼霸占土地的那桩事?"

"是啊。前些天,不是在城里开庭审判来吗?"

"唉！快别提那一锅啦！"

"为啥?"

"一提活气煞！"

"咋的?"

"简直是琢磨穷人！"

"没把白眼狼押起来?"

"押是押起来了。可是,押了三天,让白眼狼坐了三天席,又放啦！"

"这是咋回事?"

"白眼狼花上钱了呗！"

"押,那是耍个鬼把戏！"另一个人说,"国民党的狗官儿耍这个花招儿,为了两手儿:一是,要敲财主个竹杠,捞点油水儿;二是,哗众取宠,哄弄老百姓——这么一来,衙门口儿里,就生意兴隆,财源旺盛了……"

永生听了这个消息,告状伸冤的想法立刻消失了。一股子怒

气,又笼罩住心头。这时,有些不了解情况的人,也都七言八语地插开了嘴:

"就这么完了?"

"这么完了就好啦!"

"又怎么着?"

"又过了个第二堂!"

"怎么样?"

"这回没有'开庭公审',是在法院后院秘密审讯的。"

"结果呐?"

"结果春山被判成'诬赖罪',扣起来了!"

"苦主没再上告?"

"春山家里,只有一个老娘,一个女人,一个刚落草的儿子,谁去上告?"

梁永生越听越气,就说:

"叫我说——不能跟他完!"

"你不完?白眼狼还不完呢!"

"他要咋的?"

"他一面要迫害春山的家属,一面花钱行贿收买法官要逮捕房兆祥。"

"凭啥又陷害房先生?"

"兆祥不是带头儿作证来吗?说他是什么'分子','借机煽动群众闹事'……"

"房先生呢?"

"他听到这个信儿,连夜逃跑了,连家属也全躲到亲戚家去了。"

人们愤愤不平地说着,接着,又是一阵骂声:

"'民国',狗尿台!"

"我算看透啦——前清家、北洋军阀、国民党一个样,都是捉弄穷人,换汤不换药!"

"披上羊皮的狼,更难提防!"

"少说闲话吧,免得找心不净!"

"反正是没盼头了,早晚也脱不了鬼门关走一遭,我豁上这百十斤儿了!"

"唉!啥话甭说啦!人家官府和财主一条裤里伸腿,咱这胳膊扭得过大腿?"

"……"

梁永生做完了活儿,憋着一肚子气离开边临镇时,大雾已彻底消退了,天地间立刻变得清朗起来。

他挑着锔漏挑儿,走在回家的路上,回想着这些天来自己感情的变化。在以前,对梁永生来说,报仇不能靠官府这件事,应该说是明白的。可是,后来他的思想被"开庭审判"那场"大雾"一蒙,不知不觉地又产生了靠官府报仇的念头。回到家听了门大爷那一席话,这种念头又动摇了。方才,在边临镇了解到那场"开庭审判"的结局后,头上就像猛地浇了一盆凉水,他才蓦地清醒过来。他心里说:"甭管它是啥字号的官府,都是财主的'护身符',都是穷人的死对头!"如今,在梁永生的头脑中,报仇不靠官府的信念,比以前更坚定了。

梁永生边走边想,来到运河岸边。时已暮色苍茫,路静人稀。他把锔漏挑儿放在龙潭桥头上,手扶着桥栏杆,凝视着河水久久地出神。也不知他想了些什么,只见他从衣袋里掏出那张写好了的状子,撕成碎片儿扔下河去。数不清的白纸片儿,浮在土黄色的河水上,顺着滔滔河水永不复返地远去了。接着,他又从工具箱里抽出那口大刀,擎在眼前,注视了片刻,然后深有感触地说:

"大刀哇大刀!穷人的血仇,还得靠你给报哇!"

第十五章　三条船

运河决口了!

这高高隆起的运河大堤,在宁安寨一带有段险工。国民党的所谓"民国"官府,和清朝的官府一样,只知道搜刮民财,根本不关心人民的疾苦。国民党县政府的治河官员,不是别人,就是白眼狼的二小子贾立义。贾立义这只狼羔子,自从用钱买了官以后,继承了他老子那套"无本取利"的衣钵,年年打着修河筑堤的旗号,向穷百姓征捐要税。可是,那些"国税""公款",通过他的手大都流进了白眼狼的腰包。因而河底的淤泥就像落在百姓头上的"治河捐"一样,与日俱增,逐年升高;就在"筑堤税"成倍增加的同时,河堤的塌方也在成倍地扩大着。

这年秋天,暴雨猛降,河水陡涨。运河的洪峰溃堤而出,宁安寨一带成了一片汪洋。号啕声、呼救声,大骂国民党、大骂白眼狼的怒吼声,和大地上的浪涛声、漫空中的风雨声交织掺杂,混在一起。

当时,去缴纳治河捐税的梁永生,正走在回村的路上。他听说运河溃堤决了口,大水淹了宁安寨,便迎着纷纷外逃的人流,顶着嗷嗷怪叫的洪峰,泅水前进,赶回村来。当他奔到村子附近时,只见村里村外水滚浪翻,天水相连茫茫一片。高崖台地水齐腰,一马平川没了人。漂在水面的树头,正然摇摆挣扎;只露着屋脊的房子,一个接一个地倒塌下去,激起了冲天的水柱,发出了轰轰隆隆的响声,给人一种仿佛马上就要天崩地裂似的感觉。

梁永生面对着这种情景,心里想着门大爷,想着雒大娘,想着老婆孩子,想着村里的穷爷们儿;他把生死置之度外,艰险抛入九霄,奋力凫水,闯进村内。当他来到家门口时,家中的房屋已经倒塌,只有那座盘山砖碹的门楼子,还在洪水中顽强地挺立着。黄泡绿沫的水面上,漂浮着笤帚、炊帚、筛子、笸子、小孩帽子、掏火棍子,还有一片片的黄色的谷糠,白色的麸子,黑色的麻饼,红色的高粱面子……梁永生望着凄凉的惨景,怒火燃胸,气愤愤地说:

"穷百姓吃糠咽菜,撺出钱来缴河捐,不承望落了个叫苦连天的下场!国民党,白眼狼,净些坑国害民的野兽!"

一家人都逃到哪里去了呢?怎么连个人影儿也看不着?永生焦急不安地想着,向各处张望着,忽见那边漂着一个笸箩,正在顺流而去。那飘飘荡荡、侧侧晃晃的笸箩里,坐着两个一般大小的孩子;那是梁永生的一对双生子——梁志勇和梁志坚。梁永生一阵猛扎急游追上去,抓住了那个已经渗进许多水去的笸箩。只见笸箩里还有一口大刀。这口大刀,梁永生每天外出总要带着的。今天他早起出门时,孩子们要跟爷爷学武术,所以永生把它留下了。可是,如今志勇和志坚坐在笸箩里,门大爷哪里去了?雒大娘和翠花还有志刚、志强……永生正心神不定地想着,忽听背后有人大声喊叫:

"爹——!爹——!"

永生扭头一望,只见他那虚岁才十一的长子梁志刚,乘风破浪游水而来。他心里一阵高兴。待志刚来到近前时,永生就像怕他马上消逝似的,抓住他急切地问道:

"你爷爷和奶奶哪去了?"

"我就是来救爷爷和奶奶的呀!"

永生终于明白了:原来是——大堤决口的时候,志刚和翠花正在漫洼里拔草剜菜。聪明机灵的志刚见洪水峰高浪急来势很猛,就把娘推到树上去。然后又游水进村,来救爷爷奶奶和弟弟们。半路上,碰见魏奶奶站在齐胸深的洪水中,正抱着一棵老榆树哭天哭地,大骂白眼狼,志刚赶紧过去又把她救上了树。因为救魏奶奶耽误了时间,所以直到这时才赶到家。永生只好问志勇和志坚:

"你爷爷呐?"

"爷爷把俺放进笸箩,又去找奶奶了。"

"奶奶哪去了?"

"去浆洗衣裳了。"

"在哪里?"

"南湾崖上。"

"你二哥呢?"

"不知道。"

永生这里问的那个"二哥",是指的他的次子梁志强。志刚见爹心神不安,就说:

"爹,二弟会水,不碍事。"

接着,永生吩咐志刚,游着水,拖着笸箩,把志勇、志坚救出去;而后,他自己迎着洪峰挥臂斩浪,直奔南湾去了。当他赶到南湾时,要不是湾崖上那棵歪歪脖子大柳树,到哪里去找南湾呀?梁永生踩着立水四下张望一阵,也没望见门大爷和雒大娘。于是,他就把身子靠到柳树上,用手扳着树枝,放开他那铜钟般的喉咙,向着这烟波浩渺的四周急命地呼喊起来:

"门——大——爷!"

"雒——大——娘!"

回答他的,是那风声,涛声,还有从远方隐约传来的孩子的哭叫声。突然,顺流漂来一个烟袋荷包。永生捞起一看,原来是门大爷那根没有嘴子的旱烟袋。他凝视着烟袋,心惊肉跳,热泪滴流,一股不可捉摸的恐怖思绪,紧紧缠住他的心头。他把烟袋贴在胸口上,望着茫茫大水出了一阵神,最后把烟袋往腰带上一别,离开了南湾。

永生凫着水找遍了村里村外,还顺便救出了许多穷乡亲,可是,始终没找到门大爷和雒大娘的踪影,也没打问到两位老人的消息。

时间,一天又一天地过去了。

村里村外,一棵棵的大树上,都挤满了从洪水中挣扎出来的穷人。他们四下张望,盼着官府派船来搭救这些难民。谁知,人们把眼都瞪疼了,也没看到一只船来。

这天,远处来了一只大船。人们一见船影,都喜上眉梢。有的用手做成喇叭放在嘴上,扯开嗓子大声疾呼;有的撕下衣襟举过头顶,拼命地摇摆求救。可是,那船上的人根本不理睬这些。原来那只插着"救护船"大旗的船只,是来打捞东西发难民财的——人家光要东西不要人!

船越来越近了。永生手打亮棚一望,原来是白眼狼那只船。这只船除了打捞东西而外,还兼买土地——地价由平日的一百元降到了十元。谁要应许把地卖给他,就在船上当场写文书,按手印儿。在船上替主子办这种缺德事的,是白眼狼的狗腿子独眼龙。尽管十几年后的今天他留起了"仁丹胡儿",永生上眼一瞅就认出来了。这时候,梁永生心里想着过去的血仇,两眼望着正在洪水中受罪的人群,对白眼狼的旧仇新恨一起涌上心头!于是,他把单刀往身后的腰带上一插跳入水中,一个猛子扎到了大船近前,扳着船帮蹿上船去。独眼龙有点蒙了。他望着这个突如其来的不速之客,莫名其妙地问道:

"你要干什么?"

"我要问问——你是哪庙上的扛枪的?"

独眼龙见这位水淋淋的汉子两手卡腰一身疙瘩肉,满脸怒气两眼冒金光,肩头上还露着一截明晃晃的刀尖子,就以为是打劫的。于是想道:"我们东家,在方圆百里之内,是个有名气的头面人物,他的二少爷还是县政府的治河官员,我只要把牌子一亮,自然就化凶为吉了。"独眼龙心中这样想着,脸上的惊色渐渐消退,最后笑呵呵地说:

"朋友,莫误会,没外人……"

"谁跟你是朋友?"

"你别急,我一说,你就明白——"独眼龙依然是点头哈腰满面赔笑,"你听说过河东龙潭街上的大财主贾永贵吧?他的二少爷贾立义是县政府的治河官员,我,就是贾二爷家的……"

白眼狼是个有名的大恶霸,这一带有些人早就听说过。自从他的二狼羔子当了县政府的治河官以后,他的臭名就更响了。这时,树上的人们一听是白眼狼的船,全都气坏了,人们指着独眼龙向永生嚷道:

"宰那个小子!"

"你这个死心塌地的狗腿子!"梁永生唰的一声从身后抽出单刀,咬牙切齿地说,"我今天上船来,就是为了你这条狗命!"

独眼龙见他那套没有奏效,又见这条大汉很像梁宝成的面容,浑身哆嗦起来:"你是梁,梁……"

梁永生望着独眼龙的丑态,心中好笑,就说:

"今天我叫你死个明白——咱们是'冤家路窄',我就是被你开枪没有打死、赶下运河没有淹死的那个梁永生!"

梁永生气冲冲地说着,独眼龙早就吓瘫了。他跪在船板上央求着:

"饶我这一回吧……"

"饶了你,还不知又有多少穷人遭殃呢!"

梁永生手起刀落,独眼龙一命呜呼!

船上的另外两个狗腿子,一见独眼龙完了蛋,都吓得砰呀砰地落荒而逃。梁永生没去理他们。他将独眼龙的尸体踢入水中,尔后,把船交给尤大哥说:

"你是玩船的,就用这只船把咱这些穷爷们儿救出去吧?"

"好!"尤大哥高兴地说,"先装上你这家子。"

"不!"梁永生说,"我这家子没有老人,也没很小的孩子——咱得先把那些老人、孩子和病人救出去!"

尤大哥知道梁永生的为人,觉得再多说也没用处,就装上一船老小和病人,把船开走了。船走后,留在树上的人们,继续受着煎熬。

从尤大哥离开那天起,人们就掐指计日,举目远眺,夜以继日地盼他早点回来。可是,三天两夜过去了,人们仍没盼到尤大哥的影子。这天,当人们正揣着焦急的心情张望时,忽见那天水相连的远方开来一只大船。大船越来越近了,人们逐渐地看清这不是尤大哥开走的那只船,而是一只木制汽船。这个家伙,笨头笨脑,前头翘着,活像一口大棺材。船头上,插着一面飘飘摆摆的小旗儿,旗上写着"招收童工"四个大字。小旗儿旁边,站着一个肤面白皙的中年人。他头上戴着一顶亮藤子编的礼帽儿,身上穿着随风抖动的裤褂儿,脖子里露着一圈儿雪白的衬领,手中拿着一把纸扇子,嘴里叼着洋烟卷儿,看起来是个大买卖人的打扮儿。汽船每到一个树下,这人就油嘴滑舌地说一阵:

"让孩子去做工吧?到济南可好啦——进大工厂,住大洋楼,吃大米白面,还给工钱……"

汽船来到永生一家的树下,那人还是这一套。

永生问:"孩子跟你去,可有啥章程?"

那人说:"只要好好干活儿,听经理的话就行。"

"给多少钱?"

"一年十块钱,三年满期,四年头上就挣师傅钱。"

梁永生听了这些话,心里像塞进一团乱麻,理不出个头绪来。他望望无边无际的洪水,瞅瞅日益消瘦的孩子,意识到往后的日子会越来越难熬。因此,他有心让孩子去,又总觉着有点悬乎,打心眼儿里舍不得;有心不让孩子去,又觉着衣食无着,怕孩子活不成。永生正在踌躇难决,那个招收童工的人又高声喊道:

"哪家怕受骗,先给十块钱!"

"爹!"志刚含着泪说,"人家先给十块钱,就让我去吧?"

志强接着也说:

"爹!我也去!"

永生看了看志刚和志强,又掉过脸来问翠花:

"孩子他娘,你看呐?"

翠花噙着泪花说:

"横竖也是个死,就让孩子去逃个活命儿吧!"

那买卖人见事将妥,就顺手拿过皮包,掏出一把票子,两个指头一搓,捻成个扇子面儿,然后把钱向梁永生递过来:"你看——嘎啦嘎啦的'老头票'呀!"

梁永生伸出颤抖的手接过那几张纸票子,却觉着手里沉甸甸的。半晌,才装进衣袋里。然后将另一只手搭在志强的肩上,语重心长地说:

"志强,你去吧!"

"哎。"

早已作好准备的梁志强,高声答应着。他一蹬树身,又一纵身子,跳上了相隔好几步远的汽船。志刚见志强上了船,心中着了急,一把拉住爹说:

"爹!弟弟岁数小,还是我去吧。"

志刚说罢,就要上船。翠花一把拽住他:

"志刚,你去,爹不放心!"

"弟弟小,他去,爹不更不放心?"

志刚这一句,把翠花问了个张口结舌。是呀!她说个啥哩?把真情实况告诉他?不行!孩子年纪还小,经不住这么大的刺激。因此,翠花沉思了一下儿,只好说:

"志刚,爹叫谁去就谁去呗!听话!啊?"

志刚不吭声了。可是,有一个疑点,在他的头脑中逐渐地扩大着:"在爹娘面前,都是一样的孩子,为啥爹对我和志强不一样看待?"接着,平素爹娘偏爱自己的许多事儿,也一齐涌上心来……

船开动了。洪水在船尾下边像哭一样布噜布噜响着,朝上翘着的船头划破浪涛往前驶去。梁永生向志强说:"志强啊,到那里好好干——"

"哎。"

"到了后,求人写封信来。"

"哎。"

翠花望着开走的大船,抢过丈夫的话头接着喊道:

"出了汗别往外跑。"

"哎。"

"干不动的活儿不要逞能。"

"哎。"

船,越开越远了。翠花提高了嗓门儿,继续叮嘱着:

"别跟人家的孩子打架。"

"哎。"

"衣裳破了自个儿学着缝缝。"

"哎——!"

船,渐渐远去了。

永生站在树上,目不转睛地望着,久久地望着。

翠花望着望着，泪水挂满两腮。是经受不住这种强烈的刺激，还是怕孩子看见娘哭心里难过？她背过脸去了。

　　船，已经很远了。志强依然站在船边上，朝这棵汪洋中的大树眺望着。

　　船，已开到天水混连的地方，变成一个小黑点儿了。那颗抓去永生夫妇灵魂的小黑点儿，越来越小，越来越小，蓦地，消逝在浪涛中。

　　早就抽抽搭搭的翠花，这时哇的一声哭出来。

　　永生盯着大泪泼天的妻子，想道："在这个节骨眼儿上，语言怕是无能为力了。宽心话说一船道一车也不准顶用，干脆让她哭几声痛快痛快吧！"就在这时，国民党政府的"招兵船"又开过来了。它跟大地主的"买地船"、资本家的"雇工船"混杂一起，围着一棵棵的大树转来转去，在这些叫苦连天的穷人身上打主意。永生坐在树股儿上，两手托腮，望着这些砸骨挤油的大船小舟，一阵阵地寻思起来。他想着想着，觉着心里一闪，一个从未想通的问题，现在忽然明白过来了——几年来，永生一直在想："穷人相见分外亲，是让一个'穷'字把心连在一起的；那么，官家、富家也是往一条裤里伸腿，这是怎么一回事呢？"现在他明白了：官家也罢，富家也罢，他们的私利，都是通过穷人的苦难取得的。穷人的苦难越大，他们得到的好处越大；穷人的苦难越多，他们谋财取利的机会越多。你看，如今这场大水灾，不是把官家、富家——乡下的财主、城市的财主，这船、那船，全引来了吗？……永生越想越生气。眼下他那正在增加着的怒气，快要把胸腔撑裂了。过了一阵儿，他把别在腰里的烟袋抽了出来。残存在烟荷包里的烟叶，几天来硬让永生那滚烫的肚皮炙干了。永生不知不觉地抽起烟来。看上去仿佛是，他要通过这一口接一口的浓烟，把肚子里的痛苦、愁闷和气愤全发散出来。

入夜了。永生和翠花的心房就像秋后的场院一样,空荡荡的。翠花仰起脸来,带着哭韵问丈夫:

"孩子他爹,你说那人会不会在咱孩子身上发孬?"

永生说啥好呢?说"不会"?还是说"会"?他思忖片刻,吐出口烟说:

"把孩子撒出去,让他独自个儿闯荡闯荡不错。哪怕他是块土坯,在火里炼炼也会变成砖的。像咱这当爹做娘的,能跟孩子一辈子?"

永生这些话,故意说得那么轻松、坦然。可是,他这时的心情,和翠花一样的沉重。翠花又说:

"我老寻思,孩子岁数太小……"

妻子这一句,使永生把自己的童年和儿子的童年连起来了。这时候,他感到那压金坠铅的心里,有一股酸溜溜的滋味儿,从脐脏里升上来,直攻鼻子,眼里的泪珠儿也总想往外蹦。可是,他觉得如今自己这条五尺汉子,是全家老婆孩子的主心骨儿,流起眼泪,会增加他们的痛苦。于是,他又把那冲到眼窝儿的泪水逼回去,平平静静地说:

"志强也不算太小了。我,就是从十一岁那年开始自己闯荡的……"

永生夫妇正说着,尤大哥不声不响地回来了。他是抱着一棵檀条子泗水回来的。永生一见,又惊又喜,忙问:

"船呢?"

"叫人扣啦!"

"谁?"

"白眼狼!"尤大哥说,"南边有个地段水太浅,我只好绕着深水走。因为地理不熟,三闯两闯闯到龙潭附近去了,正巧碰上白眼狼的大狼羔子贾立仁……"

"你是怎么回来的呢?"

"是白眼狼的长工杨大虎帮我逃出来的。"

"杨大虎给白眼狼当上长工啦?"

"对啦。是被白眼狼硬逼进贾家大院的。"

"咋逼的?"

"说起来很啰嗦;咱先说要紧的吧——"尤大哥说,"杨大虎救我出虎口,要我赶紧送信给你……"

"啥信?"

"你杀了独眼龙,那两个落荒而逃的狗腿子回去向白眼狼学了舌,把白眼狼吓坏了。他勾来了土匪,要来逮你。当时只因船只没有弄妥,所以才拖了几天……"

翠花着急地说:"怎么办呢?"

永生在树股子上磕去烟灰说:"走!"

"咱又没长翅膀,到处是水……"

"有两扇门板、一个笸箩,还怕走不了?"

"对!"尤大哥说,"把我弄来的这块木头也绑上!"

他们说干就干。把门板、木头拴在一起,又用绳子绾了个扣儿,把笸箩和门板也连接起来。志勇、志坚坐在笸箩里,永生、翠花、志刚都在门板上,又折了几根树枝当作撑筏的杆子,便告辞了尤大哥向北去了。临行前,永生还嘱咐尤大哥也赶紧离开。

梁永生一家奋力挣扎了一天一夜,终于安全地逃出水汪,登上了旱路。

到哪里去呢?

"树挪死,人挪活。"永生向妻子说,"咱也挪挪窝儿吧?"

"往哪里挪?"

"全说关东养穷人——咱也闯关东去?"

翠花想了好久,"唉"了一声。这些年来,每当丈夫和她商量事儿的时候,她总是仔细地思虑一番,最后,只好用一个长长的"唉"声来回答丈夫。

梁永生这个人,每当被困难包围的时候,他从不绝望,总是在悄悄地想办法。可是,在那豺狼遍地的世界上,梁永生就算再精明,他又能想出什么真正理想的好办法来呢?

因此,梁永生想出的一切办法,在他的妻子杨翠花看来,都不是真正的出路。可是,除此而外,还有什么更好的道路可走?没有了!于是,杨翠花对丈夫想出的这种没有办法的办法,她总是也只能是用一个长长的"唉"声来回答。久而久之,梁永生摸准了妻子这个规律——她只要发出一个长长的"唉"声,就是表示"同意"了。

黄昏时分。梁永生携家带眷踏上了闯关东的大道。这条充满饿殍白骨的关东大道,像条褪了色的灰带子,弯弯曲曲地穿过了一个又一个的村庄……

第十六章　杨柳青投亲

深秋。

风沙骚动的荒野里,走动着永生一家人。

梁永生背着志勇,抱着志坚,艰辛地蹒跚着。

志勇和志坚两个小家伙,刚上路时觉着新鲜,一边走一边缠住永生问这问那,可是,经过几天的长途跋涉,连饿加累,如今是一步也走不动了。虽说他们那十块钱还没花完,可那是整个关东路上的盘缠,怎么轻易舍得花呢?永生因为肚里没食,那黑红色的脸上也沁出一层米粒般的虚汗。汗水划破他面颊上的浮上层,顺着下巴颏子滴落地上。饱经风沙袭击的嘴唇,裂开了一道道的血纹。

志刚和翠花,被永生拉下了一箭地。他们母子在风沙中摇晃着疲惫的身子,趔趔趄趄地跋行。翠花那蓬松的头发任凭狂风撕扯,嘴角和眼角全沾满泥土。志刚的两条小腿儿连一点劲也没有了,他死抓住翠花那破烂的衣角儿,每前进一步几乎全靠娘的拖拽。

他们由羊肠小道又转上大路。

大路上,逃荒人群迤逦而行,被蹚起的尘土像条撅着尾巴的黄龙。

怒号的秋风停下了。漫空中的黄沙细尘,向这莽莽荒原撒落着。扶老携幼、拖儿带女的逃难人,三三五五,零零落落,你搀着我,我扶着你,艰难地挪着脚步。

翠花将垂下的一绺头发撩上去,向丈夫嚷道:

"歇歇再走吧!"

永生望望天色,鼓励妻子说:

"你看,前边那个村子不远了。"

他们走着走着,一条宛宛长河横在前面。

河面上的木桥快要断了。断痕处落着几只水鸭子,飞起来又落下去,不时地发出阵阵哀鸣。桥口旁边,孤单单地耸立着一个木制的岗楼子。岗楼子上的哨兵,穿着灰军装,荷枪而站,像个木偶。岗楼下边,还有两个游动的大兵,在桥口来来回回踱着方步。

一伙逃难人正围着大兵要求过河,这时又来了两个当兵的。前边这个,脑袋上顶着个金箍大檐硬盖儿帽,肩膀上扛着两块亮闪闪的牌子,脚上穿着高腰儿皮靴,走一步咯吱吱,走一步咯吱吱。他腚后头那个,像个"马弁",穿章儿和站岗的差不离。站岗的规规矩矩施了个礼:"报告连长!他们要过河——"连长向逃难人群说:"平常里,只要缴上过河税就可过河。现在上司有令:一律不准过河!"

唉声叹气的人群走散了。永生向窝回的一个人问道:

"为啥不让过河?"

"又要有战事呗!"

"这是谁的兵?"

"过去是吴佩孚的兵,现在叫'中央军'了!"

"他妈的!除了你打我,就是我打你,净折腾老百姓!"

"少说闲话吧——免得心不净!"

永生望着桥口出了一阵神,又领着一家人窝回原路进了一个村子。这个村子的每个角落,都被从水汪里爬出来的逃难人塞满了。村里的男人们,为了躲兵灾,也都逃出去了。留下来看家的人们,不知是怕大兵抢劫,还是怕有人偷东西,家家都关门闭户。永生一家只好找了个没有顶的破房框儿,蜷偎在墙旮旯里歇了一夜。

次日一早,他又领上老婆孩子,踏着朦胧的晨曦走向河畔。他们离河还有老远呢,河沿儿上就传来了尖声怪叫:"滚开!不许过河!"

"他妈的!"志刚骂了一声,又说,"爹,给我刀!"

翠花看出了志刚的意思,忙说:

"志刚,忍着点儿吧!"

"忍,忍,忍!"志刚说,"忍到多咱算个头儿?"

翠花听了这话,心中想道:"志刚虽不是永生的亲生子,可他爷儿俩的脾气多么随奉啊!"翠花记得:当她和永生被人贩子囚在药王庙里的时候,她也曾用"忍着点儿"劝过永生。当时永生的回答,几乎和今天志刚的回答一模一样。直到她和永生结婚以后,永生的性子还是比较暴烈的。那些年,在更深人静的夜里,翠花又多次用"忍了吧"劝过丈夫,当时永生听了这类话,总是这样回答妻子:"怕啥?大不了就是个死!穷人不怕死;怕死别活着!"为这事儿,两口子还拌过几回嘴。又过了几年,永生随着年龄的增长,经过生活的磨炼,虽然"怕死别活着"这句话还是常说,可是一行一动却稳重老练多了。一遇上生气的事儿,凡是能忍下的,他全忍下,把火气埋在心里,等有人逼到头上来的时候,他这才像座爆发的火山似的,将那满腔怒焰一齐喷发出来。翠花回想着永生十几年来在性格上的发展变化,又从永生想到志刚,心里说:"一个人的禀性,看来不是骨血遗传的。要不,志刚对永生为啥随奉得这么贴?"

永生领着老婆孩子顺着河沿向西走去。走了二三里路,望见一伙人正在浅地方蹚水过河。他走近一看,也大都是逃难人。还有几个人,正在河沿儿上歇着,七嘴八舌地骂守桥的大兵。一位满腿筋疙瘩的老汉叹了口气说:

"当兵的主了啥?全在他上头那些军阀们!"

人们点点头,又骂起军阀来。他们从袁世凯、张作霖、张宗昌、吴佩孚一直骂到蒋介石。

过了河,风更硬了。风卷尘沙,半空吼叫,好像千军万马正在头顶上冲锋交阵。衣衫褴褛的逃难人,紧抱着肩膀,在寒风中挣扎着。这条通往关东的大道上,横三竖四躺着佝偻的死难者。逃难人每当见到这种惨景,都毛发悚然,为之一震,因为那死者的形态,已经预示出他们明天的命运。于是,他们极力地加快脚步,小心翼翼地从死者身边绕过去,并把头扭向一边,回避开这不堪入目的惨状。

过半晌。永生一家奔到一个大镇。

永生见一个买卖人迎面走来,凑过去拱手问道:

"借光先生,这叫个啥镇店?"

"杨柳青。"

"杨柳青?"

翠花一听,喜出望外,插嘴又问:

"这就是那个出年画儿的杨柳青吗?"

"对呀!"

那人走了。永生问翠花:

"你问这个干啥?"

"我有个表哥,在这里开铺子。"

"噢!"

"咱是不是去找他求求帮?"

"你知道他住的地方吗?"

"我很小的时候跟娘来过,记不得是啥街道了,只记得他开的铺子叫'福聚小店'。"

"那倒好说——这又不是大都市,有数的几条街,许能打听到。"永生说,"还记得你表哥的名字不?"

"记得。"

"叫啥?"

"佘山怀。"

"咱去找找看。"

永生一边沿街而行,一边撒打着街道两边铺面的字号。

一条街走下来了。

又一条街走下来了。

在梁永生的眼里,一直没有出现"福聚小店"四个字。永生有点二乎了。他又问翠花:

"你记得他是个啥样的门市?"

"就是三间破平房,也是赁的人家的。"

"是个小买卖儿?"

"可不是呗!那时节,里里外外就他一把手。"翠花说,"以后听到个荒信儿——说他发财了。谁知真假呀!"

他们随说随走,随走随问,又来到另一条街上。

突然,翠花捅了丈夫一把,悄声说:

"哎?我觉着这个门面很眼熟。"

永生望望招牌上的字号,摇着头说:

"这是个咸菜小铺呀!"

"反正有点儿像。"

"好。那就去问一下儿。"

永生说罢,来到咸菜铺的柜台前。站柜台的老汉没等永生张口先开了腔:

"先生,要点儿什么菜——酱腌萝卜,虾油辣椒,五香小菜儿,香椿干儿,臭豆腐,卤豆腐……样样俱全。"

掌柜的笑容可掬地介绍着菜名,梁永生也不好意思拦腰打断人家的话弦。直等他说完了,永生这才满脸歉意地一拱手,说道:

"掌柜的,对不起,我要麻烦你——"

"什么事儿?"

"打听个地方。"

"哪里?"

"福聚小店。"

"噢?你找谁?"

"余山怀。"

"噢——!"掌柜的恍然大悟了,"这个门市,原来叫'福聚小店'。如今,'福聚'家的掌柜的已经搬家了。"

"搬到哪去啦?"

"来,我指给你——"掌柜的走出柜台朝西一指,"你走到那棵电线杆那里,往北拐;再见路口,向西拐……"

永生连声道谢,拱手相辞。

"记住,"掌柜的又说,"他抖起来了,如今字号不叫'福聚小店'了,叫'福聚旅馆'。"

翠花不放心,又插了嘴:

"那'福聚旅馆'的掌柜的,可姓余?"

"对对对! 没错儿,姓余,叫余山怀。"

永生一家拐弯儿抹角走了一阵,终于按照那人指给的路线找到了"福聚旅馆"。梁永生一望见这个"暴发户儿"的门楼子,吃了一惊,心中暗道:

"唔哈! 真发大财了呀!"

这是一座刚刚漆过的黄松大门。铜叶镶边,光华夺目。门垛子上,雕刻着一副草书对联——上联是:"孟尝君子店";下联是:"千里客来投"。门楣上,横匾高悬,上书:"福聚旅馆"。那高高的一对门墩子,是用青石做成的,上边还雕刻着许多花纹。杨翠花望着这种情景,脸上渐渐泛起一层好些天来不曾出现的笑容。在往常,杨翠花一见到富豪之家,只有愠色,从无笑颜。可今天,她却违背了这个常规。也许因为这是她的亲戚的缘故吧。

门口的台阶上,站着一个四十多岁的人。他留着短胡髭儿,戴着脸盆帽儿,穿着蓝裤袄儿,白鞋青袜,烟卷儿叼在嘴角上,嘴角往下耷拉着。永生来到台阶下,一边向上攀登,一边顺口问道:

"借光先生,这就是'福聚旅馆'吧?"

此人名张温,是把市侩老手儿。他用眼角儿扫了永生一下,又瞟了瞟跟在他身后的这些衣着破烂的乡下人,原先那种随时准备打躬作揖的自然架势蓦地消逝了,挺了挺胸脯儿耸了耸膀子,摆出一副了不起的样子,先吐出一个烟圈儿,又把它吹散,然后这才亮出他那破锣似的嗓音,恶声闷气儿地说:

"甭问啦!这店你们住不起!"

梁永生一见张温这个狂气劲儿,打心眼儿里腻味他。永生心里话:"有其奴,必有其主!"在一般情况下,翠花的见解和丈夫大都是一致的。可是今天,她却跟丈夫有着不同的想法——在她看来,别看这个半吊子狗仗人势不知好歹,见到表哥准不能这样;虽说"长幼不戏,贫富不亲",可不管怎么说,那总是我亲姨娘家的表哥呀!由于翠花揣着这种想法儿,所以很担心不能吃话儿的丈夫跟这人闹翻,误了投亲求帮那件大事。其实,翠花因为心太细,才产生了这种多余的担心。今天的梁永生,已经不是十年前的梁永生了,他不仅能够压火、忍气,而且还能做到气不上脸,脸不挂色。这时候,尽管他窝在肚子里的怒火像那已经推上膛的子弹,可是他的脸上还是像素常一样平平静静的。他的想法是:"既然来到人家的门上了,就进去试探试探,然后再看事做事吧——犯不上跟个守门的打嘴仗!"这时,他不卑不亢地站在台阶上,不急不火不紧不慢地说:

"俺们不是住店的。"

"要干么事?"

"找个人儿。"

"哪一个?"

"余山怀。"

"找他干么事?"

"既然找他,还能没事?"

"你认识他?"

"不认识就来找他?"

"你和他么关系?"

"亲戚。"

"亲戚?"

"怎么? 不大像吧?"

"哪里——么亲戚?"

"表兄弟。"

这"表兄弟",一远一近要差很多。翠花大概意识到这一点,凑前一步忙补充说:

"余山怀的娘,就是俺亲姨娘!"

翠花这句话,对张温来说,还是真顶劲。他那副"了不起"的神色,就像被一阵旋风刮走了似的,消逝得那么快,又是那么干净。紧接着,又重新现出"哈巴狗"的原形,皮笑肉也笑,又抖身子又晃脑,一句三哈腰地说:

"对不起,对不起,实在对不起……"

"没啥!"

"因为你是稀客,我不认识! 海涵! 海涵……"

梁永生看不惯这套不顺眼的虚气,也听不惯这些不顺耳的淡话,因而没再理睬他,跨开步子朝里就走。

翠花和孩子们也紧紧跟上。

张温一见,不敢怠慢,慌手撒脚地抢前一步:

"我来带路,我来带路……"

张温把永生一家领到一个屋门口,一伸手臂,又一弓腰,咧嘴一笑,歉意地说:"请进!"

永生翘首一望挂在门口上的牌子——"会客室",就推开房门走进屋去。张温跟进屋后,待客人们一一坐定,又说:

"请在此稍等,我去请余经理。"

"他是经理?"

"是啊——你不是找余山怀先生?"

"就是找他!"

"他就是'福聚旅馆'的股东兼经理。"

"他在不在家?"

"在家,在家。你们来时他刚进门儿。"

"那就请你传个话儿吧。"

杨翠花接上丈夫的话尾又说:

"你就说,他的表妹杨翠花来找他。"

"好,好。尊意照传,照传!"

张温走了。

永生问翠花:

"你这位表哥,是怎么一个人?"

翠花满怀希望地答道:

"俺表哥待人可好啦……"

"咋个好法儿?"

"那回我跟俺娘来找他的时候,他对俺娘儿俩那么亲热!那时节,他还是个穷买卖儿,手里挺紧巴,每天的进项才刚够他自己消用的。就那样,俺和娘临走时,还给捎上了半面袋子干粮呢!我揣摩着,这回咱来求帮,又幸巧他发大财了,准能帮帮咱……"翠花喜气洋洋地说着,见丈夫只顾抽烟,并未被她的话语所动,便又引用了一句老俗话:"是亲三分向,是灰热过土嘛!"

这一阵,永生一直是箍着个嘴,不说话。翠花的话音落下,屋里一片寂静。只有挂在墙上的闹表,在滴滴答答地敲打着梁永生那颗因为久等而有点焦躁的心房。又过一阵,张温终于回来了。他的脸上,依然挂着笑。可是,这个笑,跟他临走时的笑大不相同了——那时是皮笑肉也笑,现在是皮笑肉不笑了。他进了门,将两只手臂一摊,先扫兴地打了个"唉"声,继而颤动着腿脚遗憾地说:

"你看!你们赶得正不是个火候——经理不在!"

翠花听了他这卯不对榫的话,愕然问道:

"你不说刚进门吗?"

"刚进门不假。可又出去了!"

"那,我们就等等他吧。"

"哎呀!他到外埠去了!"

"啥时回来?"

"那可没准儿!也许十天八天,还许一月俩月呢!"

翠花又想说啥,张温未容张口,又急转话题说:

"我看这样吧——你们先回去,等余经理回来,我去给你们送信。不去送信,就别来了!再来,也是白跑一趟啊!"他说到这儿,掏出一支烟卷儿,在指甲上蹾了几下,点着了。

事到如今,一直在旁边暗自忖度的梁永生,心里完全明白了——那个如今成了大经理的"表兄",已经不是从前开小店的那个"表兄"了;不用说求帮,他连接见都不接见!永生想到这里,心中很生气。他啥也没说,一甩袖子,领上家眷就往外走。

张温跟在后边,牵强附会地说着惋惜话。梁永生不是那种鼠肚鸡肠的人,他觉着没有必要去跟他争情辩理,对张温的各种话语都当秋风过耳,一气儿走出了大门。

当他们最后一个人的最后一只脚刚刚迈出门槛时,只听背后哐当一声,张温把门关上了。接着,不堪入耳的损话儿,又从门缝

里钻出来:

"这样的穷光蛋,也想找经理?净找没味儿!"

永生听了这话,肚子快气破了。他真想再推门进去,把那个张温狠狠挖苦几句。可又一想:"最可恶的是余山怀。张温,只不过是条狗仗人势的哈巴狗。咱扯大拉小,出门在外,别跟个狗腿子致气了……"永生正想着,忽见翠花在偷偷拭泪,就问:

"翠花,你怎么啦?"

原来翠花也看破了余山怀的鬼把戏。因此,这件事挫伤了她的自尊心,给她的精神以很大的创伤。现在她对她的表哥又气又恨。永生一问,她气愤地说:

"余山怀六亲不认,真不是东西!"

"俗话是实话——"永生说,"穷人见穷人,非亲胜似亲;富人见穷人,是亲不认亲。"

"我那一回来时挺好的,这回咋不是那股劲了呢?"

永生深有感触地说:

"今非昔比——人一富了,心就变了!"

…………

第十七章　卖子救夫

天黑下来了。

朦胧的月色笼罩着杨柳青。

镇边的一个破厦檐下,蜷偎着梁永生苦难的一家。他们投亲不认,现在憋着一肚子气,只好在这里安宿过夜了。

村镇异常安静。远处,时而传来几声犬吠。

梁永生一口接一口地抽着闷烟。被风从烟锅里刮出的火星,向街道的对面飞逝着。

一会儿,从厦檐对面的单扇栅栏门儿里,走出一位身穿长衫、头戴帽垫儿的老汉。他来到永生一家近前,瞅了一阵,拍着志勇的肩膀问:

"呃,小家伙儿,十几啦?"

志勇盯着老汉不吱声。翠花忙插嘴道:

"才九岁。长了个傻大个子。"

"哪里人呀?"

"宁安寨!"志勇答,"不!龙潭街。"

"姓啥呢?"

"姓梁!怎么的呀?"

志勇说罢,鼓起腮帮子,鼻翅儿还一张一合的。老汉见他眼含敌意,不禁笑道:

"你岁数儿不大,性子还挺刚呐!"

苦难的童年,使志勇形成这样一个概念:凡是穿好衣裳的就不是好人;凡是坏人说得怎么好听也不是好心！今天,这个穿长衫的老汉一问他,他就起了反感。当他说出家在宁安寨以后,忽然想起爹跟他讲的家史,又马上改了口。在志勇的感觉中,姓梁,是不能跟坏人讲的;讲了会出祸。可是,现在他偏要讲,并且又重复一句:

"就是姓梁——你敢怎么着？"

永生喜欢志勇的刚强性子,可又觉得他对人家太不礼貌了,便插嘴道：

"我们在你门口避避风,糟扰你了！"

"没什么！你们要去哪里？"

"闯关东去。贵姓啊？"

"姓李。"

"开铺子的吧？"

"开铺子不错。不过,铺子不是咱的！"李老汉说,"我是个吃劳金的穷店员——侍候人的！"永生点点头。老汉见他一家衣禄单寒,又说：

"脚下风凉了,你们在这里过夜哪行？"

永生叹口气说："啥法儿呀！"

老汉一挥手说："走！到我家去凑合一宿吧。"

永生不忍地说："大叔,我们攮进去好几口子,给你添麻烦太大呀！"

大叔说："就俺老两口子,没别人,走吧！"

李大叔真是热心肠。他把永生一家领进门,又将老伴儿喊出来。李大婶也挺实在。她像迎接远来的稀客一样,把永生一家迎进屋去。

这是三间正房。

中间的北山墙上,挂着一张画儿。画儿上画着一只虎。志勇一进屋,就虎视鹰瞵地盯上了这张画儿：

"嘿,这猫真大呀!"

"这不是猫,是老虎!"

"老虎跟猫一样?"

"长相差不多。"

永生又问李大叔:

"这画儿就是杨柳青出的吧?"

"不。杨柳青出年画儿,不出这个。"李大叔说,"这是从天津买来的。"

"看来大叔很喜欢虎了?"

大叔只顾点烟,没吭声。

正添锅做饭的大婶将一瓢水倒在锅里,叹息着说:

"俺那儿子叫'虎儿'。从他下了关东,我总想他,他爹就买了这张虎画儿。"

大婶说罢,又去抱柴火了。

永生见大叔搬过面板又拿擀面杖,忙说:"大叔,别麻烦啦,这糟扰得你够呛啦!"大叔说:"没啥麻烦的。你们想吃正经八百的面条也吃不上,给你们擀轴子杂面汤喝喝吧。"永生说:"你是站柜台的,还会忙饭,真算巧手儿!"大叔说:"学买卖,就得先学忙饭打食,还得给掌柜的铺炕叠被,拿夜壶,打洗脸水,外带着劈样子,点炉子、擦桌子、扫院子……"永生像有所发现似的又问:"买卖行当里,趁钱人对穷人也是这么任意锉磨?"李大叔一面折叠着面片儿,一面叹了口气说:"甭管啥行当,凡是'老财'都是豺狼心肠!他们离了穷人活不成,又恨穷人死不净!"永生那闲不住的两只手,一边把切连了刀的杂面条儿擗开,一边感叹地说:"看起来,只要是侍候财主,干哪一行也不易呀!"李大叔说:"唉!不易也要干不长了!"永生问:

"怎么的?"

"辞退呗!"

"谁辞谁?"

"人家辞咱!"

"因为啥?"

"因为掌柜的要想外㝑!"李大叔说,"今年你们那一带闹水灾,来了好些逃难的;他要把这吃劳金的老店员开下去,再雇用逃难的,有的光管饭不要钱,要钱的薪水也少一半……"

李大叔说着话儿,杂面条擀完了。梁永生见面板翘棱了,就用笤帚扫去板上的补面,拿过斧头叮叮当当揳起来。

在永生和大叔拉叨儿的同时,帮着烧火的翠花也在跟大婶叙家常。翠花说:"这个掌柜的,对待柜上的伙计可真刻薄呀!"大婶说:"那孬种是个算破天。他对待长工、佃户更刻薄!"翠花问:"他还有长工、佃户?"大婶说:"有。他原先是个大地主,后来又成了大奸商,现在是又有地又有铺子!"翠花说:"喔!这个财主真不小哇!"大婶说:"好大财主呢!人家在前清家的时候,就是官宦户儿;成了'民国'以后,也是官宦户儿;来了国民党,还是官宦户儿!"翠花问:"他叫啥?"

"阙乐因!"李大婶一边往锅里撒杂面条,一边絮絮叨叨地说,"阙乐因这个色鬼,明牌的姨太太就有六个,下了十几个崽子,大的是酒包,二的是赌棍,三的是财迷,四的是个气虫子,五的甩大鞋,六的抽大烟,七的是鬼难拿,八的是个臭嘴子——"

"臭嘴子是啥意思?"

"好骂人呗!"大婶说,"那小子叫阙八贵,从十几岁就偷了些金条跑到关东去了,听说现在成了大粮户。头年里,阙乐因又把他的七小子阙七荣那个'鬼难拿'派了去……"

李大婶说着端过一摞碗放在盆子里。翠花凑过去,抢过炊帚说:"大婶,我刷。"大婶不客气,让了手。翠花刷完碗,又去倒泔水。

她推开风门一看,三个孩子拿着秫秸当刀枪,正在月下练武呢!翠花心中在想:"这些孩子算叫他爹招上了——啥时也忘不了练武报仇的事儿。"李大婶放上饭桌,掸了掸桌面上的浮土,扒着门框朝院子里喊道:"小孙子们!吃饭喽。"她回过头来,又自言自语地嘟囔道:"这些省心的孩子,也不知道饿也不知道累。"李大叔接言道:"咱穷家的孩子全都是这么皮实。"

俗话说:"饥不择食。"热乎乎的杂面汤,志刚、志勇和志坚每人噇了两三碗。永生一边吃着饭,一边继续和大叔、大婶扯闲篇儿。李大叔向永生夫妇述说了自己艰辛的半生,梁永生向二位老人倾诉了自己的苦难家史。李大叔听罢梁永生的血泪控诉,深表同情地说:

"咱们这些穷百姓啊,帝制时盼民国,'民国'真的来了,而且换了好几回派头,你看怎么样?还是……唉!"

大叔用一声意味深长的叹息,还配合上一阵否定的摇头,概括了他对"民国"的不满和失望。

沉默了一会儿。就着亮儿签袄缝儿的李大婶说:

"唉——!像咱们这号穷命人哪,叫我看,这一辈子八成儿没有出头的日子了!啥也甭盼了,盼来世吧!"

梁永生一挺脖子喝下最后的一口面汤,一抿嘴说:

"我历来不相信来世的造化!"

李大婶说:"要说相信,来世怎样谁也没见着过;这就是自己哄弄自己,好赖的有个盼头儿呗!要么盼啥哩?"

梁永生说:"我一不盼天,二不盼地,更不盼来世的好时气!我要靠我这一口大刀两条腿,闯出一条活路来!"

李大婶说:"各处乱闯,也好也不好——也许闯出福来,也许闯出祸来。闯出福来敢是好,闯出祸来不塌了天?"

梁永生说:"天是塌不下来的!叫我看,咱虽穷得任么没有,不还有一口气?再大的祸来了,豁出一条命去,顶住它啦!怕它个啥?我常说:'穷人不怕死,怕死别活着!'……"

李大叔捻着嘴角儿上的胡子点点头:

"'穷人不怕死,怕死别活着!'这两句话满对。不过,这话不大圆旋。要再加上一句嘛,那就全科了。"

"大叔,再加句啥?"

"再加上——死要死个值!"

梁永生听了李大叔这句话,心里忽地一闪。其后,他一口接一口地抽烟,一遍又一遍地仔细咂摸这句话的滋味儿:

"穷人不怕死,怕死别活着,死要死个值……"

夜深了。

灯里的油也要耗干了。

李大婶说:"依着扯拉这些陈芝麻烂糠的没个完——你们跑蹚一天了,怪累的,快上炕去歇下吧。"

杨翠花说:"大婶子,俺们年轻轻的,乏点累点不碍的;你和大叔都这么大年纪了,又为俺们忙活了一大后晌,准累得不轻……"

"俺两口子老骨头老肉的了,经得住砸打……"大婶突然望见梁永生的身子在一阵阵地打抖喽,一层汗珠子排在前额上,就问:"老梁,你是不是不熨帖?我给你沏碗姜汤。……"

这时,梁永生觉着脑袋一阵阵地丝丝拉拉疼。身上也不舒服。可是,他怎么能忍心再麻烦这位素不相识而又亲如眷属的穷老婆子呢?因此,他拉住李大婶说:"没事儿!"

李大叔也说:"我也瞅着你的气色不正!"

永生还是说:"没事儿!"

翠花也帮腔说:"他这两天拉稀,再一累,就架不住劲儿了呗!歇上一宿就会好的,大叔大婶放心吧。"

夜里,永生果然病了。

梁永生这个壮汉子,向来不大生病,一病还真不轻。上吐下泻,高烧不退,一连两个昼夜昏迷不醒。

翠花守着不省人事儿的丈夫,愁得浓眉紧皱,吓得面色蜡黄。李大叔和李大婶,一面劝慰翠花,一面跑里跑外,为永生请医生,搬大夫,打听偏法儿。永生那几块钱,几天就撩光了。为了再给永生抓草药,李大叔竟脱下那件赖以混饭吃的褪了色的长衫,要往当铺送。翠花泼死泼活地拉着,说:

"大叔,不能当!当了它,你以后咋混饭吃?"

"以后再说以后,眼下救命要紧!"大叔说,"除了它还值几服药钱,咱别的没想儿了!"

他硬从翠花的手里挣出去走了。

李大婶端着个大碗,也去借面去了。她要给永生做点好饭食。

翠花坐在丈夫身边,为难地想道:"大叔和大婶这种拿不成个儿的穷日子,自己刚够嚼用的,没有一丁点儿存项,哪架得住这么拆扒哩?这么一闹,两位老人往后可怎么过呀?"她再次摸摸丈夫那烫手的脑袋:"那又怎么办呢?也不能眼巴巴地看着丈夫就这么挨死呀?"翠花正横思竖想,左右为难,透过窗户上那块小小的玻璃,望见了正在院中的三个儿子——志刚,志勇,志坚。

从永生病了以后,翠花就没让孩子们贴前儿。她一怕孩子见爹病重害怕,二怕吵闹加重丈夫的病情。志勇和志坚年龄还小,娘不让贴前儿就不贴前儿,别的再也想不到了。志刚倒是大几岁,他断不了向娘询问爹的病情。娘一直是说:"快好啦!玩去吧。"他问了消息来,就告诉两个弟弟:"爹快好了!"因此,如今三个被蒙在鼓里的孩子,似乎是无忧无虑了。杨翠花隔窗望着这些天真可爱而又不懂世事的孩子,心里揣着那个捯不出头儿来的乱线蛋子,忽觉心房一震,"卖子救夫"的念头蓦然而生。

孩子,是娘的连心肉哇!怎能忍心割舍呢?再说,他们两口子的毕生精力全用到孩子们的身上了,终生希望也全寄托在孩子们的身上了。孩子,怎么能卖呢?可是,贫穷像条毒蛇缠在身上,并且正在越缠越紧;灾难又像只恶虎迎头扑来,眼瞅着就要吞噬丈夫的生命,百愁在心、一无所有的杨翠花面对这样的绝境,除了在孩子身上打主意又能有什么办法?如今,摆在翠花面前的是一条绝路三股岔儿——一是丈夫活活挨死;二是李大叔为此破产;三是忍疼割肉卖孩子!这三条道就像三条钢锯,在翠花的心里来回拉着。她苦思力索了好半天,最后把心一横,决心走第三股路——卖孩子!她想:"这样,一来能救下丈夫,二来也能赎回李大叔的大褂子。"

卖哪个呢?翠花又思索开了:"卖志刚?不!志刚这个穷孩子,从小失去了爹娘,命够苦的了!再说,志刚是栽在丈夫心坎上的一棵花,我背着丈夫卖了他,丈夫病好之后,得跟我打下天来。卖志勇?"翠花想到这里,凝神看了看一阵清醒一阵昏迷的永生,又继续想道:"不能卖志勇!志勇身强力壮,胆大性勇,他爹不止一次地说过:将来报仇志勇是员虎将。卖志坚?也不行啊——他身子骨儿软弱,经不住摔打,不能离开爹娘……"

这个不能卖,那个卖不得,那又怎么办?翠花真想卖自己。可她又想,丈夫靠她照料,孩子靠她管教,要是自己不在他们身边,不更害了丈夫和孩子?这种种念头,在她的心里纠缠不休。最后,只好硬着头皮下了决心:卖老三——梁志勇!翠花背着李大叔和李大婶,偷偷地托了人,真的把志勇卖了——换回三斗高粱!

在翠花张罗卖孩子的当儿,永生经过农医扎针,病情很快好转了。这天一早,永生坐起来吃了些饭,就问翠花:

"孩子们呢?"

"我怕他们吵你,都撵出去了。"

"我已经好了,把他们叫来吧。"

"干啥?"

"我闲着没事儿,考查考查他们的功课。"

"功课?"

"我教的那些字呀!"

翠花无奈,把志刚、志坚叫来了。永生又问:

"志勇呢?"

志刚、志坚不答话。他们看看娘,低下头去。

"那个性子野,跑出去玩了呗!"

翠花插上这么一句,掉过脸去了。她怕丈夫从她的表情上看出破绽,更怕不听话的眼泪再滚出来。永生瞅瞅孩子,望望老婆,觉着气氛不大对头,又让翠花去找志勇。翠花相背而坐,不动弹,也不吭声。李大婶以为他两口子有什么不欢快,插言说:

"志勇上他表舅家去啦。"

"哪个表舅家?"

"俺也不知道——他娘说的。"

永生这时忽地想起翠花的表兄余山怀,忙问:

"翠花,你让志勇上'福聚旅馆'啦?"

翠花依然低头不语。永生着起急来:

"唉唉!你呀你呀!把咱穷人的脸全丢净了!你咋没点儿志气?咱宁可饿死,也不能再踩他的门槛子呀!"

不管丈夫说啥,翠花极力忍受着委屈,压抑着悲痛,仍然不言不语。永生又见靠水缸放着半口袋粮食,心里很纳闷儿:

"大叔,这是哪来的粮食?"

"翠花从孩子他表舅家借来的。"

永生一听,又气又疑:"他连顿饭都不管,能借给粮食?果真是他借给的,也是黄鼠狼给鸡拜年——没安好心!这粮食,说啥也要不得——要了他的粮食,一来上了他的钩,二来丢了穷人的骨气。"

永生想到这里,脸色由黄变红,由红变紫,由紫变白……他翻身下了炕,闯到水缸近前,哈腰就往肩上拾口袋。翠花沉不住气了,扑上来拉住丈夫:

"你要干啥?"

"给他送去!"

"往哪送?"

"福聚旅馆呗!"

到了这时,翠花再说啥呢?她啥也说不上来了。只是一面淌着不能自禁的热泪,一面死拉死拽说啥也不让丈夫扛粮食。永生向翠花说:

"孩子他娘,我这个人,你是知道的——宁给穷人磕头,不向财主作揖!你高低不让我把粮食送回去,不是成心叫我窝囊死?"

翠花原来的打算是:等永生养好了病,再找个碴口儿把卖儿的事告诉他。到那时,他生气也罢,心疼也罢,着急也罢,没病没灾的经得住折腾了。可是,眼下丈夫逼问得急,就连大叔大婶在一旁也很难为情,若再不说出真情实话,看来是不行了。

翠花抽抽噎噎说完了卖儿经过,哇的一声哭起来。这时候,永生手中那刚刚搬离了地皮的粮食口袋,吭噔一声滑落地上。他像失去知觉似的,直挺挺地站着。大叔和大婶忙把他扶到炕上,回头来又将哭得大泪泼天的翠花拉进屋去。

过一阵,永生那涨昏了的头脑渐渐清醒过来。他想:"怎么办?责备妻子?顶啥用啊?再说,妻子在贫穷、灾难的威逼下走投无路才不得不割心头肉哇!她的心里该是多么痛苦哇,我咋能再去责备她呢……"永生正想着,志刚来到爹的面前,簌簌地淌着热泪央求道:

"爹,不能卖俺三弟呀!我长大了,挣钱去,养活爹娘和弟弟……"

永生伸出颤抖的双手拉过志刚。紧接着,志坚又呜呜地哭着说:

"爹!卖我吧!志勇长得棒,留下他好报仇呀……"

志坚才九岁,就能说出这样的话来,多么好的孩子呀!永生心中这样想着,眼里的泪水滚下来。正当其时,爹在咽气前嘱咐的话,又一次响在永生的耳边:"永生啊,你长大了,为你爷爷奶奶报仇,为穷爷们儿报仇……"永生想着爹的遗嘱,望着膝前的儿子,一手抚摸着志坚的头,一手搭着志刚的肩,安慰他们说:

"孩子们,放心吧,爹一定把志勇要回来!"

永生的话出了口,忧虑又入了心。他见李大婶用袖子把眼角印了一下,心中想道:"翠花方才说过,李大叔为给我治病,连混饭吃的长衫都当了,我拿啥去给大叔赎长衫?大叔没长衫掌柜的许他进柜台吗?大叔下了事,两位老人怎么过呢?"

梁永生正为难,李大叔领着志勇走进来。

永生一见志勇,喜出望外,哈腰抱起,紧紧地揽在怀里,就像怕有人还会抢回去似的。与此同时,他的心里又浮起一个巨大的问号儿——志勇是怎么回来的呢?

原来是,翠花说出卖子救夫的真相以后,李大叔这才恍然大悟。于是,他把永生扶进里间屋,便扛起粮食闯进那买孩子的户家,跟人家讲明原委,说了些好话,费了些周折,才将志勇领回来。李大叔说明了这个过程,永生非常感动,他只吐出"大叔"两个字,再也说不出话来了。李大叔见此情景,也很不安。过了一阵,翠花说:

"叫我们怎么报答你老人家呀?"

"你把咱这些穷孩子们全拉扯大,就是报答我了!"李大叔轻抚着志勇的头顶意味深长地说,"你是咱穷人的根苗哇!"永生依然惴惴不安,也说:"大叔,叫俺一家子这么一糟扰,你们两位老人以后可怎么过呢?"大叔果断地说:"以后再说以后。没有过不去的火焰山。俺老两口子,都是黄土埋住半截的人了,活着也不顶什么事,死了也不算少亡了。你们甭挂着俺们,就只管亮开翅子去闯荡吧!只要有朝一日能闯出一条穷人的生路来,让咱阖天下的穷人子子孙孙不再受穷,我们就是钻土入地死在九泉之下也高兴啊!"

大叔一席话,给永生那暴病初愈的体魄注入了新的活力。他心中暗道:"我梁永生一定要给穷爷们儿争气!"

第二天。梁永生含着感激的热泪谢绝了大叔大婶的一再挽留,携妻带子离开杨柳青,沿着闯关东的大道又登程上路了。按季节,已交霜降。辽阔的华北平原,已经铺上一层薄薄的白霜。这白霜向逃难的穷人预示着:一场新的灾难将伴随着残酷无情的严冬降临在他们的身上……

第十八章　天津街头

北方的初冬,已经很冷了。刮了一夜西北风,大地见了凌碴儿。梁永生一家人,越过一洼又一洼,穿过一村又一村,忍饥忍寒,苦熬硬挺,取道天津奔向关东。

梁志勇又冷又饿,而且越饿越冷,越冷越饿。他对娘说:"你听,我的肚子叫唤呢!"娘说:"哎,勒勒腰,呛呛劲,快走吧!"

"哎。"

"志勇,你看前边那烟囱。"

"那是哪里?"

"天津卫。"

"天津卫好吗?"

"好。"

"大吗?"

"大。"

"那里有杂面汤吗?"

"有。"

"多不多?"

"多。"

天真幼稚的志勇,心里想着天津卫的杂面汤,脸上泛起饱含希望的笑意,他把眉毛一扬又问:"娘,天津的杂面汤让咱吃不?"杨翠花怎么回答孩子呢?说"让吃"? 不!不能欺骗孩子;说"不让吃"?孩子准像个撒了气的皮球,奔不上劲了。因此,只好不答腔。志勇

仰脸一望,一颗亮晶晶的泪珠儿,正巧落在他那张大了的嘴里。志勇向娘说:

"娘,我不饿了!"

"好孩子!"

翠花说着闪出一丝微笑,可脸上的泪水更多了。

天津,终于来到了。

一家工厂的门口,就像散了戏的剧场一样,涌出一股人流。这些下班的工人,带着属于他们自己的全部资财——饭盒子和烟斗,离开工厂,掺杂在马路两边的人流中。他们那破破烂烂、油污斑斑的衣着,标志着他们那繁重的体力劳动和贫苦的生活环境。可是,他们那魁梧健壮的体魄,蕴藏着旺盛的火力;他们那一张张闪着红光的脸上,却洋溢着坚毅、豪迈的气势,乐观、自信的情绪,而没有一点悲观和颓丧。他们一边昂首挺胸地走着,一边向从另一家工厂走出来的工友热情地打着招呼。正在这时,一辆插着膏药旗的日本军用卡车,从金刚桥边横冲直撞地飞驰而来。一位工人赶紧拉住志勇往道旁一闪,那卡车嗖的一声擦身而过。有个老头儿躲闪不及,被碾进车轮……一个独耳朵的日本鬼儿,从司机棚里探出头来,满不在乎地朝后看了一眼。卡车没有停,继续向前飞驰。

灰尘飞扬的马路上,一片怒骂声。有些工人忽忽啦啦追上去,他们一面追还一面向前边路口上的警察挥臂呼喊:

"截住!"

"截住!"

梁永生望望那辆罩着黄帆布的日本军用卡车,又望望那个站在路口呆若木鸡的警察,愤怒的眼里要喷出火来。他将一口唾沫"呸"的一声吐在河里,狠狠地骂道:

"天津卫是中国人的地面儿,为啥准许日本鬼子这么横行霸道?"

兜卷着灰尘的秋风,很快就把车轮的血印吹掉了。可是,这条仇恨的血印,将永远印在梁永生的心里,印在中国人民的心里。

梁永生正然愤愤不平地嘟嘟囔囔,突然觉着背后有人捅他一把。他回头一看,原是个拉洋车的。永生正想问"捅我干啥",车夫抢先开了腔:

"老乡,从乡下来吧?"

"是啊。"

"是不是山东、河北边上的?"

"你咋知道?"

"听口音有点儿像!咱们是老乡啊——我也是那一带的人。"

"你的口音变了!"

"不变不行啊——说话不随地道,人家说咱是'佬赶',处处掐亏儿给咱吃……"

车夫把车子往路旁一靠,又问:

"你们想来天津干啥?"

"我们不在天津站下。"

"噢!来投亲的?"

"不!这么大的天津卫,我白天认得太阳,晚上认得月亮,除了它俩,再也没熟人了!"永生说,"打算闯关东去!"

"噢!你准是听说关东养穷人——是不是?"车夫说,"唉,才不是那么回事哩!我年轻的时候,听说张作霖的老师在江北开了个大煤窑,又管吃,又管穿,月月都是双工钱……像我这穷跑腿子的,站起来一个人儿,躺下一个铺盖卷儿,走到哪里不是家?所以我就投奔煤窑去了。走哇,走哇,一直走了好些天,总算阿弥陀佛——奔到了煤窑上。你猜怎么着?登上了号头儿,住了狗(工)棚子,见天有狗(工)头儿拿着鞭子催你下洞子,一气儿十二个钟头不叫歇着。到了月头儿算账时,大经理、二掌柜,人人都要上你的税;那个

193

狗(工)头儿心更狠,胡他妈地说:'老子天天侍候你,还要工钱?活着给我干活儿,死了上"万人坑"跟阎老五要钱去!'我受不了那号罪,也咽不下那种窝囊气,一跺脚,不干了!又跑到黑河去淘金。唉,那金子甭管澄多少,咱连个金星儿也得不着,全入了掌柜的保险柜了。"车夫缓了口气,又说,"还干过啥?还在兴安岭打过猎,长白山挖过参,也开过荒,伐过木头……干了这些行当,都是从屎窝儿挪到尿窝儿,哪里也不是咱穷人的'安乐窝儿'。这不,又跑到天津来拉上了这辆'臭胶皮'。"

翠花听了这一套,心里怵了头,就向丈夫说:

"咱甭下关东啦。"

永生只顾抽烟不吱声。车夫拽拽永生的衣角又说:

"你撅着这个小棉袄儿就下关东?"

"咋的?"

"不行呗!你们走一步冷一步,走一天冷一天。脚下关外早下大雪了。你们这身衣禄,一出山海关还不冻成肉干儿?"

梁永生觉得这位好心的车夫说得满对。可不去怎么行啊,这天津连个落脚的地方也没有哇!因此,只好说:

"我们是'逼上梁山'——没法子呀!"

"你们是不是在卫里俫个冬?要去明春再走。"车夫说,"那样,走一天暖和一天,路上还好混点儿。"

"大哥,你的意思我明白。你的心我也承情。"永生说,"可是,俺一家五口子,都是两只肩膀扛着个嘴,指啥在卫里俫冬?"

"你会手艺不?"

"会锔锅。"

"不好办!那一行,要不在行会,在天津走不开。"车夫慢慢地试探着说,"哎,干我这一行——行不行?"

"拉洋车?可是没干过!"

"拉洋车是个苦差事,有力气就行——这营生儿没有三天的力巴。"车夫说,"要干我给你找个车保……"

"那敢是好!这件事就让大哥你费心吧!"

车夫从腰里掏出一把钥匙,递给永生说:"我有个穷哥们儿,也是卖大力的。前几天,锁上门回老家了,他那间房子我代管着,你们先到那里住下吧。以后他回来的时候,咱再另想法子。"车夫说罢,又告诉永生地址——南门外,海光寺,沿河五号。让永生领着家眷先自己去,他又拉着洋车去揽座儿了。临分手时,他还抱歉地说:"按理说,我该送你们去。可是,咱是蚂蚱打食紧供嘴,住了辘轳便干畦;一天挣不着钱,肚子就歇工。拉洋车不同别的,全仗着个穷力气;肚子一歇工,明天也就没法子干了!"他说完要走,永生问他:

"大哥,你叫啥名字?"

"看,你不问,我倒忘了!"车夫笑着说,"我叫周义林。"

梁永生一家,杂在马路两边的人流中走着。浑浊的空气里,充满了汽油味儿、煤油味儿。他们扯大拉小,东打听,西打听,转了老半天,才找到"沿河五号"。永生掏出钥匙,捅开门锁,摘下门锦儿,进屋一瞅,锅、碗、盆、勺样样有,高兴极了。不大工夫,周义林大哥来了。他拿来一些吃的烧的,满怀热情而又深含歉意地说:"都饿急了吧?快做饭!"

"坐下。"

"迭不的。"

"忙啥?"

"我给你找车保去。"

周大哥用这一句结束了他们的谈话,一转身又出门去了。

永生感动得心潮翻滚。翠花感动得热泪盈眶。志刚惊奇地问道:"咦?这个人待咱咋这么好呀?"

正做饭的翠花说:"因为是老乡呗!"

永生劈着桦子说:"照你这么说——老乡要比亲戚强了?"

永生一点,翠花想起杨柳青投亲的伤心事,又改嘴说:

"因为咱是穷人,他也是个穷人。"

晚饭后。周大哥又来了。他除了告诉永生车保已经找妥而外,又说:"我还顺便给孩子们找了个学徒的铺子——"

"啥铺子?"

"鞋铺。"

"太好啦!"

"我搂算着,你一家五口,光靠你拉车怕是不够嚼用的。"

"我也正愁这码事。"永生向孩子们说,"你周大爷给你们找着饭碗啦——谁去呀?"没等孩子们答话,翠花开了腔:"叫志勇去吧?"永生理解翠花的意思:叫志刚去,不忍心;志坚体质不大结实,舍不得。谁知志勇不愿去。这时,他正把肘子支在膝盖上,两手托着下巴颏子,扑闪着一双大眼听大人说话儿。见娘要让他去学做鞋,就说:"成天价跟针头线脑打交道有啥意思?"志坚却说:"我去!"志刚也说:"弟弟们小,我去吧!"

叫谁去呢?永生知道钻针攒线不适合志勇的禀性,他不想让孩子窝心。至于志刚,永生和翠花的心情一样,委屈谁也不能委屈他。于是,永生就点将说:

"志坚,你去吧!"

尔后,周大哥又教给永生怎么揽座儿,怎么熟悉街道,怎么跑步子……他们谈着谈着,又各自谈起自个儿的身世。他俩越谈越投机,越谈越亲热。梁永生忽然又问:

"哎,大哥,天津卫好混不好混?"

"我说这个你准不信,天津卫不养穷人!"周义林把仅有的烟叶儿搏成两袋;一半儿倒给永生,一半儿装进自己的烟锅里,点着抽了一口,又说:"我来到卫里以后,在三条石打过铁,估衣街卖过破烂儿,西南城角夜市里摆过地摊儿,'三不管'里要过饭儿,官银号里当过行李卷儿,真是他妈的啥洋罪都受到啦!打头年里,又混上了这'洋差事'。"

"洋差事?"

"拉洋车嘛!"

两人都笑起来。永生又问:

"拉洋车这个事由儿好干不好干?"

"说好干也好干,说难干还真难干——"周义林先扔出一句笼统话,又说,"别看咱两只肩膀扛着个嘴,可车把儿一架走遍天津卫。管他妈的什么日租界、比租界,老子随便逛!说良心话,你别看我吹的这么大,受的洋罪、吃的窝囊气一提活气煞!扬风搅雪,雨天雾晨,也得出车!不出车吃谁去?不管你出车不出车,赁费、车税照样收你的。赶着倒霉碰上个有钱有势的'巧利鬼',车钱甭想要,还不说好听的,你要还嘴,伸手就动武的!雾天出车,更是把脑袋挟到胳肢窝里!凡是干这一行的,尸首有多少囫囵的?"周义林说着说着,忽然站起来,"瞧!我这个屁股沉的!净瞎唠叨了,天有小半夜啦,你们快睡吧,我该走啦。"

周义林鼓一阵锣一阵地说了这么一套,直说得个梁永生躺在炕上翻来覆去地睡不着觉了。周大哥说的这些事儿,对梁永生这个从未到过大城市的人来说,觉着就是新鲜的,都是奇怪的。他心里说:"穷人在大地界儿混碗饭吃也真不易呀!"可是,许多事情他又不明白:譬如说,在中国的地面儿上,怎么还有外国租界呢?中国的政府为啥不把他们赶走呢?梁永生一直想到天快亮,才勉勉强强打了个蒙眬。

第二天。梁永生跟着车保来到赁车厂。

老板的屋门口,挂着个鸟儿笼子。笼子里,有一只像小黑老鸹

似的八哥儿。那八哥儿见梁永生和车保走过来,它一面在横梁儿上跳上蹦下,一面学着人语:

"又来了两个土蛋!"

永生一听,很生气,骂道:

"他妈的!鸟儿也……"

车保喷永生气儿粗,用肘子捣他一下。他俩踏着格吱吱儿响的地板走进屋,见衣冠楚楚、身材矮小的大老板正坐在转椅上闭目养神。旁边的茶几上摆着一壶窨香的酽茶。靠茶几的五屉桌上,一架留声机正唱《空城计》。瘪鼻子老板悠闲自在地晃着亮脑门儿,长长的指甲在椅子扶手上敲着板眼儿,用他那瓮声瓮气的嗓音轻哼着:"我正在城楼观山景,耳听得城外乱纷纷;旌旗招展空翻影,却原来是司马发来的兵……"他用眼角儿扫了下朝他走过去的车保和梁永生,不光身子一动未动,就连眼皮也没撩一撩。直到车保喊了声"崔掌柜",他这才勉勉强强、慢慢悠悠地站起来,先扎煞开胳膊睡意惺忪地伸了个懒腰,打了个呵欠,然后又把手一背,鸡胸脯儿一挺,装猫像狗地从鼻孔里"哼"了一声。车保说明来意,交上"铺保字据",又把梁永生介绍给他,他这才翻了翻白眼珠子,睇视着梁永生,撇着那本来就朝下耷拉的嘴角,有前劲没后劲地说:

"穿了一身铺扯毛儿,长得倒满飒俐。么名字?"

梁永生一见瘪鼻子这股傲慢的酸邦劲儿,心里早就怄了。现在一听他说话儿这么牙碜,更觉得憋气。他强力抑制住自己,不卑不亢地回答道:

"梁永生。"

"哼!穷不穷的倒起了个好名字。拉过洋车吗?"

"没干过。"

瘪鼻子听了,眨眨眼,还故意把眉头皱起来,无可奈何地轻点一下头儿,然后转向车保说:

"唉！么法子？看在你的面子上，就赁给他一辆！"

"谢谢。"

"咱们是先小人后君子，把事说明白——"瘪鼻子打了个喷嚏，又转向梁永生，"丢了车，要按价赔偿；坏了零件儿，要折价包损失；出车闯了祸，如果官家向车主追责，我就拿你抵罪；你跑了，找车保……"这时，永生越听越刺耳。他想：赁辆车也真不易呀！永生真想不吃他这一注儿！可又有啥法子呢？所以当那瘪鼻子腆着个黑脸问他怎么样时，他稍一愣怔，只好硬着头皮吐出一个字：

"嘞！"

"么？"

"中！"

瘪鼻子把车保打发走，又领着永生来到停车棚。车棚里，一拉溜停放着许多洋车。瘪鼻子指着最西边的一辆，向永生说："喏！就把那一辆赁给你吧！"梁永生上眼一瞅，在车棚里的所有存车中，顶数那辆破了，而且破得简直看不上眼儿。因此，永生指着另外那些好车向瘪鼻子说：

"你赁给俺一辆好车不行吗？"

"你想赁好车？那好车不是赁给你这一号儿的！"

"我咋的？既不少鼻子又不少眼……"

"论长相你倒满英俊。不过，赁好车弱车不论长相——论铺保！"

"我不是有铺保吗？"

"你那个铺保不能保你赁好车！"

"这是啥话？"

"就是说，要赁好车，得有头有脸、家大业大的铺保才行。"瘪鼻子一撇他那薄嘴唇儿，"你那铺保是个开茶炉的，他砸巴砸巴骨头也不值我一辆好车钱！你要万一拉着我的洋车挠了丫子，我上哪

199

里去找你这个山东侉子？他赔得起我？"永生一听瘪鼻子的话说得这么损,直气得肚子一鼓一鼓的。尤其是那铺保也跟着受侮辱,这更使梁永生火冒三丈,怒气难消。可是,他一想起正饿着肚子等他挣几个钱回去的大人孩子,又想起好心好意不辞辛苦为他找饭碗的周大哥,就极力忍住气,露着压抑住的愤恨表情说道:"这样的破车还能拉人？"瘪鼻子见永生话中有气,就把黑脸蛋子一耷拉,连讽带刺地挖苦道:

"破车你趁多少？甭褒贬！要赁就是它;不赁两散伙！不是看面子,这破车你也挨不上个儿！"

梁永生以蔑视的目光望了望瘪鼻子,心中自己劝自己道:"得啦！就凭他这号德行,我值不当的跟他争情辩理！我就算把理说一当院儿,也等于对牛弹琴！迨将来攒下几个钱,另想饭门不再给他赶蛋也就是了！"永生想到这里,再次把攻到喉头的火气压下去,按照"老规矩",先把周大哥替他转借的"车份儿"钱交上,然后架起车把忍气吞声地出门去了。当他走出大门口时,瘪鼻子的嗓音又追上来:"记住！车捐钱还差两块一毛六。"

梁永生再没理他,一扭车把拐了弯儿。随着周围环境的变换,永生那乱纷纷的心绪渐渐平静下来。今天和瘪鼻子这场交道,使永生又懂得了许多事情。原先,他只知道乡间的大地主和穷人是冤家。后来,在德州要了几天饭,才知道那些开铺子的对穷人也很刻薄。现在,他更进一步明白了:城市上的大老板,跟穷人也是冤家！

梁永生初进天津卫,人生地不熟,两眼黑大乎。他架着车把顺着大马路毫无目的地朝前走着,东张张,西望望,只见家家商店、洋行的橱窗上,都摆列着一些五颜六色奇形怪状的"舶来品",不由得心中又想:"中国的商号为啥偏把些外国的洋货摆在外头当出头？"

梁永生握住车把,拖着沉重的步子,揣着不平的心情,蒙头转向地走着,觉着就像正在做梦一样！他过了劝业场,到了小菜市

儿,抬头一望,前边是停着许多外国轮船的海河,心中一愣,忽听那边有人高声大喊:

"胶皮——!"

梁永生扭头一望,只见马路对过儿站着一个穿洋服的阔人物,正在招手……

第十九章　怒打日本兵

梁永生打发茶炉掌柜上了火车,见浓重的黑雾还没消散,架起车把就往家走。他一面提心吊胆地沿路边慢步缓行,一面切望着能冲出这讨厌的雾霾,跨入一个清朗的境界。可是,他迈出一步是这样,十步、百步还是这样。

今儿的生活好像脱了常规——天到这时路灯还没熄灭。橘红色的光亮,从黑暗中挣扎出来,不远又失去了作用。但是,不管气候多么恶劣,这畸形繁华的市区仍然是乱哄哄的。拖着长声的汽车喇叭,发出裂心刺耳的阵阵尖叫。梁永生正在雾气濛濛灯火点点的街道上走着,耳旁传来一阵孩子的哭声。他扭头一看,迷雾中有位抱孩子的妇女,正擦眼抹泪地向"广善堂"奔去。

"广善堂",是帝国主义用"庚子赔款"的钱,以天主教的名义办起来的"慈善机关"。它"专门收养中国孤儿,对其进行抚养和教育"。在当时的中国社会上,无人抚养和无力抚养的孤儿成千上万,这"广善堂"的门口竟悬起"来者不拒"的招牌,难道不会发生"人满为患"?不会的。凡是送进这里的孩子,十个就有九个是"活着进来死着出去"。几乎每天早晨,总有几个工友把一个黑色的长木匣子抬上马车,驶向荒郊。每到这个时候,那个杀人不见血的外国"修女"海约约,还特地赶来,合掌闭目,"虔诚"地祷告那些含恨屈死的孩子们:"祝福你们,你们升入了天国……"

现在永生透过层层迷雾眺望着罪恶的"广善堂",心中一沉,一段往日的惨景又映在他的眼前。那是永生刚进天津不久的一个早上。他拉着洋车正从这里路过,见门旁的小树上拴着一个哇哇哭叫的孩子,门口不远的墙旮旯里还藏着一个女人。那女人时而探出头去望望孩子,又急忙抽回头来偷偷地哭泣。看样子她曾几次想去把孩子抱回来,但不知为什么却迈不动步子。正在这时,"广善堂"的铁门一开,孩子被一个"修女"抱走了。那位藏在暗处的女人,见此情景边跑边喊:"等一等!我有话说——"回答她的是那哐当当的关门声。那女人快要急疯了。她用力地拍打着无情的铁门,泼命地哭叫,呼喊……刚到天津的梁永生,闹不清这是怎么一回事,便凑上去问了一下。原来这个女人是永生的老乡,十里铺人。她的丈夫唐春山,就是因为和白眼狼打官司,被判成"诬赖罪"的那位"原告"。后来,唐春山越狱逃跑了,白眼狼又要加害其家属。春山的妻子得了信儿,抱着孩子领着婆婆逃出虎口,要饭讨食来到天津。几年来,全靠她给人家缝缝洗洗,婆婆要饭、拣穷混日子。上个月婆婆病倒了。她为了救下婆婆的老命,这才忍疼割肉把这唯一的儿子送进"广善堂",好省下几个钱给婆婆治病。当时永生听完那女人的倾诉深表同情,就把身上带着的几个零钱掏给了她。打那天起,梁永生还经常向那驾驭马车送尸体的工友打听这个孩子的情况。前几天,他听说唐春山的儿子在"广善堂"里被折磨病了,至今一直放心不下。因此,现在他见这个女人又要把孩子送入虎口,就赶忙走过去,劝那女人不要上当,并把买口粮的钱全掏给她,打发那女人抱着孩子回家去了。

永生刚要走开,只听哐当一声——"广善堂"的铁门开了。那辆拉着黑匣子的马车,和往日一样照例驶出门来。拉车的瘦马吃力地迈着步子,几乎把脑袋挨到地皮上了。那个"修女"海约约,也照例站在大门以里,合掌闭目"虔诚"地祷告着……永生凑到马车近前,又向驾车人打听唐春山的儿子。驾车人神态反常地张了张嘴,又望了望车上的黑匣子,长长地叹了口气,啥也没说,扬鞭打马,疾驰而去。永生失神地眺望着远去的马车,眼窝儿里渗出了泪水。

马路上,大雾仍然像浓烟一样,茫茫一片,呆滞地停留着。来来往往的行人,就像挣扎在浊水中。这时每个人的心里,都在渴望太阳冲破云层光照人间——因为只有到那个时候,这雾霭才会彻底消散,这灰暗的世界才会明朗起来。永生望望雾气自语道:"真是'白雾一袋烟,黑雾雾半天'哪!"当他架起车把正要冒雾出车时,耳边又响起这样的声音:"送茶炉掌柜上了火车,雾要不落,就回家来,可千万别冒雾出车……"这是永生早起离家时翠花嘱咐的话。永生理解妻子的心情——雾天出车,常被汽车撞死人。因为这个,当永生拉着洋车走出门口时,翠花又追到门外叮咛一遍,并把几个零钱塞给丈夫,为的是出不成车好买点吃的回来。现在永生想着妻子的叮嘱,话在心里说:"不出车下顿吃啥?"他想到这里腿就拐了弯儿,奔向金刚桥去了。

梁永生来到金刚桥口,偶然碰见了龙潭街上的杨大虎。杨大虎是来探望他的儿子的。他的儿子叫杨长岭,在天津学手艺,已经一年多了。大虎今天和永生一见面,就告诉永生:永生的次子梁志强,因受不了老板的气,曾从济南逃回宁安寨,没找到爹娘,又走了。他临走前,还偷来龙潭街看了看乡亲们,听说现在又跑到关东一个矿上去当工人了。当永生问到白眼狼时,大虎关切地说:"永生啊,你以后要提防着他——他要让他的三狼羔子贾立礼来天津开铺子,据说修门市的地基都买妥啦……"大虎谈的这件事,永生早就知道。他今天送他的车保——茶炉掌柜上火车,就与这事有关联。他的车保开茶炉的地方,是租赁的。如今地基的主人已把地基卖给了白眼狼,茶炉掌柜失了业,只好卷起铺盖回他兖州的老家去了。赁车厂的老板给了永生三天期限,要他重找车保。眼下,永生正为找不到车保发愁哩!现在大虎一说要他提防白眼狼,他就问:"我在天津白眼狼知道啦?"大虎说:"知道啦。听说连你住的地址都扫问准了——看来他是又要想法儿拾掇你!"永生说:"上一回,要不是你让尤大哥送了信,我也许来不到天津了……那回你没受连累?"大虎说:"多亏了扛活倒月的伙计们掩护我,他没抓着我的把柄!"他俩谈着谈着,又谈起村中的穷爷们儿。杨大虎把黄大海、王长江、汪岐山、唐俊岭等人的情况谈了一遍,最后说:"人们都盼你回去,想个法子一块儿报仇!"永生问:"人们知道我的情况吗?"大虎说:"准信儿谁也摸不上;人们听到的净些谣传;那些谣传的说法也不一样……"接着,他们又谈到那些狗腿子们,杨大虎说:"马铁德那个孬种还在。账房先生田狗腚,拐了一批款子起了黑票跑啦!如今的账房先生是雒家庄上的刘其朝,外号疤癞四……他脚下不是财主了——因为跟人家打官司把家业花光了。"

梁永生和杨大虎亲亲热热,扯东拉西谈了一阵,大虎望望楼尖子上的钟表说:

"快到点了——我得赶火车去。"

"今天就回去?"

"票都买啦。"

于是,这对同命相连的兄弟、患难相交的朋友,又彼此嘱咐了一些话,便分手了。当梁永生架起车把正要去揽座儿的时候,忽听那边有人高声喊道:

"胶皮的干活!"

永生扭头一看,原来是个日本兵鬼儿。他又仔细一瞅,正巧是那个轧死中国人的独耳朵。这时,日本军车轧死中国人的惨景又出现在他的眼前,永生想:"狗日的!今天我叫你瞧瞧中国人的厉害!"这个成心找死的独耳朵,是个碎嘴子,一上车就骂骂咧咧地猛催:"嗨,快!"

才走出两步,他又是一声:"嗨,快!"

梁永生故意气他——他越催"快",永生越是慢慢腾腾的。独耳朵见永生饧着他来,火了,气急败坏地吼道:

"你的心坏的有!你的走的不快,我的钱的不给!"

不管独耳朵放啥屁,梁永生总是不快走。他心里的主意是:"你他妈的甭叽歪!一会儿我就送你回老家!"

又拐过一个路口,来到一个行人稀少的偏僻处。梁永生突然把车把一扬,车子向后一躺,那独耳朵脑勺着地叽哩咕噜滚了出来。他从地上爬起来,气势汹汹地说:

"呦!你的要干什么?"

"我要揍你个鳖种!"

独耳朵见梁永生挽起袖子要抓挠他,他立刻换出笑脸,并掏出一把票子说:

"你的把我的拉到,我的钱的大大的给!"

这个狡猾的小鬼子所以马上由硬变软,是想把这个成心和他找别扭的中国车夫诓到他的大本营,再狠狠地收拾梁永生。可是,他哪里知道,梁永生不是那种不辨真假的糊涂虫,更不是那种见钱动心的财迷鬼。永生给他的回答是:

"你有票子,我有志气……"

小鬼子见软的不行,又来了硬的。他觉着自己有一支手枪,吃不了这个中国车夫的亏。可是,他的如意算盘又拨拉错了。他刚掏出手枪,手疾眼快的梁永生飞起一脚,只听嘎叭一声,不是枪响了,而是他拿枪的胳臂断了。那手枪脱手而出,跌落在路旁的臭水沟里。到这时,小鬼子知道自己不是对手了,立刻现了原形——就像只见了猫的老鼠一样,瞪直了的眼里充满了怕死的恐怖。他噗噔一声跪在地上,又磕头又作揖,用中国民间的礼法苦苦求饶:

"你的饶了我……"

"中国人怎么样?"

"中国人大大的好！中国人的心善……"

"我要对你心善,对不起我死去的同胞!"

永生说着,握紧了铁榔头般的大拳头,冲着囟门、太阳穴等致命处打下去。只几下儿,那小鬼子狼嗥鬼叫的呼救声就止住了,嘴角上流出一摊白沫,鲜血淌了一大洼。

眨眼间,两头路口上的国民党警察如丧考妣似的吹起戒严哨子。有的还像死了爹抢孝帽子般地朝这出事地点飞跑而来。梁永生面对着这群魔乱舞的局面,心无怯意,面无惧色,不慌不忙地架起车把,从容不迫地颠起步子,迎着那扑面而来的警察跑过去。

"站住!"

警察的喊声没落,永生来到近前。警察挥舞着警棍正要拦阻,永生飞起一脚又将那警察踢离了地皮,继而实扑扑地摔到地上,趴在那里捂着腿梁子嗷嚎嗷嚎叫唤。

梁永生没再理他,只是气冲冲地骂了一句：

"汉奸! 走狗!"

这时,附近各个路口上的哨子,吱吱啦啦响成了蛤蟆湾。梁永生在雾气的掩护下,从从容容地拉着洋车继续向前。一辆国民党警车,迎面开过来了。与此同时,另一辆鸣着警笛的日本警车,也出现在永生的身后,将个梁永生围堵在中国街道和日本租界的交界处。这时候,日本警车上连声怪叫：

"站住!"

国民党警车上也跟着狂嚎：

"站住!"

日本警车上跳下几个鬼子兵。

国民党警车上也跳下几个保安队。

他们一主一奴,一呼一应,前堵后截,两面夹攻,一齐朝着这位竟敢打死日本兵的中国车夫扑来。梁永生面对着这两群狼狈为奸的疯狗们,真想把洋车一撂跟他们拼了。就在这时,他想起了李大叔"死要死个值"的话来,心中又想:"可恨的是日本政府和中国'国民政府'的那些主事儿的头头们;跟这些家伙们拼个啥劲儿?……"他想到这里,一扭车把钻进了路旁的小胡同……梁永生越大街,穿小巷,绕过一道又一道的警察岗位,安全地来到赁车厂。他拉着车子刚进厂门,尾追的疯狗们立即把门口堵住了,并高兴地说:"我看你再往哪里跑?"这些家伙们高兴得太早了。梁永生进了院子,把车一扔,一纵身蹿上垣墙,又来了个鹞子翻身跳到另一条街道上。安全地脱险了。

梁永生为什么泼死泼活地要把车子拉回厂?他怕丢了车子对不起瘪鼻子?当然不是。他想的是:这么一来,瘪鼻子那个可恶东西就脱不了干边了;并且,还一定会给他戴上一顶"窝藏凶手"的大帽子,叫这个处处琢磨穷人的老小子也尝尝穷人的厉害。

永生跳墙而出的这条街道,属于法国租界。日本鬼子不能直接到这里来捕人了。同时,那些家伙们也没看到梁永生翻墙出去。再加他们不知永生会武术,所以在他们看来,在这么高的垣墙上跳出人去是不可能的。可是,梁永生跳出垣墙以后,杂在大马路上的人流中,已经到家了。

给永生做鞋的杨翠花,正忙着缉鞋口。杨翠花是个能干的女人。打从进了天津以后,她一人料理五口人的吃穿,还抽空出去拣煤渣。有时候,累得她头昏眼花,腿也迈不动步子。但是,她从不把这劳累的感觉在丈夫和儿子们的面前表露出来。只是当丈夫、儿子都不在家的时候,她这才一边穿针攥线地忙着,一边自觉不自觉地嘟囔几句:"穿鞋这么费!几天就是一双……"

"以后就穿不了这么多鞋了!"

翠花猛一抬头,见丈夫仓仓猝猝走进屋来,气色也不对头,就感到征兆不好:

"出事啦？"

"出点小事儿。"

"啥？"

"我打死一个日本鬼子！"

翠花一听，脸上泛出一层忧喜交织的表情。她所以喜，是因为她早就恨透了欺负中国人的日本鬼儿；又所以忧，是她觉得这非同小可，必将招来一场大祸。怎么办呢？她没有主腔骨，就问丈夫。丈夫胸有成竹地说：

"走！"

"哪去？"

"先到周义林大哥那里躲躲！"

"对！"

没有多少家当，两口子不大一会儿便收拾好了。永生挑起花筐，翠花拿上行李，一同走出房门。路上，翠花悄声问丈夫："孩子们全没回来，这可怎么办呢？"永生说："有办法！"来到胡同口，永生见周义林还在那里等座儿，便凑过去说：

"我闯祸啦！"

"啥祸？"

"打死一个日本鬼儿！"

"那手活儿是你干的？"

"你听说啦？"

"嗯！"

"我先到你家躲躲吧？"

"好！"

"你在这里等一会儿——"

"干啥？"

"我的孩子们回来你好告诉他们。"

"好!"

"你然后再去鞋铺告诉志坚……"

"好!"

周义林掏出钥匙,递给梁永生。正在这时,马路对面有人喊:

"胶皮!"

"没空儿!"

周义林应了一声,往车上一仰,眯缝上眼睛。

傍响时分,外出干零工的梁志刚回来了。周义林架起车把迎上去,咬着志刚的耳朵嘀咕一阵,志刚点了点头,走开了。周义林又回到原地,坐在车上抽起烟来。

再说梁永生夫妇。他们正在心神不安地等着孩子们,志刚和志坚同时走进来。永生高兴地问:

"你俩咋赶得这么巧?"

"俺哥叫我来的。"

"好! 等志勇回来,咱们马上就走!"

"哪去?"

"闯关东去!"

沉默了片刻。志刚又问:

"爹,咱连个投奔也没有,就硬去闯吗?"

"有投奔。"

"谁?"

"你秦大爷。"

"秦大爷?"

"噢! 你不记得——"永生把秦大哥投宿宁安寨的情况叙述一遍,又说:"半年前,我拉过一位关东老客儿,他是兴安岭下徐家屯的。我从和他闲扯中,知道了你秦大爷的下落——就和那位老客儿住在一个屯子里。"

天快黑了。翠花望望天色着急地说：

"志勇这孩子,这时还不来,准是又上'三不管'了!"

"他不是去拾煤碴儿吗?上'三不管'干啥?"

"听说书的去呗!"翠花说,"'三不管'的说书场儿里,见天傍黑儿说一段《景阳冈武松打虎》……"

爹娘正说着,志勇回来了。永生问：

"你周大爷呢?"

"来了!"

周义林应声而入。

梁永生马上要告辞,周义林说啥也不干。他终于留下永生一家吃了顿饱饭。饭后,永生告辞了周大哥,领上老婆孩子,挑上花筐,连夜登程向市郊奔去。

周义林送出很远,洒泪相别。

当永生一家走到一个路口时,望见一辆日本警车,拉着五花大绑的瘪鼻子老板,鸣着长笛穿街而过。接着,一辆国民党警车,出现在前边的另一条路上,正向梁永生原来的住处——"沿河五号"急驰而去。永生望着警车扬起的尘土,狠狠地骂道：

"汉奸卖国贼!小子们你来晚了!"

月亮出来了。沉闷的月牙儿终于脱去了纤微的云翳,悄悄爬上头顶。朦胧的月光,透过饱含水分的夜空,把它的光亮和那灰黄的灯光溶合一起洒在马路上,使人们觉得似乎夜晚倒比白天光明。天到这时才下班的、群群帮帮的工人走在马路上,不时地向这破衣拉花、扯大拉小去逃难的永生一家送来同情的目光。

一位光头赤脚的报童出现在人流中。他把报纸举过顶,边走边喊：

"看晚报!看晚报!中国车夫打死了日本兵!……看晚报!看晚报!爱国车夫大显身手,日本兵一命呜呼!"

第二十章　风雪关东路

　　永生一家,离开嘈杂的闹市,来到空旷的荒郊。

　　残秋的漫野,苍苍凉凉。风吹草哭。雀飞枝抖。梁永生一边踏着月光忽呀颤地走着,一边追忆着像场噩梦似的这段天津生活。生活总是这样——它不断地向人们提出一些问题,又不断地把问题的答案告诉人们。这二年来的风雨,使永生又懂得了一些道理。在他的头脑中,原来穷人的死对头只有两个——一个是财主,一个是官府;现在变成了三个——又增添上了一个外国鬼子。可是,中国的政府为什么不向中国人,而向外国人?外国政府和中国政府有啥瓜葛?为啥能合起伙来欺负穷苦百姓?梁永生正然胡思乱想,秋风送来孩子的哭声。他顺着哭声一望,只见那乱尸岗子上有个孩子,正在灰黄的月光下边哭边爬。永生触景生情,心里浮起了自己童年的生活,产生了一股强烈的同情感,促使他放下肩上的挑子,向翠花说:

　　"你瞧!那孩子多可怜呀!我去看看。"

　　永生说着迈开步子,踏着坷垃流星的漫洼地,径直地奔着哭声走过去。那个已经哭哑了嗓子的孩子,见永生走过去,像来了亲人似的,哭得更恸了。永生问他:

　　"你是哪的?"

　　"广善堂的!"

　　孩子一说,永生立刻明白了:这个可怜的孩子,一定是被当作尸体用马车拉到这里来的,如今又苏醒过来了。他为了验证自己

的推测是否准确,又继续问道:

"你是怎么来到这里的?"

"不知道——我睡着了,一睁眼,就躺在这里。"

"几岁?"

"八岁。"

"叫啥?"

"岳向西。"

"岳向西?"

"海约约给起的。"

"原先姓啥?"

"姓唐。"

永生听了,心中一震。又问:

"你爹叫啥?"

"唐春山。"

"你记得?"

"娘说的。"

永生问到这里,一弯腰把孩子抱起来,紧紧地搂在怀里,仔细地瞅着这位眉清目秀的娃子,又问:

"你原来是哪庄的?"

"十、十——忘啦。"

"十里铺的?"

"对。"

"你娘呢?"

"不知道。"

"你爹呢?"

"不知道。"

"你跟我去吧?"

"哎。"

梁永生抱着这个穷人的儿子,向大路奔去。那孩子怯生生地瞅了永生一阵,问道:

"你是谁?"

"我是走道儿的。"

"我叫你啥哩?"

"叫我个叔吧!"

孩子高兴起来。永生又亲昵地向他说:

"孩子,以后咱不叫'岳向西'了!"

"叫啥哩?"

"你就叫唐志清吧!"

永生来到大路上。他向翠花说明了这孩子的来历和他自己的想法,翠花同意丈夫的主意,就把前边花筐里的破烂东西拿出来,分别背在志刚、志勇、志坚身上,将志清放在筐里。接着,一家人踏着凸出地面的蚰蜒小道,奔着闯关东的方向又走下去了。

志勇和志坚并肩走着,一会儿你把我从路上推下去,一会儿我又把你从路上推下去。他们闹够了,志勇又跟志刚、志坚讲起《景阳冈武松打虎》的故事来:"……老虎有三威:一威是虎啸。人要没有英雄胆,一嗅到它啸出的那股腥味儿,就骨酥筋软,不能动弹。二威是虎爪。只要让它扑上,人就皮开肉绽,骨折筋断。三威是虎尾。它扫上人腰腰就折,扫上人腿腿就断。老虎抬头呼风,天上飞禽皆丧胆;老虎低头饮水,水中鱼虾尽亡魂……"志勇且走且讲,绘声绘色,加评加议,直讲得志刚、志坚听入了迷。

当志勇讲到武松打虎的英武气势的时候,志坚插嘴挑笑道:

"志勇,你要碰上老虎……"

志勇一拉架子,神气十足地说:

"嘿!老虎要碰上我梁三爷,它算又碰上一个武二郎!"

正在这时,一架轰轰隆隆的飞机出现在头顶上。志坚指着飞机问志刚:"哥,飞机的翅子上有毛不?"志刚还没答话,志勇抢先道:"这还用问?没毛怎么会飞哩!"他这一句,把个寡言少语的志刚也逗笑了。

在他们小弟兄边走边闹边说边笑的同时,走在前头的永生和翠花也在谈论着:

"进天津咱是个穷光光,出天津还是个光光穷!现在又去闯关东,到关东也不知是吉是凶?"

"翠花呀,咱就豁着闯吧!我觉着,有朝一日,总会闯出一条活路来的!"永生把挑子倒一下肩,又说:"我就不信——偌大的世界,就真的容不下咱这一家人?"

翠花从丈夫的语气里,再次发现他在精神上对贫困、灾难的抵抗有着惊人的毅力。这种毅力,也深深地感染着翠花。她说:

"对!咱两口子只要能为孩子闯出条路来,就算死了也值个儿!"

月亮下去了。浓重的夜幕,正在鸦雀无声地消退着。

遥远的东方,透出一线白光。这白光,慢慢地扩大着。漫空中,杂云朵朵,聚集着,撕裂着,游荡着,消逝着,有的已向天际飘去了。一会儿,那悦目的早霞,又将一片漫无涯际的荒野托在逃难人的眼前。

永生一家又出现在尘沙飞扬的关东路上。

路旁挂满雾凇的枯枝,好像戴上一头银质的首饰。一只早起的野鸟,骄傲地站在枯枝梢头。一群勇敢的大雁,展翅飘飘,正在飞回它南方的故乡。在风霜中挣扎着的野草,正把它那成熟了的种子随风播撒,传下后代。翠花望着白花花的树挂向丈夫说:

"真是一阵秋风一阵凉,看来天要冷下来了!"

永生心中数算了一下日子,向妻子说:

"不要紧！顶小雪节咱就到了,隔着数九还有一个月呢！"

世界上的事情,往往要比事前的预料复杂,曲折。永生一家打从离开天津,在闯关东的长途中扯大拉小挣扎了一年多,才算刚刚望到兴安岭的影子。

按说已是"春风又绿江南岸"的季节了。可这兴安岭一带,还是经常受到西伯利亚寒潮的袭击,千里河山仍然被冰雪覆盖着,天气还是很冷很冷的。微风像调皮的孩子似的,嬉弄着行人的衣角。远方,绵延起伏的山丘后面,神秘的层峦叠嶂披着银装,和那高空的片片白云溶合一起。一只灰色的野兽,像是用青石雕成的,粗大的尾巴像根棍子朝后伸着,站在远处的山坡上。眼尖的志勇嚷道:"喂,你们看——大豆青狗……"永生说:"准是狼——甭理它！"

永生一家沿着崎岖小道儿,标着时隐时现若有若无的爬犁印儿,顶风而行,踏雪前进。

雪原里,荒凉一片,没有人迹。一漫铺开的雪野,势如大海的波涛,层层叠叠,被阳光一照耀眼欲花。

雪路,可真难走哇！有的地方,一踏进去,雪就到了膝盖。

雪路难走,还不能慢走。走慢了,会把人冻僵的。

渴了,他们就抓把雪塞进嘴里;饿了,就啃两口带着冰冰碴儿的凉干粮;累了,就坐在雪窝里喘两口;冷了,就挣扎起身子拼命疾走;黑了,就找个山洞栖身过夜……

这样又走了五六天,才到了山脚近前。

群山,宛如凝固了的海浪,重叠绵亘,望不到尽头。志坚眼望群山心打怵:"这么多的山,多咱才能走完呀！"几株苍松,像有意蔑视风雪似的,挺立在山梁上。永生指着松树鼓励儿子说:"你回头看,夜来个咱们不是在那几棵松树下过夜的吗？从那里到这里多远哪！如今,这不已经来到了？"

起伏的丘陵,蜿蜒的山梁,崎岖的山路,险峻的石崖,都好像在故意挽留这过路的旅客。永生一家从早晨就在这山脚近前动身,走一程,又一程,一直走到日头偏西,才算来到了山脚下。

从小生长在平原上的梁永生,这是头一回领略到山路的味道儿。他情不自禁地感叹道:

"'望山跑死马',一点也不假呀!"

起大风了。

风,就像故意与这路行人作对似的,顺着山沟一阵阵地吹着,吹到凸凹不平的山壁上,就吼啸起来,旋转起来;它时而把地上的积雪滚成雪团,兜卷起来,横冲直撞,朝着逃难人的身上摔来;时而又像在故意开玩笑似的,挟持着粉末般的雪沙,漫空飞舞,往逃难人的脸上泼洒,闹得人们睁不开眼睛。那甩进脖领的飞雪,就像一根根的钢针一样,老往肉里钻。登时,雪粒被蒸笼般的体温融化了,和汗水混合起来,浸湿了他们那单薄而破烂的衣裳。

雪原上的爬犁印儿,也全被雪沙严严实实地盖住了。永生一家再也找不到路线,迷失了方向,被风雪困在了这渺无人烟的雪原上。他们既不敢停步——停步会把身体冻僵,也不敢瞎闯——瞎闯会陷进被积雪填平的山沟,只好在那一带转来转去,徘徊不前。

哪里栖身过夜?何处躲风避寒?梁永生望着苍茫暮色焦急地思虑着。永生尽管有着与困难搏斗的丰富经验,可是,在这渺无人烟的环境中,他又能思谋出什么办法来呢?但是,事到如今,梁永生并没一丁点绝望情绪。他想:"事在人为,天无绝人之路。就算在这里陪风伴雪度过长夜,也不能让这严寒活活冻死!"接着,他向孩子们说:"来,咱们练武哇!"

梁家父子正雪原练武,远方传来骡马的嘶叫。一会儿,一辆马拉爬犁驶过来了。爬犁上坐着两个人,穿章儿几乎一模一样:身上,穿着一件光板儿的老羊皮袍子;脚上,穿着一双大牛皮靰鞡;头上,戴的是大耳扇的狗皮帽子。他们的脖子和嘴巴,都缩进了那破旧的狐狸皮领子里。露在外面的,几乎只剩下了两只眼睛。梁永生迎上去瞅了一阵,也看不清他俩的长相和年龄。只是通过他们的胳膊可以看出:坐在前边执鞭的那位是个中等个子,坐在爬犁当中的那位是个高身量。当爬犁来到近前时,永生一拱手称道一声"大哥",然后问道:

"借光!上徐家屯怎么走哇?"

执鞭人一勒缰绳,爬犁停下了。老骒马有气无力地鼓动着深深陷下去的肋部,耷拉着耳朵喘粗气。

"你算问着了——"执鞭人说,"你们顺着我这爬犁印儿走,就能到徐家屯。"

"还有多远?"

"二十多里。"

马背上响了一声脆鞭。马把尾巴一翘,朝这边晃一下子,又朝那边晃一下子,拖着沉重的爬犁走开了。

"站下!"高身量的说,"让他们全上来吧?"

"那可不行!"

"你怕东家知道了,打了你的饭碗是不是?"

"唐大哥,你把我看成什么人了?"

执鞭人的表情是看不见的。可是从执鞭人的语音能够听出来——他在笑着。于是,老唐问:

"小杨子,你笑啥?笑我多管闲事?"

"那倒不是!"

"是啥哩?"

"我看你是成心要把人家冻死!"

执鞭人这么一点,唐大哥醒了腔:

"小杨子,你人儿不大,心眼子还怪多哩!"

"老关东了嘛!"

"你来关东才十年,当是我不知道?"

"十年怎么的?不比你多?"

说到此,两人全笑起来。

又过了一阵,唐大哥见志清快走不动了,就向永生说:

"来,把那个小家伙抱上来!"

唐大哥说着扎撒开胳膊。梁永生说:

"甭价,让他跑吧!方才我抱他几步,他直喊冷。"

"不碍事!来吧,我有法子。"

永生见那人真心实意,不好推辞,就把志清抱起来递上爬犁。唐大哥接过志清,解开皮袍子的大襟,把志清揣进去,又紧紧地掩上,然后又问永生道:

"老乡,贵姓?"

"姓梁。"

"叫啥?"

"永生。"

"打关里来吧?"

"嗯喃。你贵姓?"

"姓唐。"

永生听了,心里一沉,好像还想说什么,可又觉得这里不是正南把北说话的地方,把原先想说的话又咽回去了。然后问道:

"唐大哥,我打听个人你可知道?"

"哪一位?"

"秦海城。"

"你是投奔他去的?"

"对呀!"

这让唐大哥怎么回答呢?几个月前,秦海城父女俩进山打猎一去未归。有人说他们被老虎吃了,有人说被土匪害了,还有人说病死在深山里。究竟怎样了,谁也闹不清。现在老唐心里想:"若把秦海城的实底儿告诉他,他失去了奔头儿,心里一泄气,往前这段风雪路怕是走不下来了!"老唐这么一想,就说:

"老秦是个实在人。"

"他在家不?"

"俺们住在一个屯子里……"

唐大哥躲躲闪闪地回答着,二十多里走下来了。在徐家屯庄头上,老唐跳下爬犁,向执鞭人说:

"小杨子,到我家暖和暖和不?"

"不喽!"

执鞭人扬鞭打马,飞驰而去。

永生凑上前,要把老唐怀中的志清接过来。老唐说:"他睡着了,不要惊动他。"永生又说:"唐大哥,你指给我秦海城的住处吧?"

"忙啥?"唐大哥说,"走!先到我家去。"

"不!"永生说,"不再麻烦你了!"

"怕啥?先落落脚嘛!"

老唐说罢,跨开步子,领着梁永生一家朝自己的家门走去。梁永生揣着感激的心情,边走边问:

"几口儿?"

"算两口儿呗!"

"还有谁?"

"看家的!"

唐大哥的家来到了。

这是一所地窨式的房子。矮得头能顶着梁,窄得进去几个人就转不开身子了。这屋里,虽然已经好些天没动烟火了,可是永生一家进屋后,全都感到暖煦煦的。翠花觉着一下子攮进这么多人,把人家的屋里塞了个席满座满,心里怪不安的,就说了几句抱歉的

话。唐大哥一面忙着劈桦子生火,一面风趣地逗哏说:

"我正愁着屋里冷呢!这一下子不冷了。咱们这帮人喘的气,满能顶个蹩拉气炉子!"

老唐一说"正愁屋里冷",永生想起他那"看家的",就问:

"哎,大嫂呐?"

"你问我那'看家的'?"

"是啊。"

"那不是——"

人们一看他指的是"灶王爷",全都笑了。永生又问:

"唐大哥,你在这里干啥行当?"

"打铁。"

"在本屯吗?"

"对。"

"掌柜的怎么样?"

"没掌柜的。"

"那铁匠炉不是财主开的?"

"我侍候财主侍候伤心啦!"

"那么说,这炉是你自个儿的了?"

"我没那么粗的腰!我是两个肩膀扛着一张嘴来闯关东的,能开起炉来?"唐大哥一边做饭一边说,"我们两个穷铁匠,凑了半套破家什,又向穷爷们儿借了几件子,对对付付开了个马掌炉。唉,就就合合地混碗高粱米吧!刚比要饭吃强一丁点儿……"

杨翠花见唐铁匠家徒四壁,真不忍心再扰人家的饭吃。可是,唐大哥那股实在劲儿,又使得翠花无法推辞。于是,只好挽挽袖子,跟他一起忙上了。志刚、志勇、志坚和志清,他们小哥儿四个,蹭来蹭去,跑出跑进,觉着有许多事物和关里不一样,几乎一切都是新鲜的,奇怪的。一忽儿,志刚问:"唐大爷,窗户纸怎么糊在外头呢?"唐大爷说:"没见过吧？这就是关东的'八大怪'——"

"哪八大怪?"

"草苫房子篱笆寨,窗户纸糊在外,养活了孩子吊起来……"

一忽儿,志清又拿着一把靰鞡草问:"唐大爷,这是啥?"唐大爷笑哈哈地说:"这叫靰鞡草。"志清问:"干啥用?"唐大爷说:"絮靰鞡!"志清问:"靰鞡絮草干啥?"唐大爷说:"暖和呗!"志清问:"草还暖和?"唐大爷说:"你可别轻看这个草,它还是一宝哩! 俗话说:关东三件宝——人参、貂皮、靰鞡草嘛!"

饭熟了。他们一边吃饭,一边继续聊天儿。永生问:"这边好混不?"老唐说:"不好混——大粮户净欺负人!"志坚问:"大粮户是个啥?"老唐说:"就是大财主!"永生又问:"听说这边有土匪,是吗?"老唐说:"有。大股土匪都在山里头。"志勇问:"土匪向穷人还是向财主?"唐大爷说:"财主跟土匪勾着。你没见路上那个驶爬犁的小杨子?""他是大粮户?""不! 他是大粮户的扛活的。他的东家,叫阙八贵,就和土匪勾着。"翠花问:"阙八贵是不是杨柳青人?"唐大哥说:"对。你咋知道?"翠花把李大婶说的那些情况学说了一遍。老唐说:"越说越对。就是他!"过了一阵,唐大哥问永生:"你谱着来关东干啥哩?"

永生说:"哪有谱儿呀？现找饭门呗!"

老唐问:"你会啥?"

永生说:"小炉匠。"

老唐说:"那你就小炉改大炉吧。"

永生问:"这是啥意思?"

老唐说:"参加俺们马掌炉呗!"

永生说:"那敢情好。怕干不了!"

老唐说:"行啊! 穷哥们儿走到一块儿了,凑合着来吧。"

永生问:"你那个伙计能愿意?"

老唐说:"那个伙计也是个穷人,叫赵生水,一说准行。"

接着,他们又各自谈起自己的身世。当唐铁匠讲出他老家的村名,又讲到他离家前的一段情景时,梁永生越听越入神,越看他越像那位法庭上的告状人,就插嘴问道:

"老唐,你叫啥名字?"

"唐春山。"

"你离家时家中几口人?"

"三口儿——老娘,妻子,还有一个孩子。"

"孩子多大?"

"刚落草。"

"叫啥?"

"还没起名——"

梁永生把志清叫到近前,指着唐春山说:

"志清,你认识他吗?"

"不是唐大爷吗?"

"不,他就是你亲爹呀!"

永生这一句把春山和志清都说愣了。他俩你看我,我看你,不吭声。接着,永生把见到志清娘的情况说了一遍。永生的话没落地,唐春山一下子把志清抱在怀里,凝视着志清的面容,两颗亮晶晶的泪珠滚出来……

饭后。永生向春山说:"唐大哥,这回该行了吧?"春山说:"我从心眼儿里感谢你……"永生说:"我不是那个意思!"春山问:"啥意思?"永生说:"送我们去找秦海城吧?"春山说:"老梁啊,你不用去找他啦。我这间小屋,就是你们的家。"唐春山长长地叹了口气,便和梁永生及其一家,谈起秦家父女进山打猎一去未归的事来……

第二十一章　逼进兴安岭

黄昏。

干燥的秋风,吹散了炊烟,吹弯了树头;它又卷着褐色的土沙,追逐着成群的落叶,滚过荒凉的山野,吹进了徐家屯马掌炉的小土屋。

七零八碎的窗户纸,哧啦哧啦地响着。

屋里,炉火熊熊——铁匠师傅们还没煞作。

汗流浃背的梁永生,左手拿着铁钳,右手拿着锤子,站在用木墩支起的铁砧旁边凝视着炉火。他上身光着脊梁,腰里扎了个围裙。这围裙,被火星烧得千孔百洞,快像个筛子底了。为了防御锤打热铁迸出的火花,他的腿腕上绑着破袜片儿,盖在脚跗面上。赵生水拄着大锤站在永生的对面,时刻准备着给他打下锤。唐春山站在永生的身旁,一只脚朝前伸出半步,一推一拽地拉着大风箱。风箱上那进风口处的忽搭儿,呱嗒呱嗒地发着有节奏的悦耳的响声。

一帮不嫌热的孩子们,揣着好奇的心情站在旁边瞅着,对铁匠师傅们这种傲岸的劳动神态,报以敬重的目光。梁永生用火钳从洪炉中撤出烧红了的铁条,同时关照孩子们说:"闪开!"孩子们向后退去了。叮叮叮当当当的锤声响起来。伴随着大锤小锤间杂交织的响声,迸出的铁花围着梁永生的身子嗖嗖飞溅。这是孩子们兴致最高的时刻。他们乐得直个拍呱儿喝彩:"再大点劲儿!再大点劲儿……"他们的喝彩,引得从没有窗棂的后窗口又钻进两个好奇的小脑袋。

他们伙计仨,一边打铁一边闲聊。这根打凉了的铁坯插进炉火后,那根刚断了的话弦又接上了。

生水说:"老梁手头儿真巧,才二年多,超过我了!"

永生说:"别烧我了! 还不是你这师傅们拉扯出来的?"

春山说:"说别的是瞎话。当下老梁顶了作,我轻松多了!"

说到此,梁永生钳着铁坯放在铁砧子上,又是一阵紧张的忙碌。过一阵,梁永生用钳子夹着那打好的深灰色的马掌,往凉水里一蘸,"哧"的一声,接着一甩腕子,扔到一边去了。梁永生趁这个空儿,装上一袋烟,一边抽着一边说:

"赵大哥,夜来个你老家来的啥信?"

赵生水瞪着直眼,久久地出神不吭声。他的脸上,就像暴雨将至的天空一样,变化无常。沉了老大响,他这才带气地说:"别提它! 一提活气煞!"他这一句,闹得梁永生和唐春山全蒙了点,都觉着心里沉甸甸的。

春山说:"倒是出了啥事儿? 说说嘛!"

永生也说:"是啊! 三个缝皮匠,赛过诸葛亮。你说出来,咱们好一块儿谱谋个办法呀!"

生水说:"老梁,你点子多,我信服。可是,这件事我就算说出来你也没办法。"

梁永生将一块铁坯撤出炉火,放在砧子上打了一阵,又送回火中,拔出嘴里的烟袋说:"说说看。"赵生水先打了个叹声,然后说:"我的弟弟叫日本鬼子抓'劳工'啦! 你想啊,要是把他用车拉进深山野林,往煤窑里一填,有几个活着回来的? 再说,他一走,家里舍下我的老娘,还有我们弟兄两个的一帮孩子,可怎么过呢?"永生问:"沈阳那边也抓'劳工'啊?"生水说:"我就是为了躲抓'劳工'跑出来的! 那时节,这边还没叫日本鬼子侵占。谁知,我刚到,日本鬼子也到了……"春山说:"那时你弟兄俩一块儿跑出来就好了!"生水说:"一块儿跑出来?家里老的老小的小,还过不过?再说,这里就是'安乐窝'?"春山说:"这里虽说也不好混,可是还不抓'劳工'啊!"生水说:"你别着忙——快了!"永生问:"你听到信儿啦?"生水说:"前日个我出去买铁,听到个荒信儿,说是日本鬼子全安置好了,就要抓'劳工'……"

在他们说话的当儿,黑夜已把黄昏撵跑;那些围在周遭儿看热闹儿的孩子们,也先后被大人叫回家去吃饭了。他们马掌炉上的饭比较晚,所以还在继续忙着。梁永生将烧好的铁坯撤出来打了一阵,说:

"看起来,往后越来越不好混呀!"

"光吃'大粮户'的窝囊气就早把我的肚子填满膛了!"春山说,"从鬼子一来,憋在心里的气攻得头皮直忽闪!往后要真抓我的'劳工',我就跟他拼了!"这时永生又想起李大叔说的"死要死个值"的话来,就说:"拼是最后一手儿,不能拿它当家常饭吃!"他把打好的马掌甩出去,又说:"等收下豆子,离开这儿……"

哪儿来的豆子?今年开春儿,大地开化后,永生就打了几把镢头,让翠花和孩子们到南山坡上去开荒。翠花母子几个,披星星,戴月亮,风打头,雨打脸,土里滚,泥里爬,力出尽,汗流干,泼死泼活干了几个月,终于开出一垧生荒地种上了大豆。土地不负勤劳人。如今满坡的大豆眼看就要熟了。梁永生早就盘算好:这垧豆子收下来,不仅够全家嚼用的,就连马掌炉上的伙计们,也不用愁着没钱籴粮食了。因此,他每当想到那片喜人的大豆,心里就美滋滋的。说到这片豆子,就连春山、生水也替永生高兴。

生水说:"那片豆子长得真好,这回算叫老梁琢磨着了!"

春山说:"好是好。可也不易呀!从春到秋,翠花他们流的汗珠子怕比豆粒子还多呢!"

永生说:"你们也没少帮了忙啊!咱穷人不怕流汗。只要汗不白流就好。"

生水说:"就是嘛!我今儿早晨到坡上看了看,再有两三天全能收割——这回看来汗是不会白流了……"

他们正满怀希望地谈着,谁能想到一场大祸又来到门口上。生水话没落地,志勇闯进屋来。永生见他气色不对,就问:

"出事啦?"

"我把阙八贵揍了!"

阙八贵明是财主,暗是土匪,是这一带有名的大恶霸。自"九一八"事变日本鬼子占了东三省,他的七哥阙七荣当上了保长,这个小子就更加张狂了。今天志勇竟然揍了他,那怎么得了?因此,志勇一说揍了阙八贵,马掌炉上的风箱住了,锤也停了,梁永生、唐春山和赵生水全直目睖睁地愣住了。可是,这时永生并没责备志勇。原因有两个:第一,他觉得,小小的梁志勇,敢揍阙八贵,有骨气,有胆量。知子莫如父。永生知道志勇虽然性暴气粗,可他从来干不出欺负人的事来。只是在别人欺侮他的时候,他不能吃话儿,不能忍气,好耍个"愣葱"。因此,永生觉着不必细问,必定是阙八贵欺人太甚,激怒了志勇,才闯出这场大祸。第二,永生觉得乱子已经是出了,责备孩子是"马后炮",没有用处,要紧的是怎么办。

唐春山没有永生沉着。他急得直咂嘴,情不自禁地流露出责怪的口气:

"唉!志勇呀志勇!你怎么偏偏惹他呢?"

"这回不怨志勇,乱子是我闯的!"

人们抬头一望,翠花走了进来。翠花这一句,使春山、生水都纳开闷儿了:"怪呀,翠花那么细致,怎能闯这大祸?"春山问:

"真是你闯的祸?"

"对!"翠花坐在板凳上,喘着大气,讲述了这样一段情景:今天

227

傍黑儿,翠花和志勇正在豆子地里间收早熟的豆子,阙八贵来了。他狞笑着说:"庄稼长得不错呀! 唉?"翠花看出他不怀好意,没理他。阙八贵又说:"你们种的是谁的地——知道吗?"翠花依然没有抬起垂下的眼睛:"俺是开的荒山地!"浮在阙八贵脸上的那层假笑,就像忽地被风刮跑了似的,露出了他那狰狞的面貌,把两只牛蛋眼一瞪,发起贼横来:"你说么个? 荒山? 荒山就没有主儿吗? 你称四两棉花纺纺(访访)! 在这里,你脚踩的地,头顶的天,哪一样儿它不姓阙? 没别的,讲不了——赶快给我滚蛋!"志勇"呼"的一声把憋在胸口的那口气吐出来,赶前一步气愤愤地质问他道:

"你还讲理不?"

"理? 我的话就是理!"

"你的话是狗臭屁!"

"好你个不知天高地厚的穷崽子!"阙八贵气得咬牙切齿,骂人的损话儿从牙缝里挤出来。他向腚后跟一挥胳臂:"来,给我教训教训他!"

翠花一看事要闹大,急忙用话截住:

"你们堂堂的五尺汉子,怎么跟孩子一般见识?"

她这句话虽然很平淡,可是音调里含着愤怒的情绪。接着,她又回过头向拉着架势准备打架的志勇训斥道:

"大人说话,不许你乱插嘴!"

志勇向来是听大人话的。娘一喝叱,他没有动手。可是,那阙八贵今天是老和尚的木鱼——该着挨敲! 他又说:

"原先我想原谅你们愚民无知,收回土地了事。你那个崽子竟敢骂我,那就讲不了了! 你们强霸我的庄田,私种黑地,咱得送交政府,依法论处——"他又向狗腿子喝令道:"来,给我把这个穷婆子,还有那个穷崽子,统统绑起来……"

志勇望着狗仗人势扑过来的狗腿子,想动手,又怕娘不许,焦急地叫了一声:"娘——!"

翠花看出了儿子的意思,是要求她赶快发令,打这狗日的!这时节,翠花有心发令,又怕把事闹大,不好收拾;有心不发令,难道就老老实实让他绑起来吗?当然,除此之外,还有一条路,这就是:这片庄稼不要了,再说些好话,赔礼道歉,也许能当场了事。可是,翠花虽然性体柔和,能忍事,能压气,但她从来是话让人理不让人。要是逼她走这第三条路,对柔中含刚的翠花来说,她是宁死不干的。翠花正在想对策,那狗腿子蹿上来打了她一巴掌,随手又从腰里抽出绳子。志勇见此情景,正要扑上去,只听娘大声喝道:"志勇,给我打!"

开头儿,阙八贵和那狗腿子,并没把志勇这个十几岁的小毛孩子看在眼里。可是,一交手,那个狗腿子成了草鸡毛。志勇一个扫堂腿把他摔倒地上,骑上去抢着拳头砸起来。直砸得那狗腿子鬼哭狼嗥喊爹叫娘。阙八贵见势不妙,浑身哆嗦得像发疟疾一样,抱头就跑。志勇觉得坏根儿不在狗腿子身上,光打顿狗腿子不解恨,又追上阙八贵揍了一顿……

永生听罢翠花这段叙述,很高兴。他高兴的是:翠花这个女人,就像在路边上成长起来的野草一样,天性就是泼泼辣辣的。可是,由于受到几次马踩车轧般的锉磨,心性似乎渐渐地软下来了。这几年的风风雨雨,使她的性体儿又逐渐地刚强起来。当然永生面对着当前的局面,心中绝对不是光高兴而已,他也明显地预感到一场大祸即将来临。可是,这祸不管有多大,对一个跟天灾人祸常打交道的梁永生来说,显然不会使他产生什么恐惧心理。不过,要说他现在没有一点"怕",也不合乎事实——他怕的是,唐春山和赵生水两位老大哥跟着受连累。因此,他向春山、生水说:

"你们先躲躲吧!"

赵生水说:"老梁啊,咱穷哥们既然走到一块儿了,你的事就是咱大伙儿的事。咱们顶着他!"

唐春山说:"好汉不吃眼前亏。咱是不是都躲躲?"

梁永生说:"怕是来不及了。再说,志刚、志坚出去盘乡还没回来……我的意思是——你和赵大哥先躲一下儿。"

唐春山说:"要躲都躲,要顶都顶!"

赵生水说:"对!"

梁永生说:"那,好吧!志勇,你到村头去,见到志刚、志坚回来,叫他们到炉上来;见到姓阙的来了,回来送个信。翠花,你回家收拾收拾东西,准备蹽道子!"

翠花母子走了。永生又向春山、生水说:

"我估摸着,阙八贵的七哥阙七荣很可能来。那小子,不像他八弟那个半吊子,是个进啥庙念啥经的鬼难拿。对付这号人,得拳头放在身后,大礼搁在前头。他要真的来了,你们看我的眼色行事,可别乱干……"

一会儿,志刚、志坚和志清都来了。永生又一一嘱咐一遍。接着,他们便忙着淘米做饭,准备吃饱喝足大干一场。在这做饭的当儿,他们伙计几个还在预猜着可能出现的各种情况,核查着他们的对策还有什么棱缝儿。

晚饭后。风停了。人静了。月亮出来了。由于马掌炉没有打夜作,这个荒山脚下的徐家屯,显得异常安静。梁永生、唐春山、赵生水,还有梁志刚、梁志坚、唐志清,有的手持兵器,有的紧握铁锤,围坐在那煜火将熄的洪炉周遭儿,一声不响,静静地等待着,等待着那捉摸不定的严重时刻。这当儿,梁永生一根一根地扳着手指头,发出喀喀的响声。这只手扳完了,又扳那只手,两只手全扳完了,再从头来——他一遍又一遍地重复着这个动作。若光从他那平静而又坦然的脸上看,好像是他毫无心事似的。其实,这时他正在心里悄悄地琢磨事儿哩!寂寞的气氛在屋里盘踞了好久。现在被从外头跑进来的梁志勇给打破了：

"他们来了！"

"多少？"

"十几个！"

"谁领头儿？"

"阙七荣那个矬个子！"

"十几个不在话下！收拾那些龟孙！"

"不！听我的。"梁永生驳回了志刚的话说，"志坚，把院门敞开！志清，准备练武……"

梁永生刚安排停当，阙七荣和他那三角八棱的狗腿子们，像盗贼一样出现在门口上。阙七荣的穿章儿像个文雅的洋奴，长相儿又像个粗野的恶棍。他朝里一望，只见院子里有七八个人。他们是：梁永生、梁志刚、梁志勇、梁志坚和唐志清、唐春山、赵生水。年岁最小的志清手持单刀正在练武。梁志刚挂着大刀坐在碌碡上。志勇、志坚手持兵器站在一旁。唐春山和赵生水抓着大铁锤坐在屋门口，好像正在看热闹儿。他们对院门口上这些突如其来的不速之客，就像压根儿没看见。再说那位梁永生。他两手卡腰，昂首挺胸，俨然是一位武术教师的姿势，站在旁边全神贯注地盯着志清的每一个动作。当阙七荣一伙儿突然出现在院门口时，他心口想道："你这回是夜叫鬼门关——自己送命来了！"可是，这时他那生满胡茬子的脸上，却是神情自若，平平静静，既无怯色，也无怒容，只是撩起眼皮扫了一下，然后又把注意力集中在练武的志清身上了。梁永生这种神色和气质，给阙七荣留下了傲然不睬、凛然无畏的印象，还使他产生了不容轻薄、切莫冒犯的感觉。又见，正然练武的小志清，手挥大刀翻滚在地，月色映出的刀光就像一根根数也数不清的银线，缠绕在他的四周。阙七荣见此情景，身上直冒凉气："呀！十来岁的孩子就有这么高的武艺，不用说别人准还厉害!"阙七荣正在胆寒心怵地想着,看着,又听梁永生说:"志刚,给我搬个座位来。"

志刚一猫腰把他坐着的那个大石碌碡搬起来,从从容容地放在永生身边,轻声说:"爹,坐吧。"

志刚这一手儿,把阙七荣惊了个目瞪口呆。他倒吸了一口大气心里说:"好家伙!他搬这么大个碡碡,气不粗喘,面不改色;像这样的大力士,怕是我领来的这一帮也抵不住他!"这时候,可把个阙七荣难住了!他想:"怎么办呢?这样不声不响地回去吗?多丢人!抓人吗?那是自找难看!"他正觉着很窘,永生开腔了:

"七先生,里边坐吧!"

阙七荣真鬼。他眼皮一拍打,顺风转舵地应道:

"好好!正要来坐坐喃!"

他点头哈腰地笑着,抬脚迈进了门槛儿。可是,他这笑,口张得挺大,牙龇得也不小,而眼神里,面纹里,都没有一丝丝儿笑意。那些早吓抖喽了的狗腿子们,见主子进了门,也只好硬着头皮跟进来。这时,志刚、志勇他们小弟兄几个,立刻作好打架的准备。他们那种气色和姿势,吓得阙七荣打了个寒噤,然后回头训斥开了他的狗腿子:

"你们像个跟腚狗!我走到哪里跟到哪里——又都跟我来干啥?我来串个门子,有你们的屁事儿?还不给我滚蛋!"

他人模鬼样装腔作势地喝唬了一阵,又递了个眼色,那些善于打相猜心的狗腿子们,这才像群夹尾巴狗似的退出门去。接着,阙七荣来到梁永生的面前。他脸上仍堆着难堪的苦笑,瞳孔里闪出潜伏的凶光,向永生说道:

"梁师傅,我来给你赔礼啦!"

"这是哪里的话?"

"我八弟脾气不好,惹得你的夫人生了一场气;我的下人不懂事,和你家三公子打了架,还糟蹋了一片豆子——"他说着,感觉到这些话并没达到他的目的,便从衣袋里掏出三块钱,又说:"你们风打头,雨打脸,血一把,汗一把,种点庄稼不容易——请你赏个脸收下这几块钱,就算我包赔损失吧!"他说罢,两眼还在寻觅着永生的眼神,仿佛想从那里捞取什么似的。

梁永生像原先心里根本没装这码子事一样:

"噢!你说那个事儿呀?我倒听他们说了几句——糟蹋几棵庄稼算了啥?我的孩子不懂事,打了你家八先生几下儿,实在对不起呀!"梁永生又说,"无论如何,你不看僧面看佛面——请你看在我的脸上,饶他这一回吧,我一定管教他!"

"哪里哪里!孩子嘛!他懂个啥?再说,我八弟的脾气不好,这事儿也是他惹起来的,不能光怨志勇。"阙七荣腆着脸从下向上瞟着永生的面色,"人,打两下,不论谁打了谁,少啥啦?碍么事?可是那庄稼,糟蹋了,就不能再打粮食,这怎能不叫人心疼?所以,我特意给你送了几块钱来。你要嫌少,我再多拿;要不嫌少,就请赏个脸……"他说着,把钱硬塞在永生的手里。

"好吧。我就收下。"永生说,"几棵庄稼,你能赔得起我。可是,我的孩子打了八先生,损伤了八先生的脸面,我可赔不起呀!"

阙七荣又笑了。他一笑,就露出那紫红色的牙床子,眼角上还褶皱起数不清的一堆朝外辐射的皱纹:

"哪里,哪里!"

"这样吧——明天,正当午时,街上人多的时候,我带上志勇,上门去给八先生赔礼……"

"不不不,你可不要那个样子!"

"我这个人,从来都是——人家敬我一尺,我敬人家一丈。"永生说,"不管怎样,明天我是一定要带子上门,认罪赔礼的。就请七先生赏个脸,给留一扇门吧?"

他们双方谈得很好。就这么你抬我敬、说说笑笑地把个阙七荣打发走了。当他走出老远时,还在和梁永生一面招手一面说:

"咱这真是不打不成交……"

也不知他后边还放了些啥屁,那半截话尾巴被一阵平地突起的大旋风给兜走了。

梁永生回到屋里。屋里的人,有的高兴,有的扫兴,还有的正蹲在一边琢磨事儿。

"老梁,你真行!"生水说,"摆了这么个阵势儿,把那个小子吓回去了!"

"这小子真鬼,他来了这么一招儿。"志勇说,"要不,我这口大刀一抡,早把这小子送回他姥姥家去了!"

"便宜这小子,不该跟他磨牙;应该狠狠地挖苦他一顿!"志清说,"他要敢说不好听的,就揍那个龟孙!"

"这样也好,"志坚说,"化凶为吉,平安了事,总比闹个人仰马翻强得多。"

春山说:"我琢磨着——怕是这样完不了。"

志刚说:"对!他可能还有什么鬼点子!"

这一阵,梁永生一直坐在一边抽烟,凝思不语,全神专注地倾听着人们的议论。当人们都说出了对这桩事的看法后,他这才在鞋底上磕去烟灰,又吱吱地吹了两口,然后接着志刚的话把儿说:

"照我的看法,他这是用的一计!"

"啥计?"

"缓兵之计。看样子,阙七荣是想来动武的。可来到一看,不是对手,这才耍了个花招。他想用这套把戏安住咱,好去搬兵……"

"搬啥兵?"

"日本鬼子呗!"

"鬼子就那么听他的？"

"他想点什么鬼点子呗！"永生说，"因为这个，我就来了个将计就计——他要用缓兵计安住咱，咱就也用缓兵之计安住他。"

他们正说着，阙八贵的车把式小杨子来了。他进门就说："你们怎么还不快走？"接着，他告诉人们："日本鬼子要抓'劳工'，数字已经分配到各个保里了。方才阙七荣领着人来马掌炉，就是想借故来抓你们的'劳工'，只是没敢动手。他回去后，就上鬼子那里去报告了，也不知给你们加了个什么罪名，反正是想让鬼子派兵来抓你们……"人们听罢，一齐盯住永生。永生沉思了一会儿，将那暴起青筋的拳头落在桌子上：

"走！"

"这些乱七八糟的东西呢？"

"东西不要啦！"

"对！咱从家带出啥来啦？不是两只肩膀扛着个嘴出来的？"永生说，"说走就走，事不宜迟。能带的带上，不能带的扔下。有亲的投亲，有友的奔友，咱们穷哥们儿后会有期。"永生走到屋门口，若有所思地望了望灰瓦瓦的星空，又回来向大家说："天不早了。唐大哥，赵大哥，快去收拾一下吧……"

春山、生水回家去了。梁永生越想越憋气，就把志勇叫到近前，嘁嘁喳喳低语了一阵，志勇点点头出去了。天将黎明的时候，永生先把赵生水送出屯子，又把唐春山和志清爷儿两个打发走，正要回家，志勇回来了。他那丰满的鼻尖上，浮动着一层细小的汗珠儿。有一股若有若无的烟熏味儿，从他身上散发出来。永生问：

"怎么样？"

"着啦！"

"好！"永生说，"回家。咱也该走啦！"

永生一家走出徐家屯想要逃入兴安岭深山老林的时候，天已发亮了。只见屯西南角上浓烟滚滚——阙八贵的粮仓着起火来。永生望着火光风趣地说:"看这个劲儿,一垧地的豆子怕是不够烧的!"正在梁永生一家要进山口时,后边传来哇啦哇啦的嚎叫声——抓"劳工"的鬼子赶来了……

第二十二章　打虎遇险

兴安岭。

一个春天的早上。笼罩着山巅的夜雾还没消散尽。树叶上挂满亮晶晶的露珠。一只早起的野鸟,停落在桦树枝头。也不知这叫什么鸟,脑袋挺小,尾巴挺大,它那笨重的身子压得枝条弯下来。草地上有只花鹿在啃食嫩草。

突然间,那边青岩磊磊的高山上,吐出一团火苗,继而传来一声枪响。那小花鹿从草地上猛地跳起来,青蛙投水似的钻进旁边的树林子。鹿角撞击着树枝,树上的露珠降雨般地向下洒落着。

在花鹿拼命奔驰的正前方,有一片郁郁葱葱的灌木林子。一群小巧玲珑的山雀儿,从灌木丛中忽地飞起来,惊慌地毫无头绪地飞得挺高挺高。这时候,也不知是谁,用刀尖儿悄悄地拨开了灌木的枝叶,从缝间偷偷地露出一对闪光的眼睛。当花鹿离树丛还有三几步远的时候,一位手舞大刀的小伙子嗖地蹿出树丛。趁那花鹿不知所措的一刹那,他手起刀落将花鹿砍倒地上。

正在这时,从方才响枪的方向传来一阵朗朗笑声。猎鹿青年翘首一望,只见一位背着长筒猎枪的人神奇地出现在山坡上。过一阵,那背枪猎人来到持刀青年的近前。他瞅瞅死鹿,笑呵呵地说:"小伙子,你真行啊!"那青年忽闪着两只大眼,盯着这位来历不明的陌生猎人,心怀戒意,没有吭声。猎人又问:"小伙子,叫啥名字?"青年见他孤身一人,心想:"你就是坏人,也叫你占不了便宜!"于是,他将手中的单刀握紧,答道:

"梁志刚。"

猎人一听,猛吃一惊。他上上下下打量着这位自报"梁志刚"的持刀青年,面部表情发生着一阵阵急剧的变化,嘴里还在情不自禁地轻轻自语,喃喃有声:

"梁——志——刚——"

在这当儿,梁志刚也留意观察了这位生满络腮胡茬子的猎人。猎人给予志刚的印象是:不像坏人,也无歹意。可是,他的心里还有一个猜不开的谜:这位猎人对我的名字为啥这么注意?志刚正纳闷儿,猎人又问了:

"十几啦?"

"十八。"

猎人扳指一算,面露喜色:

"从关里来的?"

"哎。"

"宁安寨人?"

"哎。"

"你爹叫梁永生?"

"你咋全知道?"

猎人没答腔。他一下子按住梁志刚的两个肩膀,张着直瞪瞪的大眼瞅着。在这悲喜交加欲言无语的当儿,两颗兴奋的泪珠顺着他两颊的笑纹淌下来了。过一阵,他又百感交集地自言自语道:"一晃,十多年了啊……"这时,把个梁志刚打入了迷魂阵,他莫名其妙地盯着猎人。猎人问:"你爹呢?"梁志刚向东面的山沟一指:"在那边!"猎人说:"走!你领我去找他。"梁志刚把单刀往身后腰带上一插,扛起死鹿,领上猎人,顺着弯弯曲曲的山沟向东走下去。

沟壑两侧的山壁上,时而有几只小山鼠从石缝里溜出来,瞪着一对灰亮的眼睛,怯生生地望着山下的行人。当它察觉人们发现它时,又嗖地钻回石缝里去了。梁志刚领着猎人爬山越岭,褰衣涉水,一边朝前走,一边跟猎人讲述着他们一家进山前后的情况。

那天黎明,在阙七荣领着鬼子尾追的情况下,志刚一家逃进了深山。进山后,他们怕鬼子继续追捕,不敢停步,就翻过一山又一山,爬过一沟又一沟,走呀走,走呀走,一直向前走。越走岭越高,谷越深,树木也越多,越密,越粗,走着走着进了老林。这里,山连山,岭接岭,林靠林,树挨树,没有人烟,没有道路,只有虎洞熊窝,野猪鹿群。永生一家在这入林不见天、登峰不见地的深山老林里,全都失迷了方向。永生见翠花面有难色,就鼓励她说:"翠花,你看那悬崖峭壁上的野花!那么险峻的地方,它也跑去开上几朵。多么勇敢哪!"永生一说,翠花提起精神,说道:"走吧!咱冲着一个方向径直走,还能走不出老林去?"就这样,他们一家,你拉我,我扶你,累了歇,困了睡,饿了猎兽烧肉,渴了捧饮溪水,走呀走,走呀走,一气走了七八天,你猜怎么着?又回到了四天前他们烧过黄羊的地方。到这时,他们就干脆不走了,在这深山老林里安了"家"。为了防御野兽,他们将在宁安寨对付洪水的法子搬进林海——在树上搭起了窝棚。一到夜晚,虎啸狼嗥,熊嗷鹿鸣,使人听了阴森森的。弥漫着松枝气息的空气,又使人感到阵阵昏眩。可是,过了些日子,慢慢地适应了这种环境,也就习以为常了。白天,他们父子几个,以练武的兵器代猎枪外出打猎,翠花就留在"家"里刮宰猎物,烧肉做饭。这样的生活,他们已经过了几个月了。

志刚和猎人且走且说,来到了他们住的地方。

这个地方风景很好。杨翠花正坐在一棵古松下的青石上剥黄羊皮。猎人没等志刚引见就凑上去了,站在翠花对面笑眯眯地问道:"认识我吗?"

杨翠花从进山以来,除了她的丈夫、儿子以外,再没见到过别人。现在一个黑胡蓬生的生人突然出现在她的面前,使她不由得吃了一惊。她把这位猎人仔细地瞅了一阵,轻轻地摇摇头。猎人提醒她说:"你还记得十几年前有个逃难人,在你宁安寨的家里住过一夜吗?他还穿走了你做的一双棉鞋哩!"猎人一点,翠花忽地醒了腔,兴奋地喊道:"你是秦大哥?"猎人说:"对啦。我就是那个秦海城。"

"哎呀!我以为你……"

"你以为我死了吧?"

"我们来闯关东,就是打谱儿投奔你的。可是,到了徐家屯扑了个空……"

"我是因为迷了山,出于万不得已,才在这老林里住下来的。后来,找到了一条出山的道儿,可是觉着这里倒是挺心静的,也就没出去。"

"你找到出山的道儿啦?"

"找到了。我每隔些日子就出去一趟,卖了兽皮、野药,买回些吃、穿、用的东西来……"秦大哥说,"我觉着,在这深山老林里,虽然成天价跟豺狼虎豹打交道,可这山里的豺狼虎豹,比那屯子里的'豺狼虎豹'好对付多了!"

杨翠花表示赞同地点点头。一会儿,她像忽然想起了什么,又问:"秦大哥,孩子呐?"秦大哥说:"小丫头儿,从跟我进山后,天天去采药。大孩子,三年前被大粮户阙八贵给、给……"秦大哥被悲愤堵住喉头,再也说不下去了。这时,他的两只眼窝里汪满泪水,拳头攥得格吧格吧直响。然后,他把猎枪握在手中,又说:"这笔血仇,总有一天是要报的。"志刚插嘴说:"秦大爷,报仇时我也去!"

从此后,秦家父女也搬过来,和永生一家成了挨树"邻居"。转眼间冬天到了。寒流袭击着山林。林海吼叫,群山号啕,暴风卷着鹅毛雪片横冲直撞,大山小岭,深峪浅沟,全被大雪遮盖了。严寒和风雪逼迫梁、秦两家搬进了山洞里。

一气儿下了十来天的暴风雪终于停了。白茫茫的山峦对着蓝湛湛的天空,深山荒野显得异常宁静。树林披起雪衣,兴安岭裹上银装,好一副雄伟、辽阔的气派!

白天,只有翠花和秦大哥的女儿玉兰留在洞中,忙吃忙穿。其余人,都蹚着大雪到浩瀚的林海里去打猎。晚上,他们用桦树皮在洞中点起火堆,梁、秦两家,围火而坐,尽情说笑。志刚、志勇和志坚,还有玉兰,利用这个时间跟着永生学识字。玉兰捅一下志勇:"你看,我写的这个'人'字对不?"志勇歪着小脑袋瞅了一眼:"你把脑袋写歪了!人嘛,脑袋就得竖起来!"永生指点着笑道:"对啦。这个脑袋朝那一歪,就成'入'了!"翠花望着头顶着头的志勇和玉兰,忽然想起她自己和永生在药王庙里的一段情景,她的心中产生了一种陈旧而又新鲜、清晰而又模糊的感情。只有饱经风霜的人,才知道温暖的可贵;只有在苦水里泡大的人,才更能尝出甜的滋味。被困在山洞中的梁、秦两家,此刻感到还算舒心。可是,在那个世道,穷人的"舒心"就像六月的晴天一样,既是少见的,又是不能持久的。就是在那万里晴空的早上,谁能断定晚上不会来一场粗风暴雨呢?

一个冬末春初的早上,勤劳的梁家父子们,又蹚着大雪出洞打猎了。翠花揣着不安的心情,把亲人们送出洞口。他们爷儿仨,分路登程,朝着不同的方向走去。由于志勇每天跑得特别远,回来得特别晚,这时翠花望着渐渐远去的志勇不放心地喊道:

"志勇!可别远去呀!"

"哎!"

"志勇!路上处处小心呀!"

"哎!"

"志勇!早点回来呀!——"

"哎!——"

他母子俩这一呼一应的对话,在满山遍野掀起一阵巨大的回响。随着回响的渐渐消逝,志勇那越来越小的身影也被浩瀚无际的林海淹没了。

雪山打猎可真难哪!志勇在林海雪原里转了一天,没打着一只猎物。日头落山了。月亮还没出来。要不是白雪反射,怕是啥也看不见了。当志勇正踏着雪路往回走的时候,忽见一只傻狍子从那边跑来。志勇很高兴,便一闪身埋伏在一棵被大风刮倒的粗树后边。等傻狍子跑过来时,他一纵身子,从横躺着的树身上嗖地蹿出来,挥臂抡刀,向那傻狍子砍了过去。谁知,他杀鸡用了宰牛劲,刀砍偏了,傻狍子大叫一声,跑远了。已经有了两三年打猎经验的梁志勇,他当然知道:对傻狍子来说,追是白跑道。可是,只要在这附近埋伏下,耐心地等待着,这只死里逃生的傻狍子早晚还要回来看看。不过,今天天色已晚,不能那么办了。志勇只好怀着遗憾的心情,将单刀往背后腰带上一插,把冻木了的两手捧在嘴上哈了哈,继续朝山洞奔去。志勇外出打猎空手而归,这还是头一回。往日里,志坚空手而回时,志勇总是一边擦着他那被自己哈出的热气染白了的眉毛,一边嬉笑着说几句风凉话儿给他听。因此,志勇现在一边走一边在想:"回去听志坚的风凉话儿吧——嗬!你也有这一天吗?"志勇想到这里,就像看见志坚真在那里吃吃地笑他似的,脸上腾腾地热起来了。正在这时,他透过月光望见那边一个突兀的山坡上,有只大个儿的老虎从窝里蹿出来,向远方跑去了。一只很好玩的小虎羔儿,跟着母虎也蹿出窝门儿,跳跶了几下儿,又尾回窝去了。

此刻,梁志勇长了精神,心想:"要是逮只小老虎儿,抱回山洞,多好玩儿呀!再说,这么一来,就一下子把志坚的嘴堵住了!"志勇越想越乐,脚不由主地就朝着虎窝迈开了。他迈着迈着,又忽然想道:"呀!钻虎窝,捉虎子,这可不是开玩笑的事儿呀!要万一叫母虎看见,那可嘬瘪子了!"他想到这里,脚步一停,接着又想:"怕狼怕虎不在山上住,不入虎穴,焉得虎子?"于是,他又加快了步伐,一直奔向虎窝……

剽悍的志勇钻进虎窝,抱起小虎羔儿又钻出洞来,撒腿就跑。小虎羔儿在志勇的怀里挣扎着,嚎叫着,小志勇不管三七二十一,只管拼命飞跑。谁知,他刚跑出不远,背后突然传来一声长啸巨吼。"糟了!"志勇回头一望,果然是那只大个儿的母虎追上来了。他只见,母虎张着血盆大口,露着长牙利齿,须似芒针,眼赛铜铃,正在一冲一冲地向他扑来。老虎尾巴抽扫着灌木的枝条,发出唰唰的响声,震得枝条上的雪粉四处飞溅。

"初生的犊子不怕虎。"老虎,在小志勇的心目中,虽说也是一种凶猛残暴的野兽,但不像一般人头脑中的老虎那样令人可怕,不可与敌;更不像那些胆小鬼似的,闻虎失魂,谈虎色变。这时节,小志勇眼望着月光下正在朝他扑来的猛虎,头脑中忽地闪出《景阳冈武松打虎》的故事,心中想道:"那武松既没长着三头六臂,又不是钢筋铁骨,他能打死老虎,我咋不能?"他想到这里,把小虎一扔,紧了紧腰带,披了披衣角,手向肩头一伸,嗖地拔出单刀,抖擞起精神,摆了个架势,立定身躯,等待猛虎扑来。

"云从龙,风从虎。"老虎带着一股腥风,一冲一冲地向前扑着,越来越近了。就在这时,月亮像盏特地为志勇和老虎的夜战准备下的灯笼一样,它跳出山巅挂在树梢上。雪地上立刻明亮多了。志勇的心里也豁亮起来。老虎离着志勇只有几十步远了。它吼啸了一阵,先向这位见虎不躲的少年娃来了个示威。这吼声,在被老林覆盖着的深谷中一响,又是在万籁俱寂的夜晚,显得音响特别大,仿佛震得地动山摇。这时候,志勇也觉得吼声震耳,嗡嗡作响,腥风扑鼻,令人发晕。他又见,那条巨鞭般的老虎尾巴,不住地起落摇摆,像螺丝一样地拧着,圈圈打旋,扫起一片银色的雪雾。所有这一切,再和它那龇牙咧嘴、扬风扎毛的凶相配在一起,确是令人生畏。可是,小志勇却毫不在乎地自语道:"这就叫'虎威'吧?"

这时候,小志勇紧握刀柄,挺胸而站,气宇轩昂,面不改色。他屏住呼吸,咬住牙关,一双炯炯闪光的眼睛,死死地盯住那示威的猛虎,心中暗道:"你甭扬风扎毛、张牙舞爪,你梁三爷是武松转世,不怕这个!"

老虎离志勇只有十来步远了。

这时,志勇的全身筋骨和肌肉,都绷得紧紧的,活像一尊铁铸的金刚。只见,那老虎的前爪后足朝前一并,头一缩,腰一拱,尾巴朝天一竖,准备来个最后一扑。眨眼间,伴着一声长吼,四只虎爪离开地皮,猛虎随着一阵凉风腾空而来。机灵的梁志勇见虎来势凶猛,他身子一蹲,脚一蹬,腿一弹,一个箭步,嗖地蹿出了三四步远。当那笨重的老虎在志勇原来站立的地方落下时,小志勇那轻盈的箭头般的身躯,早已停落在虎身的右后侧。

"该动手了!"

志勇想到这里,身子早已腾起,来了个"腾空劈山"式,居高临下,振臂挥刀,直向老虎屁股砍下去。这一刀,正砍在老虎的尾巴根上。虎血唿的一下淌出来了,把老虎那黑黄掺杂的斑毛染红了一片。志勇见此情景,心中笑道:

"我再叫你老虎屁股摸不得!"

人们常说:"老虎不吃回头食。"可是,今天这只扑空的伤虎,不知是饿极了,还是因为挨了刀疼得反常——它惨叫一声,蹿出一两丈远,前爪一悬,后足一蹬,翻了个空心跟头,掉过头来打了个滚儿,又和小志勇面对面了。这时候,老虎的样子,好像比方才还要凶恶。

"打虎不死,必被其害。"秦海城大爷常说的这句猎人谚语,浮现在志勇的脑海里,使得他的心情更加紧张了。他暗自想道:"他妈的!看这样子,就是朝它身上砍个十刀八刀也砍不死它!怎么办呢？好！有了——"梁志勇正在一面准备迎敌，一面琢磨取胜的方法，那只伤虎来了个"虎困"，又扑过来了。志勇望着正面扑来的那庞大的虎身，心里想着它那比自己要大若干倍的力气，断定正面迎击必将吃亏。因此，当那伤虎腾空扑来的时候，梁志勇一闪身躲到那粗大的松树后面去了。

猛虎又一次扑了空。

志勇趁虎扑空的当儿，凝聚起全身力气，朝老虎的后腿砍去。没想到，由于心情紧张，用力过猛，刀没砍在虎腿上，被树挡住了。只听喀吧一声，刀片扎进树干。这时，志勇赶紧拔刀，准备再战。可是，刀，拔不出来了！

"糟了！咋办？"志勇正心如火燎，那只猛虎又扑过来了。志勇只好松开刀柄，闪向树后。到了这时，赤手空拳的小志勇只好仗凭有个武术功底儿，胆壮心细，手脚利落，再借助于这棵古松，蹦纵蹿跳，与那只穷凶极恶的伤虎躲闪周旋。这样长时间地坚持下去哪能行呢？最后筋疲力尽了，或者动作有个闪失，不得被老虎吃掉吗？怎么办呢？跑？不行！我这两条腿哪能跑过老虎那四条腿？志勇想着想着，想起了老虎不会上树的事来，就暗自决定：上树脱险。这时候，志勇的浑身上下，都是汗了，像座蒸笼似的腾呀腾地冒着热气。他觉着，越来越是力不从心，处境已经十分危急了！

希望能够产生力量。梁志勇想出脱险的办法以后，觉着身上又增加了新的活力。

老虎又一次扑过来。志勇又一次闪过去。

他趁那扑空的老虎尚未回过身来的一瞬间，用上所有的力气，来了个"旱地拔葱"，将身子悬起地皮三尺多高，一把抓住了垂下来的一根树枝，身子一纵，攀上树去。当那恶虎掉过头来又要进行反扑时，再也瞅不见志勇的影子了。急得老虎又蹦又跳，发出一阵阵长吼巨啸。这时，方才那只被志勇扔掉的小虎，出现在远处的山坡上。老虎呼啸一声,奔了过去,带着小虎转过山环,跑远了。

梁志勇溜下树来,又从树干上起下单刀,照例插在后腰带上,晃开膀臂,跨开步子,急忙地向山洞奔去。他一面赶路,一面在想:"我回到家,爹娘问我,'咋回来得这么晚哪?'我说啥呢?"

其实,志勇这个思想准备,已经用不着了。

当他急匆匆地赶到洞口时,只见洞口前边的雪地上,布满了乱纷纷的脚印,还有稀稀拉拉的血点子。志勇一见这种场景,立刻大吃一惊,心里就像钻进了二十五只小老鼠——百爪挠心,他向着山洞大声地呼喊起来:

"爹!——娘!——"

山洞中没有回声。只见一只野猪,叼着一块鹿肉,嗖地蹿出洞口跑去。梁志勇急促地呼吸着,边喊边走来到洞口,朝里一望,一下子愣住了。洞里,锅翻碗碎,只见爹的那根没有嘴子的旱烟袋,歪歪斜斜地落在地上。烟袋锅里那还没着透的烟灰,尚未磕出去。就像看家人外出忘了掩门,被闯进的豺狼糟蹋得一塌糊涂。志勇拾起烟袋,走出洞来,像傻了似的朝四下张望着。只见,那西北天角,乌云翻滚,扑面而来。

过一阵,志勇又放开喉咙呼喊起来:

"爹!——娘!——"

回答他的,是满山遍野的巨大回响,还有那愈刮愈烈的风声。山风告诉志勇:一场暴风雪即将来临了。

"出了啥事呢?我的一家,还有秦大爷父女俩,都到哪里去了?"志勇隔着一层薄薄的泪膜,凝视着洞口外雪地上的血点点,喃喃地自语着。一忽儿,那层薄薄的泪膜,在志勇那失神的大眼里,渐渐地,渐渐地,又凝聚成泪花。

下雪了。梁志勇木然地站在雪地里。纷纷扬扬的雪花悄悄地向他的身上抛洒……

第二十三章　下山找党

孟春。

按说已是冰化雪消、草木萌动的季节了。可是,这塞外北国的兴安岭里,还是一片冰天雪地。那春雪常常比冬雪还多。一下起来,就纷纷扬扬,绵绵续续,落地盈尺。不过,春雪毕竟是春雪。一旦云绽日出,满山遍岭的春雪就很快地融化了。挂在树上的冰凌,一块块地跌落下来,发出像玻璃一样的清脆响声,摔碎了。只有残存在阴山背后犄里旮旯儿的积雪,仍在与日俱增的春暖中顽固地坚持着。因为伴随着春风降临人间的春暖,还不能把大自然的面貌一下子全改变过来。有时候,刚刚消退的严寒,在一夜之间又随着风雪反扑回来,将春暖变成了春寒。在人们的感觉中,似乎春寒比冬寒更冷。可是,在人们的精神上,它的威力却远远比不上冬寒。因为生活早已告诉人们:它不过是即将消逝的势力,人人盼望的春暖就在明天。

这天,一场暴风雪刚刚过去。无边无沿的林海雪原上,有四个越来越小的黑点儿正在慢慢地移动。他们,就是结束了两三年的雪山石洞生活、死里逃生的梁永生一家。

"爹,走出老林还有多少路?"

志坚实在走累了。他望着茫茫林海问了这么一句。永生鼓励他说:

"快啦!再有一天多就能走出去了。"他指着前边一棵削去一片树皮的大树说,"你看,那是上一回我出山去买东西时留的记号儿。"

"咱出了山到哪里去呢?"

"出了山再说吧——哪里的黄土不埋人?"

"实指望在这深山老林里过几年心静日子哩!"翠花说,"不承望又落到这步田地——看起来,脚下这个世道儿,走到天边儿也没好儿了!"

志刚说:"我恨死土匪那些杂种了!"

永生深有感触地说:"在我很小的时候,只知道大财主是穷人的冤家对头;后来,你爷爷一喊冤告状,我才知道官府衙门也是咱穷人的冤家对头;在天津混了那两年以后,在穷人的冤家对头当中,又添上了大老板和外国鬼子;来到关东我才知道——土匪也是穷人的冤家对头!"

原来,梁永生一家,是被土匪赶出山洞的。

那天夜间,永生一家正焦急不安地等着志勇,突然大祸从天降——一伙土匪闯进山洞。他们不光抢走了贮存的兽皮、鹿角,还硬逼着志刚去干土匪。因此,在洞前的雪地上,展开了一场搏斗。多亏了梁家父子会武术,再加永生用了个小计谋,他们一家和秦家父女才得脱险。可是,梁、秦两家被土匪冲散了。永生领着翠花、志刚、志坚逃出土匪的魔掌后,就标着出山的道路走下来了。一路上,翠花总是擦眼抹泪,想念志勇。永生劝她说:"孩子他娘啊,放心吧!志勇胆大心细,出不了闪失。"永生这话是硬着头皮说的。这时他的心里也正在难过地想:"一场水灾,失了志强;这场匪祸,又丢了志勇……"永生正悲愤地想着,忽然望见很远很远的雪地上,有一个孤零零的小黑点儿正在移动着。

翠花指着黑点儿向丈夫说:"孩子他爹,你看——那是不是志勇?"永生心里想:"当娘的想儿子想迷心了!怎么有个人影儿就是志勇呢?"他又想:"可也是呀!在这渺无人烟的雪原上,成年累月

见不着个人影儿,那小黑点儿不是志勇又是谁呢?"他想到这里,便说:

"你们在这里等着,我去看看。"

这时,翠花有心让丈夫去,又觉不放心;不让丈夫去,又怕那真是志勇。志刚见娘沉思不语,就说:

"娘,我和爹一块儿去吧?"

翠花欣然同意了:

"孩子他爹,你带上志刚去看看吧!"

永生想:"那怎么行?这里只留下翠花和志坚,万一遇上……"永生想到这里,只见那小黑点儿越来越小了,转念又想:"事不宜迟——得赶快去追!"于是,他像下命令似的对志刚说:

"你和志坚都留在这里,好好照顾你娘。"

永生说着,跨开步子朝小黑点的方向照直追去。

梁永生越往前走,那小黑点儿的影像越大。

梁永生越往前走,那小黑点儿的轮廓越看得清晰了。

当梁永生一阵疾走来到近前时,一瞅,原来不是志勇。那位三十多岁的行路人,穿着一身破烂衣裳,脸上的胡髭儿已经很长了。不知是因为走累了,还是为了防御野兽伤害他,他的手里还拄着一根棍子。这时,永生的心情,又失望,又好奇:"这是个干啥的?他到深山老林来干啥呢?"他这么想着,就暗自决定:既然这么远赶来了,就上前问一下吧。

永生真没想到——当他正向那人靠近时,那人忽地把棍子擎在手中,摆出了一副要和他拼命的架势,气冲冲地说:

"你要干什么?"

梁永生一下子愣住了。他还没来及答话,那人又说:

"你们真恨穷人死不净呀!"

"你这是啥意思?"

那人没有理睬梁永生的话,又咬牙切齿地说:

"要钱,已经被你的同行掏光了!要命,倒是有一条——不过,得拿命来换!"

那人说到这里,把横握在手中的棍子抖了一抖,仿佛马上就要拼命似的。到了这时,梁永生的心里已经明白了:这位大哥一定是把我当成了劫路的土匪。

原来,这位行路人见梁永生从很远的地方向他扑过来,又见他身后还背着一口单刀,就以为他必定不是好人。因此,这位已经被土匪洗劫过一次的行路人,早就拿好了主意:"他不惹我,两来无事;他要惹我,就跟他拼了!"因此,永生往他近前一凑,他那满肚子的火气就爆发出来了。这时,梁永生见他的穿章儿是个穷人,看他的气质也是个正直的老百姓,听他的话语又好像心里埋藏着深仇大恨,于是,便赶忙解释说:

"大哥,你把我当成坏人了吧?你仔细看看我这身衣禄,像坏人吗?"

"你是干什么的?"

"我是个穷猎人。"

"猎人?那你照直扑着我来干什么?"

"哈哈!我认错人了。我以为你是……"

接着,梁永生把他一家惨遭匪劫、丢失志勇的过程简要地说了一遍。那人没等永生说完,就把手中的棍子一扔,大步凑过来,既同情又抱歉地说:

"原来咱们都是受穷的呀!对不起,真对不起!"

"没啥!"永生说,"大哥,你是个干啥的?怎么走到这深山老林里来了?"

那人叹了口气说:"说起来,真是一言难尽哪——来,坐下,咱们仔细扯扯。"他们在旁边的石头上坐下后,那人又说:"我把我这一肚子话都倒给你。这些天来,一直憋在我的心里,憋得我撑胸胀肋……"

原来这位行路人是个矿工。他有一本血泪斑斑的苦难家史。上个月,因为谈论"红军北上"的事,犯了"条款",被关进班房。一个穷伙伕帮助他逃出虎口,这才进了深山。进山后,又遇上了土匪,把那位好心的伙伕硬塞给他的几个零钱全给搜去了。永生听后,对这位工人的不幸遭遇深表同情,就问:

"大哥,姓啥?"

"姓何。"

"哪里人?"

"江南人——你呐?"

"也是关里的。"

"听口音像个北方人——"

"老家在山东河北边上德州一带……"

"我有个小同事,是个刚来不久的伙伕,也是你那一带的人……"

"谁?"

"梁志强。"

"你说谁?"

"梁志强!"

"他?他是怎么来到这里的?"

"那,我就不知道了!你认识他?"

"嗯喃!"

"你们是……"

"他,是我的儿子!"

"梁志强?"

"对,就是他!"

"这一说咱们更不是外人了!"

"咋的?"

"我这回逃出虎口,就是梁志强救出我来的!"

"噢!——"

话到此,这一工一农弟兄二人,更加近乎了。梁永生顺便向何大哥打听了许多有关梁志强的情况。何大哥也把他谈论共产党带领红军北上触犯了"条款"的事,向梁永生学说了一遍。总之,他们越谈越亲热,话不截口了。看来何大哥像其他工人一样,是个心直口快的脾气儿。

下边,便是梁、何二人的一段对话:

"你是怎么来到这边的呢?"

"也是被穷赶来的呗!"

梁永生把自己多灾多难的经历扼要地说了一遍,何大哥叹了口气说:

"如今这个时世,穷人难穷人难哪!"

何大哥点着烟,抽了一口,像忽然想起了什么,脸上泛起一层笑意,带着亲切感,又向永生说:

"哎,你们老家那一带,往后快有盼头了……"

"有啥盼头?"

"红军要到你那一带去了……"

"红军?谁的队伍?"

"共产党的队伍。"

"共产党"这个词儿,永生在几年前曾听人悄悄议论过。可是,他一凑过去,人家立刻转了话题,并且很快走开了。当时,永生对共产党一无所知。因此,他望着议论者的神秘劲儿,心中在想:"北洋军阀当值的时候,不是也有人在偷偷地议论过'国民党'吗?后来国民党来了,比北洋军阀还坏!"他一想到国民党,就话在心里说:"什么这党那党呀,就盼着出个穷人党吧!"这件事,已经好几年过去了。现在,他在这林海雪原中,又听何大哥提到"共产党",而且说共产党还有队伍,就揣着一种好奇的心情问道:

"何大哥,共产党是个啥派头?"

何大哥站起身向四外望了望,又蹲下身子,压低声音说:

"共产党是个穷人党……"

"穷人党?"

"对啦。这个党专门替穷人说话,替穷人办事,还为咱这穷人报仇雪恨……"

接着,在梁永生的追问下,何大哥把共产党领导的工农武装上了井冈山,打土豪分田地的事说了一遍。何大哥绘声绘色地说着,梁永生眉飞色舞地听着;他觉得就像嘴里含着块冰糖似的,一股股的甜水流进心窝里。这时节,在他心窝里那块肥沃土地上埋了二十多年的种子,也开始萌动了。你看,从他那两只扑闪扑闪的大眼里,闪射出了满含希望的光芒。没等何大哥说完,他就急切地问道:

"何大哥,你说的这事儿,可是真的?"

"我从好多年前就离开南方逃到关东来了。这事真不真我也没看见,全是家乡的亲属们来信说的……"

何大哥磕去烟灰,又擦了擦烟袋嘴儿,朝永生一举,说:

"会不会?"

"扰你一袋!"

永生接过烟袋,装好,点着,狠狠地吸了一口。可能是因为好几天没有抽上烟了,这口烟吸进去,使他感到浑身舒贴,精神头儿更大了。他坐在那高高的大青石上,心驰神往地遥望着远方的天空……

乌云密布的天空里,裂开了一道缝隙,露出一片蓝天。一轮红日冲出云层,万道金光,透过密林射进了这荒无人烟的雪原,使得何大哥和梁永生这对工农穷弟兄,都感到身上暖煦煦的,眼睛亮堂起来,眼前的境界也开阔多了。就在这时,永生又想起了何大哥方才说的"往后快有盼头了"那句话来,于是又问:

"哎,何大哥,共产党真的要到俺老家一带来?"

"我只是听说红军离开井冈山北上了。北上北上嘛,你老家不是在北方?兴许会到你老家一带去呢……"何大哥说着说着站起身来,"我该走了,你也走吧。家属不是还在等着你吗?"

梁永生也站起身,把烟袋递给何大哥,又关切地问:

"何大哥,你要到哪去?"

"我要穿过老林,到那边去投奔一个老朋友。"

然后,他俩恋恋难舍地相互告辞了。

当梁永生回到原处时,翠花和孩子们正焦急不安地等着他。

翠花自从望见丈夫的影子,心绪就乱了起来。在永生还没回来的时候,她的心里,只是担忧丈夫发生什么意外。因此,她一望见丈夫平安无事地回来了,心里一阵高兴。可是,这高兴的心情就像一闪即逝的电闪一样,很快就过去了。接着又变成了失望,悲痛……因为她见丈夫是孤身一人回来的——这说明没有找到志勇。眼时下,因想志勇而产生的悲痛已经笼罩住了翠花的心头。

但是,这时的杨翠花,还有一点感到迷惑不解:丈夫踏雪寻子扑了空,怎么脸上反倒乐呵呵儿的呢?翠花对自己的丈夫是了解的。每当她愁闷、忧伤的时候,丈夫总是把同样沉痛的心情深深地埋在心里,而摆出一副喜悦、快活或者至少是满不在意的神色。永生这样做,是想用自己的情绪来感染妻子,帮她从痛苦中挣脱出来。可是永生哪里知道,他那种强装出来的、表里不一的快活神色,细心的妻子总是能看出来的。可是今天,在翠花的感觉中,丈夫脸上的喜色笑意,分明是从他的心灵深处流露出来的。这又怎能不使翠花纳闷儿呢?

杨翠花当然不会知道——这时节,梁永生的心里,有一股温柔的春风,正在吹拂着他那颗埋藏已久的、大报血仇的火种。永生和那位工人分手后,在健步归来的路上就一直在想:"真是天无绝人之路哇!满清时,盼'民国',盼来的'民国',还是光向财主不向穷人!真没想到,共产党带着队伍北上了……要是共产党到了我的家乡,穷人可就有了出头的日子了,我的血仇,穷爷们儿的血仇,就都能报了……"现在他下了决心:"下了山,哪里也不去了,赶回老家去!也许我赶到老家时,共产党已经到了呢……"要放在一般人身上,关于"红军北上"的消息会马上告诉老婆孩子的。可是,梁永生无论对什么事,总是先自己悄悄地琢磨好了,才肯说出来。

翠花见丈夫喜形于色,又在忽闪着大眼琢磨事儿,早就想开口问问。她开头儿想问的话是:"没有找到志勇吧?"可是,当这句话来到嘴头上的时候,又觉得这种明知故问会增加丈夫内心的痛苦。她思量再三,把问志勇的想法硬压下去了。她第二句想问的话是:"你乐啥?"但又觉得这话似乎也不妥帖。她想:"在这虎啸熊嗷的荒山野坡,丈夫能突然得到什么喜事呢?也许,他在寻子扑空极端丧气的情况下,为了摆脱苦恼而特意寻了个什么乐趣儿……"若是一问,就把他那为摆脱苦恼而自寻的乐趣儿问跑了,这样的结果,当然不是翠花所希望的。那么,问什么呢?

细心的翠花经过一阵思忖,终于这样开了口:

"孩子他爹,到明天这间,咱能走出老林吗?"

"能!"

"爹,你不说还得走一天多吗?"

"身上有了劲头儿,走得就快了呗!"

"咱下了山,你再找个地界儿打铁去吧?"

"不!"

"拉洋车去?"

"不!"

"锢锅去?"

"不!"

"那,干啥去哩?"

"找共产党去!"

"共产党?"

"共产党是咱穷人的党,专为咱穷人办事的!"

"那可好!有了共产党咱们报仇就有盼头了!"翠花说,"到哪里去找共产党?"

"回老家。"

"咱老家有共产党?"

"听说共产党如今带领红军北上了。"

"红军又是啥?"

"共产党的队伍嘛!"

梁永生把林海雪原巧遇志强的老工友何大哥的事说了一遍,最后还加了一句:"这就叫'物极必反'嘛!你看,财主和官府勾起来,官府又和洋人勾起来——乡间的财主,城市的财主,中国的官府,外国的官府,还有土匪,他们统统勾起来,欺压得穷苦百姓还能活吗?我早就琢磨着该出个为天下穷苦人办事的党了……"

这时,翠花喜形于色地高兴起来,可又觉着不大明白。志刚和志坚听了也是高兴,可他俩是更不明白。志刚向爹要求说:"爹,我怎么听不明白呀?又是红军,又是共产党,你仔细说说,倒是怎么一回事儿……"

志刚这一问,把他爹算问住了。在眼时下,梁永生只是知道共产党是个穷人党,说话、办事向穷人;还知道共产党在南方领着农民打土豪分田地,要为穷人打天下,又以后就领着红军北上了……

除此而外,他还知道什么?不知道了。永生自己心里都不明白,他怎么能说出个子丑寅卯来?他正在为难的当儿,忽然想起何大哥说的打土豪分田地的一些情景,于是说道:

"咱们一边走一边说——"

他说着站起身来。

永生一家,沿着下山的道路,又走开了。

阳光普照的雪原上,留下一溜越来越稀的脚印。春风荡漾的林海里,一阵又一阵地、长久地回响着他们一家那朗朗的笑声。

梁永生一家人,在林海深处、雪原的尽头消逝了。

那饱含希望的笑声,还在林海飘荡,还在天际缭绕;这艰辛苦涩的脚印,也还在雪原上向前伸延着。

……

第二十四章　重返宁安寨

一个夕阳返照的黄昏。

梁永生一家,回到了一别八年的宁安寨。

永生一踏进村口,就像孩子投入母亲的怀抱,心里有一股说不出的舒帖。他跨着大步走在街上,两只眼不够使唤的,东张张,西望望,左顾右盼,觉着处处都是既熟悉又新鲜。

突然,一片宅基的废墟,映入永生的眼睑。倒塌的房框土,好像一座小土山,上面长满了野草。那些让寒霜打死的枯草,又被冬日的风雪捋去了叶子,如今只剩下一根根纤细的草根儿,像一支支钢针似的朝天竖着。小土山的周遭儿,围着一圈儿土埒子,那是倒坍的垣墙演变而成的。只有那座梁永生在新婚之日砌上砖碴的门楼子,还在歪歪扭扭地、顽强地挺立着。看上去,好像一位驼背的老人,孤孤零零地站在那里。

这里,便是永生一家下关东以前的故居。

梁永生望着这种凄凉景象,内心一阵伤感,迈步走了过去。只见,那门楼子的过木上,长了一层绿苔;绿苔经过冬天,变成黑色。过木底下,麻雀垒上了窝巢;两只口衔横草正要归巢的麻雀,在这陌生人的头顶上圈圈飞旋,喳喳直叫。梁永生亲手栽下的白杨树,现已长大成材;它那孕育着绿色的枝丫,在一丈多高的漫空中,和魏大叔那棵枝条依依的老柳隔着墙头搭连起来。

梁永生倒背着手儿,在这故居的废墟上徘徊着。过了一会儿,他摸着嘴巴子上的胡髭儿,自言自语地说:

"真是十年河东十年河西呀！才八年的光景,如今变成这个样子了！"

"好小子呀,你还回来呀?"这话音没落,一只大拳头冲着永生的胸脯儿来了一杵子。永生抬头一望,尤大哥笑哈哈地站在他的对面。永生就劲儿紧紧地抓住了尤大哥的手。他俩对望着,相互在彼此的脸上寻找着别后的变化,老大晌光笑不说话。过了一阵,永生望着尤大哥那隐约可见的霜鬓,摇摇头说:"见老了！"

一位须发半白的老汉,肩上背着粪筐,胳肢窝里夹着粪杈子,正站在那边手打亮棚看他们。夕阳的余晖,映在老汉身上。他身上的土沙细末儿,闪着光亮。艰难的岁月,在他的两眉间刻下了深深的皱纹。辛辣的风霜,又在他的眼角上描画出鲜明的线条。他那双锐利的眼睛,失去了原有的光泽,里面又像塞进一些苦涩的东西。梁永生皱起眉峰,两条炯炯的视线在老汉的脸上打了个转儿,然后悄声问尤大哥:"哎,那可是魏大叔?"

"那可是永生?"魏大叔先开了腔。

"魏大叔！"梁永生一面喊着,一面迎上去。魏大叔放下粪筐,将粪杈子靠在筐系上,一面朝这边走,一面笑眯眯地说:

"从大水把你灌跑以后,一去八年,音信全无,我以为你……"

"大叔以为我死了吧?"

魏大叔来到近前,瞅开了梁永生的面目。他看到梁永生那饱经风霜的脸上,没有一丝儿颓丧的气色。他的体魄,还是像从前那样,蕴藏着旺盛的精神,充沛的火力。魏大叔看了多时,感叹地说:

"永生啊,脚下这个年月儿,虎狼遍地;凭你那股子不吃味儿的脾气,携家带眷各处去闯荡;说真的,你大叔是担心你将这把硬骨头撂到外头哇！"

"大叔,你看,我将这堆穷骨头又囫囫囵囵带回来了！"

"好！好哇！没事没非儿地回来就好！"

"大叔,你看——这野草不是又要钻芽儿了?"永生指着"小土山"的向阳处,意味深长地说,"风霜除不净没腿的野草,虎狼能吞光咱这带腿的穷人?"

魏大叔赞许地点着头。他心里话:"听这话把儿,永生没白在外头山南海北地闯荡这些年,肚子里倒是有些穿花儿了,人也老成了。"大叔这样想着,又问道:

"就你自个儿来的?"

"不!一家巴子全来了。"

"他们都家去了吧?"

"没价。"

"在哪?"

"你看——"永生挥臂一指,"那不是!"

大叔急了:"你不把大人孩子领到家去,怎么自个儿在这里'观光'起来了?"梁永生笑笑说:"大叔别急,我就是投奔你老人家来的。走到这儿,腿不听话,拐了弯儿……"

魏大叔笑了。笑得嘴角上那两撇胡子撅起来,好像正在他头顶上飞旋着的燕子的翅膀。他把永生一家领进角门儿。三间土房以更加衰老的面貌迎接着这帮远来的客人。房顶上融化了的雪水,正顺着溜口滴落着,就像见了久别的亲人流开了喜泪一样。魏大叔一面在院中走着,一面高声大嗓地朝屋里喊道:"掌柜的!接客喽!"魏大婶一听老头子的音韵饱含着笑意,就知是来了称心的稀客,急急忙忙迎出屋来。她一边朝外走,还一边嬉笑着嘟嘟囔囔地数落老头子:"三根头发两根白了,还是成天价没要拉紧……"魏大叔见老伴儿推开了风门子,又说:"你看——谁来啦?"

"魏大婶!"

梁永生喊了一声,大步走过去。魏大婶边走边瞅,瞅着瞅着笑出声来了:"哎呀!永生啊!这是哪阵风儿把你这一家子给刮来啦？八年啦！可把你大婶子想坏喽！你要再晚来八年呀，也许就见不着你大婶子的面儿了……"

永生一家进了屋，魏大婶瞅瞅这个，看看那个，她的脸上被这意想不到的喜事刷上一层红色，笑纹也一直不退。她瞅着瞅着，把目光停在志刚的脸上，笑盈盈地问永生：

"这是那个志刚吧？"

"是啊。"

"可好，可好！长得五大三粗的，个子快赶上你爹高了！"

魏大婶说着，凑到近前，扯起褪了色的蓝衣襟擦了擦眼，抓住志刚的胳臂，仔细地端详起来。魏奶奶横瞅竖瞅瞅了一阵，说："好哇，好！你看，四四方方的一张大脸，豁豁亮亮的两只眼睛，怎么瞅怎么精神……"

翠花向志刚说："叫你奶奶这一夸，你快成一朵花儿了！"

志刚的脸上刷地布满红云，手摸着脖梗子憨笑笑，低下头去。

"你别看我是个绝户命，还就是稀罕这大小子！这宝，那宝，啥是宝哇？人才是宝哩！"魏大婶拍打着志刚身上的尘土说，"八年前，闹大水的时候，要不是俺志刚把我救上树，我这个醪糟儿呀，早漂到东海里去了！"她又指着志坚问翠花，"哎，这一个，是志坚吧？"

"是啊。"

"好！长得眼官儿挺秀气，细条条的身段儿，文文静静的，像个书生。"魏大婶又转向翠花，"你们走的时候，那对胖小子才八九岁，他俩我还分不出谁是谁来呢！这不，一眨眼，也长成大人了。俗话说的没错：'不受累的孩子长得快呀！'都说咱不老哇，不老哪里跑？看看这一条又一条的大汉子，咱还不该老吗？哎……"她说着说着，忽然想起了什么，猛拍一下巴掌，笑着说：

"你看，我可真是老糊涂了；整天价拾仨忘俩的——还有一件大喜事忘了告诉你们呐——"

261

她一笑,满脸的纹路更深了。

"喜事?"翠花问,"啥喜事?"

"志勇回来啦!"

"志勇回来啦?"

这句话,几乎是从翠花母子几个的嘴里同时说出来的。他们齐打忽地把个魏大婶围起来,七嘴八舌问开了。闹得魏大婶说不上该听谁的、该答谁的,只是眯眯地笑。翠花把孩子们的话止住,又问:

"大婶,志勇在哪里?"

"出去啦——我也说不清到哪里去了!"魏大婶说,"你们放心吧,他会回来的。他从关外回来以后,总是短不了到这里来看看。哪回来到,进门总是先问:'魏奶奶,我爹娘回来了吗?'问得我心里怪不好受的。为啥?他一问,我就想起你们来了呗!"

"他多咱回来?"

"哎呀,要问准多咱,我也说不清——"魏大婶一根一根地扳着指头,"初五、十五、二十五,哟!一转眼又走了二十多天了,我估摸着这几天里该回来扒扒头儿了……"

这一阵,永生坐在旁边,只是抽烟,没动声色。他见翠花喜得厉害,就说:

"看,把你喜的这个样子!你那宝贝儿子可真是个稀罕!"

"哼!甭说人家——"翠花用笑眼抠着丈夫,"别看你装得挺像,心里也早就美大乎儿的了!你寻思俺看不出来?"

"唉!你两口子谁也甭说谁!"

魏大婶拍一下巴掌,咯咯地笑起来。

接着,永生一家,又围着魏大婶说笑开了。翠花掏出了给魏大婶捎来的治腰疼的偏方儿。魏大婶找出老头子的一双鞋给志刚换上。

他们正亲亲热热喜气洋洋地说着笑着,跑到前村小铺儿里去打烧酒的魏大叔,提着个瓶子笑呵呵地回来了。梁永生激动不安地望着魏大叔,说:

"大叔,你过得不松快,咱爷儿俩又不是外人,还用得着买这个?"

"见到你们心里痛快,喝两盅开开心呗!"

魏大叔和梁永生都上了炕。

院子里传来往水缸里倒水的响声。在炕头上盘腿而坐的魏大叔,扒着窗台一瞅,原来是志刚悄悄地挑起水来了。大叔回过头向永生说:"志刚这孩子,跟你那咱一样——一看就是个过家之道的勤快手儿。"永生说:"脚下他们大了,挑水搭担的力气活儿,我算卸肩儿了。"过了一会儿,魏大叔盯着永生脚上那双龇牙咧嘴的大鞋又问:

"你们咋来的?"

"走呗!"

"走了多少天?"

"喔!走了快对头一年哩!"

"用得了这么长时间?"魏大叔说,"我没下过关东。听下过关东的人说,在咱家里剃了头动身,多咱头发又该剃了,关东也就到了。"

"我们不能光走,得想头儿混饭吃呀!"

"在路上咋混饭呢?"

永生抓过大叔的烟袋,装好,点着,一边抽烟一边说:"我们爷儿几个,卖过苦力,干过零工,还撂过场儿卖过艺哩……"

他们爷儿俩从关外扯到关里,继而又谈起村里的新闻。

在他们拉叨儿的同时,魏大婶和杨翠花娘儿俩正在忙着准备酒菜。不大工夫,老腌鸡子、酱黄瓜、摊鸡蛋、炒白菜四样庄乡酒菜准备好了。

梁永生和魏大叔,一边喝着酒,一边畅叙别情。魏大叔呷了一口酒,关切地问道:

"永生啊,这一趟关东混得怎么样?"

"这不是嘛!走时扛走一张嘴,回来又扛回嘴一张!"

"永生啊,既然无事无非地回来了,往后儿,就安安生生地在家里扑下身子混吧,别各处去乱撞笼子了!如今,你总算拉出孩子窝子来了,你呢,还不老,又没有扯腿拉脚吃闲饭的,正经八百地干上几年,兴许能混出个好光景来哩……"

魏大叔慢慢沉沉地说着,梁永生些微向前倾着身子,文文静静地听着。他虽然觉着魏大叔的说法跟自己的想法不对辙,可是他不点头也不摇头,不截言也不插语,只是拨弄着烟袋在手指中间转来转去,眼在眯眯地笑。直到魏大叔把话说结,抄起筷子去撷菜了,他这才呷下一口酒笑嘻嘻地开了腔:"大叔,这几年你过得太平不?"

"唉!"魏大叔没开口先长长地叹了口气,"脚下这个鬼世道儿,咱这穷人,就是打到后娘手里的孩子,还会有太平日子过?"魏大叔又喝了口酒,把盅子往桌上一蹾,便跟永生谈起他几年来受的财主和官府的那些窝囊气。魏大叔的苦难,一桩桩、一件件,就像一块块的石头扔下水去,在梁永生的心里激起了层层褶褶的怒浪。他喝了一口酒,把怒气压下去,然后劝慰魏大叔说:

"大叔,往后快有盼头了——"

"有啥盼头?"

"红军一过来,咱这穷人不就好混了?"

"红军?是个啥军头?"

魏大叔的反问,像在梁永生的心里打了个闷雷。他一打愣,又接着说:

"红军是共产党的队伍嘛,你没听说过?"

魏大叔摇摇头,把攥在筷子上的一箸菜放进嘴里。魏大叔这阵摇头,把梁永生心里那团希望给摇散了。永生一家下山后,所以没在关东站下,除了因为关东遍地都是日本鬼子以外,主要还是想赶回老家来找共产党。他原先曾想:"我们赶到老家时,也许共产党早就领着红军来到了……"可他进庄以后,瞅瞅各处,没有看出什么大的变化,不像来了共产党和红军的样子,心里那股兴头子就开始落潮。可他当时又想:"宁安寨一向是个偏僻闭塞的小村子,也许共产党和红军已经来到了附近,只是还没来到宁安寨罢了!"现在他一提到红军,见魏大叔根本不知道这回事,心想,看来不光是宁安寨没红军,就连周围一带也必定是没有红军了。要是有的话,魏大叔能听不见说吗?永生正然琢磨着这事,又听魏大叔说:

"永生啊,你来到家,往后说话得留点神哪!要不,你在这宁安寨是存站不住的……"

"大叔,你这是啥意思?"

"别张口就是共产党、共产党的——"魏大叔端起酒盅子一饮而尽,然后把盅子往桌上一蹾,带气地说:"眼时下,地面儿上不大安稳。国民党的官府,还有那些大财主,成天价拿着'共产党'这顶大帽子,到处乱扣。他们看着谁不顺眼,听说谁要乍翅儿,就给谁扣上一顶'共产党'的大帽子。这顶大帽子只要戴到头上,就是一场塌天大祸……永生啊,你那个秉性我知道,所以才嘱咐嘱咐你——往后说话,办事,都得加点小心!"

永生听了这些话,心里倒又有些高兴起来。他给大叔满上一盅酒,笑眯眯地问:

"这么说,咱这一带是有共产党了?"

"谁知道呀!咱没见着过,也没听说谁真是共产党。"魏大叔装上一袋烟,一边转动着少角没棱的火石打着火,一边说,"就连共产党是个啥派头咱也闹不清……"

梁永生接着说:"我在外头听人说,还真有个共产党哩。"

魏大叔把火绒子摁在烟锅里,狠抽了一口接着说:"我也是这么个看法——无风树不响嘛!既然有这么个海嚷,看来八成是有这么一伙子人儿……"

永生就了就身子,一边给魏大叔斟着酒一边说:"我听人说,共产党是一伙子好人,说话、办事都向着穷人。"接着,永生把何大哥的话,原原本本地说了一遍,直说得魏大叔喜笑颜开听入了神,擎在手里的烟袋也忘了抽。直到永生说完,他才想起抽烟,可是烟火已经灭了。他又重新打着火,吸下一口烟点点头说:"你说得对呀,我琢磨着也是这么回事儿。要按国民党和大财主说的,共产党可坏啦……坏人越是说坏,可能越是好!你看,凡是咱穷人说好的人,他们就说是坏人;凡是咱穷人说好的事儿,他们就说是坏事儿——他们跟咱们,正是反掉着盆儿!再说,咱穷人受穷受气多少年啦?能不出个能人?我从这些地处推猜着,你方才说的那些事儿,八成就是真的。"

人,往往是通过自己的直觉和已经发生了的事情,来印证真理,来认识世事的。梁永生听完魏大叔讲的这些话,又想了一下,点点头说:

"大叔说得对!其实,共产党到底怎么样,我也没见过。可是,方才听到你说,国民党和大财主把共产党说得一无是处,并且,他们还到处逮共产党,把共产党看成他们的眼中钉,这是为什么?他们为啥这么恨共产党?又为啥这么怕共产党?叫我看,这说明共产党和他们是对头!既然跟财主是对头,那就必定是向穷人呗!所以,现在我再想想何大哥说的那些事儿,更相信它是真的了……"

梁永生正说到这里,魏大婶端上饭来。黄米稀粥,高粱窝头,

还有两张新摊的米面煎饼。大婶子带着遗憾的表情,不安地说:

"永生啊,跟着你穷婶子穷叔的受点屈吧,想给你做点好吃的也拿不出来。"

"大婶子,粗布衣裳家常饭,吃不俗穿不烂,这个满好哇!"

"唉,好个啥呀?任么没有!这两张煎饼,是现借来的鏊子新摊的——就是这么一丁点儿面子,全可上了……"

"看你数黄瓜道茄子的,俗气!说这些车轱辘话干啥?永生他是外人?"魏大叔数落了老伴儿两句,又拿起筷子朝桌上一点,向永生说:"来,吃呀!"

"哎。"永生说,"大婶,你别忙啦,一块儿吃吧。"

"俺们这一伙子在外间里吃。"魏大婶拾起酒壶、酒盅,一边朝外走一边说,"你们爷儿俩好好唠唠吧,俺不搅混你们了……"

大婶走后,魏大叔接上方才的话弦,又和永生拉上了。他说:

"永生啊,像你刚才说的,那些井冈山上的队伍要来到咱这里,咱这些穷人可就有了出头的日子了!"

正在这时,窗外有人高声大嗓地说:

"是梁大叔回来了吗?"

话音未落,只见门口一黑,走进一位进门低头汉子。这个黑大个儿,名叫二愣,是黄大海的儿子。他姥姥家在这宁安寨。因为他的舅舅出门在外,家里只有他姥爷孤身一人,又上了年纪,他来侍候他的姥爷,已经好几年了。他走进屋来,见炕上只有两个人,一个是魏姥爷,另一个不认识,显然就是爹常说的那位梁永生大叔了。二愣的话向来是出门三声炮。这时他站在永生的对面,先哈哈地笑了两声,然后愣头愣脑地说:

"梁大叔,认认我——"

梁永生一打愣儿。

"你梁大叔怎么能认出你呢?"魏大叔一指黑大个儿,转脸对永生说，"他是你们龙潭街的。"

"谁？"

"黄大海的小子。"

"噢，这么大了！快坐下。"梁永生把小伙子拉到炕上。这时，永生的脑海里忽地闪出黄大海来。他用记忆中的黄大海和站在面前叫大叔的这个小伙子一对牌儿，个头、面目和岁数几乎一模一样。在梁永生逃出龙潭的时候，黄大海也是二十五六岁，他的儿子刚落生。梁永生心中很高兴。他是多么怀念龙潭街上的穷爷们儿，又是多么想知道龙潭街上近来的情况呀！于是，永生一边吃着饭，一边和二愣有问有答地谈起龙潭街上的事来了……

他们一顿饭吃到半扠腰里，跑来看望永生一家的穷街坊就陆陆续续满了屋子。那些眼目前的见面话，把永生和二愣的话弦也给打断了。来的这些人中，有男的也有女的，有老的也有少的。他们那一双双的眼睛都在灯光中闪射着兴奋的光芒。尤大哥家两口子全来了。尤大嫂跟一帮妇女堆在外间里，围着杨翠花问长问短，又说又笑。也不知因为个什么事儿，大家笑了个大弯腰，把志刚笑了个大红脸。尤大哥挤进里间，在人空儿里加了个楔子，坐在炕沿上。穷哥们儿的情绪，就像一个个的热火盆，炙得永生的心窝里暖烘烘的。穷人在一起，说话不截口。他们互相插嘴截舌地争着问这问那，从关里扯到关外，从"民国"扯到满清，从闹大水扯到抓劳工，从宁安寨又扯到龙潭街……直到报更的公鸡叫起来了，尤大哥这才打断人们的话头说："啊唷！半宿了，咱们该散啦！往后日子长着呐，有话改日再说；永生他们跑蹚一天了，让他们快歇下吧！"直到这时，人们才注意到，在炕旮旯儿里的志坚，依偎着魏爷爷早已齁齁地睡熟了。

人们都走了。

他们睡下了。

屋里静下来。

这时,梁永生躺在炕上,又想起共产党和红军的事来。当他想到爬山涉水跑了几千里,忍饥忍寒走了快一年,结果,不光没有找到共产党,就连红军北上的信儿也没听到的时候,便产生了一股像在外头叫人家欺负了的孩子跑回家又找不着娘一样的心情。

永生的心在沉沉地下坠着,翻来覆去合不上眼。忽然,传来一阵砰砰的敲门声。

这是谁哩?细心的翠花一下子就听出是志勇来叫门了。她一骨碌爬起来,只是惊喜地说出"志勇"两个字,就一边披衣伸袖一边向外走去。

人们常常是这样——尽管明知某种事情必将发生,但它一旦真的发生了,仍免不了会产生激动的心情。翠花开了门,和志勇一见面儿,就一头扑上去,紧紧地抓住志勇的两条胳臂,好像怕他还会马上消逝掉似的,久久地不肯松开。这当儿,志勇轻轻地叫了声"娘",将头埋进娘的怀里。杨翠花摸着志勇那毛茸茸的头顶,泪水越来越多,笑纹越来越密,心里有千言万语,嘴里吐不出一个字来。她太激动了。顷刻,她望望星空,瞅瞅四周的夜色,不自觉地喃喃自语道:

"我不是又在做梦吧?"

"看来你是常做这种梦吧?这会儿可不是做梦了!"

翠花扭头一望,魏大叔也披着衣裳出来了。后边还跟着魏大婶。魏大婶说:

"这是啥地方?快屋里去!"

屋外发生的这一切,永生在炕上全听清了。可是,他没走出来。叫不了解他的人看上去,就像他对志勇的半夜归来无动于衷似的。其实,这时永生的心里,同样是既高兴又激动,其程度,不次于任何人,包括当娘的杨翠花在内。不过,他不愿意当着儿子的面,把这种心情毫无保留地、毫无控制地一下子倾泻出来。说真的,要是换个别人,在这种情况下,不管你愿意不愿意,那种惊喜的强大冲力,是想控制也控制不住的。可是,生活的磨炼已使永生有一种克制炽烈感情的力量。

志勇走进屋来。他庄重地站在爹的面前,像个得胜而归的"将军"似的,说道:

"爹,我回来了!"

永生笑望着挺然而立的儿子,点点头说:

"才一年,变得像个大人样儿了!"

志勇那双视线赶紧从爹的脸上移开,可又觉得不知往哪里看好,只好不好意思地低下头去,两手卷起衣角来。他这突然变化了的表情,和他方才那股威威势势的劲头显得很不协调。

接着,志勇和爹娘说起了离别一年的经过来。当他正神气活现地讲到打虎遇险的情景时,志刚被娘的笑声惊醒了。他一睁眼望见了志勇,带着一副睡态跳下炕来,两手卡住志勇的腰杆举上屋顶。志勇在志刚的头顶上,朝下俯视着志刚那喜泪横流的笑面,腼腆地叫了声"哥哥"。志刚刚放下志勇,志坚也醒盹了。他那睡得涨红的脸上,烙了几道斜印子,额头上排了一层米粒般的汗珠儿。他一手揉着惺忪的眼睛,一手轻打了志勇一撇子,乐呵呵儿地说:

"你怎么回来啦?"

"我早就回来啦!"

"你知道我们回来?"

"当然知道!"

"咋知道的?"

"估计的呗!"

"净吹!"

"吹啥?这不是明摆着的——"志勇说,"我找不着爹娘以后,心里就琢磨:'我到哪里去呢?'琢磨来琢磨去,琢磨出一个主意来:回老家。当时我是这么想的:爹报仇的决心那么大,早早晚晚总有一天要回老家的,我就先回去等着他。我回来以后,又琢磨:爹娘要是回来,投奔哪里呢? 我想,一是宁安寨,二是雒家庄,三是龙潭街……反正不外乎这些地方。于是,我从回来后,就总是在这一带转来转去……你看,这不真等上你们啦!"

永生听了志勇这些话,心里说:"志勇自个儿闯荡这一阵,比原先长出息不少,心里的故事儿多了……"翠花亲昵地点一下志勇的前额说:"都说你心粗,粗不粗的还有点小道道儿呢!"志刚关切地问:"志勇,你回来后,这些日子咋混的?"

"哎哟! 俺志勇这孩子可勤啦,一天也不闲着!"魏大婶插嘴说,"光我知道的——打过短儿,挑过脚儿,撑过摆渡,拉过纤……"

"我那不光是为了混饭吃,"志勇说,"也是为了出去各处跑跑,好打听爹娘回来的消息。因打听不到爹娘回来的消息,我还偷着哭过好几回哩!"他说到这里,忽然想起了爹的烟袋,便从衣袋里掏出来,向爹递过去说:"爹,你丢在山洞里的烟袋,我给你带回来了。"

永生接过这个没有嘴子的烟袋,蓦然地想起了门大爷,又从门大爷想到了穷爷们的苦难,想到财主们如今仍在横行霸道……他想着想着,那股因找不着党而产生的急切心情,又涌上来了。说真的,这时永生的心景,和志勇打听不到爹娘的消息时的心景很相似。因此说,志勇的到来,固然是一件喜事,也确实在梁永生的心里激起一些兴奋的浪花。可是,这件喜事,又怎么能把永生因找不着党而产生的焦急心情压下去呢?

第二十五章　杨家遭劫

梁永生又安了新家。

这是一所破旧的闲院子,坐落在宁安寨的尽东头。它的前边,是一片杨树林子。东边是平展展的田野。西边是尤大哥的住宅。在这宁安寨拐了个弓弯的运河,从这所院落的后面悄悄流过。院内房虽不多,好在永生没啥东西,只不过是几口子人,挤巴挤巴倒满能住下。

这个住处,是梁永生托尤大哥给他找的。

在永生要另起炉灶自己安家的时候,魏基珂老两口子说啥也不干。可永生长短不听,死说活说不变卦。魏大叔和魏大婶万般无奈,只好把这条耿直汉子和他的家眷送入新居。魏大叔、尤大哥还有附近的一些穷爷们儿,这个拿来一些吃的,那个送来一些烧的,还有的匀给他一些随手使用的家什,这么七拼八凑,齐打忽地一操扯,总算帮助永生一家安起了锅灶。

梁永生为啥高低要从魏大叔家搬出来呢?一来是,梁永生觉着魏大叔的穷日子皮儿包着骨头,三天两头闹饥荒,架不住他这一家子糟扰;二来,也是主要的,是从疤癞四上门逼债引起的——

这天下午,魏大叔两口子和孩子们都出去了,家里只剩下了永生和翠花,突然疤癞四鬼鬼祟祟地闯进宅来。疤癞四仗凭两片子嘴唇会网花,在白眼狼手里闹得挺红火。今天他奉命来打探,又是一个立功得宠的机会,心里当然高兴,所以他一进门就皮笑肉不笑地嚷道:

"梁永生可在这里住吗?"

正在给鸡拌食的杨翠花,搭眼一瞅,不认识。可是,她从这个家伙的衣着、神色满可看出——不是个好蘑菇!于是,她紧走几步,站在屋门前,挡住疤痢四问道:

"你是干啥的?"

"哦!不认识?我是龙潭街上贾永贵——贾二爷的账房先生……"

疤痢四一提到"贾二爷",脸上是那样的卑贱。可是,翠花一听,心里的气就满了。她又问:

"你要干啥?"

"我找梁永生——"

"他不在!"

"哪去啦?"

"出去啦!"

"噢!你大概就是他那孩子的娘吧?"

"你也甭问是爹是娘,有话就说吧!"

"哎,你这个人怎么这么说话法?"

"天生的就是这么说话,凑合着听吧!"

疤痢四这个老滑头,是把白铁刀,样子挺神气,一碰硬就卷刃。现在他当然能看出,杨翠花是故意跟他怄气。可他觉着在这里耍威风怕是没光沾,只好佯装不察地又说:

"你别误会,我和梁永生是老相识,听说他回来了,来看望看望他,还想帮帮他的忙……"

"帮他啥忙?"

"给他找个饭碗。"

"啥饭碗?"

"贾二爷家还少个长工……"

"你回去告诉他吧——"

"妥啦?"

"不去!"

"贾二爷已经向我言明:工钱加倍……"

"他有工钱,俺有志气——侍候不着他!"

疤瘌四见杨翠花净戗着他来,把那疤瘌眼儿一斜立:"你可别忘了——二十多年前,你们还欠东家一笔账呢!"

"我们和白眼狼那笔账,一辈子也忘不了!"

"那好!当初是四升棒子,如今过了二十多年……"

"变成多少啦?"

"一百三十四石五斗六升!"

"好吧!"

"还得起?"

"有数就还得起!"

"那更好了!可空口白话不中用,就请你拿出粮食来清账吧?"

"俺跟你清不着!回去和你主子学学舌——我们早晚是要跟他清账的!"

疤瘌四像条当头挨了一闷棍的哈巴狗,找了个没味儿,夹着尾巴溜走了。

这一切,梁永生在屋里听了个清清楚楚。不知为什么,他始终没有出面。当翠花回到屋时,他高兴地说:

"好!你不是鼻子不是脸地给他那一套,满好!"

翠花问:

"你琢磨着,他这是来干啥呢?"

永生说:"你们方才在院里说着,我就想好啦——什么'请长工'呀,'逼旧债'呀,全是闲扯淡!很可能是白眼狼派他来探风儿的!"

"探风干啥哩？"

"又要在咱身上打什么坏主意呗！"永生说，"看来要出事儿了——咱得想个法儿，要万一碰上什么磕绊，好别连累上魏大叔……"

第二天，他们就搬到这个闲院子里来了。

几天来，永生借了副锢漏挑儿，天天外出盘乡。

他盘乡的目的，除了挣几个钱糊口而外，还有一个比这更占主要的想法，就是要借盘乡之便，到周围各地，去扫问扫问共产党和红军的消息。

今天，他又特地远出，到城根底下盘了一趟乡。原来他以为那一带消息灵通，兴许能扫问着共产党和红军的信儿，可是，还是没有打听到什么准信儿。

阴沉的天气渐近黄昏。

风沙吹打着新糊的窗纸。

梁永生风尘仆仆地回到家，把锢漏挑儿一撂，侧到被窝卷儿上，正架起腿来抽闷烟，二愣姥爷嚓嚓走进屋来。这一带的风俗：越不系外，越不打招呼；这更显得亲近。二愣姥爷坐在炕沿上，把那皱皱巴巴的手伸进怀里，掏出一个信封，递给永生说：

"我那个小子打来一封信。你给我看看，上头写了些啥意思。"

永生直起身，接过信，又划着火柴点上灯，从信皮儿里把信瓤儿抽出来，凑在灯前默默地看开了。

闪闪烁烁的灯光，只有黄豆粒那么大，突突地冒着烟子。可能是因为灯草快够不着油了，这已经很微弱的光亮还在逐渐缩小。不知是因为灯光太弱，还是因为信中写了些什么叫人不高兴的事儿，只见梁永生越看脸色越沉，两眼越瞪越大，眉间也聚起个疙瘩。

二愣姥爷不去理睬永生的表情。他在永生看信的当儿，耷拉着脑袋装上一锅子烟，然后又把注意力集中在火石上，乒嚓嚓乓嚓嚓地打起火来。

一只在院中俯冲低飞的燕子,瞅了个人们不注意的空隙钻进屋来,打了一个圈儿又飞走了。

二愣姥爷一边打火,一边像在跟火石说话似的,断而又续、续而又断地自己叨念:

"几个月前,他来过一封信……那封信上,写的是他们工人们闹斗争的事儿……那信上说的,可叫人高兴啦——工人们提出几个条件,大老板不想承认,又不敢不承认……打那以后,我这个老头子的心里,也像点起了一把火,成天价盼着……"

二愣姥爷嘟嘟囔囔说到这里,撩起眼皮看了永生一眼,只见永生早就把信看完了,信瓤已经撂在桌子上。这时的梁永生,仰在被卷上,两手交叉托着后脑勺,瞪着两只大眼瞅屋梁,仿佛正在想着什么。二愣姥爷赶紧撂下他那没说完的半截话儿,向前就一就身子,凑在永生脸前,盯着他那忧思重重的神色,问道:

"信上密密麻麻那一大片,净写了些啥?是他们工人跟大老板闹斗争的事儿不?"

"是!"

"如今闹胜了不?"

"蒋介石那个孬种,镇压工人运动……"

永生气冲冲地先说了这么一句,把思路从沉思中收回来,将信上的内容从头到尾跟二愣姥爷说了一遍。

二愣姥爷的耳朵有点背了。他侧歪着膀子,并用手掌帮助耳轮,捕捉着从永生嘴里发出的每一个字音。听完后,他长长地叹了口气,用一种气愤、惋惜和自慰相混合的语气说:

"实指望工人们成了气候,咱这庄稼人也跟着沾点光呢,不承望又叫蒋介石那个混世魔王给搅了!唉,算啦!稀里糊涂、凑凑合合地过吧……"

永生劝了他几句。他又说:"像我这个,老老搭搭的了,还能活几天呀?我是愁着你们这些年轻人没法熬哇!"

二愣姥爷说了些泄气话,抬起屁股走了。

他这些话,在梁永生的心里,掀起了层层波涛,激荡着心弦,撞击着胸壁。原来永生过去听人说过工人运动的事,并且他也曾有过这样的想法:"工人和农人,都是受穷受苦的人。一旦工人们闹出个名堂来,乡间的穷人们也许就有个奔头了……"现在他看了这封信,心里很苦闷。不由得暗自想道:"就真的像二愣姥爷说的那样,稀里糊涂地过下去吗?不!不能那样窝窝囊囊地活一辈子!可又怎么办呢?"

永生正然沉思,屋外传来一阵咕咚咕咚的脚步声。

接着,哐当一声,屋门开了。一股凉风吹进屋,扑灭了桌上的油灯。梁永生随手点上灯,只见一位生着连鬓胡子的红脸大汉,像个半截黑塔似的站在眼前。他那胖乎乎的脸上,好像暴雨欲来的天空,阴森森的;一张一合的大鼻孔里,喷着火焰般的热气;两颗网满血丝的大眼珠子,闪射着愤怒的光芒;他那虎彪彪的身躯,仿佛也在微微颤抖。梁永生木愣愣地望着眼前这位熟人,好像感到十分生疏;由于纳闷儿,他脸上的神情也在发生着急剧的变化。他初而喜,继而惊,尔后惊喜交加地开了腔:

"大虎哥!你从哪里来?"

"龙潭!"

杨大虎顺口扔出两个字,抽下掖在腰带上的毛巾擦着汗,坐在板凳上。接着,他又一面掏出烟袋装着烟,一面呼哧呼哧喘大气,还是不吱声。我们的语言,的确是有没有能力来表达感情的时候。看大虎这时的表情,分明是装着满满的一肚子话,恨不能一下子全向永生倾诉出来,就像喉头被一种什么东西堵住了,使得他一句话也说不出;仿佛那些一齐向外攻的话,由于挤在一块儿谁也攻不出来,憋在胸膛里,撑得胸脯子忽闪忽闪直鼓涌。

梁永生望着大虎的表情,心里火辣辣的,暗自纳起闷儿来。杨大虎留给永生的印象,是个大大咧咧的脾气,乐乐呵呵的笑面。当永生在天津街头遇见大虎时,大虎一下子抱住他,亲热得恨不能啃两口。从那以后,又是四五年没见面了,这回一见面儿,怎么竟是这样一种神色呢?说真的,在大虎没来之前,永生早就想和大虎哥见个面儿。并且,他还曾情不自禁地预想到乍见面的情景——鲁鲁莽莽的杨大虎,一定会亲亲热热地抓住他,兴许还会给他一撇子,然后说长道短,问这问那。可他今天的表情,怎么简直判若两人?这到底是咋的回事呢?永生一面悄悄地想着,一面用两条目光往大虎的心里钻探。他最后得出的结论是:眼时下,理智对大虎已经失去了控制能力,大虎现在的行动,几乎完全是被一种冲动的感情驱使着。正在这时,外边不知是谁家的孩子放了几声鞭炮。这噼噼啪啪的鞭炮声,使永生蓦然想起,后天又是元宵节了。于是,永生为了把大虎的思路从冲动的感情中引开,就说:

"大虎哥,后天又是元宵节了,今年你还引狮子不?"

"引狮子?我要打狼了!"

"打狼?"

"对!"

这时,大虎的心情也平静些了。他一面抽着烟,告诉永生这样一件事情——

前天,大虎因不愿再给白眼狼拉套,想辞活不干了。白眼狼一听可毛了脚。一个长工,辞活不干,这有啥值得毛脚的呢?因为白眼狼相中了大虎这身好力气。拿榜地来说,他的锄杠比别人的长着一尺,别人一天榜二亩还得起早贪黑,大虎一天三亩地两头见太阳。说到担水,他不干则罢,要干,都是两条扁担同时上肩。有一回老牛惊了车,好几个人拽不住,他腾腾赶上去,抓住缰绳一蹲身子,车就刹住了。从那,人们给起了个外号,叫"气死牛"。杨大虎这身好力气,在白眼狼的眼里,是很有分量的。因为白眼狼的看法是:沙里能澄金,水里能捞鱼,穷鬼的血汗中能捞出无穷富贵。因此,白眼狼对每一个长工,只要汗没流干,油没挤净,他是想尽法儿也不叫人家离去的。你想啊,像杨大虎这个大有潜力可挖的长工,他怎肯松手呢?

于是,他装出笑脸说好话,张着狼嘴许大天:

"老杨啊,你、你好好干吧,我、我准亏不了你……"

大虎腻味他这套虚情假意,就把脖子一横,不费思索地、干掰截脆地说:

"说这些没盐没酱的淡话做啥?结账吧!"

"你、你为啥不干哩?总、总要说个理儿呀!"

"俺卖的是力气,挣的是工钱,人并没卖给你!"

白眼狼脸上那一丝儿强挤出来的笑容,像被一阵硬风吹灭了的灯亮一样,刷地消失了。接着,他收起软的又端出了硬的:

"长、长工长工,就、就得长干;我、我这里不是开店,不、不能那么随便!"

大虎虽没有梁永生那叱咤风云的气魄,可他也不是逆来顺受的认命派。这时他一听火了,忽地站起来,指着白眼狼质问道:

"你说啥?咱找个地方说理去——"

白眼狼为了把大虎这股虎劲儿唬回去,冷笑道:

"你、你要跟我打官司?那、那我花上几个钱,就轻而易举,买、买你这条命,叫、叫你做第二个梁宝成!"

……

梁永生一听白眼狼这么狂气,心里很生气,不知不觉地把捏在手里的一根火柴棍儿捻碎了。他问大虎:

"你怎么回答的?"

杨大虎气冲冲地说：

"我一把抓住了那个老杂种的脖领子，吼道：'现在就走！就算刀抹脖子，我也得吐出这口气来！'"

"对！就是这样答对他！"永生说，"他怎么样？"

"他吓瘫了！紧说好的——什么'伙东一场是有缘啦'，'一个锅里抡马勺这么多年啦'，净是些草鸡毛话儿！"

"叫我看，他并不怕你上县政府，他知道你也不真去跟他上县政府。"永生说，"他大概是怕你把他弄出去掏出他的五脏。"

"我就是打算那么办！"

"以后怎么样啦？"

"以后马铁德那个孬种闯进来了，他一看不妙，又打圆盘，又赔不是，并许给我：账房先生外出回来，马上结账，该多少是多少，分文不会少——"大虎说着说着又上了气。他一拍桌子说："谁知他妈的这是用的一计！"

"啥计？"

"两天以后，就是今天，他派了几个狗腿子，把我的儿子给抓去了！"

"长岭？"

"对！"

"他不是出门了吗？"

"在外头跑了几年，混不下去，又回来了。"

"抓他干啥？"

"说他是共产党！"

"他真是共产党？"

"要真是又好啦！就连他们也知道长岭不是共产党。"大虎说，"我听说，他们是这么谋划的：把长岭抓了去，来个屈打成招，然后押送县府……你想啊，长岭进去还有个出来？连我这条老命怕是也得一勺子烩进去！……"

杨大虎说到这里,梁永生的肺都要气炸了。激怒使他的面颊红晕起来。他觉着像有块咸腥的东西,堵住了他的喉头,一时说不出话来。停了一会子,他问大虎道:

"大虎哥,你要怎么办?"

"依着我——"

大虎说着,瞪起涨红了的眼珠子,从腰里嗖地抽出一把捎谷刀,喀嚓一声戳在桌子上,震得桌上的灯火颤颤巍巍地晃动起来。

梁永生尽管从心眼里喜欢杨大虎这种直杆炮的性体儿,可他自己,毕竟是个心回肠转的人。所以他劝大虎说:

"先别！你就算豁上命,怕是也救不出长岭来！"

"旁人也这么劝我,我这才来找你,想让你帮我谋划个办法。"大虎缓了口气说,"我爹死在了他的手里,我儿这不又要死在他的手里——不管怎么拼,我决心是要跟他拼了！"

昏黄的月亮悄悄爬上窗角,正偷偷地朝屋里探头。屋外,风势猛了。庭院前头的杨树林子,好像在为大虎鸣不平似的,发出愤怒的吼声。

梁永生侧在被窝卷上,久久地不吭声,只是大口大口地抽烟。从他的鼻孔、口腔中喷出的黄烟,和从灯光上冒出的煤油烟子混杂起来,形成一片浓重的雾气,塞满了屋里的每一个空隙。这本来间量就不大的屋子,如今显得更窄狭了。这时,如果你没有注意梁永生那大幅度起伏着的胸脯子,你会感到他的感情平平静静,仿佛对大虎的境遇无动于衷似的。其实,梁永生目下的心中,既有对杨大虎的同情,又有对白眼狼的气愤;既有长岭被抓的新仇,又有爹娘屈死的旧恨。这些思绪一齐涌上心来,搅得他的心潮就像浩瀚大海又遇上了十二级台风似的,骇浪滔天,翻滚奔腾。只不过是他和大虎比起来,比较能够控制自己的感情罢了。

过了一阵,他可能是已经想出了营救杨长岭的办法,便把视线移到大虎戳在桌子上的那把捎谷刀上来了。接着,他拔下捎谷刀,紧紧地握在手中,朝大虎说:

"咱一定能把长岭救出来!"

"咋的个救法呢?"

大虎虽然这样问,可是他那紧绷绷的心弦,已开始松弛下来。因为永生的动作,实际上已事先给他做了回答。

梁永生笑了笑,把身子凑近些,就和大虎一字一板地谈起来。

屋后河水流动的响声,正在越来越大。它告诉人们:夜已深了。

大虎在炕帮上磕去烟灰,把安着青铜烟锅子的大烟袋往肩上一搭,又把捎谷刀插在腰带上,站起身说:

"就这么着吧。我走啦。"

方才这一阵,翠花和孩子们都坐在外间里听他俩说话,没进来。现在一听说杨大虎要走,杨翠花一撩门帘挡住了门口:

"杨大哥,住下吧……"

"不,住不下。"

"不住下也得吃了饭再走。"翠花指着热气腾腾的锅灶说,"我知道你饭量大,还特意多添了两瓢水呢。"

"不,家里这个烂蒲团,我得赶快回去。"

豁达的永生,理解大虎的心情,就说:

"不吃不吃吧。给大虎哥拿上个干粮,让他揣在怀里,路上饿了就啃两口垫补垫补。"

大虎走出屋门,志刚、志勇和志坚也齐打忽地围上来。这个拉住手,那个抓住胳膊,异口同声地喊"大爷"。杨大虎望着这帮虎头虎脑的孩子们,心里有说不出的高兴。在那潜伏着气愤的脸上,浮现出一天来不曾出现的笑容。是因永生的谈话解开了他的思想疙

瘩,还是见了志刚他们忘了长岭?反正这时他的眼、嘴和鼻子,都有兴奋的表示。他望着这些茁壮的孩子动情地说:

"真是苦瓜长得大呀!你们跟着穷爹穷娘吃糠咽菜,也都长成硬棒棒的大小伙子了!"

"那一年,要不是大爷你救出尤大爷给我们送信,我们现在还不知怎么样了呢!"志刚话一落地,志勇又接上说:"要不是杨大爷给爹和奶奶送信、送盘缠,还……"

"你怎么啥也知道?"

"爹说的。"

他们像眷属重逢似的亲亲热热说了一阵儿,杨大虎就迈出院门走了。严冬是不肯轻易退走的:春夜的凉风,还在向人们显示着严冬的余威。在大虎和孩子们说话的当儿,永生回到屋里拿来一件破棉袄,披在大虎的肩头上。接着,他又和杨大虎肩并肩地迈着步子,说着话儿,一直把他送上运河大堤。在大虎高低让永生回去的时候,梁永生左手握住他的右手,右手搭在他的左肩上,又语重心长地嘱咐道:

"大虎哥,可千万别耍牛脾气呀!"

"放心吧。你方才说的那些话,我全记住了。"

"路上多加小心。"

"好。"

"进庄更要留神。"

"好。"

"劝劝你家大娘和大嫂子……"

"好。"

杨大虎大步一跨,踏着凹凸不平的河堤向前走去。一些砖头瓦片,在他的脚下骨骨碌碌地滚下河堤,跌入水中。

天空中,一疙瘩一疙瘩的白云块子,渐渐聚集起来,又变成了瓦灰色,土黄色……

杨大虎顺着长堤远去了,梁永生还昂首挺胸站在这高高的河堤上。风推浪涌,拍打着堤岸,也拍打着永生那颗剧烈跳动着的心。他那双像炮弹火光似的大眼睛,面对着灰蒙蒙、雾腾腾的夜空,面对着黄乎乎、死沉沉的原野,面对着正挟持着冰凌滚滚奔腾的运河,面对着正在被夜幕掩没着的杨大虎的背影,愣了老半天。

这时节,他正在竭力地想把那杂乱的思绪理出个头绪,认真地思索着问题,暗暗地下着决心……

第二十六章　龙潭卖艺

这天,龙潭街头,来了一伙卖艺的。

村里的人们,男的、女的、老的、少的、穷的、富的,全跑到贾家大院门前的广场上来看热闹儿了。这伙卖艺的,一共来了四个人。一老一少站在广场中央,另外两位,一个打鼓,一个筛锣。周遭儿看热闹儿的人们,围得里三层外三层,三层外头还三层。里圈的坐着,外圈儿的站着,外圈儿的外圈儿站在凳子上。除此而外,就连广场四周的房顶上、墙头上、草垛上、土堆上、车上、树上,到处都是人了。

那位年长的卖艺人,三十五六岁。他上身儿穿着对襟小褂儿,胳臂肘子上已经磨成麻花儿了;下身儿穿着肥裆灯笼裤,膝盖上补了块大补丁;头上罩着一条洗得刷白的羊肚子手巾,结花打在额头上;脚上穿着家做的布袜子,配着一双踢死牛的老铲鞋;腰带子扎得勒紧勒紧,裤腿脚儿上绑着柳叶带子。他两手卡腰,翘首四望,给人一种英武可敬的感觉。那位少年,十六七岁,也是头齐腰紧一身小打扮儿。他腆胸塌腰丁字步儿站在长者的对面,给人留下了飒爽可爱的印象。那位长者见观众来得差不离了,就朝那边一挥手,锣鼓停了下来。随后,他们一老一少,一问一答,一套又一套地说开了生意经。引得看热闹儿的观众们,短不了地发出一阵阵的轰笑声。在这阵阵哄笑的间隙里,还夹杂着若有若无的喁喁私语:

"咦?那位年长的卖艺人,我咋像见过他似的?"

"是啊!我也看着挺眼熟!"

"他们是哪的人？"

"谁知道哇。"

"听口音远不了。"

"对啦。"

按照冀鲁平原上的风俗，卖艺人撂下场儿以后，在开始表演之前，是要先散签子的。这签子，起戏票的作用，凡是接到签子的人，都要帮个钱儿或者帮个干粮。散签子这手活儿，一般都是由当庄人来承担。今天，这手活儿，被杨大虎抢上了。他来到领班儿人的面前，称了声"老师傅"，道了个"辛苦"，然后就接过一把签子散起来："黄大海，给你一根——王长江，接住——唐峻岭，破费破费吧——汪岐山，捧捧场吧……"黄二愣也好事儿起来了。他从家里提来一壶茶水，挤进人圈儿，向卖艺人深表歉意地说："师傅们！来到我们龙潭街这小地界儿，连好叶子也没有，包涵着点吧。"然后，他又拨拨拉拉连推带搡地帮着卖艺人打场子。

卖艺人开始练武表演了。

观众们的议论声煞住了。

这时节，一双双瞪直了的眼珠子，都在随着练武人的动作骨碌碌转动着。整个儿场子上，除了兵刃的撞击声而外，再也没有别的声音了。这伙卖艺的，武艺真棒。他们耍起刀来，刀片儿就变成了一条找不着头儿的白线，在耍刀人的四周飘飘绕绕。他们练起七节鞭，七节鞭又成了无数支长矛，向四面八方横穿直射。周遭儿那些观众的视线，就像铁碰上磁石一样，一下子粘到那练武人的身上了。他们不眨眼地望着，时而目瞪口呆，时而提心吊胆，时而喝彩，时而鼓掌。爱开玩笑的黄大海老汉，将快把眼珠子瞪出来的锁柱戳了一把："哎，小伙子，小心！可别把眼珠子丢了哇！"锁柱不吱声，还是看。直到练完一个节目时，他这才呼出一口大气：

"棒！能耐！"

其他的观众,也都趁这个空儿议论开了:

"一个赛一个,个个都是好家伙!"

"人家这是为了压住场儿,叫住座儿,先来两手儿拿手的……"

"光凭这两手儿拿手的就不糠!贾家大院的彭教师爷也自称武艺高强,跟人家一比呀,啐,差粗啦!"

"你听他云山雾罩地吹唬啥!他那一套,是混饭吃的花枪;人家这套全是硬功夫!"

"少说闲话吧,别找不自在!"

"怕他个屁!无非是……"

"嘘——!留点神,你看——"

"我早看到那狗日的了——"

人们指的是白眼狼。

在观众悄悄议论的同时,卖艺人也在窃窃私语。筛锣的向打鼓的附耳低言道:"唔!坐圈椅的就是白眼狼。"那位长者和少年脉脉而视,继而又在人们不注意中,将视线移向圈椅。

坐在圈椅上的白眼狼,身边围着一大堆嘴眼歪斜的狗腿子。

这时的白眼狼,虽说才五十多岁,已经痰喘得很厉害。他坐在那里,喉头上一直在呼噜噜呼噜噜地响着永远咳不净的黏痰。不过,还有一点没有变,仍然和二十几年前一样——他那灰暗无光的千褶百皱的脸皮上,依然挂着狠毒可憎、奸诈莫测的神色。

白眼狼望着这些陌生的卖艺人出类拔萃的表演,呆若木鸡,面有惧色。他那些充当打手的狗腿子们,都被卖艺人的武功惊得惶惧不安,毛发悚然。

一个满口龅牙的噘噘嘴儿倒吸了一口凉气说:

"喔!好厉害呀!"

他身边的那个六指儿搔着头皮自我安慰道:

"哼!别看咱没这两下儿,照样吃三顿儿!"

一个满脸雀斑的家伙,把那尖头从他俩的肩膀上探过来,鬼头鬼脑地悄声说:

"喂,伙计们,咱哥们儿全是靠打架吃饭的。有朝一日,要是碰上这么一伙对手,你说糟糕不糟糕?"

六指儿一撇嘴角子:"糟啥糕?"

雀斑脸摸着脑瓜子:"咱这个交给谁呀?"

六指儿拍拍大腿道:"它是管啥的?"

噘嘴儿道:"你这副罗圈腿儿呀?就怕是到那时节它只顾打哆嗦不听使唤喽!"

他们说到这里,另一个瘦猴子参进来说:

"你们甭拿着真话当假话说。说不定真有那一天哩!"

瘦猴子见其伙友们不以为然,换了个语气又说:

"听说梁永生的武术练得挺棒,要是一旦回乡报仇,咱们这一伙儿能脱了干边?"

雀斑脸说:"脱干边?俗话说得好:'出头的椽子先烂,近火的木头先燃'——咱们到那天就成了替罪羊喽!"

六指儿说:"你们闲得牙疼咧?临年傍节的,少说这丧气话!前几年我听到个荒信儿,说是梁永生一家被赶进深山老林了,一去无回音。现在八成变成虎粪了!"

噘嘴儿说:"哎,你们一提到梁永生,我倒想起一个事儿来——前几天,忘了听谁说的了……"

"啥?"

"恍惚是说——梁永生一家子全回到宁安寨了!"

"哟!真的?"

"那可该着咱们走厄运了!"

"别那么尿包好不好?来到宁安寨怕啥的!龙潭离那里远着呐!梁永生他敢进龙潭?"

狗腿子们哪里知道,梁永生不光敢进龙潭,而且已经来到这些杂种们的眼皮子底下了。这伙卖艺的领班人,不是别人,就是他们正然谈论着的梁永生。其余三位小伙子,是梁志刚、梁志勇、梁志坚。

他们为什么要乔装改扮龙潭卖艺?梁永生的打算是:瞅个机会,大刀一抡杀仇人,闯进大门救出杨长岭。

现在,"仇人相见,分外眼红"。梁永生眼睁睁地看着白眼狼坐在那里,压在他心里二十多年的刻骨仇恨,随着他那沸腾起来的血液一齐往上涌,使得他的心情犹如大海中急风刮起的巨浪,千山万岭般地升腾起来;一团熊熊怒火,燃烧着,飞溅着,正在向四外强力崩散。再看看他的儿子们,都已作好了准备,不时向他投来期待的目光。他们那潜藏着的焦躁而冲动的情绪,也从那一双双灼灼的目光中流露出来。当然,他们这种心情,只有梁永生的眼睛才能看出来,旁人是无法理解的。尤其是小志勇,被堵在胸口的仇恨憋得脸似关公,急得直扎头皮。就连一向稳重的梁志刚,仿佛也有点等得不耐烦了。梁永生看看面前的仇人,想想死去的老人和正在受苦的杨长岭,瞅瞅焦急待令的孩子们,曾几次想下令动手。可是,永生思筹再三,这个"令",却始终没有发出来。正在这时,散签子的杨大虎来到梁永生的面前,以东道主代表的口气歉意地说:"老师傅,今儿来看热闹儿的人忒多,而且有很多手脚不灵的老人和孩子;请你嘱咐嘱咐那几位少师傅,谨慎一点儿;要是万一在这个场合失了手,可就糟糕了……"永生听出了大虎这些话的意思,是提醒他——看眼下这个场景,不能动手。永生也是这么想的:广场上这么多人,还有许多女人、老人和娃娃们,要是突然间打起架来,刀枪横飞,能不误伤好人?再加上对白眼狼那些狗腿子们,咱大都不认识,战线不清,敌友不明,手软了要吃亏,手狠了难免误杀好人……梁永生又思筹了一下,就把发令动手的念头彻底打消了。

他乐呵呵儿地向杨大虎说:"谢谢先生的关照!请放心,这几个不争气的小徒弟儿,都是我亲手拉扒出来的,我心里有根,不会出事儿的!"可是,由于这出戏没演成,可把永生的儿子们急坏了。在返回宁安寨的路上,志坚问爹道:

"爹,你咋不下令动手?可把我急死了!"

梁永生还没答话,志勇带着埋怨的口吻接言道:

"就是嘛!爹太软!"

梁永生理解儿子们的心情,并且正在悔恨自己事先想得不细致,所以他对志勇的怨言没有生气,只是把自己没发令动手的想法讲了一遍。志勇听后,觉得爹说得有理,没有吭声。只有梁志刚提醒爹说:"爹,事不宜迟,夜长梦多呀!"

永生听了,心中想道:"志刚看出大来了,说得满对哩!"

晚饭后。天空的阴云撕成无数的云块子,几颗星星在云缝里眨着眼睛。梁永生爷儿几个,正坐在油灯下商量搭救长岭的事儿,黄二愣冒冒失失闯进屋来。二愣是从龙潭跑来的。他窜得鼻子口里三道寒气,一进门就愣头磕脑地说:

"梁大叔,你们得想法提防着点呀!"

"提防谁?"

"白眼狼呗!"

"他要干啥?"

"前天疤癞四不是来过一趟吗?"

"是啊!"

"那是白眼狼派他来探风的——你没看出来?"

"好!"永生点点头,笑着说,"别看人们管你叫二愣,你今天琢磨的这个事儿还有门儿哩!"

"大叔,你别夸奖啦!"二愣指着自己的头说,"凭我这个榆木疙瘩脑袋,要有那个琢磨劲儿,那又不是'二愣'了!"

"那你咋知道的?"

"大虎叔告诉我的。"二愣说,"他叫我捎信来,要你们处处加小心——白眼狼要下毒手了!"

"噢!"梁永生傲然一笑,"他要怎么着?"

"他要一网打尽,永除后患!"二愣说,"他的法子是——勾些土匪来,再加上他们的打手,来个夜袭宁安寨,把你们爷儿几个砍净杀光,然后带上重礼,到官场去结案……"

"他们随便杀人说啥理儿哩?"志坚问。

"就说你们是拒捕的共产党!"二愣说。

梁永生听后,抽着烟想了一会儿,又问二愣:

"这些事儿,全是大虎告诉你的?"

"嗯喃!"

"他又是怎么知道的呢?"

"那我就不知道了!"二愣说,"像俺大虎叔那人,向来是说出话来落地有声,决不会瞎说一气的!一定是……"

永生对大虎的为人是了解的,对他的话也是信得过的。因此,他打断了二愣的话,迫不及待地转了话题问道:

"长岭现在怎么样了?"

"他妈的!白眼狼……"

"倒是怎么样了?"

活像块生铁疙瘩似的二愣,这时光喘粗气,不吭声。永生有点沉不住气了,一连问了三遍,可他还是光喘粗气不吭声。最后永生急得站起来了:

"二愣呀二愣!都说你是个直肠人,肚膛子能装八碗饭,可是装不住一句话。我喜欢你这个脾气。可今天这是怎么的啦?"

"哎!说了吧——"二愣拍一下大腿说,"杨长岭叫白眼狼抓去后,打了几个死,说是明天下午要送城里了!"

永生听后,又气愤又心疼。沉了一下儿,他又问:

"这事儿你一进门就该说,我问你怎么还不想说呢?"

"大虎叔不让我告诉你——"

"为啥?"

"他怕你……他怕你……"

"我明白啦!"永生说,"他想着怎么办?"

"他已经把铡刀磨好了,单等押送长岭的大车起程的时候,跟那狗杂种拼个你死我活。"

二愣的话音落下,没人再说话,只有呼呼的喘息声,看来每个人的肚膛子都被怒气灌满了,喉头也被怒火凝固起来的仇恨堵住了。那一双双喷射着火星的眼睛,都在盯着永生,仿佛想从他这里要得到什么满足似的。可是,一直等了好久,永生才令人不解地问二愣道:

"你是站下,还是回龙潭去?"

"回龙潭!"

"多咱走?"

"马上走!"

"去干啥?"

"我,我有事!"

永生想了一下说:

"好吧!你给我捎个信儿去。"

"捎给谁?"

"杨大虎。"

"啥信儿?"

"你告诉他:我们爷儿几个,明天头晌还要去龙潭,让他先别动刀动斧,等等我们……"

"你们去?"

"对!"

"干啥去?"

"你的话——有事嘛!"

"我知道——你们又要去'卖艺'!"

"不!去唱戏!"

"唱戏?"

"对!"

"噢!我知道啦——"二愣说着拉了个把式架儿,又用期待的目光盯住永生凝神沉思的脸,"对不,大叔?"

梁永生伸出他那粗糙的大手,拍拍二愣那硬邦邦的肩头,笑眯眯地说:

"调皮鬼!"

在这个时候,永生本不想把自己的打算告诉二愣,可是,二愣从永生那两只眼里,已经知道了他要知道的一切。

二愣走了。梁永生把那口大刀拿在手中,对着它百感交集地说:"大刀哇大刀!穷人的新仇旧恨靠你报哇!"说罢,提着大刀走出屋去。

第二十七章　月下磨刀

屋外。

一轮明月挂在头顶,浅蓝的夜空散布着稀稀零零的星星。

志刚和志坚,大概也从爹的言谈话语中,预见到了明天要做的事情;他们早已悄悄溜出屋子,踢打起拳脚来了。就连正在生病的志勇,也下了炕跑出屋来,可是又被娘拽回去了。

永生来到院中,搬过磨刀石,又舀了半碗水,用蘸过水的炊帚苗儿把石面刷湿,霍霍地磨起刀来。

吱扭一声,角门儿开了。魏大叔端着烟袋哧嚓哧嚓地走进院来。"熟不讲礼"——魏大叔自个儿搬过一条板凳,坐在永生的对面,悄声问道:

"永生,你磨它干啥?"

梁永生直起腰来,一边蹭蹭刀刃,一边笑呵呵地说:

"我要上龙潭走一遭!"

魏大叔走亲戚刚回来,不知道梁永生今天已经去过龙潭。永生也不想说破。这时,魏大叔吃惊地问道:

"嘻!你要去捅白眼狼那个马蜂窝?"

梁永生又往石头上淋了一些水,一面磨刀一面说:

"是啊。"

魏大叔吸了口烟,望着永生沉思了一阵子,慢慢地斟酌着字句,说道:

"永生啊,你大叔有几句话,想跟你唠唠。要在理儿,你就听;

不在理儿,全当耳旁风……"

梁永生哈哈地笑了两声,把刀片儿翻过来,爽快地说道:

"大叔,这是哪里的话呀?我年轻,有个大事小情的,全仗着你操心哩——有啥话就只管说吧。"

魏大叔在石头边上磕去烟灰,吱吱地吹了两口,又思量了一阵儿,然后慢条斯理地说:

"永生啊,依我看,咱穷家小户的,惹出祸来不塌了天?还是先忍着点吧!……"

"咱怕他啥呀?"永生说,"天塌下来不是有地接着吗?"

"你打小胆气壮,这我知道。可是,像咱这号穷人,在人家那脚底下过日子……"

"不!别看咱穷,也是堂堂五尺汉子,不是财主脚底下的蚂蚁!"

"你还是年轻啊!财主都是刀子心,可歹毒啦——他们是杀人不见血的魔鬼,吃人不吐骨头的豺狼……"

"财主全是刀子心,他们是吃人不吐骨头的豺狼,这都不假。可是咱们穷人,并不是他刀下的豆腐,更不是任人宰割的绵羊!"

"唉!脚下白眼狼的势派可不小哇!你这些年没在家,还不知道那个孬种的厉害……"

"他厉害?"永生握紧刀把儿,把腕子一抖,又说:"白眼狼再厉害,能跟咱这口大刀厉害?砍下腿来他接不上,斩下头来他活不成!"

魏大叔听罢,思虑了一会儿说:

"永生啊,你那个风火性子总是改不了。这回听大叔的话,忍个肚子疼吧!像咱们这窝着脖子过了好几辈子的庄稼人,躲灾躲祸都躲不迭,你怎么还去惹祸招灾呀?我还是那句话——人再拧,拧不过命;硬不认命不行啊!"

梁永生放下单刀,掏出那根没有嘴子的烟袋,一边挖呀挖地装着烟,一边揣摸着魏大叔的每一个字句。等大叔说完后,他带着对长辈应有的尊重说:

"大叔哇,你说别的,我都信服。你开导我,我也知情。可是,在这一点儿上,咱爷儿俩的看法不一样啊——"

"哪一点儿上?"

"认命这一点上呗!"

魏大叔慨叹了一声,又劝永生说:

"永生啊,你傻大叔,也并不是一起根儿生来就是个软骨头。当初我年轻的时候,心气儿也是高着呐!成年价装着一肚子气,就是不认那半壶醋,天天胡思乱想,东张西奔,到头来你说怎么样?碰了个头破血流,结果还是个穷光蛋!"魏大叔吸了口烟,思筹了一会儿又说,"脚下,我算认命了。一认命,心里倒平静多了,愁也少了,气也小了……"

梁永生听完大叔一席话,思谋了一阵,粗大的眉毛挑动一下,笑着说:

"人,都是肉长的,全是一个嗓子眼儿吃东西,谁也不多脑袋,谁也不少腿,为啥说有的人就'该'受穷受气,有的人就'该'吃喝享乐?为啥说有的人就'该'挨欺负,有的人就'该'欺负人?为啥说有的人就'该'当牛做马,有的人就'该'擎吃坐喝?为啥说有的人就'该'穿绸裹缎,有的人就'该'光背露膀?为啥说有的人就'该'三房四妾,有的人就'该'打一辈子光棍儿?为啥说有的人就'该'杀人无罪,有的人就'该'死了白死?……这是为什么?这究竟是为什么?这个'该'字,是从哪里来的?"

魏大叔怀着激动的心情,听完了永生这些话。他觉着,永生用很平常的、但又是像钢铁一样硬的道理,把他推到一条死胡同的角上去了。这个死犄角对魏大叔来说,不是个生地方;过去已经来过多次了。他的思路经过多次在这个黑旮旯里徘徊漫步,最后找到了一条虽不理想但也只好如此的出路——认命!现在,他又要把这条"出路"指给永生。于是,他紧接着永生那带着质问语气的话茬儿,简截了当地说:

"从'命'里来的呗!"

"那个'命',到底是啥样的?"梁永生吸了口烟说,"好命,孬命,富命,穷命,又是谁给定的呢?"

魏大叔张了张嘴,没答上来。

这时节,魏大叔一边啪嚓啪嚓地打着火镰,一边心里在想:"梁永生这孩子,从小就跟块火石似的,一碰就噌噌地冒火星子。他出去山南海北地闯荡了这些年,看来那股子倔强脾气儿还是没有改……不管怎么着,我这当长辈的,不能眼巴巴地看着孩子受糟害!"他想到这里,又规劝永生道:

"永生啊,你也是三十多岁的人了,做起事来,总该有个前思后想啊!你那个血仇,已经等了这些年了,为啥不能再等个节骨眼?"

这时候,梁永生想把杨大虎的事说出来,用以说服魏大叔。可是,当话儿来到嘴边上的时候,他却又咽回去了。接着,他吐出一口浓烟,只是说:

"大叔哇,这桩事,我实在等不得了!"

"懒汉争食,好汉争气。永生啊,你那口气,在肚子里憋了二十多年;你这一辈子,就算烂了骨头也烂不了报仇的心!这个,你大叔我知道。就是这样,也不能去动刀动斧的!那是随便打哈哈儿的?"

"那咋办?"梁永生说,"我是憋着一口气来到阳世三间的,难道再憋着一口气回去吗?"

"你把话都说绝了,叫大叔再说啥?"魏大叔说,"永生啊,你仔细想想吧——大叔不害你呀!"

"大叔,我不傻,傻也傻不到这种程度——大叔不害我我知道。"永生认真地说,"大叔这些话,我一定再仔细想想。"

夜深了。魏大叔一边朝外走着,一边指着正在月下习拳练武的孩子们,又向梁永生语重心长地说:

"永生啊,你是爹的儿,儿的爹,做出事来,既要对得起老也要对得起少哇,既要对得起死的也要对得起活的呀!"

到了这个时候,按说梁永生应当把对白眼狼的新仇旧恨,以及他去"捅马蜂窝"的远因、近因都说出来了。可是,他仍然没提杨大虎父子那些事。他所以始终不把去捅马蜂窝和那件事联系起来,主要是不想牵累大叔,也不愿给人留下这样的印象:梁永生是为别人去拼命的,真是抱打不平的英雄汉子!因此,这时梁永生咬着嘴唇想了一下,啥也没说,只是庄重地望着好心的魏大叔。这庄重的神情在向人们宣布:梁永生决心踏着蒺藜走,顶着浪头上,他准备迎接生活给予他的任何考验!

第二十八章　坟前叙旧

东方未亮,梁家就吃完了早饭。

永生、志刚、志坚爷儿仨,整装待发,要到龙潭街去大报血仇了。细心的翠花向丈夫说:"你们就这么明出大卖地去吗?"永生问:"你说怎么好?"翠花说:"是不是想个法儿悄悄地去?"永生说:"那有啥用?那样杀完就没事儿了吗?反正是事儿已经闹大了,怎么也完不了啦,何必再弄那种窝囊事儿哩?"翠花一听,觉着也是这么回事,没再说啥。在梁永生要出门的时候,他问翠花:

"哎,志勇呐?"

"他觉着抱屈,怄气去了呗!"

翠花扯下她罩着头发的黑布当甩子,抽打着志刚脊背上的尘土,顺口答了这么一句。志勇怄啥气呢?这用不着翠花细说,梁永生心里明白。昨天夜里,永生送走魏大叔和尤大哥以后,就和一家人商量去龙潭大报血仇、营救杨长岭的事。当时志刚、志勇、志坚都各抒己见说了一套。永生没有马上表示可否,又向翠花一腆下颏儿,笑津津地说:"哎,你有啥高招儿?"这时,翠花正在就着灯亮儿网扣鼻儿。一个蒜疙瘩扣鼻儿网好了,她的心里也网起一个疙瘩。永生一问,她就手里忙着嘴里说:"叫我看,咱穷人跟财主结的这个死疙瘩,就跟这扣鼻儿一样,反正是不动剪子铰刀子割是解不开了!咱不去找他,他也是要来找咱的。再说,杨长岭正遭难,咱怎能不去救呢?叫我看,也是赶上他的门去比在家里擎着好。可有一件儿,你们的大刀得长眼哪!中杀不中杀总得分出来……"志勇说:"哪这么些个啰嗦呀！冲进贾家大院,来他个鸡犬不留！"志坚也说:"对！剁他个肉泥烂酱！"志刚不赞成这个说法。永生最后说:"你们不要争了,到那里都听我的。"志勇问:"爹,多咱去？"永生说:"事不宜迟,明儿一早——不过,你不能去！"志勇一听毛了,忙说:"爹,我准听你的就是了！"永生说:"听我的好——留在家。"永生所以不让志勇去,主要是他的病刚刚见轻,还没好利索；白天去龙潭卖艺回来,又有些恶化；所以永生打心眼儿里有些舍不得。他的想法是:"这回去,是磨盘压住手,火烧眉毛,和'卖艺'不一样了——不管遇上什么情况,也要交手拼杀一场；一来杨长岭身处险境不容再拖,二来要让白眼狼翻过手来就不好办了！"因此,他觉着无论如何不能让孩子带着病去打仗。除此而外,他还有一层意思,就是把志勇留下来和娘做伴,这样他还放心些。可是,他并没把这层意思说出来,最后的一句只是说:"你有病嘛,所以不能去！"永生这句话,说得像板上钉钉,没点活动余地。并且,他说完,没容志勇张嘴,又紧接着说:"天不早啦,全睡觉吧,明天好去打仗。"现在永生回想着这些经过,又嘱咐翠花:

"你和志勇留在家,也要留点神哪！"

"你爷儿仨就放心大胆地去吧,不用挂着俺俩。"

翠花一遍又一遍地看着丈夫,一遍又一遍地看着儿子,好像她要把亲人们的每一个特征都印在心里。

永生领着志刚和志坚,正要出门,只见志勇站在门口上；他见爹和弟兄要出发,也跨开步子走开了。永生喊住他:

"志勇！你干啥去？"

"报仇去！"

"昨儿个夜里我说的啥？忘啦？"

"不！"志勇歪着脑袋,"我去！"

他说罢,鼓起腮帮子,用一双期待的目光望着爹。翠花怕他自

找挨叱责,上前拉住志勇的胳臂:

"志勇,你不是有病嘛,你爹不放心哪……"

志勇倔犟地把膀子一侧棱,挣脱了娘的拉拽,争辩说:

"我的病好了嘛!"

志勇一发犟,翠花算没咒儿念了。她只好将两条求援的视线投向永生。永生强压住眼看就要流露出的笑意,严肃地说:

"志勇,听话!"

"不!"

"留下!"

"不!"

在平常日子里,小志勇对爹的话,从来不打驳回,更没跟爹犟过嘴。可是今儿个,他却有些反常,跟爹顶了牛儿。说来也怪,眼下永生的心情也很反常。平素里,他对拧手的执拗孩子,一向是讨厌的。可是,如今小志勇竟然戗着他一连说了几个"不",他的心里不光不烦,反倒有些高兴。这是因为,他喜欢志勇这种不怯阵的精神,也喜欢他报仇的决心,还喜欢他敢于坚持自己想法的倔强性格儿。但是,他经过一番左思右想,把发自内心的喜悦悄悄埋藏起来,用眼睛压住志勇的视线,提高了嗓门儿怒喝道:

"给我回去!这么不听话还了得!"

这时,永生的脸上,出现了铁石一般的严峻。这种少有的严峻,给他的话增添了分量;似乎每个字都有千斤重,令人不敢抗拒。志勇抬眼一瞟,见爹真发了火,赶紧不声不响地溜了。

梁永生又朝志刚、志坚一挥手:

"走!"

杨翠花大步加小步,跟在后边,一直把亲人送到村头。这时节的杨翠花,活像肚子里有二十五只小老鼠乱鼓涌——百爪儿挠心。可是,她的脸上,却一直挂着镇静的笑容。她那血泪的记忆,驱使着她支持丈夫和儿子的行动；她那倔强的性格和强烈的自尊心，又指使她不能成为亲人的累赘。因为这个，她用宽慰人心的笑容，一次又一次地迎回了儿子们那不断回头张望的视线。

梁永生甩开膀子咚呀咚地跨着大步，志刚和志坚紧紧地跟在后头。他父子们的身影，在杨翠花的目光中，渐渐地缩小着。当亲人们的身影缩小到看不见的时候，站在村头上的杨翠花突然觉得像被挖去心肝似的，两颗亮晶晶的泪珠儿，在她的眼角上游移不定地闪动着，闪动着……

再说永生和志刚、志坚。他们扯开趟子，风风火火一路疾行，奔着龙潭径直走下去。在路过坊子村头时，永生忽然望见了他曾经住过的那个篱笆障子院落，蓦地想起了杨大虎送盘缠的事来。这时候，他觉着心里有一种力量，正在扩张着，促使他又加快了脚步。

运河来到了。混浊的河水，还和往日一样，汩汩地流着。河畔上的麦田里，安着一架木斗儿水车。被人捂起眼睛的小毛驴儿，顺着那条永远走不到头的圆圈儿"道路"奔走着。有时候它猛孤丁地打个前失，抻着脖子咴儿咴儿地叫几声，又继续走下去了。

梁永生领着儿子登上运河大堤，又继续朝前走去。他们走着走着，白眼狼那片松树林，映入永生的眼帘。那棵高高的白杨树上，被永生捅掉的老鸹窝，又重垒起来了。永生眺望着那棵大树，回想着二十五年前捅老鸹窝的情景，觉得自己当时非常幼稚可笑。这时他情不自禁的话在心里说：

"二十五年后的今天，我又要来捅'老鸹窝'了！"

他们爷儿仨又走了一阵，那座血泪斑斑的龙潭桥来到了。二十五年的风风雨雨，已把那血迹泪痕冲刷得干干净净；但是，它将永远冲刷不掉梁永生那血泪的记忆，冲不灭永生那仇恨的火焰。今天，梁永生百感交集地站在龙潭桥头上，心里挺乱腾。稍一沉，他手扶着桥栏杆，心里回想着娘在这里被白眼狼的狗腿子逼下运河的惨景,手像突然被蝎子蜇着似的,猛地抖了一下。过了一阵儿,他那两条含仇赍恨的目光,又停落在桥东不远处的路边上。二十五年前,永生爹就是在那个地方,向他的儿子说出了最后一句话:"你长大成人,要记住财主的仇和恨,莫忘了穷人的情和恩……要给穷爷们报仇,给你爷爷奶奶报仇,给我报,报,报仇!"永生追忆着这些往事,目光又渐渐地移向河滩……

在那临河傍堤的河滩上,有个平地凸起的小土坪。土坪上,并摆着两个坟堆。坟堆前头,有两棵松树,都已长大成材。它们那经冬未枯的枝叶,已被春日的阳光染上一层绿色,显得更加清新可爱了。它俩那在半空中搭连在一起的枝枝叶叶,在这和煦的晨风中不停地摆动,仿佛正在亲密地攀谈着。坟堆上,开放着一朵朵黄灿灿的迎春花。那花儿,正在向着对它出神的梁永生点头,好像在说:"我们等了二十五年,你们终于回来了!"

梁永生站在龙潭桥头,一双大眼久久地凝视着坟景,心里回忆着那对生前搡着胳膊走的穷朋友,觉着鼻子阵阵发酸,眼窝儿里渐渐地汪满了泪花。

"爹,你怎么啦?"

心细眼尖的志坚这么一问,立刻把志刚的视线引了过来。

永生一挥手:

"跟我来——"

去干啥哩?志刚和志坚的心里都在这么想着。他们紧紧跟在爹的身后,走下龙潭桥头,翻过河堤,顺着喧腾腾的河滩,一直向前走去。河滩上的细沙,在他们的脚下,发着唰啦唰啦的响声。他们的身后,留下了一溜深深的脚印。这脚印,从龙潭桥下一直摆到那两座坟堆的近前。

梁永生站在坟前,指着那两座坟说:

"孩子们!咱全家的深仇大恨,就埋在这俩坟里!"

孩子们不懂爹的意思,都向爹送去疑问的目光。

永生又指着左边那个坟说:

"这座坟里,埋着我屈死的爹——你们的爷爷!"

这时候,志刚、志坚都注视着坟堆,久久地出神。他们心里那团仇恨的火焰,燃烧得更旺了。他们那一双双豁亮的大眼睛,渐渐地,渐渐地,湿润了,四只拳头紧紧地攥了起来,发出嘎叭嘎叭的响声。

过了一阵,永生把垂下去的头仰起来,问儿子们说:

"你爷爷是怎么死的——你们不是都知道吗?"

儿子们齐声回答:"知道!"

梁永生点点头。然后,又转向爹的坟,以沉重的语气说道:

"爹呀!你在临死之前,曾嘱咐我说,要我长大成人,为你和穷爷们儿报仇……二十五年过去了。你的子孙后代回来了,今天就要去给你报仇了!"

这时节,晨雾渐渐消散,空气显得异常肃穆。

过一阵,梁永生又向儿子们说道:

"孩子们,还记得我跟你们讲过的你常明义爷爷的事吗?"

"记得!"

"他是怎么死的?"

"被白眼狼活活打死的!"

梁永生把儿子们领到右边那个坟堆近前,语重心长地说道:

"就是这座坟里,埋着你们的常明义爷爷!"

梁志刚向坟堆注目了一阵,又指着坟前的两棵松树问爹:

"爹,这松树是你栽的吧?"

"不!"

"谁?"

"常秋生。"

"他是谁?"

"他是你常明义爷爷的儿子。"

"常爷爷还有儿子?"

"有!"

"在哪里?"

"闹不清!"

"咋走的?"

"叫白眼狼赶走的!"

梁永生沉默了一会儿,又向志刚说:

"你常爷爷还有一个孙子呢!"

"还有孙子?"

"对!"

"他在哪里?"

"就在坟前!"

"坟前?"

梁志刚正然四下撒打着,梁永生又说:

"志刚啊,他的孙子不是旁人——"

"谁?"

"你!"

"我?"

"对!"

这时节,梁永生的脸上,呈现着一种严峻的神情,讲起了志刚来到梁家的过程。梁志刚全神贯注地听着听着,心里充满了悲痛,充满了愤恨,充满了由悲痛、愤恨而产生的力量。这种力量使得志刚再也控制不住自己,他噗噔一声扑到梁永生的怀里,激动地喊了一声"爹",眼里的泪水滚下来了。

梁永生亲昵地抚摸着志刚,噙着亮晶晶的泪珠儿向他说:

"孩子呀,咱们爷儿俩,本来是既不同姓,更不同宗;我姓梁,你姓常，我是长工的子孙，你是佃户的骨血。不过，咱们都是穷人的后代，是同一个苦根儿上结出的苦瓜。为了不让你和我一样，在那幼小的心坎上留下少爹无娘的创伤，十多年我没告诉你……"

极度的悲痛能激起酷爱的浪花。现在志刚对永生的敬爱已超过了父子之情。由于感情太冲动了，他张了好几次嘴，才说出一个字来：

"爹！"

梁永生缓了口气又说道：

"志刚啊，财主们逼得我们长工、佃户家破人亡，妻离子散；逼得我们东张西奔，南跑北颠。可是，一个'穷'字，把我们长工、佃户的心紧紧地系在一起，使我们非亲非故的人们成了家眷。"

梁永生用他那双闪耀着泪花的眼睛，把志刚和志坚巡视了一遍，然后又说：

"孩子们呐！贫穷，就像自个儿的影子，咱跑到哪里，它跟到哪里，直到今天，它还在身边缠磨着我们。它，灌了我们一肚子苦水，塞给我们许多的灾难。可是，苦水养育了穷人的骨气，灾难教会我们许多的本事。贪得无厌的财主，就像张着血盆大口的饿狼一样，在我们的身上留下了无数的伤疤，把我们的心脏里注满了仇恨；伤疤增斗志，仇恨是火种——我们今天去血战龙潭，不就是这些伤疤、仇恨下的令吗？"

"对！"

孩子们异口同音地应了一声。梁永生又向泪流不干的志刚说：

"志刚啊，你的爷爷常明义，你的亲爹常秋生，都是一咬咯崩崩响的硬汉子。他们生前，在歹毒的财主面前，向来是宁流血，不流泪。孩子呀，泪水报不了你爷爷的仇，泪水淹不死白眼狼。让这泪水流进肚子里去吧！眼泪入心化为仇。仇恨埋在心中，它将变成一团火。一旦爆发出来，它能把我们的仇人烧成灰！"

"哎。"

倔强的梁志刚,用手背在脸上抹了一把,眼泪骤然止住了。他脸上那悲痛的神色一层层减少了,心中的仇恨却正在一层层地增加着。

梁永生满意地点点头。他又指着两座坟堆向儿子们说:

"长眠地下的这两位老人,生前齐膀并肩跟白眼狼斗了几十年,结果都怀恨含冤死去了。现在,旧仇还没报,新仇又来了——你们知道:杨长岭已经被白眼狼抓起来,今天就要往县里押送了!杨长岭在等着我们去搭救。这些新仇旧恨,也要靠咱们去给他们报哇!孩子们,看来我们在这一带是站不住脚了。我们这次去龙潭,杀了仇人,救出亲人,就算跑遍天涯海角,还要去找党……"

"走!"

从儿子们的口中同时发出的这个巨大的怒吼声,像突然爆发的火山一样,腾上高空,冲入九霄,在云端回荡,在天际缭绕。

他们这同心同仇不同姓的爷儿仨,离开坟堆,健步直前,一齐奔向龙潭。

这时梁志刚的脑海里,就像大海的巨浪一般,汹涌翻腾,波涛连天。一段段的往事,一篇篇的记忆,都随着志刚那思绪的浪花翻滚上来,并将埋在他心里许多年的无数个疑团冲散了。多少年来,志刚一直在想:"在我们弟兄几个当中,顶数我的年龄大,爹娘为啥却处处偏爱我?死在白眼狼手中的穷爷们儿多得很,可是爹为啥却偏偏爱跟我讲述常明义爷爷的血仇?那次深山偶遇秦大爷,他为啥对我的感情非同一般?……"这些数不尽的问号儿,如今都一下子消逝了。同时,从梁志刚的灵魂深处,又冒出了一种崭新的、生命力十分强大的东西……

龙潭街来到了。它摆出一副遭难者的神态,迎接着它这真正的主人。梁永生注视着正在朝他迎上来的龙潭街,就像一脚走进了咸菜铺,酸、甜、苦、辣各种各样的滋味儿,一齐扑面而来。

一棵高高的白杨树,挺拔地站在村边。它就像全村穷爷们儿的代表似的,正在热情地向着他们招手。不知是谁,在村边唱着歌子——

夏季里来热难当,
长工汗水湿衣裳;
汗水泪水一齐流呀,
我在为谁忙?

冬季里来雪茫茫,
佃户没有过冬粮;
扯大拉小去逃难呀,
何日回家乡?
……

村歌未落,大树后边闪出一位少年。

那位小将,两只大眼睛,一身短打扮儿。他那灵活的身躯,宛如一条小梭鱼游在水里。他的身后,背着一口大刀。刀柄上的红绸布,垂在朝外扎着的肩头上。这种装束,给那位生来英俊的少年娃娃,又增添上一种小将特有的英武气概。

这位小将你猜是谁?他就是被爹硬留下的那个志勇。原来是,志勇被爹斥退以后,他觉着抱屈,仍不死心。等爹和弟兄们出了村,他就从另一条路上也奔龙潭来了。他来到后,偷偷地顺着街筒子往里一瞅,只见街上平静如常,就知是爹和弟兄们还没赶到,便在这棵离村三箭地的白杨树后藏起来。如今,他远远望见爹和志刚、志坚披刀挂剑拖尘而来,便赶忙从树后闪出身躯,飞步来到爹的面前。他,一声没吭,拦路而站,那双瞪大了的眼睛,宛如两汪澄清了的水池子,里边的一切,都能一览无余地看得清清楚楚。他若有所待地看了爹一阵子,稚气的脸上流露出一股和他那小小的年龄不相称的表情,然后低下头去。

小志勇不声不响地站在这里要干啥呢?梁永生透过志勇的眼睛已经看到儿子的心里——他是来拦路请战的。怎么办呢?梁永生面对着这本来没有预料到的局面,心里又是气,又是喜,又是疼,又是急。志刚见爹挺作难,就出面为志勇讲情说:

"爹,就叫俺三弟去吧!要不,他一窝囊,病会加重的……"

梁志坚不赞赏志勇的做法。他朝志勇说:

"有本事头里打去嘛!站在这里干啥?"

儿子们的话,说动了爹的心。尤其是梁志坚这句愣话,更促使着永生想道:"是啊!志勇脾气儿执拗,性子急,并且一向是志气刚强的;我要是硬不让他去,他已经来到了村边上,能老老实实地回去吗?若万一他自个儿单独地去乱闹腾,那可就更糟了。"永生想到这里,就说:

"志勇,抬起头来!"

"爹,准我啦?"

"准你!"

"好爹!"

小志勇一挺脖子仰起脸,脸上浮现出一股掩饰不住的满足的笑意。

永生说:"我答应你了。你可要记住我的话——只杀仇人,不许乱杀乱砍!"

志勇道:"行!"

接着,梁永生一挥手说:

"走!"

爹的余音未落,志刚、志勇、志坚一齐跨开步子,齐向龙潭街口奔去了。

第二十九章　血染龙潭

龙潭街。

街当腰的巷口上,聚着一帮妇女——有的抱着孩子,有的纳着袜底儿,还有的胳肢窝里挟着麦莛,正编草帽缏儿;她们交头接耳,嘀嘀咕咕,时而叹息一声,时而嬉笑一阵,也不知谈论的什么事儿。一位老奶奶走过来了,她拿着箩床,挟着绳套,浑身挂满霜花似的面粉细末儿;见人们绵言细语喃喃不休,就凑到近前,侧歪着膀子听了一霎儿,打一个唉声又走开了。一位发梢半白的妇女喊她道:"锁柱奶奶,怎么走哇?"锁柱奶奶说:"你们这些年轻的,到一堆子没正格的。俺那帮孙男嫡女还等着吃饭呐——快推磨去……"

那边墙根底下,坐着一伙子老汉。他们一边眯缝着眼睛晒太阳,一边摸着胡子唠家常。

一位留着八字胡儿的老汉抽了口烟说:

"年根底下下了场好雪,今年的麦秋许孬不了。"

一位留着山羊胡儿的老汉吐口唾沫说:

"我说李月金呀李月金,麦秋好孬有咱的个啥?"

"乔士英大哥你可不能那么说!像咱们这号人,蚂蚱打嚏喷,满嘴的庄稼气,不盼个风调雨顺的好年景,还盼啥?盼着做皇上?"

一位去饮牲口的老汉从此路过,拦腰来了这么一杠子,没站脚走过去了。乔士英继续向李月金说:

"咱跟人家那十来亩地一头牛的不一样。你不就是那五只绵羊一根鞭?麦子好了关乎你什么事?你搉着羊去啃人家的麦苗儿?"

"先别瞧不起我这五只羊一根鞭,你呀,还不如我呢!"李月金说,"你撑船撑到年半百,大概连那根撑船的竿子也不是你的吧?一登上旱地儿,你连个放鞋的地盘儿也没有!"

在他老哥儿俩抬闲杠儿的同时,旁边那几位老汉正在议论杨长岭的事儿。

有一位年纪最高的、留着海仙绦的老爷子,将装上烟的烟袋挟在腿腋下,右手拿着火镰,左手捏着火石和火绒子,一面嚓嚓地打火,一面含恨带气地说:

"脚下这个鬼世道儿,真是人死王八活的年头儿!穷就有罪,富就有理……"

看来这位老爷子心怀不平,窝着一肚子火。他崩一个词儿打一下火,打一下火崩一个词儿,越说越上气儿,越打越吃劲儿;把那大拇指甲都打掉一块了,可还是在不停地打着;就像满肚子的火气没处发泄,他要照着火石煞气似的。

一位留着月牙儿胡子的老汉叹了口气,顺着这口气把那满腔子的浓烟吐出来,然后带着劝解的口吻说:

"黄老哥呀,把眼闭起来,马马虎虎地过吧,无论啥事儿甭找那么真呀!眼时下这个世道儿,依着细找理儿,还不得活活气煞?"

那位留着络腮胡子的老汉,把拿在手里摆弄着玩的一块花岔瓦儿往地下一揿,朝前圪蹴一下身子,气呼呼地插了嘴:

"我说庞安邦嗳,你这话不沾!照你这个说法儿,杨大虎的儿子杨长岭就得等死啦?"

"人家白眼狼谁惹得起?唉!"庞安邦争辩了一句,又叹息了一声,接着向那络腮胡子老汉说,"唐峻岭啊,像咱们这号穷孙头,谁不是叫白眼狼踩在脚底下过日子?漫说一个杨长岭,梁宝成家那是屈死了几口子?到眼下说话——"他扳着指头划算了一下,"喔!

今儿又是元宵节啦,整整二十五年了!怎么样?那仇,报了吗?唉!"

"君子报仇,十年不晚。"唐峻岭说,"我看不会这么云消雾散……"

人们都沉默下来。过了一阵,唐峻岭像突然想起了什么,他往前就了就身子,现出神秘的态势悄声说:

"瓦匠汪岐山到河西耍外作,听到一个荒信儿——"

在当街说话儿,高声大嗓往往没人理会,悄声私语却很爱引人注意。唐峻岭这种神情,立刻把坐在那边的王长江、房治国全吸过来了。他们你一言我一语没头没脑地插了言——

"老唐,啥荒信儿?"

"听说梁永生回来了!"

"他在哪里?"

"说是在宁安寨呢!"

"真的吗?"

"真假谁知道哇?荒信儿荒信儿嘛!"

"唉!就算真回来个把人,也掀不起啥浪头!"李月金两手按着膝盖,哈着腰听了这大晌,冒出这么一句泄气的话,又回到原来的座位上,拣起一截干棒,在地上乱画起来。

"嗯!当不住有影儿。"乔士英也凑合过来了,"那一天我看卖艺的,总觉着那个领班儿的有点眼熟;你这一说,我又一琢磨,哎,八成儿是梁永生那个小伙子……"

王长江说:"这话有响儿,算算岁数也贴边儿。梁永生那小伙子,从小就志气刚强;我估摸着,他早晚有一天得到贾家大院来找白眼狼……"

王长江正说着,唐峻岭戳他一把。他一撩眼皮,又接着说下去了:

"贾家庄上有个白木匠,叫白会来。会来算个屁?你别看我这个蹩木匠是半路出家,可还就是不宾服他那两下子……"

原来是,方才唐峻岭戳王长江的时候,白眼狼的四狼羔子贾立智,已经来到他们的近前。他斜愣着两只蛤蟆眼儿听了片刻,不以为然地说:

"呔,净吹牛!"

四狼羔子是个大舌头,说话嘴里像含着个鸡蛋,满处喷唾沫星子。他来到这里放了这么个屁,挠勾着脖子趿拉着鞋,滚蛋了。

人们斜视着四狼羔子的背影,又响起一阵怒骂声。

一会儿,那边人声嘈杂乱了营——白眼狼的四狼羔子和长江的儿子王锁柱吵起来了,也不知他们究竟是因为啥。只见狼羔子上来就是虎牌儿的,他骂骂咧咧没人话儿,吹胡子瞪眼发贼横。锁柱两手叉腰,挺胸而站,一句也不让过儿。他俩四只眼睛对峙着,正然越吵越凶,从那边来了两个狗腿子。四狼羔子一咋唬,狗腿子们蹶跶蹶跶地过来了。狼羔子向狗腿子喝令道:"给我打!"狗腿子们忽啦一下子上来了。"好虎架不住群狼多。"不大一会儿,王锁柱便被他们打倒在地。狼羔子连声咋唬:"狠打!照着脑袋打!打死他看出殡的!"这时节,在场的穷街坊们又气又急,有的上前去拉仗,有的准备要动手,锁柱他爹王长江,两手举着一根顶门杠子,边跑边骂也赶了来。有人担心地说:"糟了!看来这场乱子要闹大了!"

正在这个节骨眼,南街口上进来四个人。

他们每个人的身后,都背着一口单刀;顺着大街,大摇大摆,飞步而来。

这伙人,就是梁永生和梁志刚、梁志勇、梁志坚。

永生一见狼羔子、狗腿子们正行凶打人,气得两眼血红,火冒三丈,五脏六腑全要崩裂了。他一个箭步蹿上来,怒喝一声:

"住手!"

狗腿子们抬头一望,都吓了一跳,倒退了好几步。狼羔子惊魂稍定,向这手持兵器的人们一打量,冷笑道:"噢!卖艺的呀!去!卖你的艺去,少管闲事儿,免得不自在!"梁永生蔑视地一笑:

"对不起!这个'闲事儿',我非管不可!"

"告诉你,这是龙潭街!"狼羔子一拍胸脯儿,"我们姓贾的说了算!"

"狗屁!"

"你们放明白点,这是我们贾家大院的四少爷……"

那个雀斑脸狗腿子的话没说结,被梁志勇一脚踢了个狗啃蜜。与此同时,志勇又嗖地抽出大刀:

"我叫你四少爷——"

他话未落地,狼羔子的脑袋滚在地上。吓得狗腿子们嗷嗷地叫着,屁滚尿流地逃跑了。这个场景,被五狼羔子贾立信看见了。那小子像只屎壳郎,他一面顺着大街跌跌撞撞地往家飞跑,一面张着个臭嘴嗡嗡开了:

"来土匪了!杀了人了!"

街上的人们,都惊得目瞪口呆。

梁永生腾身站在道旁的石磙上。他向着远远近近的人堆大声说:

"乡亲们!我们不是土匪!也不是卖艺的!我是梁宝成的儿子梁永生。今天是来找白眼狼报仇的!……"

可能是由于太激动了,他那洪亮的嗓音似乎有点沙哑。

永生说罢,就领着他的儿子们杀奔贾家大院去了。

满街筒子的穷爷们儿,听了梁永生这段话,都喜在心里,笑在面上。黄老汉和王家父子,更是遏制不住兴奋的心情。王长江当众喊道:

"穷爷们儿听着！报仇的时候到了！"

接着，又是一片人声：

"梁家爷们儿就这么明火执仗地杀进来了，真有点气派！好样儿的！"

"我早就盼着这一天哩——走，拿家伙去！"

"对！就着榔头砸坷垃——打狼去呀！"

呼喊的怒浪，势如洪水奔腾，给永生增添了力量。

梁永生一行来到贾家大院门前。他们正要破门而入的时候，突然从大门口踢里跶拉拥出一窝蜂。梁永生瞋目一望，只见杂七杂八十几号，刀枪棍棒样样有，一齐扑了过来。走在前头的几个家伙，还一边走一边咋咋唬唬：

"拿凶手哇！"

"捉土匪呀！"

梁永生目睹此景，心中暗道：

"哦！白眼狼要耍花招儿——想让这些人给他当替罪羊！"

于是，他向身后的儿子们喝令道：

"退！——再退！……"

那伙乌合之众，继续向前扑来。贼头贼脑的五狼羔子，端着一支缨子枪，走在最后头，推推搡搡驱赶着战战兢兢的人群，发出刺耳的尖声怪叫："走！——快！……"

这些被驱赶的人群中，有被白眼狼花钱雇佣来的赌鬼、酒鬼和大烟鬼，还有给财主舔腚溜沟子的狗腿子，也有被白眼狼硬逼来的长工、月工和佃户。他们的表情，形形色色，人各不一。有的狗仗人势扬风扎毛，有的抽头缩脑左顾右盼，有的忧容满面踌躇不前。

梁永生站在一个平地凸起的土台子上，放出两条炯炯闪亮的目光，扫视着这伙人，然后，向着他们大声说道：

"我是梁永生，不是土匪。二十五年前，我的爹娘都死在白眼狼的手里。今天,我们来到贾家门前,是要找白眼狼报仇的。你们这些人,和我今日无仇,往日无冤,为啥要来和我们拼命?"

梁永生这段话,把那伙乌合之众喊乱了营。有的,情不自禁地低下头,收住了步子;有的,偷偷摸摸向边上溜靠,准备逃之夭夭;有的呆呆地望着梁永生的面容,送来一副同情的目光……五狼羔子见秩序乱了,在后头叫道:

"上!快上!真他妈的尿包!谁敢煞后儿,我抽地封门!我扣他的工钱!我要他的脑袋!"

甭管五狼羔子怎么嗥叫,人群依然是只见腿动不见进;还有的干脆停住了脚,直挺挺地站在那里。这时节,梁永生亮开他那铜声响气的嗓门,又开了腔:

"你们当中,有些人是和我们一样的受苦人,来替白眼狼卖命不冤吗?我们是来救杨长岭的,你们要是顶着跟我们干,这叫我们怎能下得手呢?"

永生这么一说,那些被逼来、骗来的穷人,像撒了气儿的皮球,全都蔫了。有的唉声叹气,有的目瞪口呆。五狼羔子一看都不像个打仗的劲头儿,气急败坏地又嚷道:

"快上呀!净些窝囊废!谁要捅上姓梁的一枪,我赏他十两烟土!谁能割下姓梁的脑袋,我赏他十亩大田!"

大烟鬼们一听说"赏烟土",都馋涎欲滴,忘其所以。有两个闻烟不顾命的送死鬼,端着缨子枪朝永生扑过来。可是,这些横草拿不成竖草的家伙,他们的两只手只会摆弄大烟枪,又怎能玩得了这缨子枪呢?只听"叭——叭"两声脆响,大烟鬼们连人带枪全变了样子。这一个的枪杆被永生的大刀削断了,丁零当啷成了"梢子棍";那一个在永生举刀开枪时震破了"虎口",胳臂也酥麻了,缨子枪溜落地上。这时候,直吓得两个大烟鬼魂飞天外,面无人色,抖抖嗖嗖成了一摊泥。

梁永生没再理睬他们。他亮开嗓子又向人群说道：

"谁要是趾着鼻尖上额盖,愿意拿着脑袋换烟土,我们这里收庄啦!"

在永生说话的同时,短胫熊背的五狼羔子,在人群后头也吆吆唬唬、骂骂咧咧地嚷起来。永生想："杀仇人要紧,不能光跟这帮乌合之众纠缠。"于是,他向志勇递了个眼色。早就等得心急了的梁志勇,手里的刀柄都快攥碎了。只见他像离弦的箭头一般,嗖地蹿出去,往左一拐,绕过人群,一直扑向在后头督阵的五狼羔子贾立信。五狼羔子见势不妙,把枪一扔撒腿就跑。他一面屁滚尿流地挣扎逃命,还一面歇斯底里地狼嗥鬼叫："救命啊!救命啊……"

怒火燃胸、嫉恶如仇的梁志勇,岂肯放过这只崽子?他一边飞步猛追,一边厉声吼道：

"跑不了你个狗杂种!"

志勇的吼声,把个狼羔子吓傻了。他只觉腿一软,眼一黑,吭噔一声跌倒地上。接着又半爬起身子,冲着另一个方向磕开了响头：

"饶命啊!饶命啊……"

"饶了你对不起穷爷们儿!"

志勇一溜风烟扑过去。眼观着五狼羔子就要狗头落地的当儿,从贾家大门口又拥出一撮打手。

原来是,诡计多端的白眼狼安排了两道防线。他的如意算盘是：先让这些乌合之众跟梁永生拼杀一阵,好让他们穷人之间结下不共戴天的仇;待他们两败俱伤,再把"精锐"打手撒出去"坐收渔利"。可他没想到,梁永生一眼就识破了他的鬼花狐,没有让他牵着鼻子走,使白眼狼的恶毒用心落了空。正当白眼狼登上他那高高的门楼子要来个"坐山观虎斗"的时候,忽见梁志勇正在追赶他的五狼羔子,他一下子慌了神,便赶紧把他埋伏在大门以里的疯狗们放出来了。主子下了命令,奴才怎敢不从?打手们这才蜂拥而出,冲上来刀下救主。

这些打手,是白眼狼的心腹,都是死心塌地的狗腿子。论武功,全觉着有半壶醋,其实稀松二五眼。不过,他们毕竟是靠打仗吃饭的家伙,总比那些大烟鬼之类的玩意儿难对付。可也不知咋的,他们那股子狗仗人势的扬张劲儿,却较往日大为逊色,也许是观看卖艺时吓破胆了吧?永生见白眼狼的打手们扑向志勇,就向志刚、志坚发令道:

"打这狗日的!"

随后,一拥而上。

仗,就这样打起来了。

正当志刚、志勇和志坚他们,和贾家的"精锐"打手们相互拼搏的时候,突然,伴随着"嘎勾儿"一声大枪的响声,从贾家大院的角楼子里,飞来一颗罪恶的子弹,志坚中弹身亡。

这是怎么一回事儿?

原来是,而今的贾家大院里,已经有新式武器——大枪了。

具体说来,事情是这样的:

几个月前,白眼狼派马铁德跑了一趟天津卫,才买来一支"湖北造儿"大枪,还有二百发"七九"子弹。可是,大枪买来后,贾家大院的百余号人,无论奴主,都打不响。于是,白眼狼又破格出高价,从河西雇来一个名叫方巾的家伙。方巾,是个兵痞,在大军阀吴佩孚部下当过多年兵,玩枪玩得很熟。白眼狼为了让方巾给他"保镖护院",还特地在他贾家大院的西南角上,赶修了一个角楼子。方巾这个奴才,就黑白呆在这个角楼子里。现在打死志坚的子弹,就是他射出来的。

再说梁永生,他一见四子志坚被打死,内心十分沉痛,眼泪夺眶而出。只见,他朝正在贾家大院门楼子上"坐山观虎斗"的白眼

狼一挥胳膊,又向其长子志刚发令道:

"去把那个老杂种给我宰了!"

一向善于蹿房越脊、飞檐走壁的梁志刚,遵父命飞步来到贾家大院的门楼子下,纵身一跃,蹿上了那高高的门楼子,朝白眼狼的背后就是一脚。白眼狼"哎哟"一声嚎叫,一个"倒栽葱"张落地上,闹了个"狗啃蜜"。继而,志刚来了个"燕子投井",飞身下了大门楼子。他,右手用刀压着白眼狼的后脖颈子,左手背扭着白眼狼的胳膊,厉声喝道:

"走!"

"哪、哪里去?"

"跟我走!"

"好,好!我,我走⋯⋯"

梁志刚刀押着仇人白眼狼,顺着大街,拣直向运河滩走下去。志刚的主意是,把白眼狼这个血债累累的刽子手,弄到他的两个爷爷的坟前,再砍下他的脑袋,来个"狼头祭祖,大报血仇"!谁知,当他登上龙潭桥边的河堤以后,白眼狼望见梁宝成和常明义的坟墓,就预感到了不是好兆,便拼命挣拽,不下河堤,并企图脱身逃命。志刚怕他跑掉,便朝他的大胯砍了一刀。正在这时,忽然从贾家大院的方向又飞来一颗子弹,志刚中弹倒了下去。过了一阵子,当他挣扎着从血泊中站起身时,只见白眼狼正在远处一瘸一拐、跌跌撞撞挣命地奔逃着⋯⋯

回头来,再说贾家大院门前的广场上。这里,那场梁、贾两家的厮杀,已经发展成了龙潭街上穷富之间的大混战。

刚交手时,是一个战场,双方混战。不多时,永生他们被冲散了帮,由一个战场变成了几个战场。

先说永生。他被一伙狗腿子团团围住,孤身奋战,四面冲杀,忙于招架。他想:"这个打法,寡不敌众,终将吃亏⋯⋯"于是,他虚晃一刀,冲出重围,撒腿便跑。狗腿子们见他败了,岂肯放过?尾随其后,拼命猛追。一忽儿,他们那原来的一大片,被梁永生拉成了一条线。这时候,永生突然转过身来,杀了个"回马枪"。方才,永生被一大帮围住时,双方打了个平局。现在是一对一了,永生占了绝对优势。再加不知深浅赶到尽前头的这个家伙,错误地把梁永生当成了"惊弓之鸟",只想一枪刺死永生抢个头功,没想永生还敢转身再战。由于实力不敌,加上措手不及,刀中右臂,卸去了胳膊,惨叫一声,倒在血泊中。梁永生乘胜前进,又向他后边的一个扑过去。那小子自知招架不住,撒腿便跑,弃枪逃命。到这时,其余的狗腿子一哄而散。梁永生瞄着一个狼羔子追下去了。他正追着追着,突然头顶上传来一声鸟叫。永生抬头一望,只见庞安邦从屋檐上探出一个头来,朝西一指。永生一想,必然是西边情况紧急,忙改道更辙,向西奔去。

西边,杨大虎手中的棍子打成了三截,被几个狗腿子围在了运河岸边。那伙疯狗似的狗腿子,正齐嚎乱叫:

"要死的!"

"抓活的!"

杨大虎面敌背水挺立河岸,把那连鬓胡子一扎撒,冲着群丑冷冷一笑:

"哪个小子带蛋?你就来吧!"

"哈哈!你赤手空拳还要来个背水阵吗?真是自不量力——"白眼狼的"教师爷"彭良话未落地,枪头已刺向大虎的胸口。大虎猛一闪身,躲过了枪头,就劲儿抓上彭良的臂膀,另一只手抠住他的尻骨,一吃劲把他举了起来。这下子,吓得狗腿们倒退了好几步。彭良在半空中也叫了"爹"。接着,只听嘭的一声,彭良扎进了滔滔的河水。尔后,大虎指着群丑又道:

"愿意去喂王八的上啊!"

狗腿子正要挠鸭子,六狼羔子领着几个狗腿子又赶来了。正在这时,梁永生也来到近前。一阵拼杀,把那些家伙们揍了个燕飞。当永生、大虎顺着大街正追赶仇人的时候,忽见梁志勇被几个狗腿子围在贾家大院门前的广场上。这时志勇的胳臂已经中弹受了伤。在志勇处于危险之际,从那边传来一声巨吼:

"要脑袋的闪开!"

接着,生满络腮胡子的红脸大汉王长江,双手举着明光光的铡刀片儿冲上来。吓得狗腿子们失魂落魄,一哄而散,各自逃命了。就在这时,突然,又飞来一颗罪恶的子弹,王长江中弹倒在血泊中。永生、大虎赶到近前。他们救出志勇,正往前走,又见那边尘土飞扬,原来是二愣、锁柱他们,正在追赶一只狼羔子和几个狗腿子。于是,永生、大虎、志勇又一齐扑上前去……

就这样,这场恶战,越杀越凶,越打越乱。他们从前街打到后街,南街打到北街,道西打到道东。梁永生他们为避开贾家的枪弹,后来又把战场从大广场引进小胡同。直打得整个龙潭街上,到处都是急促的脚步声,兵刃的碰击声,夹杂着呼喊声、叫骂声,还有一声、两声的大枪声。被削断的半截枪杆,被打落的长矛缨子,大街小巷,处处皆是。直打得黄尘满空,天昏地暗,鸡飞狗叫,遍地是血。受了伤的狗腿子们,在街上横倒竖卧,滚着,爬着,呻吟着,惨叫着。总之,整个龙潭,家家户户掩门上闩,街街巷巷一片混乱。

村里的人们,有的跐着凳子扒着垣墙朝外看,有的搬过梯子上了房。你想啊,不管他是个什么样的人,谁能不关心龙潭街上穷富大混战这桩惊天动地的大事情?对这件事,每个人都有自己的想法,自己的看法,自己的表现。不过,从总的方面分,也就是两类——凡是大家富户,都盼着财主胜,穷人们败;他们在房顶上鸣锣击鼓,为贾家的打手们助威。凡是穷家小户,都一铺心地盼着穷哥们儿胜,白眼狼败;他们全在为参加打仗的穷哥们儿喝彩鼓劲。

除此而外,还短不了有些苦大仇深的穷人,也挺身而出,半扯腰里又参进来了。

太阳下山了,只把几片红色的云彩留在天边。真是"残阳如血"呀!

可是,龙潭街上,没有一个烟筒冒烟,因为龙潭街上穷富之间的这场大混战还在打着。

……

第三十章 夜 奔

已是万家灯火的时候了。

水势洋洋的运河,还和往常一样静静地流着。

蓝湛湛的夜空,也和往常一样出满了繁星。

血战了一天的龙潭街上,阴阴沉沉,寂静异常。家家户户,都早早地插上了门闩;街街巷巷,望不见一个人影儿。整个村子,除了几声汪汪的狗叫外,仿佛再也没有半点儿声响了。只有从周围村里传来的锣鼓声、鞭炮声,在提醒人们——今天,又是一年一次的元宵灯节了。

每个家庭的情景,跟街道上这死一般的沉闷气氛截然相反——一所所的庭院,一间间的住房,一颗颗的心脏,都像被大火烧开了的水锅一样,翻滚着,沸腾着。是啊!在这非同寻常的夜晚,哪一个家庭的气氛能够安安宁宁?哪一个人的心情会是平平静静?

在那一盏盏聚拢着家庭成员的油灯下,都在议论今天这个事件的是非曲直,揣测着它的发展变化。在这千差万别的论调中,仍可以财产为尺度分为几种。

富人,都把梁永生等人视为不法歹徒,对他们的伤亡,都幸灾乐祸,并为贾家的不幸而叹息不已。他们觉得这场风暴实在可怕。有的富家老人,主张明天派出喽啰,去助贾永贵一膀之力。他们的理由是:这不是反了吗?照这个闹法,还成什么体统?

穷人,都把梁永生一伙儿看作英雄好汉,但又为他们这场"悲

剧"感到痛心,同时还为贾家的厄运心情大快。他们觉着就像吃了顺心丸一样,格外舒贴。有的穷家子弟,攥着拳头向他的家长说:

"爹!明儿个,我也去参上干一场!"

"好!我也卖卖老,咱们爷儿俩一块儿去!"

"爹!你上年纪啦,甭去啦。我再串通上几个穷哥们就行啦!"

"不!这窝囊气我实在受够了!要不就着这个劲儿把白眼狼除治了,咱受到多咱算个头儿?"

少儿无女的穷老太太,也满心满意地想搭搭手儿帮把劲儿,可又觉着力不从心。于是,她拉开门扇走出屋来,向着蓝天默默地祷告:

"老天爷呀老天爷!你要有灵验,保佑着那些因无路可走才豁命的穷人哪……打个炸雷劈了那些狗财主,要不价,俺这些穷人可没法儿活啦……"

那些说穷不穷、说富不富的中流户儿,当家长的正在嘱咐儿子:

"可千万别往关帝庙里凑合呀!"

"咋的?"

"说是梁永生在那里……"

"梁永生又不是老虎……"

"梁永生是个好人。可这是人命关天的大事,谁要一傍边儿,沾上就了不得!"

"看起白眼狼来,也欠该这么治治他!"

"这话儿倒是对的。说句公道话——梁永生他们也些微地过分了点儿……"

许多大胆的穷爷们儿,冒着风险来到关帝庙上。

这个端来了油灯,那个携来了干粮。有的扛来铺盖,有的提来饭汤。也有的两手空空,只是送来一副火热的心肠。还有的淌着热泪拉着梁永生的手说：

"走！到我家去……"

梁永生因为怕连累穷爷们儿,才确定临时先在这关帝庙里落落脚的。因此,他说：

"不！我们不住下,一会儿就要走了……"

梁永生真要走吗？不是的。杨长岭还没救出来,白眼狼还没杀掉,他怎么能就这么虎头蛇尾地走了呢？再说,那些参加打仗的穷爷们儿,都扯大拉小一家巴子,永生爷儿几个要是一走,白眼狼岂肯与那些人善罢甘休？现在永生所以说"一会儿就走",一来是一种不去打扰穷爷们儿的借口,更重要的还是想让穷爷们去安心地睡觉,不要为他担忧。那么,他不走,又想怎么办呢？他的主意是：如今天已经黑了,在谁也看不清谁的情况下,闯进那住有许多长工、月工的贾家大院,是难免误伤好人的。因此,他想等月亮升起来以后,再想个法儿闯进贾家大院,救出杨长岭,杀掉白眼狼……可是,永生刚把来看望他的穷乡亲们送走,杨大虎又来了。他和永生一见面儿,就急急火火地说：

"大狼羔子去搬兵了！"

"上哪里？"

"县政府。"

"这信儿可准？"

"准。是贾家的一个长工,偷着跑出来告诉我的。"大虎又提醒永生说,"我估摸着,白眼狼早已派人去勾搭的那股子土匪,也八成儿快来了。"

他俩蹲在门洞子里说了一阵,永生抽着烟想了一会儿,最后说：

"大虎哥,我看这么办——你快回家,把东西拾掇拾掇,背上你的老娘,领着老婆孩子,赶紧离开龙潭街。事不宜迟,越快越好……"

"事到如今,我看也不能再顾那么多了——死就全死到一块儿算了!省得死的死活的活,扯不断肠子甘不了心……"

"不!大虎哥,咱们穷人,向来是不怕死的。可是,死,得死个值呀!"永生说,"大虎哥啊,这回,你一定要听我的——走!"

"我那个家,进了屋四个旮旯,没多少过活儿!所有的家当,一胳肢窝就能挟走。要走,没啥难的。再说,像咱这死活一样价钱的穷光蛋,走到哪里不是家?哪里的黄土不埋人?"大虎说,"可是,舍下你们爷儿几个,我心里下不去呀!"

"大虎哥啊,你不要惦记我们。"永生说,"我们这里没有扯腿拉脚的;下边有这两条腿,上边有这两只手,手里攥着刀把子,就是死,也保险赔不了本儿……"永生说到这里,见大虎仍不忍心离去,又说:"我们去给参加打仗的那些穷哥们儿送个信儿,然后也走!"他缓了口气接着说:"大虎哥,你也把咱庄的穷爷们儿挨门挨户虑一虑,对那些可能受连累的关照一下儿……"这时大虎的心里,悄悄地拿好主意:把一家老小送到亲戚家安排下,再回龙潭街,想法儿救长岭。他意识到这个干法会有很大风险,所以并没告诉永生就回家去了。

星星在被血染过的龙潭街上空眨着眼睛。漆黑的夜空像崩塌了一样张着大嘴。梁永生送走杨大虎,望着夜空沉思了一阵儿,又转身走进庙去。

这时候,志刚和志勇小哥儿俩,坐在大殿前边那高高的台阶上,正议论今天打仗的事哩!

志勇说:"今天这一仗,得算个败仗——咱们爷儿几个,再连上大虎大爷、长江大爷、二愣哥、锁柱哥,还有其他那些参加打仗的穷爷们儿,只是砍伤了白眼狼,杀了两只狼羔子,还有几个狗腿子。可是我们这边,也有伤亡,包括志坚!"

志刚说:"当然要算败仗喽!咱受了这么大损失,既没杀了白眼狼,又没救出杨长岭!"

志勇说:"咱吃了他们有'洋枪'的亏了!"

志刚说:"对!看明天的!明天……"

志勇正说了个半截话儿,永生回来了。他笑哈哈地说:

"你们想着明天还打呀?"

"当然喽!"

"不打啦!"

"为啥?"

永生把白眼狼去搬官兵、勾土匪的事说了一遍。志勇说:"嘿!官兵、土匪都上来,这个仗更有个打头了!"志刚也说:"爹,叫我看,反正是已经走到这步棋上了,不能就这么算了。"

"不!"永生说,"咱要顶着干,怕是要吃更大的亏,仇,也难报了!"

"那怎么办呢?"

"走!"永生说,"志刚,你和你三弟都受了伤,得先走一步。"

"爹,你呢?"

"我去给受连累的穷爷们儿送个信儿,帮助他们离开龙潭街,然后也走……"

永生这种说法,是为了打发志刚、志勇安心地回去。他这时的真正打算是:等志刚、志勇走了,该走的穷爷们儿也都走了,他越墙而过杀进贾家大院,救出杨长岭,宰了白眼狼,然后再离开龙潭街。他怕志刚、志勇不忍心走,所以没把这个打算告诉他俩。那么,他为啥还要打发志刚、志勇提前走呢?因为官兵、土匪随时可能来到。只要那些家伙们一到,再走就不易了。到了这样的时刻,永生怎么忍心让志刚和志勇留下呢?他们全受了伤!可是,志刚哪会知道爹这个用意?所以他在拿起大刀要起程的时候,只是说:

"爹，我们走啦——你可早点回去呀！"

永生笑着说："放心吧！"

志刚和志勇，顺着洼洼坑坑的甬道，向庙门走着。

月亮升起来了，像个盘子挂在天角。

梁永生倒背着手，随在儿子身后，一边走一边嘱咐：

"你们路过贾家大院附近时把角楼子上那个小子干掉！"

"哎。"

"别的不要惹事。"

"哎。"

"回到宁安寨，还要提防去抄家——"

"哎。"

志刚、志勇告辞了爹爹，踏着月光向前走去。当他们来到贾家大院附近时，忽然望见拐角处有个黑影。这时，志勇紧走两步，捅一把志刚，悄声说：

"哥，你等一下儿。"

"你要干啥？"

"干掉他！"

"净胡闹！"

正在这时，那个人也发现了他们。接着，一个苍老的声音传过来：

"谁？"

"走道儿的！"

梁志刚手握钢刀边答边走，大步流星地来到那人的面前。上眼一瞅，原来是黄老汉。于是，志刚亲昵地叫了声"黄大爷"。

"你可是梁志刚？"

"对！"

"你们干啥去？"

"我们要出村……"志刚说,"黄大爷,你……"

"我在这里哨着贾家大院,有啥动静好去给你们送个信儿……"

"谢谢黄大爷。"

"傻孩子!谢啥?你们的仇就是我的仇。"黄老汉说,"要说谢,我得先谢你哩!"

"谢我啥?"

"你们血战白眼狼,不光是报了你们的仇,也是报了我的仇,还是给咱这一带的穷人都报了仇——我还不该谢谢你们?"黄大爷指指贾家的角楼子,又说,"志刚啊,今天这一仗,咱们吃了贾家的亏,全是叫它闹的……"

"它是个啥?"

"贾家大院的角楼子呀!"

"那个给白眼狼保镖护院的家伙,就住在这里头吧?"

"对!"

"要是早知道这个情况就好了……"

梁志刚话未落地,一纵身子蹿上角楼子,伴随着一声惨叫,方巾的狗头从角楼子的窗口里滚下来。血水,也顺着蓝砖墙淌在地上。

这时,黄老汉又向志刚他们说:

"你们先等等——"

"咋?"

"我先到前边探探路。"

"哎。"

一霎儿,黄大爷回来了。他说:

"孩子们哪,走吧!没动静。只是在贾家大院的房檐上,有一只夜猫子叫唤。"

辽阔的大地,终于从那黄昏之后的短暂的黑暗中挣脱出来。沐浴在月光中的冀鲁平原,又变成了一个灰黄色的柔和而匀静的世界。这时节,自然界的万物生灵,都处在酣眠的沉寂状态中。惟独志刚和志勇这俩穷孩子,正然冒夜赶路,朝着宁安寨的方向飞步疾行。

灰黄的道路延长着。

空气停滞,夜色朦胧,四周寂静无声。这静寂的环境,和志刚、志勇的心境很不协调。此刻,他俩的心里,思虑万端,很不平静。他们在担心爹,生怕会发生什么不测事件。因此,他们不时回过头来,张望着那难忘的龙潭街。

龙潭街,静悄悄的,仿佛早已在这夜幕中睡熟了。从其外表看来,好像这里什么事情也未曾发生过,什么事情也不会发生似的。

他们眺望前方,又想起了留在宁安寨的母亲。志刚想:"现在娘在家中还不知多么着急呢?"他想到这里,心如火燎,恨不能两条膀臂生出一双翅膀,一翅子飞回宁安寨,飞到母亲的面前。

他们走着走着,突然志勇说道:

"哥!你看,前头那黑乎乎的是些啥?"

志刚顺着志勇手指的方向凝神一望,只见有几个人影,迎着他俩照直地走过来了……

夜深了。

心神不安的杨翠花,正两眼汪泪伴灯闷坐。忽然,传来一阵敲门声。她匆忙走出屋,一边朝角门儿奔着,一边竖起耳朵听着——她要从门板的响声中,识辨出这半夜敲门的是不是自己的人。永生爷儿几个,敲门的响声翠花全能听出来:永生叫门,都是用烟袋锅子敲门板——得得!得得得!得得……志坚叫门,是用手指敲门板——乒乓!乒乓!乒乓乓……志勇叫门,是用拳头捶门板——砰砰砰！砰砰砰！砰砰砰……志刚叫门，是用手背敲门板——咄咄！咄咄咄！咄咄！咄咄咄……

梁家父子叫门的方法，并没有谁统一规定过，是他们多年来自然形成的一种习惯。在天津卫时是这样，在徐家屯时也是这样，回到了宁安寨后还是这样。像这类生活细节当中的微妙差别，也并没有人进行过分析，惟独细心的杨翠花在多年的共同生活中悄悄地注意到了。

翠花听着听着，听出来了——敲门的是梁志刚。她心中一阵高兴，因为她从插上门闩以后，就焦急地等待着敲门的声音。她等呀等，盼呀盼，一直盼到这小半夜，终于盼来了敲门的响声——这个响声明白地告诉翠花：她的大儿子梁志刚已经安全地回来了。当娘的心里怎能不喜呢？

说真的，打从他们爷儿几个离开家，杨翠花那颗火辣辣的心，就像叫手攥起来一样，紧紧地收缩起来了。并且越收越紧，直到紧得发疼。在这一天当中，她不觉渴，也不觉饿。尽管一天水米没沾牙，肚子里反倒觉着塞得满满的。按季节，还隔着夏至很远呢，不能算是长天气。可是，在翠花的感觉中，这一天比十天都长——真是度日如年哪！从早到晚，她望着太阳算时辰何止千百次？可她总觉着日头就像在天空扎下根一样，老是不见动弹。一天来，翠花那宽宽的眉宇间，一直是聚着个疙瘩。她的脚下就像起了火，坐也坐不住，站也站不稳，走里摸外，坐立不安。

杨翠花当前的心情，虽没跟谁说过，可是村中的穷爷们儿，全能猜个八九成儿。人们把宽慰她的话说了千千万，把能使她宽心的办法也想了万万千。可是，在这种情况下，宽慰的空话能顶啥用？好心的穷乡亲可又能想出什么好办法来呢？显然，最好的办法，就是去龙潭打探打探消息了。于是，尤大哥按照魏大叔这个主意，便和几个年轻力壮的穷哥们儿一起，揣上两个窝头奔了龙潭。

当然,他们奔龙潭打探,不光是为了解脱翠花的苦闷。你想啊,这些同命相连、休戚相关的穷爷们儿,谁能不为梁家父子的命运而担忧呢?今天有好些穷人的灶筒都没冒烟哪!

杨翠花最惦记的是谁呢?这很难讲。在去龙潭报仇的四个人中,除了她的丈夫,便是她的儿子,她对哪一个能不惦记或者说不大惦记呢?连她自己也说不上来。这真是,十个指头虽不一般齐,可是个个连着心,咬咬哪个都是一样疼。不过,在不同的情况下,她对自己亲人们的疼爱程度,还是有所区别的。譬如说,当志勇出猎未归的时候,经常装在翠花心里的是梁志勇;在天津那一段,志坚离开爹娘进了鞋铺,她就成天价挂着志坚;当梁永生病倒杨柳青的那几天,丈夫的命运又成了杨翠花最担心的大事;在秦大哥把梁志刚交给翠花以后,志刚便成了她的心肝,一旦志刚有个头疼脑热,翠花就哭得眼睛像对铃铛。一到他们父子几个都在翠花的眼前,并且全十旺八跳、平安无事的时候,她就又捯扯起她那远离的二儿子梁志强来了……现在,她一听敲门的是志刚,觉着心里有一块石头落了地。可是,另外那几块石头,却悬得更高了。因此,她一边拔闩拉门,一边迫不及待地隔门就问:

"志刚,全回来了吗?"

聪明的志刚知道娘是啥样的心情,答道:

"娘,放心吧。"

门,开了。翠花上眼一瞅,门前的月光下站着两个人,只有两个人——志刚和志勇。又见他们的胳臂上还缠着白布,并用一根带子吊在脖子上,这不用问,显然是受了伤。去了四个怎么回来俩?那两个亲人怎么样?翠花心中这么想着,头上的冷汗唰地淌下来,胸腔里也咚咚地砸开了棒槌。志刚望着娘的神态,又赶紧安慰她说:

"娘,咱打胜啦!"

志刚觉着别的话都不好一口说清。他想用这个可以概括一切的"胜"字先安住娘的心,然后再从头到尾、一字一板地向娘把舌学明白。可是,翠花哪里等得!她又追问起来:

"你爹呢?"

"在龙潭。"

"志坚呢?"

"在龙潭。"

"都在龙潭?"

"都在龙潭。"

志刚一边向屋里走着,一边又向翠花说:

"娘,你只管放心!俺们爷儿几个,就是俺俩受了点伤,也不碍的;别人全都平安无事……"

他们娘儿仨,且说且走,进了屋子。

随后,志刚把一天来打仗的情况,以及爹和志坚晚来一步的原因,从头到尾说了一遍。到这时,翠花的心情才算渐渐安定下来。接着,她从灯窑儿里端过油灯,凑到志勇近前,一边照,一边瞅,一边用发颤的手轻轻地摸着志勇那受伤的胳膊。她看完志勇又看志刚。看翠花的神情,就像是伤在她身上一样。她看了多时,又瞅开了儿子们的面容。仿佛她要从儿子们的表情上,衡量出疼痛的程度来。可是,志刚和志勇的神态,还和往常一样,仿佛这伤不是在他们身上似的。于是,翠花又心疼地问道:

"志勇,伤着骨头了吗?"

"没价!"

"志刚呐?"

"也没价!"

"疼不?"

"不疼!"

志刚和志勇打从见了娘的面,一直是乐呵呵儿的。儿子这种满不在乎的神色,对娘起了很大的感染作用。翠花把灯送回灯窑儿,说:

"你看,你娘都快傻了——我快给你们做饭去!"

翠花烧着火,志刚一直在想:"爹怎么还不来呢?"他越想越沉不住气,后来竟站起身向娘说:

"娘,我去接接俺爹吧?"

"你不吃饭吗?"

"接回俺爹和志坚来一块儿吃吧!"

志刚的话,说动了娘的心。因为翠花这时也正在为永生和志坚迟迟不来而焦急。于是,她愣怔了片刻,向志刚说:

"好!这回娘就依着你!"

志刚背上单刀,向娘说:

"娘,我走啦!"

翠花让志勇看着灶火,对志刚说:

"走吧——娘送你出村!"

"娘,你送啥?一会儿就回来啦!"

"我也当走动走动散散心。"

他们母子二人,出了家门,顺着沉静的街道,向村头走去。一团挚爱的火,在他们各自的心里燃烧着,可是谁也不说啥,只是往前走。当路过尤大哥家的门口时,翠花从角门缝隙间望见他的窗户还亮着灯,蓦地想起一件事来,就向志刚说:

"哎,志刚,尤大哥他们到龙潭去看你们了……"

"已经回来了。"

"你咋知道?"

"我在半路上把他们迎回来的。"

"他可挂记着你们啦……"

"龙潭的情况,在路上我都跟他说啦——请他放心。"

起雾了。青灰色的、混浊的雾气,被微风吹动着,在头顶上飘荡,在身周围回旋,在空旷的漫洼地里弥漫开来。当梁志刚和杨翠花穿过山楂行子来到村外时,那条通向龙潭的大道,从脚下伸向旷野。

这时,志刚觉着,好像有好些话要跟娘说。当他正感到不知从哪里说起的时候,蓦地又想起了还在龙潭的爹来,心中一阵着急,就说了声:"娘,回去吧!"便撒腿跑开了。当他一气跑出老远,又透过灰濛濛的雾气回头张望时,仿佛望见娘的身影还在雾海中伫立着。为了让娘早点回家,他又泼命地朝前跑下去。

志刚跑一阵走一阵,望不见爹的影子。

他又走一阵跑一阵,还是望不见爹的影子。

道路是暗而且静的。附近的村中时而传来几声犬吠。

当志刚快要走到龙潭桥头时,突然听到从龙潭村边传来几声枪响。紧接着,一阵奇嚎怪叫的人声,冲出龙潭街口,直扑桥头而来!"不好了!"志刚心中一惊,尥起蹶子迎着嘈杂的人声飞奔而去。

起风了。黎明前的夜风,正在绞杀着路边野草的嫩芽。

第三十一章　村野小店

黑龙村头,有个小店。

这个乡村小店,远离村庄,临街傍道,四邻不靠。它的周遭儿,是用黄土打成的人头来高的垣墙。墙根,已经碱得很厉害了。从墙上溜下的碱土,被风刮起,到处飞扬。两扇翘翘棱棱的大门,是用杂木板条子钉起来的。大门口上,靠垣墙竖着一根劈裂了的大竹竿。竹竿头上,挂着一把破笊篱。笊篱被风一刮,像打秋千似的摆来摆去,扯得竹竿嘎吱嘎吱乱响。这种景物,告诉由此路过的行人:这是一家乡村小店。

黄昏逼近了。

青烟、白云点缀着初春的农村。

藏仇怀恨的梁永生,含冤带气地赶了一天路,来到这家陌生小店的门口上。这时节,他已经精疲力竭,觉着有点吃不住劲儿了,便决定今晚就投宿这里,歇上一夜,明儿再走,也顺便扫问扫问翠花和志勇的下落。

梁永生跨步进了院门。

这是一个四四方方的大院儿,平平展展,宽宽绰绰。房虽不多,也不好,可设计的格局倒挺在行。北面是客房,东面是车棚,西面是畜棚,南面是草棚。大概是因为天还不大黑吧,畜棚里空荡荡的,一头牲口也没有。只有几只毛腿鸡,正咯咯地叫着,用脚扒刨粪土。一群唧唧喳喳的麻雀,时而落在槽头觅啄食物,时而又腾上屋檐叫起来。

在一排客房的尽东头儿,有个两庹来宽的独间小屋。一位六十来岁的老头儿,正趴在桌边上,戴着老花眼镜,一手擎着毛笔,一手拨拉算盘子。在他捺笔的当儿,站在院中的梁永生朝屋里喊了一声:

"店家!"

"来喽!"

那老头高声地答应着,屁股并没动。他不慌不忙地在本子上写完一行字,把笔担在墨盒儿上,摘下眼镜子,然后这才急忙起身出迎。他来到永生面前,望着旅客那残留着失眠青印的面孔,抱歉地说:

"事忙先落账;叫你久等了——来,快屋里坐。"

梁永生跟着店家,来到一座客房的门前。店家推开残缺不齐的破风门子,又把手臂一伸,眼里含着热情的光泽:

"请吧。"

梁永生进屋一看,这是一座五间屋通连着的大客房。靠着后山墙,有一条扯东到西的土炕。这条用土坯垒起来的炕上,没有苇席,只铺了一层厚厚的谷草。靠窗的前山墙这边,摆着一张角斜懈缝的单桌儿。桌面上,放着两把茶壶、几个茶碗。桌子底下,有两个大瓦盆,这是供旅客洗脸用的。揳在墙面上的钉子上,挂着一把用黍子苗儿缚成的大笤帚。店家跟进屋后,跷起脚来摘下笤帚,一边给梁永生扫着脊背、脖领上的尘土,一边跟他说着眼目前的见面话儿:

"贵姓啊?"

"姓梁。"

"三十挂零了吧?"

"半截零啦!"

店家已经明显地看出:这位旅客虽已到了中年人的年龄,可他还仍然保持着青年人的风貌。就说：

"你长得少相——从南乡来吧？"

"哎。"

"到哪里去呢？"

"到北乡去。"

"在这里住几天吗？"

"不。明儿就走。"

"你是龙潭街一带的吧？"

"哎。"

"你是不是叫梁永生？"

这一句，把个梁永生问愣了：咦？蹊跷！他怎么知道得这么清楚？于是，永生便打量起这位五短身材的店家来。只见，他高高的鼻梁，长长的寿眉，朝前端端着的下巴颏儿上，留着一撮儿黑白掺杂的山羊胡儿。腰里，扎着一个油污斑斑的白围裙，把他那破破烂烂的裤子罩住了半截。永生一边观察店家的衣着、相貌，一边翻腾着记忆。眨眼登时，一张又一张的男人面孔，在永生的脑海里一个跟一个地闪出来，接着又很快地消逝了。他看罢多时，想了好久，觉着并不认识这位店家。于是，只好问道：

"你认识我？"

"不认识。"

"那，你咋知道我的名字？"

"你真是梁永生？"

永生的默认，引出了他完全没有想到的结果。只见，那又惊又喜、肃然起敬的店家，伸着大拇哥朝他赞叹不已：

"好样儿的！是汉子！"

接着，店家告诉永生："你们血战龙潭的消息，在这黑龙村一带也传开了。如今，街头巷尾，茶馆酒肆，人们像讲《汉书》似的沸沸扬扬地议论着。凡是穷人,都把这事儿当作喜讯,巴不得亲眼看看你。凡是富人,全把这事儿当作噩耗,恨不能帮着官府捉到你们……"

永生听罢,冷冷一笑。他掏出烟袋,挖呀挖地装着烟,又问店家:

"就凭这个,你能猜出我是谁来吗?"

"哈哈!来,你先洗脸——"店家从门后头的小水瓮里,舀上一瓢水倒在瓦盆里,"你前身土少,后身土多,按照今儿的风向,我能估出你是从哪边来的……"

"这话有理儿!"

"我又见你身后的棉衣下头露着刀尖儿,可这粗俗的穿章儿不像个在财主家混事儿的,憨厚的神情不像个走夜道儿的,纯朴的气色不像个久闯江湖卖艺的,听口音离此地不很远但又不是当地的。像啥?我这个人好说冷话——叫我看,你的穿章儿像个道道地地的穷庄稼巴子,你的神态像个老实巴交的土豹子,你的气色又像个心中窝着火、怒气还没消的苦难人,听你说话还像个常在外边闯荡的人,再加上你已经告诉我家在龙潭一带……"

梁永生抓下罩在头上的毛巾,抖落上边的飞尘,一面擦着脸,一面点点头乐呵呵儿地说:

"行!你真不愧是个开店的!"

那开店的端起用过的洗脸水,泼在天井里。又接着说:

"还有,你脚上这双破靰鞡,说明你可能闯过关东;你走路的架势,告诉我你练过武功;你后衣角上那斑斑点点的血迹,又使我怀疑你耍过'愣葱';看你这个年纪儿,当然不是梁志勇……"

"唔哈!看来,你连我的经历,孩子的名字,也全知道?"

"你们血战龙潭街的因因果果,前前后后,人们传说得有枝有叶的。"店家说,"还有的越扯越多,越传越玄,近乎是神乎其神了!"

梁永生见店家是个精明人,也是个好人,就跟他攀谈起来。经过一阵子攀谈,永生了解到,这位店家叫孟广芹,是个房无一间、地无一垅的穷汉儿,还是个少妻无子的孤独老头子。这个店的店主,名叫崔忠君,是个大财主,还是白眼狼的一门姻亲。孟广芹老汉给崔忠君当雇工,已经二十五年了,和梁永生逃离龙潭立志报仇的年头儿正好一样多。接着,梁永生把他二十五年来的苦难经历,也全告诉给了这位穷老头子孟广芹。

不同的生活环境,给了人们不同的风度和性格;相同的贫苦命运,又给了穷人相同的思想感情。你看,梁永生和孟广芹老汉,他俩在风度、性格上的差别是多么明显、多么大呀!可是,他们在相互了解了彼此的身世之后,却立刻变成了一见如故的朋友。当梁永生要求孟老汉不要暴露他的身份时,孟老汉心领神会地笑了。他点点头爽朗地说:

"永生啊,瞧好儿吧!我不是那扇车嘴,扬不出去。有我在,算你入了保险柜了!"

这个小店里,里里外外一把手,上上下下一个人,就是孟广芹老汉自己个儿。写账是他,做饭是他,迎新送旧、找这找那也是他。正当他和永生越谈越热乎的时候,伴随着一声焦脆的响鞭,一辆花里胡哨的时髦轿车掏进店院。孟老汉说:

"老梁,你歇着,我去看看——"

孟老汉迈出房门,又向驾车人笑哈哈地说:

"马大个儿!你这碗饭不想吃啦?"

"咋的?"

"天还不黑,你就住店,要叫你那东家知道了……"

"东家?狗屁!车马离开他,就由咱当家!"

他俩一面逗闷子,一面解绳套。车卸完了。两人且说且走进了客房。从他们的谈笑中,梁永生闹清了这位马大个儿的身份——他是财主家拉脚的车把式。

天,在乌云的帮助下,很快地黑下来了。

店房中的旅客,陆续增加,越来越多。

掌灯时分,来自四面八方的客人,挤挤擦擦满了屋子。他们,有的把推车用的绳襻双起来当甩子,抽打着身上的浮土;有的把竹把子扁担往墙上一竖,踞踞下身子洗起脸来;有的正吃着菠菜烩窝头,又把筷子一撂去给咴咴儿叫唤的小毛驴去添草了;有的找来一块半头砖往墙上揳了个钉子,把说书用的弦子高高地挂起来;那位张箩的,把放在墙旮儿的货郎柜子靠了靠,将他的箩筐搛在上边。看来他不光是怕碍脚,还怕哪一位不经心的愣大爷蹭坏了他那精细的马尾儿箩底……总之,住在这个屋里的人们,大都是些穷跑腿儿的。他们之间,有的原来就认识,有的是一见面儿自来熟。一会儿,这散散乱乱的一屋人,聚成了一堆堆的人疙瘩。有的闲嗑牙儿,有的拉行情,有的攀亲套友论当家子,有的扯东拉西议论世事。这一伙子说《三国》,那一伙子讲《水浒》,另一伙子谈天论地,还一伙子评风议雨,靠近梁永生的这一伙子,从"蒲公英"能治肿毒扯到"芝麻沿草"治痢疾,从黄家庙会的盛况扯到彭委员栽跟头,扯来扯去,又从"梁山将三打祝家庄"扯起梁永生大闹龙潭街的事来了。一说起这个,人们全都活跃起来。有的发议论,有的提出疑点截言插语。讲细节的绘声绘色,发议论的含情带气,引得邻近的人全凑过来,又聚成了一疙瘩一疙瘩的人堆。尽那头儿的一些人,没有凑过来——因为那位常年跑车拉脚见闻广的马大个儿,也正在给人们讲述着"龙潭血战"的详细经过。梁永生见此情景,心中暗自想道:"这正是打听翠花和志勇下落的节骨眼儿。"于是,他也就着个碴口儿插了嘴,向人们问道:

"哎,梁家的儿子们怎么样啦?"

"听说老大梁志刚被捕入狱啦!老三梁志勇受了重伤,老四梁志坚惨死龙潭街上——"

这些情况,梁永生全都知道。他所以先这样含糊地问,是为了掩饰自己的身份。于是,他喟叹一声,又问:

"那个梁志,志,志……对啦——志勇,逃到哪去了?"

"谁知道哇!"

"他娘哩?"

"也说不清!"

"咱听说,那天夜里,官兵、土匪、贾家的打手,三伙子合在一起,追赶突围而走的梁永生。那梁永生可真不含糊,他英勇拼杀,且战且走,宁死不屈。可是,官兵、土匪、狗腿子人太多啦,寡不敌众啊!并且,这些坏家伙们还有枪。多亏下了一场大雾,梁永生才逃了活命……"

"那梁志刚呢?"

"梁志刚掩护着被打坏了的杨长岭,朝另一条路跑了……"

"那可好!"

"好?好啥?听说后来志刚被捕了……"

"呀!长岭呐?"

"那就不知道了。"

屋里沉静下来。过了一霎儿,又有人问道:

"哎,那志刚是怎么被捕的呢?"

"这一段儿也没听说过——"

梁永生一边听着人们的议论,心中在想:"他们知道得可真清楚呀!说的这些经过大体上都是那么回事。"这时,站在黑灯影儿里的店家,正抿着嘴儿笑。梁永生朝他递了个眼色,又接着问议论的人们:

"以后呢?"

"以后,梁永生突围脱险回了宁安寨,想拉着翠花和志勇赶紧逃走,可是一进屋扑了个空——他娘俩已经逃走了……"

"他们往哪里逃呢?"

"那咱就说不清了。"

梁永生自从奔回宁安寨扑空以后,就到处寻找翠花、志勇的下落,打听志刚在狱中的情况。这些天来,他从南到北,从东到西,跑遍了大大小小许多村庄,问过老老少少无数的路人,既没找到翠花、志勇的下落,也没打听到志刚在狱中的情况。今天晚上,他通过和店中的旅伴们谈了一阵,又是闹了个葫芦白菜葱,没有问出个子丑寅卯来。这时,他扫兴地叹了口气,耷拉下脑袋抽开了烟。翠花和志勇到底逃到哪去了呢?这个问号,又在他的脑袋里发胀,并且越胀越大,眼看快把脑壳撑破了。

旅客们把"血染龙潭"的细节讲完后,那些七言八语的议论又成了话题的中心。

有的说:"咱穷人要是都像人家梁永生似的可就好了!"

也有的说:"好啥?要说梁永生是好汉子,这个我信服。不过,叫我说,也不该这么个干法儿——他就不想想,怎么能干得过人家呢?"

"干不过?咱听说,当天后半夜,梁永生越墙而过,来了个突然袭击,杀进了贾家大院儿。一会儿,杨大虎也杀进去了。他们斩了马铁德,杀了一只狼羔子……就是白眼狼那个老杂种钻了草垛,没找着他。要不是官兵、土匪围上来呀……"

"都是叫官兵、土匪闹坏了!"有人接上说,"要不价……"

"咋能'要不价'呢?自古以来,财主、官府、土匪都是一伙手,那官兵、土匪还有个不来?何况白眼狼还有个在县里混官差的儿子呢!"

"唉!你看,死的死,伤的伤,逃跑的下落不明,入狱的还能出来?一家人又大失散了。"

"唉——！惨哪！"

"谁说不是哩……"

人们陷入沉默。屋里充满无声的愤怒、悲愤和叹息。屋外,发着怒吼的电闪未能把乌云撕破,稀稀拉拉的雨点落下来了,仿佛老天爷也正为遭难的穷人在流泪。

一位老汉又接上了刚才那根低沉的话弦:"听人说,梁永生的爹梁宝成是被刑役活活打死的。看来,梁永生的儿子梁志刚,大概还脱不了这条道儿哇!"

"不至于那样吧？听说梁永生还活着呐……"

"活着管啥？他又能怎么着？他去砸大狱？"

"那也难说——"

"就是嘛！凭梁永生那样的汉子,能这样就善罢甘休？"

"我承认梁永生是汉子。可就是这条道儿也走不通!"

"哪条道儿？"

"拼命呗！"

"不拼命咋办？认命？"

"那条道儿更糟糕！"

"拼命不行,认命糟糕,你说走哪条道儿？"

"你这一军算把我将住了!"那人说,"我是从这两条道上窝回来的,所以知道这两条道儿都是死胡同,走不通！眼时下,我正在这两条道儿的岔路口上打磨磨儿,想找第三条道儿,可就是找不到……"

这一阵,梁永生一袋接一袋地抽闷烟,也在一句不拉地倾听着人们这七嘴八舌的议论。他越听头脑越涨,越听心里越乱。蓦地,梁志刚留给他的最后的一副神态,在他那烟火缭乱的眼前晃动起来。一股强大的压力,也在他那纷乱如麻的心里向外扩张。到这时,身边那些嘈杂的人语,已经是再也不能触动他的听觉了。接着,他和志刚分手时的一段情景,又一次在他的脑海里翻滚上来——

那是一个阴云密布、大雾蒙蒙的黎明之前。梁永生面对着猛赶穷追的官兵、土匪和财主的家丁,正然且战且走,情况已经十分危急了。就在这时,志刚赶到了。他要爹赶快逃走,他来挡住仇人决一死战。可是,永生高低不干。后来,他们退到龙潭桥上,志刚噗噔一声跪在桥头,苦苦地向爹央求道:

"爹,我求求你——你赶快回宁安寨,帮助我母亲和三弟脱险吧!要不,咱一家子可都完啦……"

梁志刚说到这里,哭起来了。

尾追的仇人,越来越近。

梁永生着急地说:

"志刚,仇人上来了——快起来!"

梁志刚坚决地说:

"爹不走,我死也不起来!"

仇人越来越近了。

梁永生边拉边说:

"快!快!快!……"

梁志刚挣扎着说:

"爹一走,我马上就起来——"

梁永生望着眼看就要扑上来的仇人,万般无奈地说:

"好!我走——"

爹的话一出口,志刚忽地站起身来,抡起大刀冲到桥口,大喝一声,拦住了正要上桥的群丑。接着,他一面奋力拼杀,又一面高声大喊:

"爹!快走!"

…………

现在永生回忆着这段惨景,气愤堵住他的胸口,悲痛咬住他的心,使得他两眼汪满了悲愤交加的泪水。他感到难过,他感到内疚。他那宽敞的胸怀全被痛苦塞满了。他觉着对不起志刚的爹和爷爷,对不起从逃荒路上把志刚救活的秦大哥,也对不起他那惨死路旁托子传仇的母亲,更对不起梁志刚这个苦命的孩子。这时候,他的心里有一个念头,正在像钻头似的往深处钻:"我就是拼上一死,也要把我的儿子、佃户的后裔救出大狱……可怎么个救法呢?"梁永生一口接一口、一袋接一袋地抽着闷烟,苦思苦想地琢磨营救志刚的办法。这时他的心情,就像涨潮的海水又遇上台风那样,没有一点平静的地方。他想着想着,叼在嘴里的烟袋杆儿被牙咬裂了,觉着嘴里又苦又涩。他吐出一口唾沫,瞅着已经劈裂的烟袋杆儿,蓦地想起了那位王大叔——门大爷的弟弟……

"你说啥?劫监砸狱?我看梁永生不会干那傻事儿。"

"怎么是傻事儿哩?"

"不傻怎的?那不是拿着脑袋往钉子上碰?要是劫狱不成,那可就更糟了!"

人们这些议论,把永生的思绪拉了回来。他的理智在说:"可也是啊!我去劫狱不成,死活另作别论,志刚不势必因此而要吃更大的苦头儿吗?不行,这个办法使不得!可那又怎么办呢?"永生又抽起闷烟来了。

时间已经过了午夜。还没把地皮洒湿的雨早就住了点。

这乡村小店的客房里,顶起屋来的嘈杂人声开始落潮了。高声大嗓的议论,渐渐地变成了悄悄低语。这悄悄低语,也正在由多而少,由密渐稀,并夹杂上了断而又续的鼾声,还有那少头无尾的呓语。整个儿的大客房,逐步地宁静下来。就在这时,梁永生又听那边有人说:

"我到河东去盘乡,听人说,明儿个白眼狼家要发丧出大殡了……多大？嚯！好大哩！放炮的四五个,戏子七八棚,杉篙苇席拉了几十车,出进三天,神气得很呐！"

"他妈的！这是吓唬穷人！"

"就是嘛！"

"不说这营生子了,怪生气——睡觉吧！"

这些话,声音很低。也不知是因为夜深人静了,还是因为梁永生对这类消息特别敏感,反正是他全听见了。这个消息,对别人来说,是属于闲谈末论。可是,它在梁永生的心里,却掀起了一阵惊涛骇浪。明天白眼狼家要开丧出大殡,干脆,我今夜赶到龙潭街,给那狗日的"送葬"去！在他那四五个炮手、七八棚戏子之外,我再给他凑个热闹儿,让他的灵棚里再多搐上几个寿木,把殡出得更大一点儿……

梁永生迈步出了客房。他来到小店的柜房中,唤醒了正把肘子支在桌边上、托着脑袋打瞌睡的孟老汉,掏出一把零钱放在桌子上,然后十分谦恭地说：

"谢谢你的照应。算账吧——我要走啦！"

"走？"孟老汉用大拇指的关节抹一下眼角,"半夜三更的,你上哪里去？"

"上龙潭！"

"上龙潭？"

"对！"

"干啥去？"

"送殡去！"

精明的店家,当然知道这"送殡"意味着什么。他一再劝阻永生,要他不要再去冒险。可是永生含着亮晶晶的泪珠儿,双手握住店家的手,意味深长地说：

"孟大叔,谢谢你的好心。你老人家多多保重！"

永生话毕,跨步出门,扬长而去。

瓦蓝的天空,出满了星星。星星像那调皮孩子的眼睛,一眨一眨地看着夜行人。广阔的村野,充满了清新的空气,呈现着一派宁静的气息。孟广芹老汉和梁永生一同来到路口上。他怀着崇敬而又惋惜的心情,用眼睛默默地送着梁永生飞步远去的身影。直到永生那魁梧的身影在夜幕中消逝后,他这才拖着沉重的步子回到店中。

第三十二章　三岔路口

春夜。

星空。

刚刚解冻的冀鲁平原,还在夜幕中酣睡着。换上了春装的运河,泛起层层银花,向北倾泻而去。大地上,笼罩着一层淡淡的银白的雾气。天幕上,白云朵朵,在深不可测的蓝空中漫游着,变幻着。

一条大路,从天边伸过来,在龙潭桥口分成三股,变成了一把三股叉。

运河滩上,倚堤傍水有个瓜屋。这个壮观别致的瓜屋,是瓜农修的。每到夏秋两季,那勤劳的瓜农就住在这里。打从入了冬,瓜农回家了,瓜屋空闲起来。因为它正处在三岔路口附近,所以又成了路行人的歇脚地点,逃难人的寄宿之处。

轰！轰！轰！

一连三声土炮,从运河下游传来。

土炮的余音未落,一位须发斑白的老汉,出现在瓜屋门口。他扛着一口铡刀片儿,朝响炮的方向凝神瞭望。

炮声停了。荒洼的夜晚,又恢复了春日的宁静。

老汉望着蓝空的星辰,在喃喃自语：

"啊！四更天了！"

继而,他把铡刀坐在腚下,掏出烟袋来。

在老汉抽烟的当儿,土炮又响了几声。

老汉再没因此而吃惊。因为他已经弄清,这是财主送葬的炮声。

春风爱抚地吹拂着大地。月亮出来了。它那喜人悦目的容颜,好像正在催促着偌大天空中的星辰,准备迎接即将到来的黎明。

老汉仰望着春意洋洋的夜空,心潮翻滚,热血沸腾,情不自禁地轻声唱着:

> 起来,饥寒交迫的奴隶!
> 起来,全世界受苦的人!
> 满腔的热血已经沸腾,
> 要为真理而斗争!
> 旧世界打个落花流水,
> 奴隶们,起来,起来!
> 不要说我们一无所有,
> 我们要做天下的主人!
> ……

这时节,一位死里逃生的夜行人,背着一口单刀,正走在龙潭桥边的三岔路口上。他站在桥头,凝视着摆在他面前的三条路,心中惊疑地想着:"咦?变啦?从多咱又踩出了一条新路呢?二十五年前,我和娘冒夜赶路去接爹的时候,这里只有两股小路,如今怎么变成了三股路呢?我走错路了吧?"他回头再看那座龙潭桥:"不错呀!这不明明就是那座龙潭桥吗?"当他又回过头来的时候,那条新踩出来的、明光光的大路,依然摆在他的眼前。正在这时,他突然听到隐隐约约传来一阵歌声。又仔细一听,这歌声是从那座倚堤傍水的小瓜屋里传过来的。那歌声虽然很轻很轻,可是由于在这夜深人静的时刻,还是能够听得清清楚楚。他听着听着,从那郁伤而疲倦的脸上,流露出一股不可捉摸的笑容。"这歌儿唱得对呀！我不就是'饥寒交迫的奴隶'？我不就是'受苦的人'吗？我早就'满腔热血已经沸腾'了！……"他回味着歌词的意思，心里甜丝丝的，就快步向那传出动人歌声的瓜屋走过去。

背刀夜行人越走越快，越走越近；那感人肺腑的歌声，也越听越清，越听越真——

　　……
　　这是最后的斗争，
　　团结起来，
　　到明天，
　　英特纳雄耐尔就一定要实现。

那背刀人听到这里，觉得这些歌词，就像数九隆冬山洞中那桦树皮火堆一样，炙得披着冰甲的身躯暖煦煦的；又像在那酷暑炎夏吞下一枚冰雹，使人打心窝儿里往外痛快。他正聚精会神地听着走着，突然歌声消失了。这可把他急坏了，他像追赶什么似的，一溜飞跑扑上前去。瓜屋到了。他各处瞅瞅，空空荡荡，没有一个人影儿。他惊疑地想道："怪呀！那歌声，明明是从这里传出来的，咋找不到那唱歌的人呢？"他又就着月光向瓜屋里边瞅了一阵，只见里边也是空无一人。他怀着怅惘的心情，离开瓜屋又登上河堤。因为他向往着那诱人的歌声，渴望着见见那位唱歌人，因而不肯离去，便坐在高高的河堤上，抽起闷烟来。

大堤下边的河水中，打挺跌脊的鱼儿玩弄着浪花；浪花激起层层波纹，渐远渐细，消逝在岸边。背刀夜行人的思绪，坠入沉思的深渊。

轰！轰！轰！

又响了三声土炮。炮声把背刀人从沉思中惊醒。他忽地站起身，把烟袋往腰里一别，冲着响炮的方向狠狠地骂道：

"他妈的！我叫你威风！走！给他送殡去！"

正当这时,瓜屋后头闪出一个人来。

这个人,就是那位唱歌的老汉。方才,他见有人向他走来,就把歌声一收,躲到瓜屋侧面去了。他想:"莫非这回又要因唱《国际歌》惹场大祸?"于是,他将铡刀擎在手中,作好了以防万一的准备。这一阵,他在那边偷偷地朝河堤观察着,越看这位背刀夜行者越不像坏人。后来,又从他的骂声中,听出了他好像有什么冤仇在心。于是闪出身躯,一面朝大堤走着,一面顺口问道:

"谁呀?"

"我呀!"

"干啥的?"

"走道儿的——你呐?"

"咱们一样。"

老汉边说边走,登上了运河大堤。背刀人想:"方才那个唱歌人,八成就是他……"他正想问,老汉先开了腔:

"贵姓?"

"姓梁。"

"怎么称呼?"

"梁永生。"

这下子,可把老汉喜坏了。他把肩上的铡刀一扔,一头扑上来,两手摇晃着梁永生那宽阔而又硬棒的膀臂,两眼直盯着他那精明而又深沉的眼睛,嘴里不住地说:

"好小伙子呀!好小伙子……"

这时候,算把个梁永生闹糊涂了。当老汉问他的姓名时,他觉着老汉虽是生乎乎的外地口音,但不像坏人,所以便如实说了。可他没有料到,这个陌生的外地人,为啥对他这么感兴趣?永生为了探听探听这个人的来历,便问道:

"大叔,你贵姓?"

"我姓王,叫王生和。"

"不是此地人吧?"

"山西太原人。"

"怎么到这里来啦?"

"唉!说来话长啊。"王生和说,"来,坐下,咱们扯一阵子……"

他俩坐在河堤上。清澈的河水打着涡儿汩汩地流着。月光将他俩的身影倒晃在水中。梁永生掏出烟袋,一面装烟一面又问:

"大叔,你现在干什么营生?"

"我在这一带,以给人铡草为生,转了个把月了。所到之处,都在议论你……"

"议论我啥?"

"议论你'大闹黄家镇','血战龙潭街'……"王生和闪着敬重的眼光,"人们也不知是怎么知道的——连你是多大岁数,什么长相,都说得一点不错……"

梁永生面色绯红了。他打断王生和的话,扭转了话题。他俩面对着澄清的河水,绵言细语地攀谈起来。谈了一阵,生和又说:

"哎,我向你打听个人儿——"

"谁?"

"门书海。"

"门书海?"

"你知道?"

此刻,门大爷的身影,在永生的眼前连续闪动,促使他加快了对话的节奏:

"他是干啥的?"

"打铁的。"

"多大岁数?"

"现在有七十来岁了。"

"哪里人?"

"原是山西太原人。"

"他,他,他去世了!"

永生这一句,好像一瓢凉水哧地倒进烧红了的铁锅里,使得王生和的心唰地凉下来,并炸出无数的裂纹。他像在怀疑自己的耳朵似的,又钉问道:

"你,你说啥?"

"他,去世了!"永生突然降低了音调。

梁永生的话音未落,王生和流下泪来。永生心里一动,猛然两手握住王生和的手,激动地说:"大叔,我知道你是门大爷的什么人了!"接着,梁永生把他和门大爷相识、相处的过程说了一遍。当他讲到门大爷被洪水夺去生命的时候,把手中那根没有嘴子的烟袋,递给王生和说:

"这是门大爷唯一的遗物;我替你保存了十多年。"

王生和接过烟袋,瞅了一阵,然后又说:"这是我爹撇给我们的唯一的财产!在我们弟兄俩分手以前,我哥把烟嘴子拔下来交给我说:'带去吧——想亲人的时候,就看看它……'"王生和一面说着,从衣袋里掏出一个烟嘴子,安在烟袋杆上,又递给永生说:"你再带上它吧!"梁永生不肯。王生和亲切地、动情地说:"永生啊,这根旱烟袋上,记载着咱穷人的深仇大恨哪。我老了,就把它传给你吧!"到这时,梁永生才注意到,王生和那明亮的眼里,好像有火在燃烧。等生和说完了,永生又问:

"大叔,你怎么知道门大爷的名字呢?"

"我在西安那边的时候,听到过一个荒信儿,说是我哥流落到这一带,改名门书海……"

"大叔,你在西安一带混了这些年?"

"对呀!"

"干啥?"

"木匠。"

"为啥不在那里了?"

"呆不住了。"

"咋的?"

"蒋介石那个大孬种,到处捉拿共产党……"

梁永生惊喜地问道:

"大叔,你是共产党?"

王生和摇摇头说:

"我不是。因为我跟别人学会了唱《国际歌》——就是方才我唱的那支歌;叫国民党知道了,就说我是'共党嫌疑分子',也上了他们的黑名单,成了逮捕对象……"

"老蒋那个狗日的!"梁永生骂了一句。王生和接着说:"我得到信儿以后,就把锛凿锯斧几件子破家什一扔,逃走了。先过了黄河,又爬过太行山,来到这冀鲁平原,本想找到我的哥哥……"在王生和说话的当儿,一片浓云扑向新月,给大地笼罩上一层阴影,天地间的空间好像突然缩小了。一忽儿,月亮又从阴云后边冲出来,又给这大地镀上一层金,使它恢复了那辽阔的气派。梁永生问:

"老蒋那个孬种这么闹腾,共产党里就没有能人?"

"有——"

"谁?"

"毛主席!"

春风吹拂着。河水奔流着。王生和微笑着。他讲起了毛主席领导湖南农民秋收起义,带领工农武装在井冈山插上红旗,以后又领着红军北上……这些事,梁永生曾听何大哥说过。可那时只知道有个共产党,还不知道领导人是毛主席。因此,今天他听罢生和一席话,那颗正怦呀怦地跳着的心哪,浸泡在兴奋中。这颗火红的

心脏,把清冷的旷野炙热了。就在这幸福的时刻,他对毛主席无限向往的心情油然而生,并情不自禁、含喜带笑地说:

"毛主席可真是咱穷人的大救星呀!"

王生和说:

"对!共产党、毛主席就是咱穷人的大救星!"

梁永生问:

"哎,毛主席现在在哪里?"

王生和说:

"西安的老百姓都在说,党中央、毛主席带领红军经过二万五千里长征到了延安——"

在他们叙话的当儿,永生装上一袋烟。烟锅里的火星,被风一刮,飞向远方。

饱经风霜的穷苦人,就像干柴、热油一样,只要迸上一颗火星,它就会燃烧起来。毛主席到达延安的喜讯,就像一支火把挂到永生的心坎上,使他那心窝里燃起一团熊熊烈火。这团烈火,烧沸了他的血液,照亮了他的心房,使他产生了勇气,产生了力量,产生了希望……眼下,他正在悄悄地、兴奋地想:"我成天价找党找不着,原来那个向着穷人的共产党在延安哪!我要远走高飞,到延安去,去找共产党,去找毛主席……"

这时,生和望着这条一戳四直溜的汉子,想着永生那贫困的半生,苦难的半生,反抗的半生,再看看他当前家破人亡的惨景,不由得百感交集地想道:"梁永生家和我家远隔千里,可是我们两家的遭遇是多么相似啊!"其实,在那个世道儿,在重重重压下起而反抗的穷人成千成万,得此结局者又何止他们两家?若没有共产党的领导,没有毛主席的领导,不论是山南塞北,还是关东口西,哪一个穷人能够逃脱出梁家的命运?王生和对梁永生这位吞钢化铁的刚强汉子,既敬佩,又同情,便向他说:"永生啊,我虽然因为唱《国际歌》犯了蒋介石的'条款',差一丁点儿落入他的魔掌,可是,直到今天,我还是要唱。我觉着,一唱这支歌,心里就热气腾腾……"

"你把这《国际歌》教给我吧?"

"我就是这个意思——"接着,他们一人一句地轻声地教唱起来……

梁永生学着,唱着,沉思着。王生和问他在想什么,他说:

"我在想'团结起来,到明天'……"

"你这是什么意思?"

"我是说,我为了大报血仇,南跑北颠准备了二十五六年,两代练武,浴血奋战,结果,虽然杀了个痛快,自己却也落了个妻离子散,家破人亡!这是个啥缘故呢?这么大的个世界,为啥偏偏就容不下我们一家几口人?这么多的道路,为啥偏偏没有一条咱穷人的活路?魏大叔劝我'认命',我觉着不行;门大爷教给我'拼命',看来也是不行啊!……"梁永生说,"这些事儿,就像个没头没尾的乱线团子,在我心里不知滚了多少来回,总没滚出个头头儿来!方才听了这个《国际歌》,特别是'团结起来,到明天'那一句,觉着心里忽地闪了一阵,好像一下子明白了。明白了个啥呢?这么仔细一想,觉得啥也抓不着,仿佛又不明白了……"

"永生啊,你想的这些事儿,我也想了好几十年,也是想不清楚。"王生和说,"到今天,才算刚刚想出一点点儿眉目……"

"啥眉目?"

"我是这样看法:像咱们这号穷人,认命不如拼命,拼命不如革命——"王生和说,"有的穷人只是认命。可是财主并不因为他认了命,就不欺负他了;相反,对他欺负的更厉害。还有的穷人不认命。财主欺负到头上来,就跟他拼命。你和我,不都是属于这类的人吗?拼命虽比认命好,可也拼不出个活路来——干不好,是一场大祸;干好了,也只是痛快一时,到头来,还脱不过大祸一场!只有革命,才是咱穷人的出路。咱听人讲,陕北的农民,在共产党、毛主席的领导下,都已经翻了身了……"

"革命到底是个啥意思?"

"革命,这个字眼儿到底是个啥意思,我也不真知道。因为从未听人讲过。可是,我按照《国际歌》的意思琢磨过。照我的看法——就是:在共产党的领导下,咱这些穷人都'团结起来,到明天',把'旧世界打个落花流水',把那些吃尽了穷人血肉的毒蛇猛兽消灭干净,'让鲜红的太阳照遍全球',咱这些穷人,才能子子孙孙不受气,世世代代不受穷……"

生和一席话,永生醒了腔。他觉着心窝里豁然亮堂起来。他感慨地说:

"多亏大叔你点醒了我。要不,我又要给白眼狼送葬去了!"

"送葬"意味着什么?王生和理解永生的意思。他说:

"永生啊!光给白眼狼送葬不行啊!你还年轻,要想个法儿,给这人死王八活的鬼世道儿送葬才行哩!"

梁永生深深地点着头。这时,他凝视着眼前的三岔路口,突然意识到,人们的生活道路,也像这自然界的道路一样,充满了岔路。接着他又吃惊地想:"就拿我来说,当前不是正走在这'三岔路口'上吗?过去,我在那两条绝路上挣扎了二十多年!如今王大叔这些话,使我好像又发现了一条新路——我要到延安去,去找毛主席,跟着毛主席干革命……"他兴奋地想到这里,又问王大叔:

"延安在哪里?"

"在陕北。"

"你指给我个方向吧!"

突然,天空中响起一声春雷。

这是开春以来的第一声春雷。

这春雷,唤醒了沉睡的大地,迎来了黎明的曙光,还将那阴拢了的天空,炸开一片蓝天。同时,它还给天地之间的万物生灵,注入了新的活力,带来了新的生命。王生和指着万里浓云中的那片蓝天,意味深长地对永生说:

"那片蓝天底下,就是延安。"

梁永生挺起脖子,瞪大眼睛,全神贯注地眺望着那片令人神往的蓝天,语重心长地说:

"这个方向,我算认准了。"

正在这时,月亮钻出云层,出现在那片正在渐渐扩大着的蓝天上。梁永生觉着心明眼亮,胸怀开阔。他意气风发地站起身来,满面春风地说:

"王大叔,趁这大好的月光,我要走啦!"

"上哪去?"

"上延安!"

"去干什么?"

"去找毛主席!"

生和一听,有说不出的高兴,心里说:"梁永生这小伙子,可真是一块好铁呀!"他面对着欢唱的河水,触景生情地又想:"水过千网鱼不尽,铁经百炼必成钢。像梁永生这个从财主、官府、土匪结成的罗网中闯过来的人,要是奔到延安去,找到共产党,找到毛主席,投入革命的熔炉,经过千锤百炼,必将成为一块响当当的好钢……"他又一转念:"奔延安,可并不是一件轻而易举的事呀!一路上,要排除山障水阻,要经历千难万险,要不怕风吹雨打,要不畏虎狼拦路;只有那信心百倍、毅力十足的人,才能完成这个伟大的征途哇!可梁永生,他又怎么样呢?"生和老汉郑重地问道:

"永生,你真要走延安?"

"真要走延安!"

"可是远哪!从这里到延安有上千里路,步下碾去怕得走几个月哩！"

"别说是上千里、走几个月,就是上万里、走几年,我也一定要走延安！"

"在奔延安的路上,既要爬高山,又要渡黄河……"

"漫说是爬高山,渡黄河;就是上刀山,下火海,我也决心要到延安去,去找共产党,去找毛主席！"

"永生啊,你还要知道——延安可不是交通四通八达的大都市,是不大好找的;再说,蒋介石的军队,如今对去延安的道路封锁得很严紧。我也曾经想去,没有过得去,还差一点儿被他们抓起来……"

铁,经千锤百炼生出坚强的韧性;人,经千辛万苦生出非凡的勇气和毅力。这位吃尽人间辛苦的梁永生,面对着王大叔向他提出的问题,斩钉截铁地答道:

"大叔哇,只要天底下有延安这个地方,它就算在天涯海角,我也一定要找到它,我也一定能找到它！大叔哇,我的决心已经下定了——今后,不论遇到什么艰难险阻,也不论碰上什么惊涛骇浪,我梁永生只要还有一口气,也要走在这条通向延安的大道上！"

梁永生这些话,就像铁锤落地一样,一锤一个坑,打在王生和的心坎上,使得他那股子潜藏着的兴奋心情,腾地爆发出来,再也抑制不住了。他伸出那坚硬的手掌,拍着梁永生朝外扎着的肩头,满怀激情地说:

"好一个梁永生啊！只要有这股子劲头,你一定能到达那红旗飘扬的地方——延安城！也一定能见到咱穷人的大救星——共产党和毛主席！"

"大叔哇,我再托付你件事——"

"什么事？"

"今后,你要万一能见到俺孩子他娘杨翠花,还有我的孩子梁志刚、梁志强、梁志勇,请你告诉他们,就说我已奔向延安去找共产党和毛主席了……"

"你是不是再找找他们?"王生和说,"等找到他们一块儿去,那岂不更好?"

"不!"梁永生说,"那得耽搁时间。"

"我帮你一同找——"生和说,"也许用不了多少时间。"

梁永生正在想着如何回答王大叔,忽听河水哗啦一声响,一条鲤鱼跳上河滩,打了几个跌脊,又跌进水里去了。永生望望河水,向王生和说:

"大叔哇,如今,我就像困在沙滩上的鱼一样,正在乱跌脊。为了找到一条穷人的活路,我从冀鲁平原'跌'到兴安岭,又从兴安岭'跌'回冀鲁平原,到处乱撞了二十多年,直到今天才找到一条穷人的活路——这条通向延安的光明大道!眼时下,我恨不能生双翅飞到延安去,立刻见到咱穷人的大救星毛主席!大叔哇,你想想,我的心,咋能等得下去呢?"

这时候,他们两颗炽热的一起跳动着的心,像被一条线连起来,贴乎得更近了。

王生和指着梁永生背在身后的大刀,关切地说:"你背着它怕是走不开呀!"梁永生站起身来,把棉袄往身上一披,笑笑说:"大叔,你看——这样不行吗?"王生和瞅了瞅,见棉袄把大刀全遮起来了,满意地点了点头。接着,又语重心长地叮咛道:

"永生啊,路途遥远,山高水险,豺狼遍地,风雨多变,一路上,你可要多多小心、处处留神哪!"

"大叔,你老人家的话,我全记下了。"梁永生百感交集地握住王生和的手说,"你老人家多多保重,我,走啦!"

"惯于长夜过春时"的人,终于盼来了黎明的曙光。

梁永生,吸吮着清新的空气,晃开他的膀臂,飞起他的双腿,又踏上新的征途,向着那春雷传来的地方,飞奔着,飞奔着。在他的脚下,发出似有非有的沙沙声。多情的运河唱起欢快的歌子,送着这位夜行人。破晓之前的天气,似乎有些凉意,可是永生的心里,却是热滚滚的。因为,一定要奔向延安去找共产党、毛主席的坚定信念,在他的心里燃起了一团火。这团永远不会熄灭的信念的火,又使他的心里生出一股浩荡的春风,吹去了他几天来的奔波劳累,使他这死里逃生的人,感到周身舒畅。这时,满天的星斗,仿佛也知道了梁永生的心情——你看,那高高的启明星,将陪伴他直到天明。

第三十三章　走延安

公鸡的啼叫相互呼应着。又一个黎明时刻到来了。

清晰可见的银河,像一条宽阔的大道铺在天上。

大地上,有条和天河交叉的、曲折漫长的大路,向着延安的方向伸延而去。

大路两旁,杏枝泛红了,柳条变绿了,高高的白杨树上,挂起毛绒绒的花穗。未向严冬屈服的野草,如今又在春暖中复苏过来,倔强地冒出嫩芽,把那黄秃秃的路边染绿了。

死里逃生的梁永生,正走在这条饱含春意的大道上。

梁永生的头顶上,有一群远征的大雁,排成"人"字的队形,扇动着有力的翅膀,正然向北飞行。永不停息的河水,掀起白色的浪花,唱着娓娓动听的歌声,毫无倦意地赶着它那通向大海的弯曲而漫长的路程。

春天,将一派生气加到草木身上,也钻进永生的心里。使得他心花怒放,思路萌动。他翘首望雁,浮想联翩:"多么可敬的大雁哪!你不畏风雨,不怕路遥,从北方飞到南方,又从南方回到北方,为了生存万里鹏程,迎着艰险进行远征……"他低头见水,又触景生情:"多么勤奋的河水呀!你千里迢迢来到这里,你只有欢唱,没有倦意,只有前进,从不后退,一刻不停地、夜以继日地奔向你的目的地……"梁永生想着想着,情不自禁地把大雁、河水和他自己连起来了:"我一定要到达那红旗飘扬的延安城!我也一定能见到穷人的救星毛主席!"

梁永生想到这里,内心充满了希望,希望使那困乏劳累的感觉,立刻消失净尽,身上增添了新的活力。他沿着这条前程似锦的大道,又风风火火地走下去了。

一位推着车子去串乡的手艺人,被永生追过去。

一位挑着八股绳子去赶远集的小商贩儿,也让永生落到后头⋯⋯

晨风吹拂着大地,早霞映红了东天。

梁永生一边飞步赶路,一边在尽情地观赏这土香四溢的原野,奔腾咆哮的河流,还有远方那巍峨庄严的群山。这些披着彩霞的山川原野,仿佛都在默默深思。

一座美丽的城市映入永生的视线。他望着这座城市想起了延安。永生从踏上去延安的道路那天起,延安,这个响亮的名字,就一直在他的头脑里萦绕。他不止一次地想过:"延安是个啥样的呢?也许同德州差不多吧?不!不会是那样!延安是毛主席居住的地方,是穷人的天下,不会像德州那样净些要饭的⋯⋯能像那小巧玲珑的杨柳青吗?不能!绝对不能!杨柳青有阙乐因,又有余山怀;延安是毛主席居住的地方,是穷人的天下,怎么能容许那些乌七八糟的烂杂拌儿存在呢?⋯⋯要不,能像天津卫?不,更不能了!天津卫是人鬼混杂的都市。那延安,是毛主席居住的地方,是穷人的天下,当然不会有那瘪鼻子大老板,更不会有那任意横行的日本鬼子⋯⋯"如今,梁永生这位朴实的庄稼人,面对着眼前这座城市,又在悄悄地想:"那延安的模样,是不是就像这座美丽的城市?不,不会的。延安是毛主席居住的地方,是穷人的天下,当然要比它更加壮丽⋯⋯"

绿叶上的水珠儿闪着白光,迎来了又一个黎明时刻。

天上,下着毛毛细雨,飘飘洒洒,绵绵不断。

满面春风的梁永生,沿着通往延安的道路,向着毛主席居住的地方,正在冒雨行进。

曙光中,杨柳青葱,桃花怒放。又一个秀丽的村庄,映进他的眼帘。

村头上,有位提着鸟笼子的老汉,正在早起遛鸟儿。

被关在笼子里的那只活泼可爱的小鸟儿,看来是刚刚入笼不久;它对这种笼子生活还很不习惯,正在扑扑棱棱乱撞笼子。很显然,它是想把笼子撞破,冲出这座"监牢狱",到那辽阔天空、任其飞翔的境界去。

梁永生望着这种情景,不由得心里说:"鸟呀,鸟呀!凭你那点力气儿,就能撞破笼子吗?"人在看到胜利曙光的时候,往往肯想起已经走过来的那段惊险历程。这时的梁永生,他想着想着,觉着心窝儿里忽地一闪,又蓦然想起他自己这半世生涯来了:

"我这前半辈子呀,多么像这只鸟儿啊!从龙潭到德州,以后又雒家庄、宁安寨、杨柳青、天津卫、徐家屯……跑了一周遭儿,又回到宁安寨,杀进龙潭街,就像鸟儿撞笼子似的,到处乱撞。二十多年来,要过饭,挑过锢漏挑儿,拉过洋车,打过铁,打过猎,开过荒,卖过艺,干过零工……活儿没少干,路没少跑,苦没少吃,气没少生,结果是,杀了个痛痛快快,落了个家破人亡!眼时下,我的处境,又和二十多年前刚逃出龙潭时一样了——只剩下自己个儿孤孤零零一个人了!只不过比那个时候多了这一嘴胡茬子!不,还多了一口大刀!"

梁永生摸着嘴上的胡茬子想到这里,抽出身后那口大刀,拿在手中,擎在胸前,抖抖腕子,沉思片刻,然后又心中自语道:

"大刀哇大刀!二十多年来,我把心思全用到你这一门上了,我毕生的希望也全寄托在你的身上了;实指望你能替我杀出一条活路来,不承望,你杀出的结果,只是心里美一阵儿,自家的仇,杨大虎家的仇,普天下穷爷们的仇,还是不能报!这是为什么?门大爷指的这条道儿不对吗？前几天我还不明白。可是现在，我已经明白了——门大爷指给我的道儿，不全对，也没全错。脚下这个鬼世道儿，穷人要争理，要活命，没有大刀是万万不行的！可是，光靠这一口大刀，看来也还是不行的呀……"

洒落在山坡上的雨水，分成好几条细流，从高处泻下来，被土塄子挡住了。憋住的水流，团团打漩，到处乱撞。后来，积水越来越多，水位越来越高，几股细流又汇聚在一起，终于以集体的力量冲破了拦路的土塄子，扑上崖坡，划破原野，倾泻到河里去了。这时节，那位遛鸟儿的老汉，又出现在河边的绿林旁。梁永生望着老汉手中的鸟笼子，倾听着鸟儿的叫声，思绪奔放起来，他越想越远了——

"眼时下这个世道儿，不是很像个老大老大的鸟笼子吗？我梁永生拿着这口大刀，在这个大笼子里东碰西撞，扑棱了二十多年，扑棱出个啥结果呢？唉——！照我这个扑棱法儿，别说是再扑棱二十多年，就算扑棱到老死，也是白搭黄瓜菜呀！看起来，像咱这号穷人，想不受穷受气，非得把这个大铁笼子砸个稀巴烂才行，光在笼子里乱扑棱是扑棱不出活路来的。可是，靠一个人的力气，一家人的力气，咋能砸烂这么大个铁笼子呢？就算一个庄、几个庄的穷人合起来，怕是也砸不烂整儿的笼子呀！只有普天下的穷人们，'团结起来，到明天'，像流水那样，万众一心聚成一股力量，劲往一处使，血往一处流，才能砸烂旧世道儿——这个穷人的牢笼！这是饥寒交迫的受苦人，唯一无二的活路哇！可是，穷人们怎么才能聚成一股力量呢？非得有共产党的领导才行，非得有毛主席领路才行……"

梁永生朝着延安的方向，想着走着，走着想着，步伐愈来愈快了。

下了一夜的毛毛雨，依然濛濛星星地下着。

黑夜正在慌慌张张地溜走。东方的天空,渐渐明朗起来,几乎可以看见太阳了。

　　密密麻麻的雨丝,被透过薄云的霞光一照,变成了金色的星星点点的雨粉,闪烁在路人的眼前,使人感到分外清新、华美、壮丽。雨点儿一沾地面,又汇成了透明的流线。路旁积水的洼坡,反射着斑斑的彩纹。

　　梁永生一边奔着延安的方向阔步直前,一边深情地观赏着这变幻莫测的雨景。他这条在风雨中长大的汉子,感到仿佛是头一回见到这样好看的雨景。这真是俗话说的那样:"喜时望月月在笑,愁时望月月在哭。"他走着走着,一座充满生气的绿色山冈,出现在远远的前方。那刚刚被雨水冲洗过的山冈,显得更加清新,更加美丽了。这时候,他觉得头上的天,脚下的地,以及天地间的一切,仿佛都和他联系在一起了。是什么把他和这一切联系在一起的?他不知道。他只是感觉到,这一切的一切,都是那样的亲切,那样的可爱。

　　就在这样一个美妙的时刻,梁永生放开他那铜钟般的洪亮嗓音,把一股雄劲、嘹亮的歌声送上高空:

　　　　起来,饥寒交迫的奴隶,
　　　　起来,全世界受苦的人!
　　　　满腔的热血已经沸腾,
　　　　要为真理而斗争!
　　　　……

　　清风吹来了。

　　四分五裂的、千孔百洞的积云,正在流逝着,飘散着。太阳透过云层的缝隙,向大地洒下光辉,给人间送来温暖。

　　远方的山巅上,那披上金衫的绿林,正然安静而亲切地私语着。春雨过后的泛浆道路,就像有人铺上一层厚厚的棉絮,踩在脚下没有一点声息。

山峦,河流,树林,仿佛都向永生投来期待的目光。

梁永生渐渐远去了。他那魁梧的身躯,若隐若现地浸沉在透明的淡蓝色的雾霭里。

这天擦黑儿,梁永生来到了太行山下。

这时候,永生实在累乏了,便朝着一个闪亮儿的地方走去。他走近一望,是一所篱笆障子围着的小院落。院中只有一座茅屋。屋里时而传出老年人的低沉的咳嗽声。梁永生在外头喊了一声,贸然而进。屋中,一位胡子邋遢的老人,正在烧火做饭。永生叫一声"老大爷",提出了借宿的请求。老大爷把他打量了老大晌,点点头,表示应许了。接着,老大爷指着永生那被雨淋湿的衣裳说:

"脱下来,铺到炕头上,一会儿就烘干了!"

在风雨中奔走了二十多年的梁永生,处理湿衣裳的办法,不是硬叫身子炙干,就是搭在绳上晾干,素来没有烘衣裳的习惯。可是,现在他觉着老大爷的盛情难却,只好照办。里间屋炕上黑乎乎的。永生冷不丁地乍走进来,啥也看不见。他脱下上衣,想把被褥撩起来,好铺湿衣裳。可他一摸索,炕上还睡着个人。这是个什么人呢?永生看了一眼,也没看清。他不忍心把人家惊醒,便悄悄地把湿衣裳往旁边的柜盖上一搁,走出屋来,坐在灶门前。他一边烧火,一边问正往锅里下米的老大爷:

"老大爷,几口人哪?"

"一口儿。"

"在炕上睡觉的,是你的什么人?"

"是,是,算是'孙子'吧!"

梁永生扑哧笑了:

"老大爷真有意思!你一口人,又出了个孙子;孙子就是孙子呗!怎么还有个'算'不'算'呢?"

老大爷也呵呵地笑起来：

"你说是孙子吧？俺俩并不认得！你说不是孙子吧？他一进门就管我叫'老爷爷'——这不'算是'孙子吗？"

"噢！也是投宿的？"

"对喽！跟你一样。"

"他是哪的？"

"大概跟你是老乡。"

"你咋知道？"

"我听着你们的口音很相仿——你是德州一带的吧？……这就对了。他也是那一带的！"

"他叫啥？"

"梁志勇。"

永生一听，喜出望外，忽地跳起来，一把抓住老大爷：

"他叫啥？"

老大爷先是吓了一跳。他一瞅梁永生那乐不可遏的面容，心情又安定下来了。然后一字一顿地回答道：

"梁——志——勇。"

"多大岁数？"

"十六七……"

大爷话未落地，永生蹿进屋去。这时，屋里的光线并不比方才强，可是永生一眼就看出来了，正然沉沉大睡的这位英俊少年，就是他的三儿子梁志勇。他倾下身子，抚摸着志勇那毛茸茸的头顶，端详着他那处处表现出倔强性格的面容。这个就在他的身边长大的孩子，过去由于成天为生活穷忙，好像从未仔细看过孩子的面容。现在他仔细一瞅，仿佛觉着处处都是新奇的，可爱的。只见他那从来看不到痛苦和疲劳的脸上，浮着细碎的汗粒，潜藏着旺盛的火力，使人感到好像他不是在酣睡，而是在神秘地微笑。永生真想把志勇抱起来,狠狠地亲亲。可是,他把刚刚伸出去的手又缩回来了。他想:"孩子一定累了!让他甜甜地睡个够吧,明天好一块儿奔延安哪!"梁永生想着想着,突然转念又想:"这里离宁安寨多远哪!小小的梁志勇,怎么来到这里的?又咋和我碰得这么巧?是不是我在做梦?"永生正提醒自己,蓦地眼前一亮——老大爷一手端着灯,一手挡着风,出现在门口上。

"老大爷,甭端灯了,我看清啦!"

永生说着走出屋来。老大爷望望永生的笑面,突然问了这么一句:

"你叫啥?"

"梁永生。"

"噢噢,真好!"老大爷也分享着梁家父子侥幸重逢的喜悦,"你们父子俩,是千里有缘来相会呀!"

"他跟你说过我?"

"不说我就会知道啦?"

"他是咋说的?"

"我跟你从头说起吧——还真有意思哩!"

接着,老大爷一边抽烟,一边向在灶前烧火的梁永生学述了这样一段对话——

"你是德州一带的人吧?"

"嘿!老爷爷真会猜!"

"我是从你的口音上听出来的。"

"你到过德州一带?"

"没价。从你们那一带过来的挑挂钩儿的,耍把戏儿的,短不了有在我家投宿的——小伙子,你是干啥的呀?"

"老爷爷,你猜哩?"

"我猜你是上延安的。"

"嚄！老爷爷真像神人一样——你咋啥也知道？"

……

梁永生将一根干树枝一撅两截,填进灶中,也情不自禁地问道:"是啊！这你是咋猜出来的？"老大爷告诉永生:党中央、毛主席带领红军来到延安的喜讯,他早就听到说了。早在几个月前,他就打发他的儿子许江城,投奔延安去找毛主席了。并且,几个月来,他还三六九地看到一些投奔延安的人,由此路过。永生问:

"老大爷,你几个儿子？"

"就这一个。"老大爷说,"因为这个,他不忍心舍下我。我对他说:'孩子啊,脚下这个世道儿,咱这穷人,都是没娘的孩子。亲人之间,谁也救不了谁。你在家守着我,不也是一块儿受罪呀？如今既然有了穷人的活路,你就上延安去找毛主席吧！孩子啊,你只要走上这条光明大道,我就算死了也放心啦！'"老大爷说到这里,抽了口烟,又说:"志勇不也是这样吗？他跟我说——他和他娘,正在各处寻找你的下落,忽然听到了毛主席带领红军到了延安的喜讯。他娘高低让他奔延安。志勇把他娘安排下以后,就奔着延安走下来了……"老大爷说着说着,又夸奖志勇说:"别看志勇岁数不大,还真有点心数儿哩！"梁永生说:"他一个庄稼孩子,有啥心数哇！"

"他说你要上延安,这不猜对了？"

"他说我要上延安？"

"对了！"

"他咋知道？"

"是啊！当时我也纳这个闷儿,一问他,他对答如流:

"'我估摸着,俺爹一定是上延安了。'

"'他要是万一没去哪？'

"'他要没去,我就在延安等他。'

"'他准去？'

"'他准去!'

"'你根据啥这么有根?'

"'穷人的大救星毛主席,领着队伍到了延安;这么大的喜事,俺爹还能听不到说?'

"'他知道了就准去?'

"'他只要知道了,我保准他要去的!'

"'你咋知道他准要去?'

"'他是我爹嘛!我咋会不知道他准要去?'

"你听,他小小的个人儿,答的这话儿够多俏皮?在当时,对他这个推断我还不太相信——"老大爷吸了口烟说,"这不,你果然赶上来了!"

锅烧开了。白色的蒸气,充满了屋子。梁永生一面吃着饭,一面和老大爷聊天儿。

饭后。梁永生和老大爷,斜着身子对坐在炕沿上,又各自谈起自己的苦难经历。直到深夜才上炕睡觉。

繁星在天幕上悄悄地消逝着,又一个黎明时刻到来了。

梁永生告辞了老大爷,领上志勇,又兴致勃勃地登程上路了。大路两旁,葱葱茏茏的绿海中,点缀着各种颜色的花朵,喷洒着醉人的香气。

东风浩荡,晴空万里。被春雨冲洗过的天空,像那蓝晶晶的大海一样辽阔;水汪汪的月亮,也显得异乎寻常的清新,明快;使人仰望长空,真是心旷神怡!

梁永生顶着挂在天心的月亮,望着山水如画的前方,想着延安城,想着毛主席,心潮翻滚,思绪横飞,感情激动,热血沸腾。蓦地,他仿佛望见那挺拔屹立、花红柳绿的山顶上,红光闪闪,金辉四射,映得万山红遍,层林尽染;又仿佛望见那山顶上站着一位顶天立地的伟人——普天下的穷人日夜想念的大救星毛主席。毛主席神采奕奕,正在向着这死里逃生的梁家父子招手,微笑……这时候,梁永生像个受了委屈的孩子,突然见到了久别的母亲,从他的心窝儿里,骤然泛起一股百感交集的情波,两行兴奋、激动的喜泪,顺着他的眼角淌下来了。在这样的时刻,谁能阻止他放开喉咙纵情歌唱:

　　……
　　是谁创造了世界?
　　是我们劳动群众。
　　一切归劳动者所有,
　　哪能容得寄生虫!
　　最可恨那些毒蛇猛兽,
　　吃尽了我们的血肉。
　　一旦把它们消灭干净,
　　鲜红的太阳照遍全球!
　　……

　　梁永生跨着雄劲的步伐,边走边唱,边唱边走;越唱越提神,越走越长劲。他走着走着,忽然觉着自己成了一个力大无穷的巨人,天塌下来,他能顶得住;地陷下去,他能托上来。什么高山大河,什么险峰恶水,又有谁能挡住他这向着延安前进的步伐? 他唱着唱着,又觉着自己成了一个钢铁铸成的大汉,即使枪口对着胸口,刀刃压着脖子,又怎能阻止住他这满含激情的《国际歌》声?

　　梁永生一连唱了几遍,梁志勇也学会了。他们这半路相遇、同路而行的父子二人,发出不同的嗓音,怀着相同的心情,一齐把嘹亮的《国际歌》声抛上高空。

　　梁家父子正然且唱且走,背后又传来了同样的歌声。

　　梁永生听了,心里一阵激动,情不自禁地说道:"延安城啊! 毛主席! 有多少饥寒交迫的受苦人,在想念着您,在不畏艰险地投向您统帅的队伍哇!"

不多时,梁家父子的歌声,和从背后追上来的歌声,渐渐地,渐渐地,合拢起来——

> 这是最后的斗争,
> 团结起来,
> 到明天,
> 英特纳雄耐尔就一定要实现。

东方,天地相连的地方,张开一柄七彩斑斓的金扇。东风唤醒了沉睡的大地,给梁家父子又注入了新的活力;使他们沿着通向延安的大道飞步直前,把那贫困的命运,血泪的记忆,和漫长的黑夜一起留在后边。他们的眼睛,一直注视着前方。他们那火红的心哪,早已飞到延安。从今而后,他们将和多灾多难而又壮丽可爱的祖国一起,经历一个艰难惊险而又光辉灿烂的时期。

早霞映红了云朵。

红云点缀着蓝天。

天地间的一切,都面貌一新,披起金衫,笑逐颜开,正在迎接喷薄欲出的朝阳。

一轮杲杲旭日,在众目注视的东方,正冉冉升起。

雨后的朝阳,分外灿烂,分外鲜艳,分外温暖。

这一切的一切,都在向朝延安前进的人们预示着:

一个明朗多彩的艳阳天就要到来了!

一九七一年九月至一九七二年六月

草于宁津,八月改于北京。

一九八四年春最后改就于郭杲庄。